最強! 機動空母艦隊

原　俊雄

コスミック文庫

この作品は二〇〇七年一〇月・二〇〇八年三月に学研より刊行された『革命の機動艦隊 機動空母「赤城」出撃!!』『革命の機動艦隊 天王山！マリアナ沖海戦』を再編集し、改訂・改題したものです。

なお本書はフィクションであり、登場する人物、団体等は、現実の個人、団体、国家等とは一切関係のないことを明記します。

目　　　　次

プロローグ ………………………………………………… 4

第一部　革命機動部隊の黎明 …………………………13

第二部　革命機動部隊の誕生 ………………………… 137

第三部　革命機動艦隊の確立 ………………………… 299

第四部　革命機動艦隊の真価 ………………………… 447

プロローグ

1

昭和十七年六月四日（日本時間では五日）、午前五時三十分、米海軍の空母「エンタープライズ」「ホーネット」「ヨークタウン」の三隻は、すでに北緯三二度、西経一七三度の地点に到達していた。

ミッドウェイ環礁の北北東・約三二五海里の地点である。

日本軍の暗号を解読し、敵の狙いが〝ミッドウェイの攻略である〟と確信した太平洋艦隊司令長官・チェスター・W・ニミッツ大将は、縁起を担いで、味方空母が合流するこの地点を〝ポイント・ラック〟と名づけた。

ニミッツは索敵を重視し、薄明とともにミッドウェイから発進させていたPBYカタリナ飛行艇の一機が、午前五時三十四分、抜け目なくミッドウェイの北西・約二五〇海里の地点に、日本軍の機動部隊を発見した。が、味方空母三隻の存在は、まったく日本軍に気づかれていない。
この時点で、米軍機動部隊は完全に〝待ち伏せ〟に成功していた。

第一六任務部隊　スプルーアンス少将
空母「エンタープライズ」
（艦戦二七機　艦爆三八機　艦攻一四機）
空母「ホーネット」
（艦戦二七機　艦爆三七機　艦攻一五機）
第一七任務部隊　フレッチャー少将
空母「ヨークタウン」
（艦戦二一機　艦爆三七機　艦攻一三機）

米空母三隻は、戦闘機七五機、急降下爆撃機一一二機、雷撃機四二機の合計二二九機を保有し、虎視《こし》眈々《たんたん》と攻撃の機会をうかがっていた。
しかし、レイモンド・A・スプルーアンス少将はすぐには攻撃隊の発進を命じなかった。日本軍空母部隊との距離は二〇〇海里近くあり、TBDデバステーター雷撃機の攻撃半径が約一七〇海里しかなかったからである。

また、フランク・J・フレッチャー少将の部隊は日本軍空母部隊からさらに遠い位置にいた。

二つの米空母部隊は、敵との距離を縮めるために南西へ向け航行した。するとまもなく、日本軍空母部隊を発見した先ほどのカタリナ飛行艇が、

『敵多数の艦載機がミッドウェイへ向かう！』

と報告してきた。

空母「エンタープライズ」の艦上が動き出す。参謀長のマイルズ・ブローニング大佐が、スプルーアンスに向かって言及した。

「司令官。待ち望んでいた状況です」

「うむ、同感だ！　日本の空母部隊が艦載機を収容する、まさに〝そのとき〟を狙って攻撃しよう」

このとき空母「ヨークタウン」を指揮するフレッチャーも、同様にそう考えていた。

ブローニングが、さらに付け加えて進言した。

「幸いにも我々は、いまだ敵に発見されておりません。少し急いで接近し、ただちに攻撃隊を発進させましょう。……先制攻撃を仕掛けられる絶好のチャンスです！」

スプルーアンスは、躊躇《ちゅうちょ》なくこの進言にもうなずき、そしてついに、午前七時過ぎに攻撃隊の発進を命じた。

スプルーアンスは、空母「エンタープライズ」から戦闘機一〇機、急降下爆撃機三四機、雷撃機一四機を、そして空母「ホーネット」からも、同じく戦闘機一〇機、急降下爆撃機三四機、雷撃機一四機を発進させた。

計一一六機に及ぶ攻撃隊である。が、これら全機を一斉に発艦させるのは無理だったので、彼は先に発艦した機をしばらく上空で待機させて、それから順次進撃するよう命じた。

いっぽうフレッチャーは、まず日本軍の空母が四隻であることを確認し、午前八時三十分過ぎに、空母「ヨークタウン」から戦闘機六機、急降下爆撃機一七機、雷撃機一二機を発進させた。

2

米空母三隻から出撃した計一五一機の攻撃隊は、南雲《なぐも》機動部隊へ向け、着実に進撃しつつある。

まもなく「ヨークタウン」が、日本軍偵察機からの接触を受けた。フレッチャーはすぐに、そのことをスプルーアンスにも伝えた。が、彼らはすでに攻撃隊を発進させていたので、

——我々の艦載機が先制攻撃に成功し、日本の空母数隻を撃破できれば、反撃される危険性は極めて少ないだろう。

と計算していた。

ミッドウェイ海戦は、まさに彼らの立てた、この筋書きどおりに進行していく。

米軍の攻撃隊は途中、空中集合に失敗し、結局攻撃できたのは一一〇機ほど。しかも、その攻撃は集中されたとは言い難かったが、それでも彼らは、午前九時二十分ごろから順次、南雲機動部隊の上空に到達し、果敢に突撃して行った。

米軍攻撃隊の各隊長が突撃命令を発する。

その命令電が伝わり、スプルーアンスの旗艦「エンタープライズ」艦上でも、味方攻撃隊の突撃していく様子が目に浮かぶようだった。

日本軍機動部隊に対する攻撃は、一時間近くにわたって断続的に続けられた。が、スプルーアンスの司令部には、なかなか吉報が入ってこない。

敵戦闘機の迎撃を受けて、雷撃隊はほとんど全滅したかのように思われた。

スプルーアンスは思わず焦燥感を募らせる。

ところが、吉報は突然舞い込んできた。

『空母三隻に爆弾数発命中！　攻撃は成功しこれらを撃破。敵空母三隻は炎上中！』

と最後に突入した艦爆隊から、攻撃成功の報告が入ったのである。

常に冷静なスプルーアンスも、さすがにこのときばかりはこぶしを握り締め、ブローニングに向かって、思わず声を上げた。

「よし、ついにやってくれた！　三隻撃破できればまずは上々だ！　あと一隻残っているが、こちらには相当数の戦闘機が残してあるので、敵空母一隻の攻撃なら充分に凌《しの》げるだろう」

「はい、上出来です。ただちに艦上で戦闘機隊を待機させます」

彼らがそう考えたのは当然だった。これまでの戦闘経験上、日本軍の空母一隻が一回に発進させられる機数は〝三〇機前後だ〟と分かっていた。

対してこのとき、スプルーアンスとフレッチャーの手元には、計四九機にも及ぶワイルドキャットが残されていた。

しかも味方空母は、三隻とも対空見張り用レーダーを装備しているので、ワイルドキャットに有利な態勢で迎撃させれば、三〇機程度の敵機なら充分に撃退できると思われた。

スプルーアンスとフレッチャーは、この時点で勝利を信じて疑わなかった。

ところがしばらくすると、早くも「エンタープライズ」のレーダーが南西に機影を探知した。

はじめスプルーアンスは、

――攻撃を終えて帰投しつつある味方艦載機が、レーダーに映ったのだろう。

と思っていた。

ところが、どうもようすがおかしい。

スプルーアンスは、ブローニングに対し、すぐに確認するよう命じた。

すると確認を終えたブローニングが、意外なことを口にした。

「司令官！　いっこうに応答がありません。敵機の可能性大です！」

スプルーアンスにとって、ブローニングのこの返答は、まさに予想外だった。

〝敵の攻撃隊が来るにしては少し早い！〟

だがともかく、敵機である可能性が捨て切れない以上は、上空にワイルドキャットを上げなければならない。

スプルーアンスは決断し、躊躇なく命じた。

「直掩《ちょくえん》戦闘機を上げて、ただちに迎撃に向かわせたまえ！」

ところが間の悪いことに、敵空母との接触に失敗し攻撃に参加できなかったホーネット爆撃隊が、ちょうどこのとき、すごすごと艦隊上空に戻って来ていた。空母「ホーネット」では、その着艦収容作業に追われて、充分に戦闘機を発進させることができない。

それでもスプルーアンスは、三六機のワイルドキャットを上げることができたので、まだまだ楽観視していた。

――味方迎撃機のほうが、数が多いはずだ！

ところが、スプルーアンスのこの期待は、見事に裏切られる。

なんと驚くべきことに、迎撃に向かったワイルドキャットの隊長が、

『てっ、敵機は、七〇機近く来ます。……間違いなく、すべて日本軍機です！』

と絶叫するように、司令部へそう報告してきたのである。

この報告を聞いた瞬間に、スプルーアンスは思わず絶句した。

そして彼は、呆然《ぼうぜん》とその場に立ち尽くし、

「なっ、なぜだ！　敵の空母三隻は確実に撃破したはずだ！　日本軍はどうやって、七〇機もの艦載機を発進させたというのか⁉」

と呻《うめ》いていた。が、スプルーアンスがいくら危機感を募らせても、もはや手の施しようがない。

紛れもなく世界一の技量を誇る、〝六九機〟もの日本の攻撃隊が、すでに米空母三隻に襲い掛かろうとしていたのである。

第一部
革命機動部隊の黎明

第一章　戦前「赤城」「加賀」改造案

1

もはや完全に時代遅れだった。

空母「赤城」と「加賀」のことである。

昭和八年十月三日、第一航空戦隊司令官として、空母「赤城」と「龍驤《りゅうじょう》」の二隻を率いることになった山本五十六少将は、着任早々にそう痛感せざるを得なかった。

今から五年ほど前、山本は「赤城」の艦長も経験している。が、当時に比べると、飛行機の発達には目覚しいものがあり、開発中の次期艦上機を無理なく運用するには、どうしても「赤城」と「加賀」を改造する必要がある。

まるで〝段々畑〟のような「赤城」「加賀」の三段式飛行甲板では、高速・大型化の進む艦載機を満足に運用できないからだ。

実際に二段目と三段目の飛行甲板は極めて使いづらく、ほとんど〝一番上〟しか使われていないのが現状だ。

それならいっそのこと、二段目、三段目を廃して〝一番上〟を艦首付近まで延長し、全通の一段式にすれば、飛行甲板を長くとれるので新型機も無理なく運用できるだろう。

同じ時期に空母へ改造された米軍の「レキシントン」と「サラトガ」は、はじめから全通一段式の飛行甲板を備えている。この二隻は「赤城」「加賀」の好敵手。つまり完全な対抗馬だ。

——だが待てよ。理想の空母は本当に全通一段式だと言えるだろうか!?　それならそもそも、なぜ「赤城」と「加賀」の飛行甲板を三段式にしたのか!?

と山本はあらためて、そう自問してみた。

——飛行甲板を三段にしておけば、直接格納庫から艦載機を発進させられるので、一番上は着艦専用に空けておける。つまり、いざというときには、発艦と着艦を同時に行えるだろう。

と考えられたわけである。

この発想自体は、そう悪くはなかった。ところが実際には、さらに欲張って、二段目に二〇センチ連装砲二基と、おまけに艦橋まで取り付けた。

　これが大失敗だった。

二段目の飛行甲板は完全に閉鎖されて、二段目にある艦載機は、〝上に上げなければ〟発進できなくなった。

　そして結局は、

——どうせ上に上げる手間が必要なら、すべての艦載機を一番安全な最上甲板から発進させよう。

ということに落ち着いた。

なるほど〝一番上〟は障害物がなく、視界もほしいままだから安全に違いない。

当時、いまだ飛行機は危険で、未発達な乗り物だった。だから安全第一。

実際問題、訓練中の事故も多く、連合艦隊司令部からは、

〝今後、事故によって飛行機を破損したものは、厳罰に処する〟

という方針も示されていた。

貧乏国・日本にとって、飛行機はそれほど貴重であり、難しいとされる三段目からの発艦は、無理強《じ》いしてまで行う理由が見当たらず、次第に敬遠されるようになっていった。

空母「赤城」と「加賀」において、一番上の飛行甲板しか使われなくなった理由の一つには、連合艦隊のこうした方針も影響していたのである。

だが山本は、搭乗員のみに責任を転嫁する、このような方針には、まったく不賛成だった。

――もっと積極的に訓練できるようにすべきだ。でないと、海軍航空のこれ以上の発展は、望むべくもない！

そして山本は、

――全通一段式の空母がもっとも良いと結論づけるのは時期尚早である。とくに我が国の場合、米国の生産力には到底及ばない。だから同じような方式で空母を建造しても、いずれは数で圧倒される。もっと深く研究を尽くし、さらに空母航空戦というものを理解して、我が国独自の『理想の空母』を造って対抗する必要がある。

……執るべき道はそれしかないのではなかろうか……。

とそう思い始めていたのである。

2

昭和九年、帝国海軍では、末次信正《すえつぐのぶまさ》大将が連合艦隊司令長官を務めており、第一航空戦隊司令官の山本五十六少将は、その下の単なる一部将にしか過ぎなかった。

末次大将は、軍縮条約に徹底して反対した〝艦隊派〟のドンである。〝条約派〟の山本とは、はじめからソリが合わなかった。

また、末次大将は大艦巨砲主義者で、それが当時の海軍の主流だった。軍縮条約を推進した山本は、どうも海軍上層部から疎《うと》ましがられて、空母戦隊の司令官に左遷された節がある。

だが、当の山本にとって、この人事は望むところであった。

――いまに飛行機の時代が来る。これを機会に大いに海軍の航空を伸ばしてやろう。

幸いにも、海軍にはわりと自由な空気があり、実動部隊をもってする演習や研究会には、特別な制限がない限り、将校は誰でも参加できたし、発言もできた。

もちろん、昭和九年の第一航空戦隊も例外ではなく、山本は、旗艦「赤城」の士官室や前甲板で、さかんに研究会を行った。

当時、空母「龍驤」の戦闘機分隊長であった源田實《げんだみのる》大尉も、進んでこの研究会に参加していた。

源田が、山本提督の部下として勤務し、直接本人を目にしたのも、このときがはじめてだった。

源田は前々から、山本五十六という人はなかなかの人物である、と聞かされていた。

彼は着任早々に、それを実感することになる。

当時、ほとんどの搭乗員が、飛行機を破損したものは厳罰に処する、という連合艦隊司令部の方針に不快感を抱いており、もちろん源田も、そのうちの一人だった。

しかしこの方針は、絶対的な存在である連合艦隊司令長官・末次大将が下したものので、内心では不服に思っていても、表立って異論を唱えるものは誰もいない。

ところがある日、一航戦研究会の席上において、ついに赤城飛行隊長の三和義勇《みわよしたけ》少佐が、

「連合艦隊長官の飛行事故に対する方針には、納得しかねるものがある」

という意見をぶちまけた。

こうした席上、普段の山本提督なら、議論がすべて出尽くしたあとで最後に裁定を下すのだが、このときばかりは違った。

なんと山本司令官は、即座に三和少佐の発言に応じて、

「この訓示は長官自身の発意か、それとも参謀長の豊田《とよだ》（副武《そえむ》）少将が言ったのか、あるいは、そこにいる加来《かく》（止男《とめお》）参謀が書いたのか、その出所は知らないが、およそ犠牲の上にも犠牲を重ねて前進しつつある航空界において、飛行機を壊したものは厳罰に処するなどという考え方で、航空部隊の進歩など期待できるはずがない。私は、この方針には不賛成であり、こんな考え方をするものは罷《や》めてしまえと言いたい。ただ、断っておくが、軍紀違反による事故に対しては、処置はおのずから別である」

と明言したのである。

山本のこの発言には、

〝第一航空戦隊に関する限り、事故厳罰の方針を採らないから、皆安心して訓練に邁進せよ！　連合艦隊司令長官に対する責任は、自分がとる〟

という意思が含まれていた。

この発言で、搭乗員たちは皆、

――これで思い切った訓練ができるぞ！

とそう感じた。

源田も、もちろん同じ思いであった。

――この人は信頼できる。真に海軍航空の進歩を考えておられるのが分かった。

やはり、うわさにたがわぬ人物だ！

山本に対する源田の思いは、また別の日にも証明される。

後日、研究会の席上で、源田にも直接意見を述べる機会が回《めぐ》ってきた。

彼は堂々と、次のように主張した。

「もっとも重要なことは制空権です。我が海軍では戦闘機隊は、おもに味方艦隊の上空警戒に使われておりますが、もっと攻撃的な用法をなすべきだと考えます。そのために、新たに単座急降下爆撃機なるものを採用し、敵空母への先制攻撃に当てるべきであります。単座にするのは、その分の搭載燃料を増やすためで、無論、敵空母への先制爆撃が主任務ですが、その後も戦闘空域にとどまり、制空権の確保に努めます。なるほど敵戦闘機には若干劣るでしょうが、単座なるがゆえに、敵の爆撃機や観測機には充分な威力を発揮すると思われます」

思い切った発想である。だが、この源田の主張に対しては、誰も賛成するものがいなかった。

艦爆や艦攻の搭乗員にすれば、

〝攻撃のことは、俺たちに任せておけ〟

という気持ちだったろうし、戦闘機隊のものは、

〝俺たちの職分から外れている〟

と思っていたようだ。

だが、山本司令官の考えは違っていた。

「源田大尉の意見について、自分はこう考える。だいたい、空母やその搭載機を防御に使おうという考えが間違っている。したがって、単座急降下爆撃機という発想は当然とも考えられる。が、しかし単座では、搭乗員に掛かる負担が大きい。私としては、航法などを含めて、今しばらく飛行機の発達を見なければならないように思う」

結局山本も、現状では難しい、という結論を下したわけだが、このとき源田は、山本の見識の深さにあらためて感心させられた。

〝空母やその搭載機を防御に使うのは間違いだ〟

という山本の考えに、彼はまったく同感だった。というよりは、司令官からそう

いう言葉が聞けるとは思ってもみなかった。

なぜなら、そのころの空母戦隊は、あくまでも戦艦部隊の護衛が主任務だったからである。

この一件で源田は、さらに山本に惚れ込んだ。

――驚いた！　この人は、すでに航空の真価を見抜いておられる。海軍航空の明日を背負っておられるのは、やはりこの人に違いない。

3

それから数日後のことである。

源田は、たまたま業務連絡で「赤城」を訪れたときに、偶然、山本から呼び止められた。

「おい、君。源田君といったな。是非、君に聞きたいことがあるので、ちょっと来てくれたまえ」

山本は有無を言わせず、源田を自室へ招き入れると、にわかに話を切り出した。

「見たところ、君は生粋《きっすい》の飛行機乗りであるばかりか、かなりの研究熱心でもあるもらいたい。そこで二、三聞きたいのだが、簡単な質問なので率直な意見を聞かせてもらいたい」

源田は、前々から山本に一目置いていたので、少なからず緊張した。が、司令官から直接声を掛けられるようなことはめったにない。これはチャンスかも知れないとも思った。

源田はあらためて敬礼し、快《こころよ》く応じた。

「はっ！　何なりとお聞きください」

山本は、これにゆっくりうなずいて、さっそく最初の質問を始めた。

「実は『赤城』と『加賀』を改造しなければならないが、この際どういう空母が良いのか、じっくり考えてみる必要がある。そこで聞きたいのだが、〝三段目の飛行甲板〟から発艦するのは、やはり相当危険を伴うかね？」

「いいえ。もちろん多少の危険はございますが、調練しだいだと思われます」

「うむ、そうかね。……訓練さえすれば、誰にでもできるようになるかね？」

山本が念押しで、もう一度そう聞いた。

源田が大きくうなずき、その根拠を説いた。

「はい。確かに初心者には、発着艦は難儀な〝しごと〟ですが、いわば乗用車の

〝車庫入れ〟のようなもので慣れの問題です。それに今のところベテランに限ってですが、すでに夜間発艦の訓練なども行っておりますので……。その危険度に比べれば、ほとんど問題になりません」

一呼吸おいて、さらに源田が続けた。

「思いますに肝心なことは、三段目から発艦する意味があるかないかで、もし仮に意味があるとしますと、そのための訓練を行えばよいのです」

源田のこの言葉を受けて、山本の目付きがにわかに狭まり、鋭くなった。

「うむ。意味があるかないかについての議論は、この場では避けたい。が、私はあると見ている。そこで、さらに聞きたいのだが、今後、艦載機が高速・大型化しても、君は、三段目からの発艦が可能だと考えるかね？」

源田は、今度は少し考えてから答えた。

「はい。要するに、問題となるのは飛行甲板の長さです。ですから、長さが充分であれば、それが三段目であろうが、一段目であろうが、あまり関係ないと思われます。……ただし、三段目からの発艦は視界がかなり制限されますので、操縦員を補助するための信号や誘導装置を工夫し、そういったものを新たに設置する必要があるかも知れません」

山本は、この答えには満足したようで、

「うむ。なるほど、よく分かった。……ところで、もう一つ聞きたいが、やはり、飛行甲板上に艦橋があると都合悪いかね？」

と矢継ぎ早に、更なる質問をぶつけてきた。

源田は、この質問には即座に答えた。

「はい。私の乗っている『龍驤』や『鳳翔《ほうしよう》』などの小型空母は、飛行甲板に障害物がありますと、着艦時に相当圧迫感を感じます。ですが、どうでしょうか……、『赤城』や『加賀』くらい大きければ、そう支障ないとも思われます。艦橋を上に設置したほうが、飛行隊との連絡もとりやすくなり、全体的な艦載機の運用を考えれば、かえってそちらのほうが安全になるかも知れません」

「うむ、なるほど。大いに参考にさせてもらうよ。……それはそうと、最後に、是非これだけは、君に聞いてみたいのだが……」

と山本は、一旦ここまで言い掛けて、急に言葉を止めてしまった。

源田としては、非常に気になるし、信頼できる上司には〝何でも聞いて欲しい〟と思ったので、僭越《せんえつ》ながらも、山本に話すよう促した。

しかし山本は、それでも煮え切らない。が、ようやく、踏ん切りを付けて、

「おい、君。……相当な訓練を行えば、飛行機に乗れるようになるかね？　……この私でも」

と聞いてきたのである。

源田は、思わず目が点になって、絶句しそうになった。はじめはからかわれているのかとも思ったが、どう見ても司令官の顔は大真面目である。

なにせ山本は、三年ほど前、彼が航空本部技術部長だったころに、技術者でもないのに〝自ら部品の設計にも手を出した〟ほどで、山本は、それほど海軍の航空発展に真剣だったのである。

だが、源田は〝山本がそこまで本気である〟とは思いもしなかった。彼は、山本の質問に、おかしくなりそうなのをこらえて、

「はい。もちろんです。……ですが、私ごときも、時代の求めに応じて、偶然、飛行機乗りになったようなものですから……、それに司令官にまでなられたお方が飛行機に乗るなど、決して海軍が赦《ゆる》さないのではないでしょうか……」

と失礼のないように答えた。

山本は、源田の答えに、いかにも寂しそうにゆっくりうなずいた。

「うむ。やはりそうか、立場をわきまえねばならんか……、だがね、源田君。やは

り一度は自分で飛んでみなければ、どうしても見えてこないものがあるような気がしてならないのだよ……」

とつぶやくように言ったのである。

源田は、山本のこの言葉に、心底感動した。

――やはりこの人は、そこまで真剣に考えておられるのだ！

そして源田は、これに答えるともなく、

「いえいえ、航空はまだまだ発展途上です。我々搭乗員にすら見えていないことが、たくさんあるように思います。……ですから、言葉は悪いですが、司令官におかれましては、搭乗員連中の意見をそのまま鵜呑みになさらず、別次元でお考え頂くほうが良いのかも知れません」

と返した。

確かに、源田の言うとおりだった。航空に関しては、皆が手探り状態なのである。

山本も、ようやく納得したようだった。

「いや、つまらんことを聞いたかも知れんが、どうか気にせんでもらいたい。……それはそうと、せっかくの機会だ。君にも何か言いたいことがあれば、是非聞かせてもらうが、どうかね？」

渡りに船とはまさにこのこと、源田は、遠慮なく単刀直入に聞いてみた。

「はい。ありがとうございます。それではお言葉に甘えまして、ズバリお聞きしたいのですが、司令官は、〝三段目を残したままで『赤城』を改造する〟というお考えなのでしょうか？」

これまでの話のいきさつから察して、彼がそう考えたのも無理はない。山本の質問が、どう考えても〝三段式〟にこだわっている、ように思えたからである。

だが、山本の考えはまったく違った。

「いや、これはあくまでも私見だが、無論、私は、三段式のままでは都合悪いと考えておる。しかし、全通一段式が良いとも思っていない。そこであれこれ試行錯誤しておるのだが、今日、君に聞いた意見は非常に参考になったし、そのおかげで、おぼろげながらも、何か見えてきたような気がする。だから率直に礼を言うよ。……ありがとう」

源田は少し、はぐらかされたような気がした。だが彼は、持ち前の物怖じしない性格を発揮し、さらに自分の考えをぶつけてみた。

「ですが、司令官。……お言葉ですが、私は、結局は全通一段式が一番使いやすい、ように思うのですが、そうではないでしょうか!?」

これに対しては、山本はニコリとうなずいた。

「うむ。君が言うように、全通一段式にするのが妥当かも知れない。……絶大な工業力を誇る米国が、大量生産を重視し、複雑な構造を避けて、全通一段式に落ち着いたのは、まったくうなずけるところだ。時間をかけて〝特に良いもの〟を一つ造るより、〝ある程度納得いくもの〟を二つも、三つも造って数を揃えるのが、米国流の合理主義でもある。……だが、我が国は事情が違う。ものを大切にし、職人的なこだわりを持って、もの造りをするのが、我が日本の伝統であり、良いところでもある。妥協することはそれこそいつでもできるが、それでは進歩は望めない。……米国と同じようなやり方で突き進んでも、いずれ日本の経済は破綻する。無論、ここで私の言う経済とは、戦争経済のことだが……」

そう言って山本は、どっかりとソファに身体を沈めたのである。

4

源田を含めた搭乗員や参謀たち、それに航空本部や艦政本部などの連中から、様々な意見を聞いて、ようやく山本の考えは、まとまりつつあった。

もちろん、空母「赤城」「加賀」の改造に関して、である。

そこで山本は、もっとも信頼できる後進の一人で航空にも精通している、塚原二《に》四《し》三《ぞう》大佐に、その考えを打ち明けることにした。

昭和九年の連合艦隊では、塚原大佐は「赤城」の艦長を務めており、偶然にも運よく、山本直属の部下として、同じ「赤城」で勤務していた。

山本が、いよいよ、

〝塚原艦長に、自分の考えを打ち明けてみよう〟

と思ったのには、まったく偶然な、ある一つのきっかけがあった。

実は数日前、山本は、ある来訪者と話をし、その話のなかで、空母改造に関する大きなヒントを得ていた。

彼が話した来訪者とは、……知る人ぞ知る、山口多聞、その人であった。

このとき山口は、大佐に昇進したばかりで、在米海軍武官として、ワシントンに赴任することが決まっていた。

山本にも、山口とまったく同じ、在米武官勤務の経歴がある。

山本の米国通はそのためで、山口は、米国へ立つ前に、

――山本さんから、色々助言を受けたいな……。

と思い、「赤城」を訪れていたのである。

ところが、山口が「赤城」を訪れてみると、山本は、

「君のことは信用しておる。まあ、適当に、米国を見聞してきてもらおう」

とそう言うだけで、いっこうに助言らしい助言はしてくれない。それどころか山本は、空母改造のことで頭がいっぱいらしく、逆に、山口を質問攻めにした。

「おい。今にすぐ、飛行機を主役として戦争する時代がやって来る。だから空母には〝できるだけ多くの飛行機を積んで〟主として攻撃に使い、ときには防御にも使わなければならんだろう。そのための空母改造である。しかし、搭載機数を増やしたいのは山々だが、あちらを立てればこちらが立たず、でお手上げだ。君に何かいい知恵はないかね!?」

山口が航空専門でないことを、分かっているはずなのに、いきなりこの質問である。

山口は、

――そんなことを私に聞かれても困る。

という思いで正直迷惑だったが、まあ、それはそれ、頭の引き出しから何とか知

恵をひねり出して、怒られるのを覚悟で答えてみた。

「山本さんは、どうしてもたくさんの飛行機を積みたい、お考えのようですが、現状では、七〇機程度も積めれば、それで充分ではないでしょうか……」

「ふん。まあ、七〇機なら不足だとは言わんが、もっと積めるに越したことはなかろう。私は、『赤城』や『加賀』を上手く改造すれば、九〇機近くは積めると踏んでいる」

「はあ、そういう良いお考えがあるなら、返す言葉もございません。ですが、九〇機を全部使いこなすのは、至難のワザではないでしょうか……」

「ワァハハハ……、なるほど君はおもしろいことを言う。君に免じて、たとえ全部使いこなすのが難しいとしても、やはり、母艦に積む飛行機は、多いに越したことはない」

山本にこう言い切られては、山口としては引き下がるしかない。

山口は、思わず閉口したが、彼にも思うところがあったので、一応それを口にしてみた。

「……ですが、空母から一どきに発艦できる数は、限られていると思います。それならば、司令官が悩ましがるほど、そんなに無理して積まず、〝本当に使う分だけ〟を積んだほうが、かえって効率が良いのではありませんか？」

この山口の言葉を聞いて、さすがの山本も、目からうろこが落ちる思いがした。

——そうか！　新型機が完成すれば、おそらく一回に発艦できるのは、三五、六機が限度であろう。空母は運用上、二回に分けて全機、全力発進させるのがやっとである。だとすれば七〇機で充分。……もしそれ以上積んで、三波目の飛行機が用意できたとしても、それを発進させるころには、すでに第一波が帰って来ている公算が高い。だから予備として積んでいる『分解機』はめったに使われず、大して積んでいる意味がない。

山本は思わず、うなり声を上げて、

「うーん、なるほど。……やはり君は一味違う。目の付けどころが、不思議と的を射ている」

と一人感嘆していた。

このころの山口は、航空に関しては、まだ、山本ほど詳しく解っていない。……はっきり言って、素人に毛が生えた程度である。

だから、どうして山本が、手のひらを返したように、こんなに急に達観したのか、わけが分からず山口は、山本の意外な感心ぶりに、まったく拍子抜けしてしまった。

だが、このとき山本は、

――いつかこいつを絶対に、航空の道に引き入れてやろう！

とあらためて、そう心に決めたのであった。


塚原が司令官の公室に通されると、山本はいつになく上機嫌だった。山本は、塚原に掛けるよう促すと、さっそく本題に入った。

「実は『赤城』の改造に関してだが、是非、君の率直な意見を求めたい。私にもそれなりの考えはあるが、まずは現艦長として、君の思うところを存分に話してくれたまえ」

それでは、ということで、塚原もその気になって話し始めた。

「搭乗員連中は不平を言うかもしれませんが、私はやはり、艦橋を〝上に〟設置していただくよう希望します。現状では後方の視界がほとんど利かず、艦を預かる身としては、大変不便を感じます」

「うん。その点まったく同感だ。艦長としてはなおさらだろう。私も艦橋は、最上甲板に設置すべきだと考えている。……この際だ。ほかの点についてもどんどん指摘してくれ……」

「はい。私が希望しますのは、とくにその艦橋の件ですが、そのほかにも、煙突を改善する必要があるでしょうし、それに二〇センチ砲はまったく必要ないと思われます。もし万が一、砲撃戦となっても、空母は撃ち合いに参加せず即刻退避すべきで、戦闘は護衛艦艇に任せればよいのです。……それから格納庫は可能な限り拡張し、飛行機をできるだけ多く積みたいですな……」

「うむ。ことごとく同感である。……ほかにも何かないかね?」

「はい。……そうですな。ああ、艦橋を上に設置するとなりますと、やはり最上甲板はできるだけ広く取るべきです。二段目と三段目の甲板は思い切って完全に封鎖し、その部分に格納庫を増設して、飛行甲板となる最上甲板は、できるだけ艦首まで延長すべきです。……まず大まかに言って、そんなところでしょうか……」

塚原は、だいたい山本も同じように考えているだろうと思っていたし、実際に山本も、何度もうなずいて、同意するそぶりを見せていた。

だが、山本は、塚原がすべて言い終わると、まったく意外なことを口にしたのである。

「……格納庫を増設するのも賛成だし、飛行甲板を延長するのも無論そうだが、私は、艦首まで延長すべき飛行甲板は、〝二段目でなければならない〟と考えておる」

塚原には、一瞬、山本の言うことが、よく理解できなかった。

彼の頭のなかには、当然、全通一段式にすべきだろう、という固定観念があった。しかし、二段目を延長するという山本の話は、その考えとはまったく異なる。

塚原は、半信半疑ながらも、

「司令官。ひょっとしてそれは……『赤城』を〝二段式飛行甲板〟の空母に改造する、ということでしょうか？」

と聞いてみるしかなかった。

目付きが急に鋭くなり、山本はいかにも重々しく、

「うむ。そのとおりである」

とうなずいた。

塚原は、思わず絶句し、山本の顔を見つめるしかなかった。どうしても矛盾を感じ、頭のなかがまとまらないのである。

長い沈黙があり、たまりかねた塚原が、ついに考えるのを止めて、口を開いた。

「司令官。率直に申し上げて、私には腑《ふ》に落ちない点が二つございます」

「うむ。何でも聞いてくれたまえ。……君には納得してもらわなければ、私自身が困る」

「では遠慮なくお聞きしますが、上部飛行甲板を延長せずに、そこへ艦橋を設置するとなりますと、搭乗員はやはり、着艦時に相当、圧迫感を感じるのではないでしょうか!?」

「うむ、もっともな質問だ。だが、それについては私なりに詳しく調べてみた。もちろん君も周知のとおり、現在、空母『龍驤』の飛行甲板は約一六〇メートルしかない。それでも皆、ちゃんと着艦しておるのだ。対して『赤城』の上部飛行甲板は約一九〇メートルもある。だから現状でも、長さの面で不足があるとは言い切れない。問題は横幅である。艦橋を設置すると、どうしても幅を狭く感じるだろう。ところが、もうすぐ起工される予定の新型空母(蒼龍《そうりゆう》のこと)は、飛行甲板の幅が約二六メートルしかない。対して『赤城』の飛行甲板幅は三〇メートルもあり、かなり余裕がある」

山本が一呼吸置いて、さらに続けた。

「しかも艦政本部は、新型空母も〝飛行甲板上に島型艦橋を設置する〟と言っておる。したがって『赤城』は現状でも、上部飛行甲板に艦橋を設置しようと思えばできるんだ」

「はあ、……なるほど。艦橋設置の件は、今のお話で充分、理解することができました」

だが、塚原には、もう一つ引っ掛かっていることがある。彼は率直に、そのことも尋ねた。

「……ですが、司令官。二段目を延長し、そこを発艦用の飛行甲板として使うなら、その分だけ、格納庫として使う空間は削られますので、〝できるだけ多くの飛行機を積みたい〟というお考えは、やはり妥協されるわけですか？」

山本の表情が明らかに変わり、

「いや、そうなんだよ。実は私も、そこのところで一番悩んだのだが、このあいだ山口君が、多聞のことだが、来てな……、そのとき彼が、おもしろいことを言いおった」

と山本は、山口とやり取りした、その内容を塚原に説明し、そして最後に、

「それで私も、ようやく〝二段式の空母にしよう〟と肚《はら》を決めたのだよ」

と言った。

この話には、塚原も感心し、

「ほう、なるほど。実際私も、増やすことばかりを考えておりましたが、そう言われてみればそうですな。実動で七〇機ほど積めれば、目いっぱい積んだときよりも

〝戦力が低下する〟とは言い切れませんな……」

とつぶやくように、そう言ったのである。

「うむ、そうだ。……君の言うとおりだ。二段空母にする利点は、なんと言っても、いざと言うときに〝発艦と着艦を同時に行える〟という点だ。……いまだ我々は、空母戦というものを経験していない。が、実戦ともなれば、私は、〝必ずこの利点が活かされる場面がある〟と信じている」

山本があらためて、そう強く主張すると、塚原もついに納得した。

「なるほど。演習などでは、おもに決められたことを実施するだけですから、そうそう複雑な対応は求められません。ですが、実戦ではこちらの思いどおりにいくとは限りません。……そういう意味において、艦載機を効率良く発着艦させられるということは、空母にとって、もっとも重要なことであるかも知れません」

「うむ。格納庫としての空間が若干減るので、艦内の配置を見直す必要はあるかも知れんが、それでも私は、実動七〇機程度は積めると確信している。……艦長。それでは君も、私の〝二段空母案〟に賛成してくれるかね？」

山本は念を押して、そう聞いた。

「はい。お考えに納得しましたし、なかなかおもしろい考えだ、と思います。……

私も是非、その案に賛同させていただきます」

塚原の答えを聞いて、山本は、ゆっくり立ち上がり、そして最後に、

「私はこの案を上申する積もりだが、君が賛成してくれるのは、非常に心強い。なにせ君は『赤城』の現艦長だからな。君が、私と同じ考えだと判れば、軍令部や艦政本部も、さすがにこの案を無下にはできまい」

と言って塚原に握手を求め、塚原も山本の手をガッチリ握り返して、二人は別れたのである。

第二章　飛行甲板は一段か、二段か!?

1

山本の決意は固まった。

「赤城」と「加賀」を〝二段式空母〟に改造するのである。

山本は、海軍大臣と軍令部総長に書簡を送って上申を行い、同じ内容の書類を携えて、まず、海軍次官・長谷川清《きよし》中将のもとを訪れた。

長谷川中将は、海兵三十一期卒で、山本の一期先輩に当たる。

二人の経歴はよく似通っていた。八年ほど前、長谷川の後任として、在米海軍武官となったのが山本であり、二人は任務引継ぎを機に、大いに親交を深めていた。

ともに対米協調路線・軍縮条約推進派で、山本にとって長谷川は、もっとも頼りにできる先輩の一人であった。

長谷川は、「赤城」「加賀」の改造に関して、特にこだわりがあるわけではなかった。が、山本が航空の発展に真剣に取り組んでいることをよく分かっていたし、

「米国と同じ方式で改造しても、いずれ数で圧倒されると思うのです」

と言う山本の言葉と、そのひたむきさに心を動かされ、彼の〝二段式空母案〟に対して、支持を表明してくれた。

だが、長谷川がこの案を認めたからといって、それで万々歳というわけにはいかない。無論、大臣の承認も必要であった。

長谷川は折を見て、大角岑生《おおすみみねお》海相にこのことを話した。

大角は、もともと実務的なことは、概《おおむ》ね長谷川に任せていたので、

「ほう。二段式に改造するのかね……」

とつぶやくように、そう言っただけで、取り立てて問題にもせず、あっさりハンコを押した。

また、海軍省のナンバー・スリーとも言える軍務局長は、このとき、山本の同期である吉田善吾《ぜんご》少将が務めていたので、吉田も積極的に、山本の空母改造案に賛成してくれた。

このように軍政側は、皆一致して、山本の空母改造案を承認してくれたのだが、

やはり問題は軍令側であった。

そもそも海軍では、海軍省が〝どの軍艦をどれだけ造るか〟を決定していたのだが、ロンドン軍縮条約以降、統帥権干犯を盾に取り、軍令部がさかんに権限の拡大を図った。つまり軍令部は、この機に乗じて、海軍省から〝軍艦を造る権限〟をもぎ取ったわけである。

だから、山本の空母改造案は、軍令部の承認も得なければ前に進まない。

ところが軍令部は、総長の伏見宮博恭王《ふしみのみやひろやすおう》を筆頭に〝艦隊派〟が実権を握っており、〝条約派〟の山本が書いた空母改造案を、真剣に検討するものなど、ほとんど誰もいなかった。

だが、山本にとって唯一の救いとなったのが、当時、軍令部第二部長の椅子に、古賀峯一《みねいち》少将が座っていたことだった。

古賀は、山本と個人的にも親しく、また、公平で温厚な人物として定評があった。

山本や米内光政《よないみつまさ》と同じく、親米左派トリオで知られる井上成美《しげよし》なども、

「非常にものの判断の正しい人である」

と古賀のことを高く評価していた。

〝軍令部に突破口を開くには、古賀君を頼りにするしかない！〟

と考えた山本は、さっそく彼と連絡を取り、面談の約束をしたのである。

2

山本が、古賀の執務室へ通されると、古賀が快《こころよ》く迎え入れてくれた。だが、その親身な対応とは裏腹に、かなり複雑な現在の建艦事情が、古賀の口から語られた。

「山本さん。私はもちろん、この空母改造案に賛成いたします。……ですが、時期的な状況が非常に悪いのです。……二ヵ月前の〝友鶴《ともづる》事件〟以来、艦政本部の考えが非常に保守的になっており、このような斬新な空母改造案は、なかなか受け入れられそうにないのです」

古賀が言う〝友鶴事件〟とは、悪天候のなか行われた演習中に、水雷艇「友鶴」が転覆事故を起こした事件で、その主たる事故原因は、重武装による船体の復元力不足にあった。

つまり「友鶴」は、軍令部などの過剰な要求により、あまりにも多くの武装を施したため、本来、船として備えているべき安定性を、著《いちじる》しく欠いていたのである。

この事件のおかげで、当時の艦政本部長・杉政人《まさと》中将は引責辞任に追い込まれた。

そして、後任として中村良三《りようぞう》大将が艦政本部長に就任したが、この事故の影響を受けて、艦政本部の建艦思想は、

〝用兵者側の短絡的な要求を、そう簡単に受け入れてはならない〟

という確実性重視の思考に、変わらざるを得なかった。

そもそも、空母の建造に関しては、我が海軍でも試行錯誤を繰り返してきたわけだが、このころには艦政本部も、〝島型艦橋の全通一段式〟が正統派であろう、との考えを持つようになっていた。

したがって、もし、山本の〝空母二段改造案〟を採用すれば、艦政本部としても新たな試みを強《し》いられることになり、その場合〝艦政本部側が頑強な抵抗を示す恐れがある〟と古賀は、危惧していたのである。

「……山本さんの空母改造案を実現するために、軍令部内ではこの案を、私は自分自身の案として、再起案する考えでおります。そうすれば、おそらく総長や次長（加藤隆義《たかよし》中将）には、概ね承認いただけるものと思います。……ですが、そのときに艦政本部が難色を示し、ことがこじれて大きくなりますと上のお二方からも却下される可能性が、非常に高くなると思うのです」

古賀は一息つくと、さらに続けて言った。

「……ですから、この場合、艦政本部に対する説明が非常に重要で、こと細かに二段にする理由を説いて、確実に納得してもらう必要があります。しかし私では、艦政本部を説き伏せる知識も信念も、不足しているように思うのです。山本さん。ご足労ですが、直接艦政本部に出向いて、説明していただけないでしょうか!?」

なんとかこの改造案をものにしようと、古賀が親身になって考えてくれていることが、山本にもよく分かった。

古賀が優秀であることは疑う余地もないが、彼は砲術専門で、これまで航空に携わったことが一度もない。だから彼自身が〝艦政本部を説き伏せるのは荷が重過ぎる〟と言うのも、謙遜ではなく、なるほどそのとおりであった。

山本は大きくうなずき、

「うん。君の厚意は有難いと思うし、今の話もことごとく納得できる。ゆえに私も、艦政本部に足を運ぶことは厭《いと》わない。だが、私が単独で動き回るのは、やはりお門違いで気が引ける。だから艦本との段取りは君に付けてもらい、そのときには、君にも一緒に来てもらいたいと思うのだが……、それでどうかね?」

とあらためて提案した。

無論、古賀としても、それぐらいの協力は、やぶさかでない。

「ええ、そうですね。……それでは、そういうことで段取りを付けますので、日時などは、また追って連絡させていただきます」

「うん。是非、よろしく頼む」

この日、二人はこうして別れたのである。

3

数日後、約束どおり山本のもとへ、古賀からの連絡が入った。山本は、古賀からの連絡を待つあいだも下調べを欠かさず、艦政本部を説得するための理論武装を怠らなかった。

三日後、山本は再び軍令部を訪れて古賀と落ち合い、それから二人で連れ立って、艦政本部へと出掛けた。

古賀が面談の約束を取り付けた相手は、艦政本部総務部長の豊田貞次郎《ていじろう》少将であった。

豊田は海兵三十三期卒、山本より一期下、古賀より一期上で、砲術が専門。海外勤務ではトップとみなされる在英海軍武官を経て、軍務局長などを歴任し、極めて順調に昇進を重ねていた。

「大臣になりたい」と言うのが口癖で、彼の出世欲には並々ならぬものがあった。

だが、そんな豊田にも落とし穴が待っていた。

真相は定かでないが、軍務局長のときに、伏見宮博恭王に対して失言したらしく、半年余りで軍務局長を更迭《こうてつ》されてしまう。

こうして一旦は、出世コースからはずれた豊田であったが、それから約三年後の昭和九年五月に、彼は艦政本部総務部長に就任し、中央の職に返り咲いていた。

山本と古賀が豊田の執務室に通されると、彼は、立ち上がって丁重に迎え入れ、二人にソファへ掛けるよう勧めた。

豊田は、事前に古賀から話を聞かされており、山本が直接足を運んできた、その目的をよく理解していた。

「山本さん。『赤城』と『加賀』を〝二段式〟に改造するというお考えのようですが、私は、あまり賛成できませんな。……英国で、同じく二段式の空母『フューリアス』を見てまいりましたが、どうひいき目に見ても、あれは失敗作です」

豊田が、いきなり否定的な見解を述べた。

これに対して山本は、あえて否定せず、

「うむ。私も〝あの空母〟は決して良くないと思うが、実際に見た君の感じでは、具体的にどういうところが悪いかね？」

と逆に、質問するかたちで応じた。

「ええ。……発着艦を同時に行えるようにと考えたようですが、実際には、ほとんど上部飛行甲板しか使われておらず、それに二万トンを超える排水量のわりに、三機と搭載機数が少な過ぎます。要するに、現在の『赤城』や『加賀』と同じような不具合ですな」

「うむ。同感だが……、それでは君は、どのような空母が理想的だと思うかね？」

「はあ、やはり全通一段型でしょうな。英国は『フューリアス』だけで懲りずに、さらに『カレイジャス』や『グローリアス』と三隻も二段式空母を竣工させておりますが、その英国でさえも、最後は全通一段型に落ち着く、と私は見ております。我が国は英国のように同じ失敗を繰り返さぬためにも、早々に全通一段型に切り替えるべきです」

豊田の話で興味深いのは、一流の海軍国家である英国も、やはり空母の建造では、日本と同じような試行錯誤を繰り返しているという点である。

しかし山本は、英空母の例は、そっくりそのまま日本の「赤城」や「加賀」には当てはまらない、と考えていた。

「君の言うことはもっともだし、私もそのことをいちいち否定はしないが、英国の三隻と『赤城』や『加賀』とでは、ちと事情が違う。まず、私が指摘しておきたいのは〝艦の大きさ〟だ。我が空母二隻が三万トンを超える大艦であるのに対して、英国の三隻はどれも二万トンそこそこ……。だから飛行甲板の長さもまるで違う」

山本の主張に、豊田がすかさず反論した。

「はあ、それはそうですが、全通一段型のほうが格納庫のスペースも充分取れますし、発着艦時の危険性も低く、はるかに安全でしょう」

豊田のこの反論を聞いて、山本は、一つ大きく息を吸い込み、そしてそれから、彼をグッと見すえて言った。

「なるほど。君は根本的に、大きな見落としをしているようだな……」

豊田には思い当たるふしがまったくない。彼は、山本の妙な発言に、少しギクッとした。

山本が、かまわず続けた。

「まず第一に、英国の三空母は格納庫が二層しかないが、『赤城』『加賀』には格納庫が三層ある。だから、そのうちの一層目を飛行甲板と直結させても、まだ二層残っており、スペースが充分取れないという君の指摘は当たらない。そして第二に、発着艦が危険だと君は言うが、英空母の場合はそもそも二層構造のため、下部飛行甲板はかなり海面に近い高さにあり、波が高ければ危険で、発艦できないのは当たり前である。だが、私の案では、『赤城』『加賀』は二段目の飛行甲板を延長する。だから海面からは充分な高さが取れるので、必ずしも危険だとは言い切れない。……おそらくその高さは、新型空母（蒼龍）の飛行甲板と同等の高さか、それよりも若干高いはずである」

一息ついて、さら山本が続けた。

「……だいたい〝全通一段式が良い〟と、皆がお題目を唱えるように、そう言っておるが、私の発想はまるっきり違う。おそらく今後新造される空母の大半が、〝二層の格納庫を持つ全通一段式〟であろうが、私の考える『赤城』と『加賀』は、それに短めの屋根を乗せて、その屋根を着艦用の甲板として使うだけのことだ。少しものの見方を変えればそうなる、というか要するに発想の転換だ！　……言うまでもないが、もちろんその場合、〝発着艦が同時に行える〟という大きな利点がある」

山本の理屈に、さすがの豊田も、思わずうなずきかけた。が、それでも彼は、

「うーん、なるほど。山本さんの話には理解できる面もあります。が、やはり私は、

二段式は不利だとそう言わせていただきます」

とあくまで否定して、そう断言した。

しかし、なぜ不利なのかは、豊田自身もきちんと説明することができない。

山本も、豊田のこの反論には、少々呆《あき》れ気味となった。だが、それぐらいのことであきらめるような山本ではない。

「……うーん、そうかね。二段は不利かね。……君が空母の形式についてそれほど断言できるなら、一つ聞いておきたいことがある。このたび『赤城』に付ける予定の島型艦橋は、飛行甲板の右に付けるのかね、それとも左につけるのかね？」

「左です」

「それでは『加賀』の場合はどうかね？」

「右です」

「ほう、それはおかしいな。君が〝空母の理想の形を断言できる〟と言うなら、君の判断で今すぐ左右どちらか一方に、統一してもらいたい！」

この山本の鋭い反撃には、さすがの豊田も動揺の色を隠せなかった。

昭和九年のこの時点で、母艦の艦橋位置が飛行甲板の左が良いのか、右が良いのか、断言できるものは誰もいなかった。だから改装時に「赤城」と「加賀」は取り付け位置を変えて、試してみることになっていた。要するに確固たる空母の形式というものは、いまだまったく確立されておらず、豊田一人が断言できるようなものではなかった。

豊田の様子を見て、それまで黙っていた古賀がすかさず山本への援護射撃を行った。

「豊田さん。現・赤城艦長からも〝二段式が望ましい〟という要望がございます。あなたが、あくまでも〝二段式が不利だ〟と言い張るなら、やはり納得のいく説明を聞かせていただかないと、用兵者側としても、〝はい、そうですか〟と簡単に引き下がるわけにはまいりません」

軍令部代表の古賀からこのように正論で言われると、豊田もさすがに、あやふやな答えでお茶を濁すわけにはいかなかった。

ところが、豊田もさるもの。とっさに分が悪いと悟った彼は、真っ向からの論戦を避けて、妙な切り返しで応じてきた。

「なるほど、よく分かりました。……それなら山本さん。『赤城』を二段式に改造し、『加賀』を全通一段型に改造して、どちらのほうが好ましいのか〝試して〟みましょう。艦橋の位置も〝試して〟みるのですから……、それならお二人とも、文句はないでしょう!?」

　この切り返しには、山本も古賀も参った。

　本来なら「赤城」も「加賀」も、ともに二段式に改造すべきだと思っていたが、山本には、二段式が良いという確信はあっても、それを実証することができない。

　まったく理屈を理屈で返されたかっこうで、山本としても、この豊田の提案は、受け入れざるを得なかった。

「ワハハハ……。さすがに君は、一筋縄ではいかんな。うん。まあ仕方がない。それで手を打とう。だが、逆ではどうかね。つまり『加賀』が二段で『赤城』が一段では都合悪いかね?」

　豊田が少し考えてから答えた。

「ええ、そうですね。やはり二段式にするのは『赤城』にしていただきたい。と申しますのは、ご承知のとおり、赤城艦長からは二段にしたいという要望がございますが、加賀艦長からは何の申し出もございません。それに先に改造するのは『加賀』で、すでに設計も固まっておりますから、できればあとに改造する『赤城』を二段にしたほうが、艦本部内での調整も取りやすいのです」

　豊田の答えにうなずきながら、山本が、もう一つ確認した。

「うん。それで君、中村艦政本部長の承認は得られそうかね？」

豊田は即座にうなずき、

「ええ。海軍省もこの案を承認している、と聞いております。まあ、本部長への説明は私が上手くやりますので、その辺は任せていただきたい」

と意外にあっさりそう答えると、チラッと山本の顔を見て、続けざまに、

「山本さん。それにしても、もはや飛行機の時代ですな。おそらくあなたは相当偉くなられるでしょうが……、そのときには私にも、是非、何か〝手伝い〟をさせていただきたい」

と意味深長なことをつぶやいた。

要するに豊田は、山本が将来、大臣などなにか重要なポストに付いたそのあかつきには、自分にもそれなりの役柄を推薦してもらいたい、とほのめかしたわけである。

この豊田のがめつさには、さすがの山本も興ざめした。

だが、なんとしても「赤城」を二段式に改造したい山本は、

「うむ。まあ、『赤城』の改造を、確実に実行してくれるなら、やぶさかではないがね……」

とそう応じたのである。

4

山本に同行し、艦政本部でのやり取りの一部始終を聞いていた古賀は、「赤城」の二段空母への改造が確実になったと判断し、軍令部へ戻るとすぐ、起案書を書いた。

まる二日間掛けて、起案書をまとめ上げた古賀はその翌日には、軍令部次長・加藤隆義中将に決済を願い出た。

加藤は〝艦隊派〟である。が、航空戦隊司令官や航空本部長の経験があり、この空母改造案には意外にも関心があるようで、古賀に、細かい点まで突っ込んで確認してきた。

加藤もやはり、全通一段式が妥当ではないかと考えていた。が、古賀が、英空母との違いや、二段式空母の利点を詳しく説いて、最後に、

「二段式に改造することで、もし『赤城』のほうが優れているという実績がでれば、我々に先見の明があったことになり、次長の英断も、後日あらためて評価されるこ

と持ち上げると、彼も満更ではないらしく〝ある一点〟だけ注文を付けて、この案を承認した。

結局、加藤も〝全通一段式が一番良い〟とは言い切れなかったのである。

加藤が注文を付けた〝ある一点〟とは、艦後部のケースメートに納められている、六門の二〇センチ砲はそのまま残すということであった。

加藤は、古賀が再三説得したにも関わらず、

「米軍のサラトガ型空母が二〇センチ砲を装備しているので、それへの対抗上、すべての二〇センチ砲を撤去することは望ましくない」

と最後まで言い張った。

いかにも〝艦隊派〟らしい、加藤のこだわりだったが、古賀はさすがに困り果て、山本にこのことを相談した。だが、山本は、

「加藤さんも妙なところにこだわるね。……困ったものだが、仕方がない。どうしてもと言うならそれでもかまわんよ」

と折れたので、結局、ケースメートの二〇センチ砲はそのまま残されることになった。

したがって古賀は、案に修正を加えて、軍令部総長に提出し、そして伏見宮総長は、〝宮様は、下のものが議論して決めたことに関しては、よほどのことがない限り承認を与える〟という慣例どおりに、この案を承認し、最終的に「赤城」は、二段式飛行甲板を持つ空母に改造されることが決定した。

航空母艦「赤城」第二次改装案

一、飛行甲板は二段とし、下部（二段目）飛行甲板をできるだけ延長する。
一、二〇センチ連装砲二基は撤去し、ケースメートの二〇センチ砲はそのままとする。
一、上部（一段目）飛行甲板上に、島型艦橋を新設し、対空兵装を強化する。
一、エレベーターを改善、及び拡大し、艦中央部に一基増設する。
一、艦載機用の燃料、爆弾、魚雷の搭載量を増やし、関連装置を改善する。
一、すべてのボイラーを重油専焼缶に換装し、煙突を一本化、下方湾曲型とする。

予定搭載機（改装終了時）

九六式艦戦　常用二一機　補用三機　計二四機
九六式艦爆　常用二一機　補用三機　計二四機
九六式艦攻　常用三〇機　補用三機　計三三機
（常用七二機　補用九機　合計八一機）

空母「赤城」は、昭和十年十月二十四日より佐世保工廠《こうしょう》にて第二次改装に着手され、そして昭和十三年八月三十一日に、一段式空母として完成するのであった。

第三章　機動部隊、緒戦の進撃！

1

昭和十六年十二月八日。

日本は、アメリカ・イギリス・オランダに対して宣戦布告し、太平洋の各地で戦端を開いた。

これより先、すでに南雲機動部隊は、ハワイ諸島北方・約二四〇海里の洋上に達しており、オアフ島に在泊する太平洋艦隊主力に対して、艦載機による奇襲攻撃を敢行しようとしていた。

第一航空艦隊司令長官・南雲忠一《ちゅういち》中将の率いる空母は全部で六隻。南雲中将は、空母「赤城」と「加賀」で編制された第一航空戦隊を直率し、「赤城」に将旗を掲げて出撃していた。

旗艦「赤城」は二段空母である。

このとき「赤城」が積んでいた搭載機は、零戦二一機、九九式艦爆一八機、九七式艦攻二七機の計六六機で、第二次改装完了直後の定数・常用七二機よりも、六機少ない状態であった。

零戦をはじめとする搭載機が、すべて最新のものに代わっていたからである。

二段空母「赤城」は、搭乗員連中からかなり不評をかっていた。

気性が荒く口の悪い搭乗員は、ほかの空母の搭乗員に対して、

「貴様らはいいな……。『赤城』から発艦するのは、至難のワザだ！　発艦するたびに、寿命が一年ずつ縮まるよ！」

とさかんに不評を言った。

事実「赤城」には、特に優秀な搭乗員が集められており、彼らの腕前には、ほかの空母の搭乗員も一目置いていた。

だから、他空母の搭乗員は、

――やろうと思えば、俺たちにだってできる！

と心でそう思っていても、正面切って盾突くようなことはなかった。

無論「赤城」の搭乗員も、ほかの空母の搭乗員が充分優秀であると認めていた。

だが、〝さらに自分たちは特別なんだ！〟と言いたいがために、あえて彼らは、「赤城」の危険性を強調する、という傾向があったのである。

関係者は皆、薄々そのことに感づいていた。

ちなみに同じ一航戦の「加賀」の搭乗員は、「赤城」からも発艦できるよう訓練されていた。したがって、やはり慣れの問題だったと言えよう。

所定の地点に到達した南雲機動部隊は、淵田美津雄《ふちだみつお》中佐を総隊長とする、第一波攻撃隊・一八三機を発進させた。

淵田自身が機乗する九七式艦攻は、「赤城」の下部飛行甲板から発進した。

空母「赤城」の第一波は、零戦九機、九七式艦攻二七機である。

淵田機だけではない。三六機すべてが二段目の下部飛行甲板から発艦した。が、格納庫と繋がっている飛行甲板から、直接発艦するというのは、まるで〝トンネルから抜け出してそのまま空へ飛び出すような〟感覚で、慣れていなければかなりの恐怖を感じる。

だが、空中で宙返りを行うような連中なので、その辺はお手のもの……。ただし横風が吹くと、やはり危険なので、それを知らせるための発艦指揮所が〝トンネル〟開口部の飛行甲板・左右に設けられていた。

このときは波が高く、艦は相当動揺しており、北風も強かったが、風向きはほぼ一定していたので、空母「赤城」の第一波・三六機も、全機無事に発艦していった。

第二波は、「赤城」からは、零戦九機と九九式艦爆一八機が用意された。同じく全機が、下部飛行甲板から発艦し、まもなく上空で編隊を組み終えて、一路オアフ島を目指して進撃して行った。

――よく、ここまで無事にもってこられた……。あとは航空隊の戦果に期待するしかない。

南雲は、ようやく一息ついて、しみじみと上空の大編隊を見送ったのである。

2

南雲機動部隊による〝真珠湾奇襲〟は、完全に成功した。

旗艦「赤城」には、攻撃隊からの戦果報告が続々と入ってくる。

真珠湾にいた米戦艦八隻のうち、一隻が轟沈《ごうちん》、四隻が転覆もしくは擱座《かくざ》、そして、残る三隻も小、中破していた。

太平洋艦隊主力は、少なくとも数ヵ月は作戦できないものと思われる。

また、ヒッカムやホイラーなどの主要航空基地にも、壊滅的な損害を与えており、米軍が組織立った反撃を行うのは絶望的だろうと思われた。

しかし、真珠湾には空母が一隻もいなかった。

南雲には、その所在がつかめていない。

――もし、この近海に米空母が行動していれば……

と考えると、彼は反撃を喰う危険性を拭い去ることができなかった。

総隊長の淵田は、第二波の攻撃もすべて見届けたうえで、ほとんど最後に「赤城」へと帰投した。

帰投後すぐに、彼は発着艦指揮所へ行き、ほかの隊長の報告も受けて戦果を整理し、南雲長官への報告を急いだ。

すでにそのころには、反復攻撃のための第三波の攻撃準備が進められており、「赤城」の下部飛行甲板では、爆弾や燃料を補給した攻撃機が、続々と並べられつつあった。

淵田は、その様子を目にして、思わず気づいてハッとした。

――もし今、敵空母が出てきたら、すぐに発進できるのは「赤城」の攻撃隊だけだ！

そのとおりであった。「赤城」では、格納庫が下部飛行甲板と直結しているので、そのまま発進できる。だが、そのほかの空母では、格納庫で準備した攻撃機を、当然〝エレベーターで上に上げなければ〟発進できないのである。

今は実戦も実戦、そのさなかに身を置いて、淵田ははじめて、そのことを実感した。

——やはり二段に改造したのが正解で、「赤城」の機動力が一番優れているのだ！

しかし、米空母は発見されなかった。

今回は、奇襲攻撃がほぼ完璧に成功し、米空母も現れなかったので、そう複雑な艦載機の運用は求められなかった。

艦橋に上がった淵田は、戦果報告を済ませてその最後に、司令部に対して、第二撃の必要性があると説いた。航空参謀の源田も、彼の主張に同意して、第二撃を主張した。

だが、結局南雲長官は、草鹿龍之介《くさかりゅうのすけ》参謀長の意見を容れて、

——所期の目的は充分に果たした。戦いはまだ始まったばかりで、先は長い。

……ここで欲を出して、虎の子の空母を傷つけたのでは、南方作戦にも支障が出る恐れがある。

とそう判断し、第二撃を断念した。

そして南雲は、麾下《きか》全部隊に対して、内地への引き上げを命じたのである。

真珠湾攻撃では、「赤城」の真価が試される場面はなかった。

だが、内地へ帰投する洋上で、淵田は、源田に対し一つ忠告した。

「おい。今回は〝据え物狩り〟をやったんで、どうということはなかったが、敵が作戦行動中の場合は、飛行機のやりくりには、相当、気を配らにゃならんぞ……」

「……うむ。貴様ら搭乗員はしきりに〝難しい空母だ〟と言うが、そういう意味では、この『赤城』が一番強いのかも知れん」

「おう、貴様もそのことに気づいとったか!?」

「ああ、第三波を準備しているときにな。だが、驚くべきことに山本長官は、八年前に、すでにこのことを直感しておられたのかも知れない……」

と最後に源田が、つぶやくようにそう言ったのである。

3

いざ戦争状態へ突入すると、空母はどの戦線でも〝ひっぱりだこ〟だった。

そのため南雲機動部隊は、八面六臂《はちめんろっぴ》の活躍を強《し》いられ、開戦以来、西へ東へと大忙しだった。が、零戦の素晴らしさと、熟練搭乗員の技量が相まって、南雲機動部隊は出て来た敵を、片っ端から片づけていった。

昭和十七年三月中には、ほぼ南方資源地帯の制圧も終えて、日本軍は、当初の予想をはるかに上回る速さで、第一段作戦を成功裏に収めた。

そして四月には、南雲機動部隊は、陸軍のビルマ進攻に合わせてインド洋へ進出し、英国艦隊を撃滅する作戦に従事した。

この作戦には、もちろん「赤城」も参加した。依然として南雲機動部隊の旗艦である。ところが僚艦の「加賀」は、南方作戦中にパラオで暗礁に触れ、艦底と艦首を破損したため、内地で修理を行うことになった。

したがって南雲長官は、「赤城」「飛龍《ひりゅう》」「蒼龍」「翔鶴《しょうかく》」「瑞鶴《ずいかく》」の空母五隻で、インド洋作戦を行うことになった。

昭和十七年四月五日、作戦は南雲機動部隊のセイロン島・コロンボ空襲によって開始された。

コロンボ攻撃隊の編制は、零戦三六機、九九式艦爆三八機、九七式艦攻五四機で、総隊長を務めるのは淵田である。

旗艦「赤城」からは、零戦九機、艦攻一八機が参加した。が、敵艦隊が出て来たときのために、艦上には、零戦九機と艦爆一七機が残されていた。

前日、南雲機動部隊は英軍の飛行艇に発見されていたので、淵田の攻撃隊がコロンボ上空に進入すると、すでに約五〇機の敵機が待ち構えていた。

——おう、やはり出て来たな！

と淵田はそう思ったが、このころの零戦は無敵である。三〇分ほどの戦闘で、随伴の味方戦闘機隊がほとんどの敵機を叩き落とした。が、零戦は一機が自爆しただけであった。

——このときを逃すか！

とばかりに空中戦の間隙《かんげき》を縫って、淵田が攻撃を命ずる。が、期待していた英艦隊の姿はなく、攻撃隊は、二線級の仮装巡洋艦や旧式駆逐艦などを爆撃して、わずかにうっぷんを晴らすしかなかった。

淵田は、攻撃目標を飛行場、油槽船、商船などにも拡大していった。

そしてすべての爆撃を終えて、淵田が引き揚げを命じようとした。ちょうどそのとき、どこから来たのか敵戦闘機約一〇機が現れ、急襲を受けた。

——くそっ！　伏兵か!?

さすがの淵田も、一瞬ヒヤッとした。が、すぐに落ち着きを取り戻し、彼は密集隊形を採って敵機を迎え撃った。

もちろん艦攻や艦爆では、戦闘機の運動性能には歯が立たない。だが、淵田のとっさの判断が功を奏し、敵戦闘機六機を撃墜して、なんとかその攻撃を退けた。

しかし、戦闘が終わったとき、味方も六機の艦爆を失っていたのである。

淵田は、無為な作戦を行っているような気がしてならなかった。

――機動部隊の戦力は、敵主力との決戦に備えて、温存しておくべきだ！

だが、南方作戦といい今回の作戦といい、戦う相手は二線級の敵ばかりで、淵田としては、何ものにも代え難い熟練の搭乗員を、このような戦いで失うのは、実に忍びなかった。

しかし、これが命令である。

淵田は、気を取り直し「赤城」に打電した。

『第二次攻撃を準備されたし。港内に油槽船二〇隻あり、地上砲火あり、敵機数機。高度一〇〇〇メートル付近に密雲あり』

また淵田は、司令部に対して、

『港外に退避したと思われる敵艦隊を、急いで捜索してもらいたい』

とも進言した。

南雲長官は、ただちにこの進言に応じて、巡洋艦搭載の水上偵察機に発進を命じた。

空母五隻の艦上はてんてこ舞いだった。

淵田からの第二次攻撃準備の要請を受けて、雷装して待機していた艦攻は、地上攻撃用の爆弾に換装しなければならない。また艦爆も、同じ二五〇キロ爆弾ではあるが、地上攻撃用のものに換装する必要があった。

旗艦「赤城」の艦上では、待機していた九九式艦爆一七機に対して、急遽、爆弾の積み替え作業が行われた。

ところが、その約一時間半後、重巡「利根」から発進した水上偵察機が、

『敵重巡らしきもの二隻見ゆ！』

と報告してきたのである。

4

利根機の報告を受けて、南雲司令部はにわかに色めき立った。

「敵艦への攻撃を優先すべきです！」

源田がただちに進言した。

だが草鹿が、それに加えて言った。

「敵重巡を攻撃するとなると、先に爆装を命じた艦攻は、再び雷装に転換する必要があります」

南雲は、草鹿の進言にうなずいて、

「うむ。第五航空戦隊の空母『翔鶴』『瑞鶴』は、再び雷装に転換せよ！」

と命じた。

しかし、両艦の兵装転換作業を終えるには、最低でも一時間は必要であった。

いっぽう、「赤城」「飛龍」「蒼龍」では艦爆が待機しており、こちらも陸用爆弾から艦船攻撃用の通常爆弾への転換が命ぜられた。

ところが、利根機の報告の約五〇分後に、今度は軽巡「阿武隈《あぶくま》」発進の水偵が、

「敵駆逐艦二隻見ゆ！」

と報告してきた。

この報告を受けて、再び源田が、

「敵が重巡ではなく駆逐艦なら、艦爆だけの攻撃でも充分に撃破できます！」

と力説した。

今度は草鹿も黙っている。南雲は、すぐに源田の進言を採用して、

「よし、『赤城』『飛龍』『蒼龍』の艦爆隊は、準備出来しだい発進せよ！」

と命じた。

艦爆搭載の二五〇キロ爆弾は、艦攻の八〇〇キロ爆弾や魚雷に比べて重量が軽いので、当然その分、兵装転換に必要な時間も短くて済む。

しかも、艦攻の場合は、雷撃と水平爆撃では攻撃方法も命中率も大きく変わってくるが、艦爆の場合は、同じ降下爆撃で攻撃するので、陸上攻撃用の二五〇キロ爆弾でも、艦船に対する爆撃効果は充分に期待できた。

だから南雲は、兵装転換が全部終了するのを待たず、艦爆隊に発進を命じた。現に五三機の艦爆のうち一六機は、陸上攻撃用の二五〇キロ爆弾を装備したままで、発進していったのである。

ところが、この艦爆隊が発艦している、そのさなかに、最初の利根機がまたもや、『敵艦二隻はケント型重巡なり、艦種確実！』

と報告してきた。

この報告に、旗艦「赤城」の司令部は、困惑の色を隠し切れなかった。

――なにっ、やっぱり重巡か！……ならば艦爆だけでは、撃沈できないかも知れんぞ！

と誰もがそう思った。

しかし、もうそのころには、艦爆の約半数近くはすでに発艦しており、コロンボを空襲した淵田の攻撃隊も、全機が各母艦に帰投していた。

この状況に、源田はすぐにピンときた。

――よし！二段空母の能力を発揮させるのは、まさに今しかない！

とそう直感するや源田は、草鹿参謀長に目配《めくば》せをして艦橋から離れ、急いで帰投機の状況を確認しに行った。

旗艦「赤城」では、淵田機より先に着艦していた村田重治《しげはる》少佐の艦攻九機が、ちょうど下部飛行甲板へ下ろされようとしていた。

いっぽう、第五航空戦隊「翔鶴」「瑞鶴」の艦攻は、兵装転換に手間取って、まだまだ発進できそうにない。

艦橋に戻り、ついに意を決した源田は、

「コロンボ攻撃から帰って来た、艦攻九機に雷装を命じ、急ぎ追加で『赤城』から発進させます」

と南雲にそう進言した。

草鹿も反対する理由などない。草鹿が黙っているのでちょっと考えたが、南雲はおもむろに、源田の進言に許可を与えた。

「よし！　準備できしだい、『赤城』の雷撃隊を発進させたまえ！」

この命令を受けて、「赤城」の下部飛行甲板は大忙しとなった。時間は刻々と過ぎる。が、約三〇分で、九機の艦攻に対する魚雷の装着が終わった。

しかも、周知のとおり二段空母「赤城」では、発進する攻撃隊を〝上に〟上げる必要がない。

艦爆隊が発進した約四〇分後には、村田隊長率いる艦攻九機も、全機「赤城」から発艦していった。

ちなみにそのころ、二段空母でない五航戦の「翔鶴」「瑞鶴」では、遅ればせながら艦攻の兵装転換が終わりつつあり、攻撃隊を〝飛行甲板に上げて〟ようやくあと三〇分ほどで、発艦できる見込みとなっていた。

いっぽう、最初に発進した艦爆五三機は、早くも敵艦隊上空へ到達していた。

蒼龍艦爆隊隊長・江《え》草《ぐさ》隆繁《たかしげ》少佐の発した突撃命令が、旗艦「赤城」の艦上でも受信されて、その指揮ぶりが手に取るように伝わってくる。

『飛龍機は敵二番艦をやれ！　……赤城機は一番艦をやれ！』

もちろん江草自身の艦爆も、太陽を背にして先頭で突っ込み、敵一番艦の艦橋後部に、確実に二五〇キロ爆弾を命中させた。

「……ズガァーン！」

これをきっかけに、その後も英・重巡二隻の艦上から、炸裂音が鳴り止むことはなかった。

江草機は、投弾後ただちに上昇し、続けて投下してゆく友軍機に風力、風向などを信号で伝えて、的確に攻撃をサポートしている。「赤城」の艦橋にいる源田にも、その素晴らしい光景が目に浮かぶようだった。

そしてその結末が、まさにあっと言う間にやって来た。……彼らは急降下爆撃だけで、わずか二〇分足らずのあいだに、敵重巡を二隻とも海中に葬り去ったのである。

沈没したのは英重巡「ドーセットシャー」と「コンウォール」の二隻で、このときの爆撃命中率は、なんと八八%を示した。

後日この事実を知らされて、思わずがく然とした英・チャーチル首相は、

「日本の海軍機の威力は実に恐ろしい！　……マレー沖では、我が第一級の戦艦二隻が雷撃によって沈められ、そしてまた今回は、急降下爆撃というまったく別の手法で、貴重な重巡二隻を数分間で沈められた。……独・伊空軍と戦った地中海では、戦争の全期間を通じて、このようなことは一度も起こっていない……」

と驚嘆したのである。

5

艦爆隊があまりにも見事な攻撃を行ったので、あとから発進した村田少佐の雷撃隊は、結果的には獲物にありつけなかった。

だが、敵が重巡ではなく、戦艦もしくは空母だと仮定した場合、雷撃隊が大きな役割を果たしていたはずで、このとき多くのものがはじめて、

――やはり二段空母「赤城」の機動力が、もっとも優れている！

と認識したのである。

準備の遅れた「翔鶴」「瑞鶴」では、攻撃目標が海上から消滅したため、攻撃隊の発進はもちろん取り止めとなった。

そして南雲機動部隊は、出撃した攻撃隊の全機を収容し、この日の戦闘をすべて終えた。

だが、彼らに予定されていたインド用作戦は、これで終わりではなかった。

その四日後の四月九日には、南雲機動部隊は、セイロン島の東側に位置する、トリンコマリー軍港を空襲した。

――またも基地攻撃か！

淵田は、相変わらず気乗りがしなかった。が、いざ出撃となると、やるべきことはきっちりとやる！　決して油断したり、手を抜いたりはしない。それが彼の一味違うところだった。

攻撃はコロンボ空襲と同じ要領で実施され、港内の仮装巡洋艦や商船、陸上施設などに打撃を与えて戦果を収めた。が、その攻撃の終了直後に、またもや戦艦「榛《はる》名《な》」の水上偵察機が、

『敵空母ハーミズ、及び駆逐艦三隻見ゆ！』

と司令部に報告してきた。

英海軍の「ハーミズ」は、排水量一万トンそこその軽空母である。

南雲はただちに、麾下空母五隻の艦上で待機していた、零戦六機、艦爆八五機に発進を命じ、今回も急降下爆撃による攻撃だけで、わずか一五分のあいだに「ハーミズ」と駆逐艦「ヴァンパイア」その他商船などを轟沈して、勝利を手中に収めた。

まさに鎧袖一触《がいしゅういっしょく》、向かうところ敵なしである。

――ようやくマシな獲物にありつけた！

今回は、小型とはいえ空母一隻を仕留めたので、淵田の気持ちも少しは晴れた。

ところが、機動部隊がシンガポールに凱旋してみると、そこで待っていたのは、上級司令部の現場を無視した命令の押し付けだった。

連合艦隊司令部は、五月はじめに実施するポートモレスビー攻略作戦に、五航戦の空母「翔鶴」「瑞鶴」を分派せよというのである。

――航空隊は、まるで消耗品扱いだ！

この命令が、またもや淵田を憤激させた。

五航戦はロクな休養も与えられず、充分な作戦準備や訓練を行えないまま、場当たり的に戦場へ投入される。そして一、二航戦は二線級の敵ばかりを相手にして過信に陥り、司令部にまで驕りの風潮が蔓延《まんえん》している。

相手が宿敵・米空母ならまだしも、

——亡くした優秀な搭乗員は、二度と返ってこないことが分かっているのか！

と淵田は、叫びたい気分だった。

——第一航空艦隊の空母六隻は、真珠湾攻撃のようにまとめて決戦に用いるべきであり、絶対に作戦ごとに分割すべきでない！

これが淵田の本音だった。

だが、ポートモレスビー攻略作戦は、上級司令部によって、すでに決定されていた。

空母「翔鶴」「瑞鶴」は、第四艦隊の指揮下に編入されて南太平洋方面へ出動し、米軍機動部隊とのあいだで珊瑚《さんご》海《かい》海戦が生起する。

この海戦において五航戦は、米空母「レキシントン」を轟沈し、同じく「ヨークタウン」を中破させる。が、味方も空母「翔鶴」が敵急降下爆撃機の爆弾三発を喰らって中破し、さらに五航戦と別行動を執っていた軽空母「祥鳳《しょうほう》」も、米軍艦載機からの集中攻撃を受けて、日本軍初の空母喪失艦となってしまった。

五航戦はこの海戦で多くの搭乗員を失い、無傷の空母「瑞鶴」も、しばらくは作戦できない状態に陥ってしまう。が、失った彼らもまた、淵田の大切な部下なのである。

結局、淵田のいやな予感は的中する。

――妾《めかけ》の子でも勝てたと、一、二航戦の連中はいい気なもんだ！　上級司令部の作戦方針にも首を傾《かし》げたくなる。……やはり一航艦の空母六隻は、絶対に分割すべきではなかった！

実際、連合艦隊司令部も、当初は空母六隻でミッドウェイ作戦を行うつもりでいた。

ところが、今やその計画は完全に狂い、南雲機動部隊は「翔鶴」「瑞鶴」の二空母を欠いたまま、「赤城」「加賀」「飛龍」「蒼龍」の空母四隻だけで、運命のミッドウェイへ向け、五月二十七日に内地を出撃することになる。

第四章　激戦！　ミッドウェイの明暗

1

日本のミッドウェイ作戦は、事前に、アメリカ側に暗号解読されていた。

もちろん米軍は、空母「赤城」が〝二段式〟に改造されたことも、ずっと前から知っていた。……でも、だからどうということはない。

とにかく日本軍の企図を察知した米軍は、日本軍とは対象的に緊張感を持って事に当たり、珊瑚海海戦で損傷した空母「ヨークタウン」に緊急修理を施し、同艦を含めた空母三隻を、ミッドウェイ環礁の北北東・約三二五海里の地点に進出させて、日本軍機動部隊を待ち伏せした。

空母「エンタープライズ」と「ホーネット」を加えた三隻である。

空母「エンタープライズ」と「ホーネット」を指揮するレイモンド・A・スプル

ーアンス少将は、空母「ヨークタウン」を指揮するフランク・J・フレッチャー少将と協議したうえで、

〝日本軍の艦載機がミッドウェイを攻撃したあと、その艦載機の収容や、次の発進準備に追われている時間帯を狙って、日本の空母部隊に攻撃を加えるべきである〟

と決定した。

そして、この機動部隊の攻撃には、ミッドウェイ環礁に配備されている爆撃機も、同時に策応することになっていた。

ミッドウェイ海戦は、ほとんど、米軍側の立てたこの筋書きどおりに進んだ。つまり、南雲機動部隊は意気揚々と内地を出撃したが、実は米軍機動部隊に完全に待ち伏せされる。

昭和十七年六月四日、午前四時三十分（現地時間）ミッドウェイの北西・約二五〇海里の洋上に達した南雲機動部隊は、空母四隻の艦上から一〇八機の攻撃隊を発進させた。

南雲機動部隊・ミッドウェイ攻撃隊　計一〇八機

第一航空戦隊　南雲長官直率

空母「赤城」　零戦九機　九九艦爆一八機
空母「加賀」　零戦九機　九九艦爆一八機
第二航空戦隊　山口多聞司令官
空母「飛龍」　零戦九機　九七艦攻一八機
空母「蒼龍」　零戦九機　九七艦攻一八機

零戦三六機、艦爆三六機、艦攻三六機で編制された攻撃隊は、飛龍艦攻隊・隊長の友永丈市《ともながじょういち》大尉に率いられてミッドウェイへ進撃した。

真珠湾攻撃以来の総隊長・淵田中佐は、このとき盲腸を患《わずら》っており出撃できなかった。が、それでも彼は、「赤城」の医務室から這い出して、友永の攻撃隊を見送った。

日本軍の主たる作戦目標は、ミッドウェイ環礁の占領である。が、米軍機動部隊が出て来たときのために、「赤城」の艦上には艦攻一八機、「加賀」には艦攻二七機、そして「飛龍」「蒼龍」には、それぞれ艦爆一八機ずつが残されていた。

艦上に残されたこれら艦載機は、無論、敵艦攻撃用なので、艦攻には魚雷が搭載され、艦爆には二五〇キロ通常爆弾が搭載されていた。

友永のミッドウェイ攻撃隊が発進したあと、各空母の飛行甲板上には、すぐに敵艦攻撃用のこれら艦載機が並べられた。が、南雲司令部は、米軍機動部隊の出現には懐疑的で、

――もし、敵機動部隊が真珠湾から出撃して来るとしても、それは、我々がミッドウェイを攻撃したあとだろう。

と決め付けていた。

友永の攻撃隊がミッドウェイ上空に到達すると、敵戦闘機二六機のお出迎えを受けた。

米軍・ミッドウェイ基地では、日本軍の艦載機に空襲されると予想していたし、基地に装備していたレーダーが友永隊の接近を確実に捉えていたので、戦闘機だけでなく、爆撃機や攻撃機もすべて基地上空に上げて退避させていた。

友永隊は、敵の戦闘機と対空砲火によって、零戦二機、艦爆一機、艦攻四機を失った。が、零戦が敵戦闘機一四機を撃墜し、制空権の確保に成功したので、計画どおりの爆撃を実施した。

ところが、敵飛行場は〝もぬけの殻〟で、敵爆撃機などを〝地上で撃破しよう〟ともくろんでいた日本側からすれば、友永隊の爆撃効果はまったく不充分であった。

これは決して友永のせいではなかったが、彼自身潔《いさぎよ》く、攻撃が不充分であることを認めて、

――この程度の戦果では、我が機動部隊がミッドウェイから空襲される不安は、拭い去れない。

と正当な判断を下した。

そして友永は、旗艦「赤城」の司令部に対して、

『第二次攻撃の要あり！』

と打電したのである。

2

友永の電報が「赤城」に届いたのが、午前七時五分で、そのときには、友永隊とほぼ同時に発進させていた各偵察機は、すでにそれぞれの哨戒線の先端に到達していた。

だが、どの偵察機からも敵発見の報告はない。

――やはり米軍機動部隊は、臆病風に吹かれて出て来られないのだ。

と南雲司令部は、そう判断して、午前七時十五分に兵装転換を命じた。

つまり待機していた艦攻に、雷装から爆装へ変更するよう命じ、同じく艦爆にも、通常爆弾から陸用爆弾へ変更するよう命じた。

もうそのころには、ミッドウェイから米軍の爆撃機や雷撃機が来襲し、南雲機動部隊に攻撃を行うので、司令部としては気が気ではなかったが、零戦が次々と敵機を撃ち落とし、さらに各空母の艦長も巧みな操艦で命中を回避していたので、日本の空母四隻は無傷のまま切り抜けていた。

しかし現に、ミッドウェイから来たと思われる敵機から攻撃を受けたので、友永隊長からの第二撃の要請は妥当であり、司令部としても、

――ミッドウェイ基地への再攻撃を、急がなければならない！

と当然のように判断した。

ところが、それから約三〇分後の午前七時四十分に、ただ一機だけ遅れて発進していた偵察機・利根四号機が、

『敵らしきもの一〇隻見ゆ！』

と「赤城」に報告してきたのである。

この予想外の報告を受けて、司令部では誰もが困惑の色を隠しきれなかった。だ

が、さすがに南雲はすぐに対応し、報告を受けた約五分後の午前七時四十五分には、

「爆装に転換の終わっていない攻撃機の雷装は、そのままとせよ！」

と兵装転換の中断を命じた。

この時点で転換作業は、ほぼ半分まで終了していたが、この敵がもし機動部隊なら、ミッドウェイへの攻撃よりも、当然、そちらの攻撃を優先しなければならない。

問題は、この敵艦隊に、〝空母が含まれているかどうか!?〟であった。

南雲はまもなく、利根四号機に対して、

〝艦種知らせよ！〟

と指示した。

そして利根四号機は、この命令に応じてようやく午前八時〇九分に、

『敵兵力は巡洋艦五隻、駆逐艦五隻なり！』

と報告してきた。

司令部ではこの報告を聞いて、誰もが一瞬ホッと胸をなでおろした。

――空母がいなければ、攻撃を後回しにしても、そう差し障りはない。

と皆が一様にそう思った。だが、よく考えてみると、この不気味な敵艦隊は、利根機の報告では〝南雲機動部隊の艦載機の攻撃圏内〟で行動しているのである。

繰り返すが、〝無敵を自認する〟南雲機動部隊の攻撃可能圏内である。……昼間〝空母もなしに〟米軍がこのような、自殺行為的な部隊を出撃させるとは、常識的に考えられなかった。

だが「赤城」の艦橋では、このことを口に出して言うものは、誰一人としていなかった。……が、唯一「飛龍」に座乗していた山口司令官は、このことを直感していたかも知れない。

そしてまもなく、そのことは証明された。

午前八時二十分、利根四号機が、

『敵は、その後方に空母らしきものを伴う！』

と報告してきたのである。

3

南雲の司令部は一瞬にして凍りついた。

参謀長の草鹿は絶句し、

——えらいことになった！

と思った。が、南雲の顔色をうかがうのが精いっぱいで、何も言うことができない。

航空参謀の源田は、

——しまった！　敵に待ち伏せされた！　全力を挙げて、まずこの敵を叩かなければならない！

とそう直感した。だが問題は、それをどうやるかであった。

旗艦「赤城」の混乱を察したかのように、第二航空戦隊司令官・山口少将が、駆逐艦「野分《のわき》」を中継して、

『現兵装のままで、即刻、攻撃隊を発艦せしむるを可と認む！』

と信号してきた。

だが、南雲機動部隊はこのとき、攻撃隊の即時発艦を躊躇《ちゅうちょ》せざるを得ないような、困難な問題を三つ抱えていた。

第一は兵装転換の件である。敵空母を攻撃するとなると、一時中断した爆装への転換を、完全に中止し、再び雷装に戻さなければならない。だが、それには時間が必要であった。

第二は攻撃隊に付ける戦闘機の件である。友永隊以外の手持ちの戦闘機は、来襲

した敵機を迎撃するため、すべて艦隊上空に飛ばしており、しかもそれらの零戦は、このさなかも戦闘を続けていた。

第三は友永隊収容の件である。ミッドウェイを攻撃した友永隊が、すでに機動部隊上空に帰投しつつあり、今、攻撃隊の発艦を優先させれば、友永隊の多くの機が、海上への不時着を余儀なくされる。

これら三つの問題をどう処理するかは、まさに航空参謀である、源田の肩に掛かっていた。

だが源田も、これほどの重圧を感じたのははじめてだった。これらの問題は三つとも、まったく無視できない重大なものばかりである。

ところが、この三つの問題を一挙に解決できる方法が一つだけあった。……山口司令官の進言を黙殺し、攻撃隊の即時発艦をあきらめて、時間を稼げばそれでよいのである。

流感にかかり頭がボヤッとしていた源田は、本来の冴えを欠き、努めて楽観的に考えようとした。

——敵空母から先制攻撃を受けるのは必至である。……だが、ミッドウェイから来襲した敵機はほとんどやっつけた。零戦は無敵だ！　敵空母機も、零戦がなんとか全部片づけてくれるであろう。

しかし、敵機は次から次へとやって来る。

いつ命中弾を喰らうかと思えば、不安を拭い去れないのも事実で、山口司令官が進言してきたように出来るだけ早く、敵空母を攻撃しなければならないのも当然であった。

だが、それでも源田の頭のなかは、

——やはり友永隊を、見す見す海上に不時着させるわけにはいかない！

という考えでいっぱいだった。

ところが、「赤城」は二段空母である。

彼が、現状をもう一度よく確認してみると、待機している艦攻は、すべて下部飛行甲板で兵装転換を行っており、上部飛行甲板は〝まるっきり空いている〟ではないか……。しかも、その上部飛行甲板に人影があり、よく見るとそれは淵田で、彼はこちらを見上げて、自分の頭をコンコンと小突く振りをし、何か訴え掛けようとしていた。

——源田！　しっかりせんか！　飛行甲板が二段あるのは何のためなんや！

源田は、その瞬間にハッと気づいた。そして、あわてて彼に向かって、大きくうなずき返した。

――そうだ！　あいつは真珠湾攻撃の帰りに、しきりに「赤城」の重要性について示唆していた。……それに八年ほど前、山本長官が、私でも飛行機に乗れるかね……、と聞いてまで、真剣に取り組んでおられた「赤城」の二段改造である。

このとき源田は、ようやく過信から目覚め、現実を見つめる目を取り戻した。

――そうだ！　二段空母「赤城」の可能性に賭けてみるのは、まさに今しかない！

そう思うや、彼は、希望的観測を一切止めて、三つの困難に正面から立ち向かう覚悟を決めた。

そして源田は、南雲に対して、ただちに次のように進言した。

「長官！『赤城』の上部飛行甲板は完全に空いております。ミッドウェイ攻撃に参加した『赤城』の攻撃隊と『加賀』の零戦隊だけは、急ぎこちらで収容いたします。さらに『赤城』の下部飛行甲板では、雷装への転換を続けさせてください。その作業が終わりしだい、『赤城』の艦攻と『飛龍』『蒼龍』の艦爆だけで、まず敵空母を攻撃いたします」

だが、この進言には、草鹿がすぐに〝待った〟を掛けた。

「うむ。『赤城』はそれでもよいが、『加賀』の艦爆隊の収容と、攻撃準備はどうするかね?」

源田がすぐに答えた。

「はい。すでに『加賀』では、爆装した艦攻の約半数を飛行甲板に上げておりますので、まず、それらを格納庫へ下ろしてから、帰投中の艦爆隊を収容いたします。……そして、格納庫へ下ろした艦攻に対して順次雷装への転換を行い、それから独自に攻撃隊を発進させるしかありません」

「うーむ。だが、兵力の分散は好ましくない。この際どっしりと構えて、零戦で敵の艦載機を全部叩き落とし、そのあと『加賀』の攻撃隊も含めて、全力で反撃するのが正攻法だ!」

「ですが、参謀長。〝兵は拙速《せっそく》を貴《たっと》ぶ〟とも言います。今はまさにその状況下で、身仕度を整えるあいだに、やられないとも限りません。しかも艦上にある艦載機は、どれも爆弾やガソリンなどの危険物を満載しているのです!」

「確かにその可能性は否定できないが、私の見たところ、敵機の技量は大したことはない。臆病風に吹かれて、そう焦らずともよかろう」

この草鹿の反論に、源田は思わずムッとした。

しかし彼は、怒りを静めて、

「臆病風に吹かれてというご批判は、甘んじてお受けします。ですが、米軍機を甘くみて、決して油断してはなりません！」

とそう釘を刺した。

だが、草鹿は、

「いや、臆病風というのは、確かに言い過ぎた。だが、逆に君は、敵機を過大評価し過ぎるのではないのかね……」

となおも、そう言い返した。

こうなると、もはや水掛け論でしかない。

源田は思わず閉口した。が、司令部のこの決定が日本の命運を左右するのだ。源田としても、簡単に引き下がるわけにはいかない。

彼は、草鹿の目をグッと見据えて、

「敵機を過大評価し過ぎるというご指摘ですが、それではあえて参謀長にお尋ねします。珊瑚海で我が『翔鶴』に傷を負わせたのは、いったいどこの誰でしょうか!?……しかも『翔鶴』は、そのとき〝ほとんど攻撃隊を発進させていた〟ので、最悪の事態を免れたのです！」

と詰め寄った。

源田の言うとおりであった。

珊瑚海海戦では、米軍急降下爆撃機の爆弾三発を受けて空母「翔鶴」が中破した。また、それだけでなく軽空母「祥鳳」も沈没している。だから米軍艦載機の実力は決して侮れない。

これには、さすがの草鹿も返答に窮した。だが彼は、それでもうなずこうとせず、あくまで正攻法にこだわって何か反論しようとした。

だが、草鹿は、

――五航戦は空母二隻だけで戦ったが、今、我々には四隻ある！

と言いかけて、とっさに思いとどまった。

なぜなら、敵空母の数も同じように増えている可能性があり、しかも、敵はすでに、〝我々が四隻であること〟を承知しているはずだが、こちらはいまだに、〝敵空母が何隻なのか〟把握できていないのである。

そこで草鹿は、

――五航戦よりも、我々一、二航戦のほうが、練度が上である。

と言おうとした。が、これもまた途中で止めた。

確かに練度が高ければ、三発の命中弾を二発には減らせるかも知れないが、命中弾なしとするのは、あまりにも虫が良すぎる。

——やはり『加賀』の状況に足を引っ張られて、正攻法でいくのは無理かも。

と草鹿が、そう思い始めたとき、それを察するかのようにして南雲が、

「草鹿君。私も気持ちは同じだが、敵に空母がいる以上、あまりこだわり過ぎてもいけないようだ。彼が言うように、やはりこの場合、二段空母の利点を活かすべきではないかね……」

とそうつぶやいたのである。

南雲としては、当然の判断である。

草鹿にとって、南雲のこの一言はあまりにも大きかった。

草鹿もようやく承認し、うなずいて、

「よし、それでは……君の案に賭けてみよう」

と源田に、そう言ったのである。

4

南雲司令部の方針は決まった。

旗艦「赤城」では、ミッドウェイへの攻撃に艦爆を使い、艦上で待機していた艦載機は、すべて艦攻だった。

その待機していた艦攻一八機は、下の飛行甲板で兵装転換を行っていた。今度は当然、雷装への転換である。だが「赤城」では、この艦攻を上に上げる必要がない。そこから直接発艦できるからだ。

したがって、「赤城」の上部飛行甲板には、このとき飛行機が一機もいなかった。当然ながら、源田はそのことに目を付けた。

だから「赤城」では、ミッドウェイの攻撃から帰って来た艦爆一八機と零戦一六機(うち八機は加賀機で、ミッドウェイ攻撃中に「赤城」「加賀」で、それぞれ零戦一機ずつを喪失)を、ただちに着艦させることができた。……収容を開始したのが、午前八時四十分ごろであった。

もちろんその間も、下部飛行甲板では艦攻の兵装転換が続けられていた。……約半数の艦攻が八〇〇キロ爆弾を装備していたので、それを魚雷へ積み替えるのに約一時間を要した。

　つまり旗艦「赤城」では、午前九時四十分には、雷装への転換をすべて完了し、艦攻隊の出撃準備が整った。

　だが、艦攻だけで出撃させるのは忍びない。そこでミッドウェイ攻撃から帰投した「加賀」と「赤城」の零戦から、損害軽微なものを九機選び出し、その九機に銃弾、及びガソリンを補充した。

　この零戦の補給作業は、いちいち格納庫（下部飛行甲板）へ下ろさなくても可能である。現に、艦隊上空で戦闘中の零戦は、何度かこの作業を行って、再び発艦していった。

　結局、「赤城」の上部飛行甲板では、午前九時までに、「加賀」の零戦も含め、ミッドウェイ攻撃隊の全機を収容し、九時四十五分には、九機の零戦が同じ上部飛行甲板上で、再発進の位置に付いた。〝上〟からも〝下〟からも発進できるというのは、それこそ二段空母の成せるワザだった。

　つまり「赤城」では、米空母に対する第一波攻撃隊として、午前九時四十五分までに、〝上〟から零戦九機を、そして〝下〟から艦攻一八機を、準備することができたのである。

いっぽう、「飛龍」艦上の山口司令官は、

――まず『赤城』『飛龍』『蒼龍』の艦載機だけで、敵空母を攻撃する。

という「赤城」からの信号を受けて、源田の〝頭のなかにあるやり方〟をただちに理解し、すぐにそれを実行に移した。

第二航空戦隊の「飛龍」「蒼龍」では、ミッドウェイの攻撃に艦攻を使い、艦上で待機していたのはすべて艦爆だった。艦爆の兵装転換はそれほど手間が掛からない。

空母「飛龍」では、待機していた艦爆一八機のうち約半数が、陸用爆弾を装備した状態ですでに飛行甲板上に上げられていた。だから、友永隊を収容するためには、まず、これらの艦爆を格納庫に下ろす必要があった。

しかし、全部下ろしていたのでは時間が掛かると考えた山口は、そのうちの六機を、陸用爆弾装備のままで、飛行甲板の最前列へ移動させて、それから友永隊の収容を開始した。

したがって、格納庫には一二機の艦爆が在り、そこで艦船攻撃用の通常爆弾への換装が行われた。とはいっても、もともと格納庫にあった機体のうちの六機は〝通常爆弾を装備したまま〟だったので、たった今、上から下ろされてきた機体を含めて、六機を換装するだけでよかった。

また、空母「蒼龍」でも、ほとんど「飛龍」と状況は変わらず、このとき同様の作業が進行中であった。……だから「飛龍」と「蒼龍」では、兵装転換に手間取ったというよりは、むしろ艦載機の〝上げ下げ〟に時間を必要とした。

もちろんこれらの作業は、併行して進められていたので、正確に区切って時間を示すことはできないが、「飛龍」「蒼龍」では、兵装転換に約三〇分、そして、機の上げ下げに約四〇分を費やした。

また、山口はその間に、攻撃隊に随伴させる戦闘機として「飛龍」「蒼龍」から、それぞれ三機ずつの零戦を準備させた。……いや、二段空母でない両艦では、三機ずつ準備させるのがやっとだった。

結局、第二航空戦隊は、米空母に対する第一波攻撃隊として、零戦六機、艦爆三六機を準備したわけである。が、これらの作業をすべて終えて、飛行甲板上で攻撃隊が発進の位置に付いたとき、時刻は午前九時五十分になろうとしていた。


南雲機動部隊・米空母攻撃隊／第一波　計六九機

第一航空戦隊
空母「赤城」　零戦九機　九七艦攻一八機
空母「加賀」　攻撃参加機なし
第二航空戦隊
空母「飛龍」　零戦三機　九九艦爆一八機
空母「蒼龍」　零戦三機　九九艦爆一八機

零戦一五機、艦爆三六機、艦攻一八機で編制された第一波攻撃隊は、蒼龍艦爆隊・隊長の江草隆繁少佐に率いられて、午前九時五十二分に、三空母の艦上から発進していった。

艦攻一八機はすべて雷装である。だが、艦爆三六機のうち一二機は、陸用爆弾装備のままで出撃していった。

5

空母「加賀」での作業は、遅々として進んでいなかった。

そもそも「加賀」は、あまり運に恵まれた艦ではなかった。二段空母への改造はならず、真珠湾攻撃では一番多くの損害機を出し、パラオで座礁事故を起こし、今また、ただ一艦だけ攻撃隊を出すことができなかった。

ことこの作戦に限って言えば、ミッドウェイ攻撃に艦爆を出撃させたのも、不運と言えば不運の始まりであった。

艦上に残された艦載機が艦攻となり、魚雷から爆弾へ、はたまた爆弾から魚雷への兵装転換を余儀なくされた。

これは無論、「赤城」でも同じことである。

しかし、二段空母でない「加賀」には、この目まぐるしい兵装転換に、さらに艦載機を上げ下げする作業が加わった。

だから整備員にとってはまるで拷問に等しく、さらに「加賀」の航空機用エレベーターは、他空母のものより旧式だったので、作業効率が悪くなるのは当たり前であった。

それでも彼らは必死で作業を行い、「加賀」では午前十時三十分に、攻撃隊の発進準備が整う予定であった。……「飛龍」「蒼龍」より、さらに四〇分ほど遅れての発進である。

「加賀」は、午前十時十分過ぎに、着艦したミッドウェイ攻撃隊（すべて艦爆）を、格納庫へ下ろし終えて、同時に雷装を終えた艦攻を、飛行甲板へ上げ始めた。

もうそのころには、「赤城」「飛龍」「蒼龍」から発進した第一波攻撃隊は、上空で編隊を組み終えて一路、米空母を目指し進撃しつつあった。

空母「加賀」の整備員たちは、それを見送る暇もなく、黙々と作業を続けていた。

そして、午前十時二十分には、飛行甲板上に九機の艦攻が並び、多くのものが、さあ、あと一息で、ようやく全機の発進準備が整うぞと思った、まさにそのときだった。

突然、見張り員の一人が、

「……てっ、敵機、急降下！」

と叫んだ。

この絶叫を聞いて、「加賀」の艦上では、ほとんどのものが反射的に空を見上げた。

南雲機動部隊の各空母には、それまでにも断続的に敵艦載機が来襲していた。が、加賀飛行長の天谷《あまや》孝久《たかひさ》中佐は、太陽を背に雲を利用して突っ込んで来る、その〝一群〟を認めて、

――まずい！　これは今までのものとは違う。……相当に訓練されているぞ！

とそう直感した。

だが、彼がそう感じたのも一瞬のことで、急降下の甲高い金属音とともに、すぐに爆弾の雨が十数秒間隔で降りそそいできた。

艦長の岡田大佐が必死の回避運動を行う。

そのため「加賀」は、三発目までを見事にかわした。が、天谷が、

――いかん！

と思った、その次の瞬間に、

「……ズッガァーン！」

とけたたましい轟音《ごうおん》を響かせて、第四発目の爆弾が、同艦後部で待機中だった艦攻の列のなかに命中した。

飛行甲板は一瞬にして火の海と化し、艦攻のガソリンや魚雷に引火して数次の爆発が起こり、すでに手の付けられない状態である。が、命中弾はそれだけではなかった。

続けて投下された五発目と六発目が、連続で前部エレベーター付近に炸裂し、一発がエレベーターを貫通して、その下の格納庫内で爆発した。

そのため格納庫で整備を終わり、上に上げられようとしていた零戦が、その爆発

で瞬く間に火だるまとなって燃えた。

ところが、さらに重大な被害をもたらしたのは、もう一発のほうだった。

その三発目の命中弾が炸裂したとき、艦橋近くにあったガソリン車に引火し、その暴発で艦橋が吹き飛ばされて全員が戦死した。

そのため天谷は、生き残った将校の先任となってしまい、彼が「加賀」の指揮を執って、全力で消火に当たらなければならなかった。

だが、火は燃え広がるばかりで、いっこうに収まる気配がない。……そんな状態のところに、ついに止めとしか言いようのない四発目の命中弾が、左舷中央部に炸裂した。

「……ズッガァーン！」

すでに電力も動力も途絶えて、荒れ狂う業火を消し止める手段はまったくなかった。

しかも、これら一連の悪夢は、わずか数分間の出来事だったのである。

6

空母「加賀」の沈没は時間の問題であった。

ところが、爆撃を受けたのは、「加賀」だけではなかった。旗艦「赤城」もまた、その約四分後に敵急降下爆撃機からの奇襲を受けた。

このとき、すでに「赤城」は敵空母に対する第一波を発艦させていたし、しばらく敵機の攻撃も途絶えていたので、皆がホッと一息ついたところで、若干の空白が生じた。

その一瞬を突いて、見張り員が叫んだ。

「……急降下！」

淵田は病み上がりにも関わらず、上部飛行甲板にいた。彼が上空をハッと見上げると、敵の艦爆三機が矢のように突っ込んで来るのが見えた。……と同時に、投下された爆弾三発が、まるで吸い込まれるように「赤城」に向かって落ちて来た。

――あっ、これは当たる！

と淵田は、そう思うや、とっさに弾片除けのマントレットの陰に身をひそめた。

一発目は幸いにも右舷の海中へと落下した。が、二発目は飛行甲板のど真ん中、中央部エレベーター付近に命中した。

「ズッガァーン！」

大音響とともに、「赤城」の巨体が揺らぎ、その爆弾はエレベーターをひん曲げて、下部飛行甲板で炸裂した。

それだけではない。続けて来た三発目も、

――命中する！

と直感した淵田は、デッキに腹ばいになり、顔を伏せて頭を両腕でかばった。

「……ズガァーン！」

その爆発音は二発目ほどではなかった。が、これも後部飛行甲板の左舷端を直撃し、そこに駐機していた艦爆数機を吹き飛ばした。だが、これらの機はミッドウェイ攻撃から帰投してきたもので、爆弾は積んでおらず、また、ガソリンもほとんど使い果たしていたため、かえって衝撃をやわらげるのに役立った。そのためか……、直撃弾による衝撃は、淵田が想像していたほど大きくなかった。

「……やはり、攻撃隊を発進させておいたのが、正解だった！」

と彼はそうつぶやくと、すぐ冷静さを取り戻し、よく周囲の状況を確認した。

後部飛行甲板に命中した三発目は、大したことはなかった。

問題は、やはり飛行甲板の真ん中に命中した二発目だった。上部飛行甲板の中央には大きな穴が開いて、そこから黒煙が昇っている。エレベーターもひどくやられて、使えそうにない。

飛行機の発着艦は難しそうだ。が、「赤城」はかなりの速度で航行を続けている。

淵田は、にわかに艦橋を見上げた。

――ああ、なんとか無事のようだ！

草鹿参謀長の姿があり、彼はこちらを心配そうに見下ろしている。

――おそらく源田も無事だろう。

とそう思うと、淵田は、急に〝下〟の状況が気になってきた。

――黒煙が昇っているのは、下部飛行甲板で火災が発生しているからかも知れない……。

彼は急いで下りようとした。が、そこらじゅうに弾片やちぎれたワイヤーなどの残骸が飛び散り、下部飛行甲板にたどり着くまで、一苦労だった。

それでもなんとかして下りると、そこに運用長の高木少佐がおり、まもなく淵田の姿に気づいて、彼が言った。

「おお、総隊長。ご無事でしたか……。幸いにも火災は全部消し止めました。ですが、弾薬庫と爆弾格納庫に注水しましたので、残念ながら飛行隊はもう攻撃できません」

淵田はうなずくしかなかった。そして、ふと見てみると、高木の顔は煤《すす》で真っ黒だった。必死で消火に当たっていたに違いない。

淵田は彼に、

「……発着艦は、もう無理だろうか？」

と聞いてみた。

高木は手を止めて、少し考えてから、

「いや、穴をふさげば、上部飛行甲板は使える可能性があります。……ですが、下はこのとおりで、少なくとも今日中は無理です」

とそう答えた。

淵田は、高木の背中をポンポンと二度叩いて、その仕事ぶりをねぎらい、それからもう一度上に上がって源田の姿を求めた。

源田はやはり艦橋にいた。彼は、淵田に気づくとまず、真っ先に、

「しまった！」

と言い、そして続けて、

「……『加賀』がやられた。だが、『赤城』はどうにか持ち堪えられそうだ……」

とそうつぶやいたのである。

7

いっぽう第二航空戦隊では、空母「蒼龍」も敵機の爆撃を受けていた。

だが、命中した爆弾は「赤城」と同様に二発。しかも、格納庫内にあった艦載機は、すべてミッドウェイ攻撃から帰投してきたもので、爆弾や魚雷を一切積んでおらず、ガソリンもほとんど使い切っていたため、大事には至らなかった。

実は、「蒼龍」への命中弾が、二発で済んだのにはわけがあった。

同艦は、米空母に対する第一波として、零戦三機と艦爆一八機を出撃させていたが、攻撃隊に随伴していたこの三機の零戦が、「蒼龍」に向かいつつある米軍の急降下爆撃隊を発見し、急遽、その迎撃に向かったのである。

攻撃隊を指揮していた蒼龍艦爆隊・隊長の江草少佐は、無論このことを承知していた。というよりも江草は、

――帰る母艦がやられては元も子もない
とそう判断して、この零戦三機を、積極的に迎撃に向かわせた。

米軍・急降下爆撃隊は、空母「ヨークタウン」から発進したもので、実は一七機もいた。だから零戦が迎撃していなければ、「蒼龍」は、さらに多くの爆弾を喰らって、それこそ大惨事となっていたかも知れない。

だが、実際には零戦に不意を突かれたため、ヨークタウン爆撃隊は一一機となった。しかも、このとき日本側は知る由もなかったが、残った一一機のうちの三機は、爆弾起動装置の故障で、進撃途中に海上へ爆弾を落としてしまい、まったく爆弾を搭載していなかった。

したがって、実際に「蒼龍」を攻撃できたのは、八機だけだったのである。

ともかく「蒼龍」も、沈没という最悪の事態だけは免れた。だが、飛行甲板には大きな穴が二つも開いており、空母としての戦闘力は、ほとんど喪失していた。

一瞬の隙を突かれて、日本側で健在な空母は、ただ「飛龍」一艦のみとなっていたのである。

空母「飛龍」の艦上はあわただしく動いていた。もちろん山口も、「赤城」「加賀」「蒼龍」が一斉に被爆したことを承知していた。

「第二波の発進を急がねばならん！」

山口が、彼の航空参謀である橋口少佐に、そう促した。

橋口も、もちろんわきまえている。彼は、山口の言葉にうなずいて、発進準備の進捗状況を確認するため、飛行甲板へ下りていった。

空母「飛龍」は、米空母に対する第一波攻撃隊として、艦爆を発進させた。だから艦上には、ミッドウェイ攻撃から帰投した、零戦六機と艦攻一五機が残っていた。だが、敵の爆撃隊を迎撃した三機の零戦が、被爆した「蒼龍」に着艦できず、「飛龍」に着艦を求めてこれを収容したので、同艦艦上の艦載機は、零戦九機、艦攻一五機となっていた。

しかし、これまでの戦闘で傷を負っている機体が多く、実際に使えそうなのは、零戦六機と艦攻一〇機だけであった。

橋口は、艦攻への魚雷装備はもちろんのこと、それら損傷機の修理も急がせた。

彼は艦橋へ戻ると、すぐ山口に、

「第二波攻撃隊は、あと一時間ほどで発進準備が整います。……零戦六機、艦攻一〇機です」

と報告した。

山口が時計に目をやった。……時刻は、午前十時五十分になろうとしている。したがって第二波は、一時間後の午前十一時五十分には発進させられる。

するとまもなく、第一波攻撃隊の江草隊長から緊急電が入った。

『敵兵力は空母三隻、及び駆逐艦二二隻なり!』

待ちに待った敵艦隊に関する情報だ。が、空母三隻というのは予想よりも多かった。いや、この場合発見したのが三隻で〝実際にはそれ以上いるかも知れない〟と考えてしかるべきだった。

そう考えると、第二波として準備している零戦六機、及び艦攻一〇機では、明らかに兵力不足で物足りない。

山口はにわかに、首席参謀の伊藤清六《せいろく》中佐に向かって、

「……『赤城』の状況はどうかね? 艦載機が使えるかどうか、至急確認してくれたまえ」

と指示を与えた。

この指示に応じて、伊藤は、自分で直接「赤城」へ連絡をとり、一〇分ほどして艦橋に戻って来るとすぐに、山口に報告を入れた。

「司令官。残念ながら、『赤城』から発進を予定していた第二波の艦爆隊は、攻撃

に参加できません。消火の際に、爆弾格納庫へ注水したそうです。……ですが、上部飛行甲板はまもなく使用可能だそうで、直掩《ちょくえん》戦闘機ぐらいなら、なんとか運用できるとのことです」

伊藤の回答にうなずいて、山口が言った。

「うむ。ならば『赤城』には、防空戦に徹してもらうしかない。……上部飛行甲板の応急修理が済みしだい、〝使用可能な艦爆は『飛龍』へ移すように〟と『赤城』の司令部へ伝えてくれたまえ！」

「はい。承知しました」

伊藤は、すぐにそう返事すると、再び通信室へ行って「赤城」と連絡をとった。

旗艦「赤城」には、依然として南雲長官の中将旗が掲げられている。

だが、被爆してからの時間が浅く、復旧作業や原状回復に手間取り、いまだに南雲の司令部は混乱していた。

とはいっても、今は戦闘の真っ最中であり、時間はそう都合よく止まってくれないので、このとき図らずも航空戦の指揮は、実質、山口司令官が執ることになっていた。

まもなく、旗艦「赤城」からは、〝九機の艦爆が使えそうなので、それらを「飛龍」へ移す〞と回答があった。

この回答を受けて、山口はただちに、第二波の攻撃計画を見直した。

そして彼は、直掩戦闘機を一旦、全部艦上に降ろして、攻撃に参加させる零戦の数を増やし、さらに損傷の激しい友永隊長機には無理をさせず、彼の艦攻を攻撃から外すことに決めた。

その結果、米空母群に対する第二波攻撃隊は、零戦一〇機、艦爆九機、艦攻九機の編制に改められ、またこの変更に伴い、山口は、

「第二波の発進時刻は、当初の計画より四〇分繰り下げて、午後十二時三十分とする！」

と決定したのである。

8

完全に待ち伏せされた南雲機動部隊は、米軍機動部隊からの先制攻撃を赦《ゆる》し、空母「加賀」は沈没する運命にあった。また、「赤城」と「蒼龍」は攻撃隊を発進させていたことが幸いし、沈没こそ免れたものの、ほとんど戦闘力を失いかけていた。

まったく日本軍としては大誤算である。だが、両軍機動部隊同士による戦いは、これからが本当の勝負であると言えた。

一旦は米軍に先手を取られた。が、紛れもなく世界最強の練度を誇る、日本軍の一、二航戦の航空隊が、着実に空中を進撃し、今まさに、宿敵米軍の空母三隻に対して、烈火のごとく襲い掛かろうとしていた。

だが、江草隊長はあくまでも沈着冷静だった。まず、敵空母が三隻であることを見定め、そのことを抜かりなく司令部へ通報した。

しかも、三隻という敵空母の多さは、発進するときには予測できなかったことで、江草としては、突撃計画自体を練り直さなければならなかった。

それも瞬時に、である。

――通常なら一隻もしくは二隻に攻撃を集中して、轟沈してしまうべきだ。が、我がほうは完全に後手に回っている。したがってこの場合、轟沈できずとも敵空母三隻すべてに攻撃を加えて、まずは戦闘力を奪うべきだ！

彼は、決して主観に捕らわれず、客観的な状況に応じてその計画を練り直す、思考の柔軟性を備えていた。

午前十一時五分、意を決した江草は、攻撃隊全機に突撃を命じた。

彼が見たところ、敵空母は三隻ともエンタープライズ型であった。

江草は、少し手前に離れている敵空母へ、小林道雄《みちお》大尉の飛龍爆撃隊を向かわせ、そして敵の一番艦と思われる先頭の空母に、彼自身の蒼龍爆撃隊を、またその後ろの二番艦と思われる空母に、村田重治少佐の赤城雷撃隊を向かわせた。

日本軍の第一波攻撃隊は、空母「ヨークタウン」に小林大尉の艦爆一八機が、空母「エンタープライズ」に江草少佐の艦爆一八機が、そして、空母「ホーネット」には、村田少佐の艦攻一八機が襲い掛かったのである。

しかし、このとき米空母は三隻とも、すでに対空見張り用レーダーを装備していた。

米軍・スプルーアンス少将は、レーダーに映った敵機の編隊を認めて、機動部隊の約一五海里手前に三六機のワイルドキャット戦闘機を上げ、日本軍の攻撃隊を迎撃してきた。

攻撃隊に随伴していた零戦はわずか一二機。したがって優秀だが、数の上で劣る零戦は、必然的に苦戦を強《し》いられた。

猛烈な空中戦が繰り広げられて、戦いはしだいに格闘戦にもつれ込み、そして、その空戦の輪が米軍機動部隊の上空に到達したとき、日本軍の攻撃隊はすでに、零戦六機、艦爆一三機、艦攻七機を失っていた。

だが、目標上空に到達しさえすれば、百戦錬磨の日本軍攻撃隊は、まさに鬼神のような恐ろしいほどの威力を発揮した。

まず空母「ヨークタウン」上空に、一〇機の九九式艦爆が突入した。小林隊長が間髪を入れずに、全機突撃を命じる。敵空母は輪形陣を敷いており、その対空砲火は激烈だが、それで怯《ひる》むものなど誰もいない。……艦爆三機が突如火を噴いた。

だが、その次の瞬間、きらきらと輝く空母「ヨークタウン」の飛行甲板に、三回立て続けに、爆炎が立ち昇った。

「ズガァーン！　……ズガァーン！　……ズガァーン！」

それだけではない。遅れて、もう一発命中した。

「……ズガァーン！」

空母「ヨークタウン」は瞬時に機能を失い、飛行甲板では間違いなく火災が発生している。

小林は、しっかりそのことを確認した。

しかし米軍の被害は、まったくこれだけでは済まなかった。

空母「ヨークタウン」が被爆したころには、すでに江草の艦爆隊が、空母「エンタープライズ」に襲い掛かっていた。

同艦上空に進入したのは九九式艦爆一三機。江草は無論、その先頭で突入していた。このとき江草機が装備していたのは二五〇キロ陸用爆弾で、彼は比較的浅めの進入角度で降下し、その爆弾を敵空母の左舷寄りに命中させた。

「……ズガァーン！」

陸上攻撃用のこの爆弾が命中すると、周囲に細かい弾片が飛び散るような仕掛けになっていた。

このときもその弾片によって、敵の機銃手数名が斃れて、「エンタープライズ」左舷対空砲の一部が、その瞬間にピタリと途絶えた。

すると、その状況を狙い済ましたかのように、後続する日本の艦爆が次々と襲い掛かり、そのあとは空母「エンタープライズ」も立て続けに、四発の直撃弾を喰らった。

「ズガァーン！　……ズガァーン！　……ズガァーン！　……ズガァーン！」

つまり、江草機の投じた爆弾を入れると、命中弾は計五発である。さしもの「エンタープライズ」ももはや虫の息だった。

同艦は空母としての機能を完全に喪失し、浮かぶ箱同然となって海上を遁走していた。

だが、やはり急降下爆撃だけで、正規空母を轟沈するのは難しい。

被爆後しばらくして、火災を全部消し止めると、「エンタープライズ」も「ヨークタウン」も、驚異的な素早さで応急修理を施し、なんとか巡航速度で航行できるまでに回復していた。

ところが、両艦の被害はまだマシなほうで、日本軍第一波の最大の〝犠牲者〟は、空母「ホーネット」だった。

敵戦闘機の防御網をかいくぐった村田隊長率いる九七式艦攻一一機は、空母「ホーネット」の両舷に別れて、右舷側から三機、そして左舷側から、村田機を含めた八機で襲い掛かった。

村田機が低空で発射の態勢に入ったときには、右舷側から突入した三機は、すでに魚雷を発射していた。……当然、空母「ホーネット」は、この三本を回避するために転舵《てんだ》した。が、ようやく回頭を終えて定針するやいなや、これでもかというぐらい肉迫した左舷側の八機が、村田の、

「……撃てっ！」

という叫び声を合図に、一斉に魚雷を投下した。すると、その約三〇秒後、空母

「ズゥシィーン！　……ズゥシィーン！　……ズゥシィーン！」

と連続で、三本の巨大な水柱が昇った。

その瞬間に空母「ホーネット」の航空〝母艦〟としての役割は終わった。同艦の行き脚は見る見るうちに衰えて、速度は一〇ノット以下に低下し、大量の浸水を招いて左舷に一五度傾いた。

もはやこれだけ傾くと、航空機の発着艦は不可能である。

空母「ホーネット」は急激に戦列から落伍し、同艦艦長は「エンタープライズ」へ信号を送り、スプルーアンスに撤退の許可を求めた。

スプルーアンスとしても、これを引き止める気はさらさらなかった。

彼は出撃前に、ニミッツから、

「敵に重大な損害を与える見込みがない限り、我が機動部隊を敵の目にさらしてはならない」

と釘を刺されていた。

味方空母が反撃された現在の状況は、明らかにニミッツの言う限界を超えていたのである。

9

わずか三〇分足らずで、あっと言う間に空母を三隻とも撃破されたスプルーアンスは、

――や、やはり日本軍航空隊の強さは尋常ではない。もはやこれ以上の深入りは禁物である。

と驚愕《きょうがく》し、撤退を決意した。

なにせ空母を失うことは赦されないのである。それに日本軍の空母三隻を撃破し、そのうち〝少なくとも一隻は沈没に追い込んだ〟と思われるのでこの辺が潮時だった。

ところが、このときスプルーアンスには、すぐに撤退できない事情があった。

敵空母を攻撃した艦載機を、収容しなければならないのである。

これは大きな問題だった。

なぜなら攻撃隊はもう、すぐそこまで帰って来ている。が、「ホーネット」はすでに離脱しており、残された「エンタープライズ」と「ヨークタウン」で収容する

しかないのだ。

しかし、いかに米空母といえども、飛行甲板を使用可能な状態へ修復するには、やはり相当な時間を必要とした。

その結果、米軍艦載機の多くが、海上への不時着を余儀なくされた。言うまでもなく、搭乗員は救助しなければならない。

すぐにこの海域から離れるわけにいかず、貴重な時間を費やして、今度は米軍機動部隊が、完全に後手に回されていた。

だが、ともかく両空母は修理を終えて、なんとか二隻で、艦上戦闘機三二機と急降下爆撃機三六機を収容した。……雷撃機はほぼ全滅である。

しかも、この収容した艦載機のうち、使用に耐え得るものは、艦戦二四機と急降下爆撃機二一機だけであった。

スプルーアンスは急いで、これらの艦載機を再武装させた。つまり爆弾やガソリン、銃弾を補充するよう命じたわけである。

だが、この命令はあきらかに矛盾していた。スプルーアンスは、すでに〝撤退を決意していた〟にも関わらず、ドーントレス急降下爆撃機に爆弾を装備させたのである。

しかも、このときドーントレス爆撃機に装備されたのは、通常の一〇〇〇ポンド爆弾ではなく、五〇〇ポンド（約二二七キロ）爆弾だった。

これは航続距離を延ばすための措置だった。が、その装着作業がすべて終わり切らないうちに、またもや空母「エンタープライズ」のレーダーが反応した。すでに時刻は、午後一時二十分になろうとしている。

同空母の艦橋内に、にわかに緊張が走った。しかしスプルーアンスは、ただ一人落ち着き払ったようすで、

「やはり来たか……」

とそうつぶやいたのである。

レーダーが探知したのは、日本軍の第二波攻撃隊だった。

つまり山口が、午後十二時三十分に発進させた、零戦一〇機、艦爆九機、艦攻九機であった。

空母「エンタープライズ」のレーダーは、これを味方機動部隊の約五〇海里手前で捉えた。

スプルーアンスは、使用可能なワイルドキャット二四機をただちに迎撃に向かわせて、続けてこの時点で爆装を完了していた、一八機のドーントレスに発進するよ

う命じた。

そしてさらに彼は、残りのドーントレスへの爆装作業をすべて中止させて、それからようやく全部隊に対して、

「真珠湾へ向け、撤退せよ！」

と命じた。

この時点でスプルーアンスは、

――日本軍の空母をどの程度撃破したのか疑問だ！

と思い始めていた。

彼としては、

――上手くいけば、三隻は撃破したかも知れないが、悪ければ、いまだに二隻は戦闘力を保持しているだろう。

と考えざるを得なかった。

搭乗員の戦果報告を、鵜呑みにするわけにいかないし、味方を攻撃してきた敵機の数が、予想以上に多かったからである。

そして彼は、

――敵機動部隊の指揮官は、我々三隻を撃破したと確信しているだろうから、今

ごろ躍起になって追い討ちを掛けようとしているに違いない。……だから追撃されるのは必至である。

とも考えていた。

スプルーアンスとしては、これ以上損害を増やしたくないのは山々だが、すぐに撤退できない事情があったので、もう一回ぐらいは攻撃される覚悟をしなければならなかった。

ところが、日没まではまだ相当時間があるので、日本軍の指揮官が有能なら、その攻撃は一回で済まない可能性もあった。

だから〝無理してでも〟一八機のドーントレスを出撃させたのである。

いっぽう、迎撃に向かった二四機のワイルドキャットはよく奮戦した。が、やはり日本軍の攻撃を完全に阻止することはできなかった。

日本軍の第二波攻撃隊を指揮していたのは、友永大尉だった。

彼は、ミッドウェイ攻撃の直後に、〝第二次攻撃の要あり〟と打電したことに、大きな責任を感じていた。

〝司令部に兵装転換を思い立たせたのは自分のせいだ！〟と思い、さらに彼は、「加賀」が〝沈没しそうなのも自分のせいだ！〟と思っていた。

だから友永は、山口に出撃を懇願した。

そして山口は、その熱意に押されて、

「乗機を取り換えるなら出撃してもよい。……隊長を命ずるから思う存分やってこい！」

と出撃を許可した。

しかし、友永という漢《おとこ》の責任感は、まったく並大抵ではなかった。山口も〝友永がそこまで思い詰めている〟とは思いもしなかった。

彼は、日本男児の名に恥ずまいとし、悲壮な決意を胸に秘め、自分自身をも焼き尽くすほどの闘志を燃えたぎらせて、宿敵・米空母に向け、〝目にものを見せてくれようぞ！〟と火の玉のごとく突撃していった。

二四機の敵戦闘機に迎撃されて、味方攻撃隊の損害も尋常ではない。が、烈火のごとく突き進む〝彼の壮絶な魂〟は、たとえ〝神〟といえども妨害することを赦さなかった。

なぜならもはや友永自身が、すでに神の化身、いや、〝神風〟と化していたからである。

その標的は空母「ヨークタウン」だった。猛然と突っ込み来るその一機を認めて、凄まじい殺気に艦上のすべてが凍りついた。

恐ろしいその日本軍雷撃機から魚雷が切り離される。が、どうすることも出来ないほどの至近距離だった。……すでに全員が観念していた。

このような鬼気迫る雷撃は見たこともなかった。だが、彼らの想像力は断然甘く、ハッと気づいたときには、すでに彼らのアイデンティティは、ズタズタに引き裂かれていた。

「……ズッガァーン！」

友永機は「ヨークタウン」に体当たりした！

もはや〝投下された魚雷のこと〟など忘れるぐらい、艦上の米軍将兵らに、恐ろしいほどの戦慄《せんりつ》が走った。

それだけではない。友永の二番機と三番機が続けて突っ込み、彼らは、溢れる涙を、ぼろぼろと頬に流しながら、

「とっ……、ともなが隊長！」

と狂ったように叫んで、凍りついた「ヨークタウン」に、さらなる魚雷を送り込んだ。

「ズゥシィーン！　……ズゥシィーン！　ズゥシィーン！」

必殺必中の魚雷は〝三本ともたがわず〟宿敵・米空母に命中した。

その三本目は、空母「ヨークタウン」に、完全に止めを刺した。

同艦は瞬く間に右舷に傾斜し、海中に引きずり込まれるようにして轟沈してゆく。

山口の思いも虚しく、友永は、永久に「飛龍」へは戻らなかった。

友永丈市とは、そういう漢であった。

スプルーアンスは、空母「ヨークタウン」が凄まじい攻撃を受け、目の前で沈没してゆく姿を見せ付けられ、日本軍雷撃隊の恐ろしさを厭というほど思い知らされた。

しかし、敵ながら、その敢闘精神には畏敬の念さえ覚えた。

そして彼は、

――もし日本軍の第三波が来襲すれば、必ずこの「エンタープライズ」も沈められるであろう……。

と覚悟を決めた。

だが実際には、そうはならなかった。

スプルーアンスの思惑は的中した。

彼が発進させた一八機のドーントレスは、

「我が部隊に接近しつつある〝無傷の敵空母〟を攻撃し、これを撃破せよ！」

というスプルーアンスの指示どおりに、山口の乗艦である「飛龍」に襲い掛かった。

この米軍爆撃隊は、「赤城」「飛龍」から舞い上がった零戦一〇機の反撃に遭い、一三機のドーントレスを失いながらも、空母「飛龍」に二発の五〇〇ポンド爆弾を命中させた。

二発の直撃弾を受け、まもなく「飛龍」は戦闘力を失い、さしもの山口も、これ以上の追撃は断念せざるを得なかった。

そして、幸運にも撃墜を免れた五機のドーントレスは、

「攻撃終了後は母艦に帰投せず、ミッドウェイに退避せよ！」

という、これまたスプルーアンスの指示どおりに行動し、彼ら米軍パイロットは、九死に一生を得たのである。

結局、空母「加賀」を喪失し、残る空母も三隻とも傷を負わされて、さらに多くの艦載機と搭乗員を失った山本長官は、

――占領作戦は困難を極め、しかも防衛し続けることは、さらに難しいだろう。

と判断して、ミッドウェイ攻略作戦の無期延期を命じた。

いっぽう、米軍は空母「ヨークタウン」を失い、空母「エンタープライズ」と「ホーネット」を中破させながらも、結果的に、なんとかミッドウェイの死守に成功したのである。

10

ミッドウェイ作戦の挫折を重く受け止めた山本長官は、内地に帰投するや、ただちに淵田中佐を「大和」へ呼び出した。

無論、南雲や草鹿も「大和」へ出頭したが、山本はそれとは別に、いわば個人的に淵田を呼び出したわけである。

開戦以来、機動部隊の飛行総隊長を務めてきた淵田である。山本に直接呼び出されたとしても、別にそう不思議ではなかったが、淵田は、面倒な手続きもなしに、〝山本長官に直訴できる〟と、この呼び出しに対して、期する思いがあった。

作戦失敗の責任を痛感しているのか、

「まあ、掛けたまえ」

と山本長官は、最初に淵田に座るよう促したが、そのあと長い沈黙が続き、なかなか話を切り出そうとはしなかった。

淵田としては、自分から話そうかとも考えたが、なぜ呼び出されたのか釈然としない部分もあり、長官の言葉を待つほかなかった。

すると山本が、沈痛な表情を浮かべつつも、ついに重い口を開いた。

「航空隊はよくやってくれたと感謝しておる。しかし、なぜこのような結果に終わったのか、君の忌憚《きたん》のない意見が聞きたい」

淵田には訴えたいことが山ほどある。いや、そのはずだった。ところが、いざこうして長官を前にしてみると、その責任の重さがひしひしと伝わり、さすがの淵田でも、軽々しくものを言う気分にはとてもなれなかった。が、ここで遠慮していても何も始まらない。

淵田は意を決し、自分の思いをぶつけてみた。

「長官。ほとんどの戦艦、そして多くの巡洋艦や駆逐艦が、ミッドウェイでは戦いの外にいました。もちろん空母同士の戦いですから、それは仕方のないことかも知れません。……ですが、有力な支援能力を持つこれら戦艦部隊は、ミッドウェイでは何も見なかったのです」

山本はうなずいて、辛抱強く淵田の話を聞いていた。そのことに勇気を得て、淵田はさらにしゃべり続けた。

「作戦は確かに失敗しました。しかし、この失敗から何かを学んだとすれば、それは決して無駄ではありません。戦艦部隊の運用などもそうですが、我々機動部隊にも確かに驕《おご》りがございました。敵を甘く見すぎて油断しておりました。先手を取られたときには、五航戦がいてくれたら……、と正直そう思いました。ですが、『赤城』を二段に改造していたのが唯一の救いで、なんとか凌《しの》ぐことができたのです。今こそ我が海軍は、航空主兵のもと虚心に返るべきときである、と私はそう確信します」

山本はいかにも重々しくうなずき、

「艦隊航空兵力の運用に、根本的な対策を講じなかったことについては、私にも責任がある」

と遺憾の意を表して、それから彼の肩にやさしく手をやり、付け加えた。

「淵田よ、心配するな。私は、ただちに必要なすべてのことを実行するつもりである」

この言葉を聞いて淵田は、長官の気分を害さなかったことにまず安堵し、山本の言動がどれほど大きい意味を持つのかを、あらためて思い知らされた。

そして、彼は最後に言った。

「二段空母『赤城』はまさに私の誇りです。かつて長官が、その改造に大変苦心されたことも存じ上げております。……私は、偉大なる長官の下にあることを、心より嬉しく思います」

山本はいつになく深くうなずいて、淵田のこの気持ちに応えたのである。

第二部　革命機動部隊の誕生

第一章　新生！　機動空母「赤城」

1

そもそも南雲は、「赤城」を旗艦とすることに違和感を持っていた。

——空母の主流は全通一段式だ。

また、彼は過去に艦隊派の片棒を担いだことがあり、条約派の山本が推し進めた二段空母改造には、大いに疑問を感じていた。

とはいえ「加賀」の二八ノットでは速度が遅く、旗艦として物足らないのも事実であった。しかしそんな南雲も、ミッドウェイ海戦で懲りて、「赤城」に対する認識を改めざるを得なかった。

今回は間違いなく、まれにみる搭乗員の優秀性と二段空母「赤城」に救われたのである。

一段の「加賀」は沈み、二段の「赤城」は生還して、両艦の明暗ははっきりと分かれた。

――山本さんの目に狂いはなかった！

と認めるしかなかった。「加賀」沈没の責任は、当然、南雲にもあった。

だが、ミッドウェイ作戦が挫折した根本的な責任は、やはり山本にあった。山本もそのことはわきまえている。彼は、南雲の責任を問うようなことはしなかった。

思想の違いはあるにせよ、以前から山本は、南雲のことを〝戦える優秀な船乗りだ〟と認めていた。彼には、それぐらいのことを許容できる、度量の大きさがあった。

逆に南雲も漢《おとこ》である。そんな山本の大きさに敬意を表し、巨砲時代の終焉を痛感した彼は、

〝山本さんの期待に応えなければならない〟

と意気に感じ始めていた。

ミッドウェイ作戦の失敗を今さら悔やんでも始まらない。問題は、どうやって機動部隊を立て直すかであった。

これまで八面六臂《はちめんろっぴ》の活躍を続けてきた、空母「赤城」「飛龍」「蒼龍」がいっぺん

に中破し、空母「翔鶴」も修理中である。そして、空母「加賀」の姿はすでにこの世にない。……南雲機動部隊で、唯一健在なのは、空母「瑞鶴」だけであった。また、搭乗員の喪失も軽視できなかった。

とはいえ、沈没した空母は「加賀」だけだったので、ミッドウェイでの事実は、ほぼ正確に大本営発表として公にされた。

しかしながら、第二段作戦の初っ端でつまずいてしまい、今しばらくは、積極的な攻勢作戦は行えそうになかった。

もはや航空主兵であることは既成の事実で、そのことは、誰も否定することができない。

帝国海軍としては、最終的な勝利に向けて、機動部隊の権制化を急がなければならなかった。

2

機動部隊再編の前に、昭和十七年六月二十日、二十一日の両日、呉の柱島錨地《はしらじまびょうち》に帰投した連合艦隊旗艦・戦艦「大和」の艦上で、「空母改良意見研究会」なるものが開催された。

　この会議は、第一航空艦隊・草鹿参謀長の主宰で行われ、軍令部、艦攻本部、航空本部などからも、多くのものが出席した。

　会議のおもな議題は空母の改造で、まず戦時・空母予備艦として計画されていた「龍鳳《りゅうほう》」「千歳」「千代田」などを、可及的速やかに空母へ改造することが決定された。

　だが、当時、横須賀工廠《こうしょう》において工事が中断されていた一一〇号艦（大和型三番艦・信濃）の処置については、大いに議論が紛糾した。

　いや、一一〇号艦を空母に改造するという点では皆の意見が一致した。だが、問題は〝どのような空母に改造すべきか〟であった。

　艦政本部及び航空本部と、軍令部の航空関係者との間には、一一〇号艦の空母改造に対する根本的な構想の食い違いがあった。

　艦政及び航空本部は、アウトレンジ戦法の着想のもと、従来の空母とはまったく異なる〝洋上の不沈航空基地〟という発想で、一一〇号艦を改造するとし、その考えに強い信念を持っていた。

　つまり、艦政・航空両本部は、

「一一〇号艦自身は、敵を攻撃する爆撃機や攻撃機を一切積まず、防空用の戦闘機のみを搭載して敵へ肉迫し、はるか後方に控える味方空母の中継基地として改造する」

と主張したのである。

ところが、軍令部側の出席者は、ミッドウェイ海戦での「加賀」の沈没と「赤城」の成功を重く受け止めて、

「一一〇号艦は、従来どおりの固有搭載機と格納庫を持つ空母に改造すべきだ。その余裕のある大きな艦体を活かし、可能な限り二段空母への改造も検討すべきである」

と主張して譲らなかった。

そこで、実際に空母を運用する立場として、連合艦隊の意見が求められた。連合艦隊といっても、そのおもな空母部隊は第一航空艦隊である。

草鹿参謀長は、航空参謀の源田を指名し、意見を述べるよう促した。

――一一〇号艦がどのような空母に改造されるかは、概《おおむ》ね自分の意見に掛かっている。

とすぐに直感した源田は、まったく臆することなく堂々と主張した。

「艦・空両本部の案では、同艦の飛行甲板に相当な重防御を施すつもりのようです

が、無論、敵から雷撃されるという可能性もあり、不沈などということはまずあり得ません。……確かに現状では、敵雷撃機の技量は大したことはありません。ですが、敵の潜水艦に雷撃される可能性もあるのです。しかも二段空母の有用性は、すでにミッドウェイで実証されているはずです」

一息ついて、源田がさらに続けた。

「したがいまして、私としましては、軍令部の提案する二段空母改造案を、真剣に検討すべきである、と言わざるを得ません」

まったくの正論だった。連合艦隊、及び第一航空艦隊のほとんどの出席者が、源田の主張にうなずいていた。

期待どおりの答えが返ってきたので、草鹿も大きくうなずいている。

軍令部と連合艦隊の意見が見事に一致した。

こうなると艦政・航空両本部の出席者も、この意見を重く受け止めざるを得ず、強いて反論することができなかった。

じっと黙って、会議の成り行きを見守っていた山本長官も、源田の発言に深くうなずいている。もはや海軍には、この〝巨人〟に盾突く者など誰一人としていなかった。

事実上、議論は決したように思われた。一一〇号艦を二段空母に改造するのである。

空気を察した草鹿が、

「皆さん、よろしいでしょうか？」

とおもむろに会議を締めようとした。

ところがその間際になって、第二航空戦隊の山口司令官が、

「少しお待ちいただきたい」

と口を挟んだのである。

この横やりに、皆がいぶかしがった。

とくに草鹿がそうであった。

――この男は、何を今さら言い出すのか！

と怪訝《けげん》に思った。が、草鹿もその発言を無理やりさえぎるわけにもいかない。

彼は、いかにも迷惑そうにして、

「……なんでしょうか？」

と仕方なく応じた。

「基本的には、私も源田君の意見に賛成ですが、神戸で建造中の一三〇号艦（大《たい》

鳳《ほう》）にも、同じことが言えますな。一三〇号艦もまた、『赤城』に匹敵する大型艦ですから……」

　山口の話は途中である、にも関わらず、この提案に山本がうなずこうとするのを察し、草鹿が、目ざとく相槌《あいづち》を入れた。

「それは名案だ！　是非、一三〇号艦も二段空母に改造すべきです」

　ところが山口は、まったく相手にせず、

「一一〇号艦も一三〇号艦も改造するとなれば、かなりの時間と労力が必要です。ですから、もっと議論を尽くし、皆が心底納得できるような空母に、改造すべきではないでしょうか!?」

　と完全に話を、振り出しへ戻したのである。

　この発言に、多くの者が首を傾《かし》げた。無論、草鹿がその代表である。

「山口さん。ご発言の主旨が分かりません。もし、おっしゃりたいことがあるなら、はっきり申し述べていただきたい」

　しかし山口は、いっこうに意に介さず、

「単に二段空母へ改造するのでは、おもしろみがありませんな。せっかくの〝この機会〟を逃す手はないでしょう……」

とさらに、草鹿を苛立《いらだ》たせるような、発言を繰り返したのである。

3

今や出席者全員の視線が、山口一人に注がれていた。皆が、納得のいく説明を望んでいる。

だが、山口はあえて口を閉じ、今度は相手の出方をうかがっていた。対して司会役の草鹿は、口を閉ざせない。

彼は思わず首を振り、吐き捨てるように言った。

「はて、あなたの言う〝せっかくの機会〟とは、……まるで意味不明ですな!?」

「損傷した『赤城』を修理する必要のある、この機会に……です」

だが、この回答では説明が足らず、草鹿にはまったく、山口の思惑が解らない。考えについていけない草鹿は、なにやら途中でハシゴをはずされたような、むずがゆい気持ちにさせられた。

しかし、理解できないのは、草鹿一人ではなかった。ほとんど全員がそうである。

会議には、GF参謀長の宇垣纏《うがきまとめ》少将も出席していたが、根っからの大艦巨砲主義者である彼は、空母改造の件に関しては、完全に蚊帳《かや》の外に置かれており、開戦以来付けている〝日誌〟に記そうと、ただそれだけを考えて、山口の発言に耳をそばだてていた。

南雲にしても、源田にしても宇垣と似たり寄ったりだった。

草鹿が、ついに痺れを切らして、

「はて、『赤城』の修理が、何かこの件に関係あるのでしょうか？」

と山口に問い直した。

山口が、これに応じてゆっくりと、ようやくその思うところを語り始めた。

「うむ、それについてはあとで言及するが、……皆さん。二段空母『赤城』の構造を、今一度思い出していただきたい。同艦を側面から見ますと、長く延長された下部飛行甲板が、上部飛行甲板の先端から大きくはみ出しております。このはみ出した部分をまるごとそのまま、上下へ可動するよう改造するのです」

この説明を聞いて、ようやく約半数の者が、山口の思惑に気づき始めた。草鹿もそのうちの一人だった。

彼は驚きを隠し切れず、山口の奇想天外な発想に思わず舌を巻いて、

「なるほど。下部飛行甲板の〝そのはみ出した〟部分を可動式にし、〝上げ下げす

る〟わけですな。……う～ん、それは妙案かも知れません」

と唸《うな》るしかなかった。

山口は、これに軽くうなずき、

「そうだ。その部分をそっくりそのまま〝エレベーター式〟にできれば、実質、全通の飛行甲板が二段あるにも等しい」

と付け加えたのである。

この説明でようやく皆が、山口の言わんとするところを理解した。が同時に、一人残らず全員が、度肝を抜かれて、完全に言葉を失っていた。

合点のいかない南雲が、真っ先に沈黙を破り疑問を呈した。

「うーむ。確かに、君の言うことは理解できた。しかし、そのような複雑な改造が可能かどうか疑問だし、もし可能だとしても、はたしてそれに見合う利益が得られるだろうか？」

山口がゆっくりうなずき、南雲に対して、丁寧に説明を始めた。

「ええ、もちろん利益はございます。実はミッドウェイ海戦のとき、私は『赤城』の出す攻撃隊に二航戦が遅れてはならないと懸命でした。ですから『赤城』の準備状況を常に気に掛けて、その進捗具合を見守っておりました。まもなく『赤城』では、上部飛行甲板に零戦が整列し始めましたので、それを見て『飛龍』と『蒼龍』では、攻撃隊に随伴させる零戦の準備を三機で打ち切らせました。そしてついに『赤城』では、〝上部飛行甲板から〟先頭の零戦が発艦し始めました。……そのとき私は、はじめてハッと思ったのです。あの下部飛行甲板の〝先端〟が持ち上がれば、攻撃隊を二波に分けずとも、いざというときには搭載する七〇機ほどを、全機いっせいに発艦させられるではないかと……」

山口の真摯《しんし》な眼差《まなざ》しに、南雲も感じるものがあった。本来山口は、

――自分が意見具申したときに、司令部が躊躇《ちゅうちょ》なく攻撃隊を発進させていたら、もしかすると『加賀』の沈没も、救えていたかもしれません！

と言いたいところだったが、そこはこらえて口にしなかった。

対して南雲は、多少なりともそのことに負い目がある。しかも「赤城」被爆後、少なくとも〝引き分け〟に持ち込めたのは、山口がそのあと的確な指揮ぶりを発揮したからである、と謙虚に受け止めざるを得なかった。

無論、南雲も武人である。そういう潔《いさぎよ》さは人並み以上にあった。

そもそも南雲は、山口とはソリが合わない、と思っていた。が、彼は、山本の寛大な措置に触発されたのか、

――山口君の意見は聞くに値する。……それが、自分の、いや、国のためでもある。

と思い始めていた。

つまり山口の発想によれば、二段空母の上・下両飛行甲板上に、事前に三六機ずつの艦載機を並べておきさえすれば、先に下部飛行甲板の三六機（第一波）を発進させ、それからすぐ、〝はみ出した〟可動式甲板（リフト式）を上げれば、上部飛行甲板の三六機（第二波）も、立て続けに発進させられるのでは、というのである。

南雲も、すぐにその有用性を理解して、

「なるほど。……ここぞという場面では、七二機を一気に発進させられるわけだ」

とうなずいた。が、彼は再び、

「し、しかし、そのような改造が、はたして技術的に可能だろうか……!?」

とつぶやいていた。

南雲がつぶやくのも無理はない。そのような方式の空母は、世界を見渡しても、まったくこの世に存在しない。飛行甲板の前から約四分の一を〝完全なリフト式〟にし、上げ下げできるように改造するのである。

無論、山口も〝可能である〟とは断言できない。艦政本部の出席者に聞いても、誰もまともに答えられそうになかった。草鹿も、誰に確認すればよいのか、皆目見当が付かなかった。

そのことを察した山本が、いかにも重々しい口調で、沈黙を打ち破った。

「もし、その改造が可能であれば、それこそ我が日本の空母は、〝革命的〟な進歩を遂げる可能性がある。また、そのような空母が完成すれば、これまでの空母戦の常識を覆すような戦術を採り、米軍を完全に欺《あざむ》けるかも知れない。……無論、誰も〝改造できる〟とは言い切れないだろうが、逆に〝改造できない〟とも断言できまい！　だから艦政本部では、是非とも実現させる方向で、真剣に検討してもらいたい！」

山本は強い眼差しで、そう断言した。

異論を唱えるものは誰もいない。艦政本部の出席者、いや、彼らだけでなく、全員が力強くうなずいていた。

これは日本の命運を賭けた、新たな挑戦だった。

山口が、おもむろに口をつないだ。

「ですからやはり、いきなり一一〇号艦と一三〇号艦で採用するのは無謀です。……修理しなければならない〝二段空母〟で、まず、可能かどうか試してみましょう。ただし、建造中のこの両艦に対してもすぐに改造できるような準備だけは、進めておいてもらいたいのです」

4

画期的なアイデアである。海軍大臣も軍令部総長も、艦政本部長も航空本部長も、一も二もなくこの改造案に対し同意を示した。

下手に反対などして、日本に限らず世界の国のどこかで〝後にそれが成功した〟となれば、反対した者は後世の笑いものになる。そんなことは〝八木アンテナ〟だけで懲《こ》り懲《ご》りだった。

艦政本部・第四部の協力のもと、呉海軍工廠の造船実験部では、さっそく可動式飛行甲板の研究、試作が開始された。

そういう意味では、空母「赤城」の母港が呉なのは幸いだった。

まず、二段空母「赤城」の下部飛行甲板の、先端・約六〇メートルを切断したような複製の甲板を一枚製作し、それを持ち上げるためのリフトは、どういった形式のものが良いのか試された。

長さ・約六〇メートル、幅・約二八メートルもあるこの〝可動甲板〟は、面積が大き過ぎて、従来のエレベーターのように、箱型にはできない。

したがって、左右下部から支えるような、伸縮式のリフトで上げ下げするしかなかった。その支柱形式のリフトは、設置数を増やせばその分だけ〝可動甲板〟の安定度が増す。が、無節操に増やしたのでは、船体前部への負担重量が増大する。つまり艦首が喫水線下に沈み、前後のバランスを損なうことになる。また、必然的に凌波性《りょうはせい》も低下する。

支柱式リフトの重量と、〝可動甲板〟の安定性を考慮した結果、左右それぞれ三基ずつのリフトで支えるのが妥当である、と結論づけられた。

ところが問題は、この支柱式リフトを動かすための動力機械室を、どこに設けるかであった。

そもそも〝前部完全リフト式〟の空母に改造することなど、これまで考えられたこともなかった。だからそんな都合の良いスペースは、まったく見当たらない。

いや、実は適当だと思われる場所が、一つだけ存在した。

艦載機用の格納庫である。

しかし、格納スペースを割けば、当然、搭載機の数は減らさなければならない。

空母にとって肝心な航空機を減らせば、必然的に攻撃力も守備力も低下する。

だが、背に腹は代えられなかった。結局、前部格納庫の一部を割いて、そこに機械室を設けることにした。

その代わり苦肉の策として、従来、戦闘機の約三分の二、艦攻及び艦爆の約五分の一を、翼を広げた状態で格納していた(即時発進に対応するため、日本の正規空母のほとんどがこの割合で、実際にこの状態で格納していた)ものを、すべて翼を折り畳んだ状態で格納することにした。

結果的には、この処置で搭載機数は減らさずに済んだ。

したがって、初期待機時における艦載機の迅速な発進はあきらめるしかなかった。

が、改造後は「赤城」の母艦としての機動力は、優れたものになるので、それでよしとされた。

ところが、前部完全リフト式の「赤城」では、実際には改造前より、搭載機数が増やされていた。

今回の修理改装に伴い、ほとんど使用されず放置されたままとなっていた、ケースメートの二〇センチ砲をすべて撤去し、その分、搭載機の格納スペースを確保できたからである。

機動空母「赤城」（前部完全リフト式）
零戦二一型　常用一八機　補用三機　計二一機
九九式艦爆　常用二七機　補用三機　計三〇機
九七式艦攻　常用二七機　補用三機　計三〇機
二式艦偵　常用のみ三機
（常用七五機　補用九機　合計八四機）

修理と併行して進められた改装工事の結果、約五ヵ月後の十一月中旬には、「赤城」は〝機動空母〟として、新たに生まれ変わるのである。

5

七月中旬、機動空母「赤城」改造のめどが、ある程度ついたそのころ、軍令部は、これまでの機動部隊を権制化して第三艦隊を新編し、同時に旧・第一航空艦隊を解隊した。

要するに、これまでは一時的な寄せ集めでしかなかった機動部隊所属の戦艦や重巡などを、完全に空母の護衛に格下げし、自前の戦力として運用できるよう編制し直した。

開戦以来の淵田の念願が、ついにかなえられたわけである。

第三艦隊　司令長官　南雲忠一中将
第一航空戦隊　司令官　南雲中将直率
空母「翔鶴」「瑞鶴」「瑞鳳」
第二航空戦隊　司令官　山口多聞少将
空母「赤城」「飛龍」「蒼龍」
第三航空戦隊　司令官　角田覚治《かくたかくじ》少将
空母「飛鷹《ひよう》」「隼鷹《じゆんよう》」「龍驤」
第十一戦隊　司令官　栗田健男《たけお》少将
戦艦「金剛《こんごう》」「榛名」
第十二戦隊　司令官　阿部弘毅《ひろあき》少将
戦艦「比叡《ひえい》」「霧島」

第七戦隊　司令官　西村祥治《しょうじ》少将
重巡「最上」「三隈《みくま》」「鈴谷」「熊野」
第八戦隊　司令官　鈴木義尾《よしお》少将
重巡「利根」「筑摩《ちくま》」
第十戦隊　司令官　大森仙太郎《せんたろう》少将
軽巡「長良《ながら》」駆逐艦一六隻

空母九隻、戦艦四隻、巡洋艦七隻、駆逐艦一六隻の、総勢三六隻を有する大兵力である。

また、第三艦隊が保有する搭載機の定数は、水上偵察機なども含めると、総計・約五二〇機にも達していた。

ところが、編制直後の七月中旬の時点では、この大兵力は、あくまで見掛けの陣容であって、実際には、第二航空戦隊の「赤城」「飛龍」「蒼龍」は、三隻とも修理中であった。

ようやく八月はじめに、空母「翔鶴」が修理を完了し、同時期に、新たに空母「飛鷹」が竣工することになっていた。

したがって、事実上その航空戦力は、定数の約半数程度でしかなく、連合艦隊としては、しばらく積極的な作戦は採り得なかった。

〝米軍に先手を赦《ゆる》さぬためにも、早急に航空兵力を整備しなければならない。だが、搭乗員の養成には相当な時間が必要である〟

と考えた連合艦隊司令部は、とにかくまず、南雲長官の直率する一航戦の再建を急いだ。

第三艦隊・南雲長官の座乗する旗艦は、空母「翔鶴」である。

軍縮条約明けに計画建造されたこの空母は、「赤城」などと比べても、まったく引けを取らない。いや、現存する日本の空母のなかでは、もっとも使いやすかった。

それに敵がいつ出て来るか分からないので、修理中の「赤城」を、艦隊司令長官である南雲の旗艦にするわけにもいかなかった。

ところが、「翔鶴」も修理中のため、同艦の修理が完了する七月末までは、南雲の司令部は、同じ翔鶴型の空母「瑞鶴」に置かれていた。

八月に入り、ようやく修理の成った「翔鶴」を陣容に加えると、第一航空戦隊には、旧一、二航戦から多くのベテラン搭乗員が補充されてきた。

また、今回の修理に伴い、遅ればせながら「翔鶴」には、日本の空母ではじめて対空見張り用レーダーが装備されていた。

約一ヵ月間の訓練を経て、第一航空戦隊の戦力はほぼ充実しつつあり、九月中旬にはトラック環礁へ進出できる見込みになっていた。

また、それより少し遅れて、角田司令官の率いる第三航空戦隊の空母三隻でも、着実に航空戦力が整いつつあった。

ところが、一、三航戦とは対照的に、第二航空戦隊の山口司令官は、麾下《きか》の空母が三隻とも修理中のため、乗る艦もなく、やむなく髀肉之嘆《ひにくのたん》をかこっていた。といっても、彼もただ無為に時間を過ごしていたわけではない。

山口は、連合艦隊旗艦「大和」の一室を借り、機動空母「赤城」が完成することを見越し、米軍機動部隊を出し抜くための〝新たな空母戦術の確立〟を模索していたのである。

第二章　革命的空母戦術の確立

1

開戦以来の飛行総隊長・淵田美津雄中佐は、第三艦隊の新編に伴い、七月十五日付けで、第二航空戦隊・航空参謀に転補された。

つまり彼は、機動空母「赤城」を旗艦とする山口司令官の幕僚として、仮に「大和」で勤務することになったわけである。

ミッドウェイ海戦が辛くも引き分けに終わったので、旧・第一航空艦隊の幕僚は、そのまま横すべりで、第三艦隊の司令部に居残ることになった。

源田は、第三艦隊・兼第一航空戦隊の航空参謀として、空母「翔鶴」に留任していた。

また、同じく今回の編制に伴い、角田司令官の率いる第三航空戦隊の航空参謀には、内藤雄《ゆう》中佐が転補されて、空母「飛鷹」に着任していた。

源田實、淵田美津雄、内藤雄の三名は、いずれも海兵五十二期の卒業で、同じ釜の飯を食った〝同期の桜〟である。

空母航空戦隊にとっての航空参謀は、いうまでもなく作戦の〝要〟であり、三つの航空戦隊の航空参謀を同期生にすることで、一・二・三航戦が綿密な連携を取れるようにと期待された。

九月に入ると、一航戦航空隊の練度は、概《おおむ》ね信頼できるものに回復しつつあり、艦隊司令長官の南雲と、その幕僚である源田は、まず、第一に〝米軍の反攻に〟備えなければならなかった。

また、敵への備えは、一航戦だけではいささか心もとないので、三航戦も、航空隊の整備、訓練を急いでいた。

したがって、来るべき〝本格決戦〟に向けての準備、及び作戦計画の立案は、二航戦・山口司令官の手に委《ゆだ》ねられることになった。

周知のとおり、山口の空母はいずれも修理中である。戦場に出たくても、出撃のしようがない。ようやく九月末までに、まず「飛龍」が修理を完了し、部隊に復帰する予定であった。

2

九月はじめ、三航戦はまだ、内地で訓練中だったので、そのころは内藤も、頻繁に「大和」へ顔を出していた。

淵田が、山口に対して、

「索敵計画は、内藤に立案させるべきです」

と進言していたからである。

内藤は、極めてすぐれた数学的頭脳の持ち主だった。兵学校同期の淵田は、無論、そのことをよく知っている。

ミッドウェイでは索敵に抜かりがあった。内藤には、その数学的な素質を活かして、〝水も漏らさぬ索敵計画〟の立案が求められた。

だが、山口の彼に対する指示は、一風変わったものだった。

「ミッドウェイでは、私の指揮する『蒼龍』から、追加で新型の二式艦偵を索敵に出したが、送信機の故障で実力を発揮できずじまいだった。次期決戦では、駿足の同機を味方全空母に搭載し、その実力を発揮してもらわねばならない。……ところで、敵機動部隊は、索敵機に〝どの機種〟を用いているか……君、分かるかね？」

内藤が、〝妙な質問だな〟と思いつつも、率直に答えた。

「はい。おもに爆撃機のドーントレスを使っていると思われます。が、ときには雷撃機も索敵に出すのではないでしょうか……、私はそう推測します」

「うむ。その機種が明確にできれば、私には〝一つ考え〟がある。……まあ、いずれにしても、二式艦偵の性能は素晴らしい。巡航速度でも二三〇ノットは出せる。こちらが先に敵を発見することは、そう難しいことではなかろう」

内藤がうなずくのを確認して、さらに山口が続けた。

「おそらく米空母は、優秀なレーダーを装備しているに違いない。だから『翔鶴』にも急いでレーダーを装備させた。……だが、そう考えると、こちらが先に敵を発見しても、大して意味がない」

すぐには腑《ふ》に落ちない内藤が、

「……はあ、そうでしょうか？」

とあやふやに応えた。

するとと山口は、内藤の目を見据えて、

「うむ。二式艦偵が先手を取り、敵空母を発見したとする。……だが、敵空母はその前に、レーダーで二式艦偵の接近を捉えるはずだ。同機のやって来た方角とその針路が判明すれば、敵は自ずと、〝我が機動部隊がどの辺で行動しているのか〟推測できるであろう。そうすれば敵は、索敵攻撃を仕掛けることも可能だ」

と忠告した。

内藤は、すぐに納得し、

「なるほど。確かにその可能性はあります」

とうなずいた。

山口が続けた。

「だから敵機動部隊を発見するのは、我が部隊の艦上機ではなく、味方基地から発進した飛行艇などであることが望ましい。そうすれば我が機動部隊は、敵偵察機に発見されるまで、完全に行動を秘匿できるであろう。君にはそのことを念頭において、索敵計画を立案してもらいたい」

ところが、これには内藤が反論した。

「しかし、司令官。味方の飛行艇が、首尾よく敵機動部隊を発見できれば良いですが、見落とすということも、充分に考えられます。……やはり我々機動部隊からも、念のために索敵機を出すべきではないでしょうか……？」

内藤の疑問は当然である。

山口が、少し間をおいてから答えた。

「うむ。無論、我々も索敵機を出す。敵空母は一ヵ所に集中しているとは限らんしな……。だが、緻密な計算のもとに索敵を行い、それで何も発見しなければ、それはそれで大いに意味がある。敵は〝我々が捜索しなかったその場所にいる〟ということになる。……だから君には、敵の来そうな場所に、ある程度の〝目星〟を付けておいてもらいたい。……まあ、十中八九、敵機動部隊も索敵機を出して来るだろうし、今回は『赤城』にも、対空レーダーを装備させるよう希望してあるので、索敵攻撃という手を逆にこちらが利用すれば、敵を出し抜ける可能性もある。そのため、攻撃隊隊長の人選は慎重に行う必要があるだろうが、それは私が、司令部などともよく相談しておく」

内藤は、じっと考えていたが、まもなく山口の深慮遠謀《しんぼう》に気づいて感心し、

「なるほど。……敵の油断を誘い、出し抜くわけですな……。よく分かりました。その方針で索敵計画を立案しておきます」

とうなずいたのである。

3

内藤は、その翌日から、ただちに索敵計画の立案に着手した。

内藤は、山口の言葉を重く受け止め、先に戦場へ出撃するはずの源田に対して、

「敵機動部隊の出す〝偵察機の機種〟が分かれば、必ず把握しておいてもらいたい」

と依頼しておいたのである。

いっぽう山口は、かなり複雑な自分の考えに、内藤が、すぐ理解を示したので、

――淵田の言うとおり、なかなか使えるヤツだ！　索敵計画は内藤に任せておけば、まず、間違いないだろう。

と確信することができた。

翌日、山口は、淵田を呼び出し、さっそく決戦に備えての空母戦術を検討し始めた。

山口が、淵田に向かって言った。

「昨今の情勢から判断すると、次期決戦はソロモン諸島方面で行われる可能性が高い。無論、機動部隊同士による決戦だが、その際に、我々の切り札となるのが〝前

部完全リフト式〟の『赤城』である。我々は、この空母を充分活用できるよう戦術を練り直さなければならない」

淵田が、山口の言葉にうなずきつつも、

「はい。私も司令官と同じ考えですが、その前に確認しておきたいのが、制空権の重要性です。味方機動部隊の上空はもとより、敵機動部隊の上空においても、制空権が確保できれば、我が航空隊の練度からして、まず負けるようなことはありません。司令官もご承知のように、ミッドウェイ海戦では戦闘機のやりくりに苦労し、敵機動部隊に対する第一波攻撃隊に、充分な数の護衛戦闘機を付けることができませんでした。もし、もう一〇機ほど多く零戦を付けてやることができれば、我が攻撃隊は敵空母をさらにもう一隻轟沈《ごうちん》していたと思われます。ですから各母艦には、従来よりも多めに零戦を搭載する必要がございます」

と問題提起した。

「うむ。私もその必要性は認める。味方機の損害は私の想像をはるかに超えるものだった。敵はレーダーを有効に活用し、迎撃態勢を整えていたと思われる。その防空網を突破するには、どうしても護衛戦闘機が必要である。でないと、今後、攻撃隊の損害は増える一方だろう」

山口が同意見であることに勇気を得た淵田は、思い切って、さらなる提案をした。

「司令官。……母艦搭載機の約半数を、零戦にするぐらいの覚悟が必要です！」

「うむ。問題はそこだ。要は戦闘機の数をどれだけ増やすかで、その割合は、今一度よく検討してみる必要がある。……艦爆や艦攻を減らせば、自ずと攻撃力は低下するからな……」

だが、淵田の信念は固い。

「司令官！　母艦を失っては元も子もありません。攻撃力を削ってでも、制空権を保持する必要があります。……母艦や搭乗員の損害を最小限に抑えることができれば、敵空母の撃破は、次の機会に譲ることもできるのです。……ですから、ここは思い切った変革が必要です」

彼の真剣さに、山口も思わずうなずいた。

しかし、山口には、自分なりに研究している別の考えもあった。

「うむ。よく分かる。私も、戦闘機を増やすことに異存はない。だが、我々が、空母の数で主導権を握っているあいだに、敵機動部隊の息の根を止めておきたい。敵の空母量産が軌道に乗れば、手が付けられなくなる。だから次の決戦が、事実上、最後のチャンスとなるかも知れないのだ……」

山口の言うことも、なるほどそうだった。淵田も今度は黙ってうなずき、山口のさらなる発言に耳を傾けていた。

「したがって、どれだけの艦爆、艦攻があれば敵機動部隊を壊滅させられるか……である。そこで専門家である君に聞きたい。米空母を〝一隻〟轟沈するためには、いったいどれぐらいの航空兵力が必要かね？」

「轟沈するには、やはり雷撃です。命中魚雷が二本では無理でしょう。……三本でも微妙です。四本なら大いに期待できます。が、五本命中させればほぼ間違いなく轟沈できるでしょう」

「うむ、うなずける。が、……それでは艦爆による攻撃は、あまり考えなくてもよいかね？」

「いいえ、そんなことはありません。敵の対空砲火を減殺するには、やはり降下爆撃も必要です。それに雷爆同時攻撃をすることにより、敵機の迎撃も分散させることができます。ミッドウェイでは、零戦が低空へ舞い降りているあいだに、敵急降下爆撃機にやられました。その逆ということも、充分に考えられます」

「うむ。ならば君は、具体的には艦爆何機、艦攻何機で攻撃すれば、敵空母一隻を轟沈できると考えるかね？」

今度は淵田も、かなり考えてから答えた。

「敵迎撃機の数などによって、その数字はかなり違ってくると思われますが、……艦爆二個中隊、艦攻三個中隊。つまり艦爆一八機、艦攻二七機で攻撃できれば、ほぼ確実に敵空母の息の根を止めることができる、と考えます」

しかし、山口は、

「うむ。私もそのへんが妥当だと思うが、そうすると、やはり翔鶴型なら艦爆一八機、艦攻二七機、零戦二七機ほどは積みたい。……だが、〝搭載機の約半数を戦闘機にする〟という君の考えでは、艦爆一八機、艦攻一八機、零戦三六機ということになる。……これでは撃破はできても、轟沈は難しいのではないかね？」

と疑問を投げ掛けた。

「制空権を重視する以上、仕方ありません」

淵田は憮然とし、そう答えた。

「仕方ないかね？　でも君、あきらめるのは、ちと早すぎるぞ！」

淵田はわけが分からず、

「……どういうことでしょうか？」

と山口の顔を見つめて、そう聞き直した。

山口がゆっくりと、口を開いた。

「最初にも言ったが、『赤城』の性能を活かし、これを効率的に使うのだよ。君は、敵機動部隊の上空においても制空権が確保できれば、まず負けるようなことはない、と言った。私ももちろんそう思う。だが、現状では、攻撃隊は二波に分けて発進させなければならない。……つまり敵機動部隊が、もし三〇機の迎撃戦闘機を持っていたとすれば、我々は、第一波にも第二波にも、三〇機の零戦を出撃させなければ、敵上空で制空権を握ることができない。ところが、この攻撃隊を一波にまとめて、集中することができれば、単純に、二波で六〇機必要だった零戦が、三〇機だけで済むことになる。その分、味方上空の直掩《ちょくえん》にも残せる。だから君が言うほど、極端に戦闘機の比率を増やさなくても、制空権が確保できるはずだ」

しかし淵田は、この説明を聞いても、すぐには納得しなかった。

「司令官。おっしゃることは分かります。が、攻撃隊を一波にまとめれば、その分、攻撃に参加させる機数が減りはしませんか？」

山口が答えた。

「うむ。君が言うように若干は減るかも知れない。だが、機動空母『赤城』が完成すれば、同艦は攻撃隊を二波に分ける必要がない。この空母を機軸にして上手く活用し、機動空母から戦闘機を優先的に出し、その他の空母から艦爆、艦攻を多く出せば、出撃機数は減らさなくても済むはずだ。それに一度に攻撃力を集中できる意味は大きい。……だから君には、是非、前向きに検討してもらいたい」

淵田は、少しだけ考えたが、

「……分かりました。とにかくまずは、その線で研究してみます」

と山口の言葉に押されて、ついにそうなずいたのである。

4

数日後、淵田は案を資料にまとめて、山口に提出した。その資料によると、各母艦の常用・搭載機定数は、次のように改定されていた。

第三艦隊　総搭載機数　合計四八一機
（零戦二〇七機　艦爆一二八機　艦攻一二八機　艦偵一八機）
第一航空戦隊　搭載機数　計一七一機

（零戦六九　艦爆四八　艦攻四八　艦偵六）
空母「翔鶴」　搭載機数　計七二機
（零戦三〇　艦爆一六　艦攻二四　艦偵二）
空母「瑞鶴」　搭載機数　計七二機
（零戦三〇　艦爆一六　艦攻二四　艦偵二）
軽空「瑞鳳」　搭載機数　計二七機
（零戦九　艦爆一六　艦攻なし　艦偵二）
第二航空戦隊　搭載機数　計一八九機
（零戦八七　艦爆四八　艦攻四八　艦偵六）
機空「赤城」　搭載機数　計七五機
（零戦三三　艦爆一六　艦攻二四　艦偵二）
空母「飛龍」　搭載機数　計五七機
（零戦二七　艦爆一六　艦攻一二　艦偵二）
空母「蒼龍」　搭載機数　計五七機
（零戦二七　艦爆一六　艦攻一二　艦偵二）
第三航空戦隊　搭載機数　計一二一機

（零戦五一　艦爆三三　艦攻三三　艦偵六）
空母「飛鷹」　搭載機数　計四七機
（零戦二一　艦爆一二　艦攻一二　艦偵二）
空母「隼鷹」　搭載機数　計四七機
（零戦二一　艦爆一二　艦攻一二　艦偵二）
空母「龍驤」　搭載機数　計二七機
（零戦九　艦爆八　艦攻八　艦偵二）

山口が資料に目を通し終えるやいなや、さっそく淵田が説明を始めた。
「司令官。制空権を確保するには、少なくとも搭載機の約四〇％は戦闘機にする必要がございます。……ですから、艦爆、艦攻の搭載比率は下げざるを得ません。しかし、単に部隊数を減らすのでは、おもしろくありませんので、これまで一小隊・三機編制だった艦爆、及び艦攻隊を四機編制に改定して、二個小隊すなわち八機で一個中隊を編制し、艦爆二個中隊（一六機）と艦攻三個中隊（二四機）で、敵空母を攻撃するという方式に改めます。……先日の話では、艦爆一八機と艦攻二七機で攻撃すれば、敵空母一隻の轟沈が望めると確認しました。……ですから今回の改定では、攻撃機数が艦爆で二機、艦攻で三機ずつ減ることになります。しかしその反面、攻撃隊に随伴する戦闘機は増やせますので、艦爆、艦攻の損害機数は減り、艦爆一六機と艦攻二四機で攻撃しても、充分に敵空母の轟沈は望めると確信いたします」

「うむ、なるほど。編制機数を変えるということには、私も考えが及ばなかった。だが、この数字を見ると、艦爆、艦攻は四機編制に変えるが、戦闘機は従来どおり、三機編制ということだね？」

「そうです。まったくおっしゃるとおりです。三艦隊の艦爆、艦攻の総数は、それぞれ一二八機ずつですが、機動空母『赤城』を上手く活用することにより、そのうちの艦爆八〇機と艦攻一二〇機を、一気に発進させられるはずです。ですから艦爆一六機×五、及び艦攻二四機×五で、敵空母〝五隻〟を一気に轟沈できる計算となります。しかし、そう計算どおりにいくとは限りません。ですから、残りの艦爆四八機と艦攻八機は、予備として考え、これを止めの第二波として発進させて、轟沈できなかった〝残りのヤツ〟に向かわせて、完全に息の根を止めるという寸法です」

「なるほど。一、二航戦で、それぞれ敵空母二隻ずつをやっつけ、三航戦の搭載機で、もう一隻轟沈するということだね……。そして、残りの大半である艦爆で、再攻撃し止《とど》めを刺すと……。うむ、確かによく考えられている」

山口は、再度資料を見直しながらうなずいた。

「よし、これでよい！　すぐにこの案を三艦隊司令部とＧＦ司令部へ提出し、直接、山本長官の決済を仰ぐことにしよう」

5

淵田は、事前に源田と内藤に相談し、この新しい搭載機定数案に対して同意を得ていた。そして南雲は、源田から説明を受けて、ただちにこの改定案を了承した。

南雲が承諾したことを受けて、その数日後に山口は、直接、山本長官と会って、決済を願い出ることにした。

ちょうどそのころ、八月五日に竣工した大和型二番艦・戦艦「武蔵」が、連合艦隊に引き渡されたばかりで、航空主兵論者を自認する山本も、さすがにご満悦のようすだった。

山口が「大和」の長官公室を訪れると、長官が機嫌よく迎え入れてくれた。

「やあ、戦艦の時代が終わりを告げたとはいえ、さすがにこの『大和』と『武蔵』

が並んでいると、不思議な安心感を覚える。そういう意味では、私も完全には、大艦巨砲主義の幻想から抜け切れていないのかも知れんな……」

　山口も同感だった。

「ええ、それは私も感じます。ですが、この二隻を前線に出撃させているようでは、我々の戦いが上手くいっているとは言えません。そうさせないためにも、今日は母艦航空隊の編制の件で相談があり、参りました」

　山本も、山口が来た用件は承知している。

「うむ。資料はあらかじめ見せてもらったよ。南雲さんも納得しているようだし、無論、君のことは信頼しておる。搭載機の編制ぐらいは任せる。君の思うようにやってくれたまえ」

　とこの改定案をあっさり認めた。

　そして山本は、〝それよりも〟という感じで、にわかに核心に入った。

「なるほど、この案はよく考えられているように思う。だが、現状では、このとおりの航空戦力が揃っているわけではない。航空隊の整備が急務だ。だから君には、搭乗員の訓練を急いでもらいたい。そこで念のために聞くが、実際問題、南雲さんの指揮ぶりはどうかね……。次期決戦では絶対負けるわけにはいかんのだ！」

やはり山本は、南雲の作戦指揮に疑問を感じているらしい。

山本が、さらに続けた。

「確かに南雲さんと草鹿には、仇討ちの機会を与えると約束した。だが、航空隊の整備が成り、いざ決戦となった場合には、そのときが敵機動部隊撃滅の最後のチャンスとなるかも知れん。だから、やはり適材適所でいく必要がある。……無論私も、いったん口にした約束は、反故《ほご》にする気などさらさらないが、頃合を見計らって、〝交代させる必要があるかも知れん〟とも考えておる……」

これはかなり微妙な相談である。山口としても慎重に答えざるを得なかった。

彼は、よくよく考えてから、

「長官のおっしゃることはよく分かります。……ですが、インド洋作戦のときに、先に艦爆だけを出した南雲さんの決断には、私もうなずけるものがありました。ですから〝南雲さんが消極的だ〟とはあながち言い切れません。問題はミッドウェイでの不手際ですが、あの失敗は、私も、一人南雲さんだけを責める気にはなれません。緒戦からの連戦連勝で、機動部隊の全将兵に驕《おご》りの気分が蔓延していたのも事実です。ですから、私が思いますに、……率直に申し上げて、南雲さんより司令部に問題があるのではないでしょうか……」

山本がうなずくのを確認してから、山口が思い切って、その考えをぶちまけた。

「草鹿君が頭の良いことは、私も認めます。しかし彼は、形式にこだわる傾向が強いように思います。つまり常に百点満点を取りにいくようなところがあり、彼のその完璧主義が、臨機応変な対応を妨げているような気がします。……ところが空母同士の戦いでは、その臨機応変さが求められます。ご承知のように、真珠湾やインド洋作戦では、敵が主力空母ではありませんでした。……ですから形式を重んじる、彼のやり方でも通用したのです。しかし、敵が有力な機動部隊だということになりますと、損害覚悟で突っ込み、なおかつ臨機応変にやらなければなりません。つまり形式にこだわっていたのでは消極的になる場合があり、勝てるチャンスも逃す恐れがあるのです」

この山口の意見には、大いに感ずるところがあるようで、山本は深くうなずいた。

「なるほど。実際、草鹿が優秀なことは疑う余地もない。が、確かに君が言うような、そういう元来の性質があるかも知れない。よし、分かった。……だが、それなら聞くが、草鹿を代えるとして、後任の参謀長は誰にするかね？」

この質問には、山口が躊躇《ちゅうちょ》なく即答した。

「大西瀧治郎《たきじろう》が適任です。おそらく長官も、そのようにお考えのはずです！　ここは〝あいつ〟でいくべきではありませんか!?」

山口の熱意に圧倒され、さしもの山本も、ほとんど反射的にうなずいていた。

山口が、さらに言葉をつないだ。

「もしはじめから、大西が、機動部隊の参謀長をしておれば、真珠湾攻撃では第二撃を主張していたでしょうし、それにあいつなら、搭乗員からの人望もあり、源田ともウマが合うはずです。……是非、お願いいたします」

「……うむ、よく分かった。時機を見て、大西に代えることにしよう」

山本は少し考えたが、ついに、そう決断したのである。

第三章　出撃！　新鋭・機動空母戦隊

1

ミッドウェイ海戦後、日・米の主戦場はソロモン海域に移っていた。

戦闘の引き金となったのは、連合艦隊がガダルカナル島に飛行場を設営したことだった。長さ約八〇〇メートル、幅約六〇〇メートルのこの飛行場は、昭和十七年八月五日に完成し、ルンガ飛行場と名づけられた。

米軍は、日本軍が飛行場を完成させる前から、この方面に対する反攻作戦を企図しており、当初の計画では、そのおもな作戦目標は、サンタ・クルーズ島、及びツラギの占領であった。

ところが米軍は、ガダルカナル島に日本軍が飛行場を設営していることを知ると、急遽、作戦目標にガダルカナル島の攻略を追加した。

米・海軍作戦本部は、

――できれば、日本軍の飛行場が完成する前に、この島を占領してしまいたい。

と当然、そのように考えたが、このとき米側にはすぐに行動を起こせない事情があった。

ミッドウェイ海戦で、空母「ヨークタウン」が沈没し、「エンタープライズ」と「ホーネット」も、かなりの損害を受けていたからである。

空母の損害だけなら、修理を急がせればなんとかなる。だが、同時に、多数の搭乗員を喪失していたのが致命的だった。

ガダルカナル島に上陸作戦を行う場合、米側は、機動部隊の援護が欠かせない。同島は、日本軍の一大航空拠点であるラバウルの勢力圏内にあり、事前に同島周辺の制空権を握ることが、絶対条件だったからである。

米海軍は空母部隊の戦力が整うまで、攻略作戦を延期せざるを得なかった。

そして、実際の計画より一ヵ月近く遅れた九月五日になって、ついに米作戦本部は、通称〝ウォッチ・タワー作戦〟と呼ばれる、ガダルカナル島攻略作戦を発動した。

2

空母「エンタープライズ」の修理、及び航空隊の整備が完了すると、太平洋艦隊は、ただちに行動を起こした。

ウォッチ・タワー作戦を支援する米軍機動部隊には、「エンタープライズ」「サラトガ」「ワスプ」の空母三隻がいた。

いっぽう、ガダルカナル島の日本軍・ルンガ飛行場には、このときすでに第六航空隊の零戦一二機が進出していたが、わずか一二機の戦闘機で、敵空母三隻から来襲する、艦載機の猛攻を防ぎ切れるわけがなかった。

同島周辺の制空権は、たちまち米軍側に掌握されて、まもなくアレクサンダー・バンデグリフト少将の率いる第一海兵師団（約一万一〇〇〇名）が、ガダルカナル島に上陸して来た。

このときガダルカナル島には、日本軍設営隊・約二〇〇〇名と海軍陸戦隊・約二三〇名がいたが、空爆に加えて米軍・各艦艇からの艦砲射撃が開始されると、ほとんどなす術なく、ジャングルへの退避を余儀なくされた。

設営隊長の岡村徳長《のりなが》少佐は、このあと陸戦隊と設営隊を率いて、ジャングルでゲリラ戦を展開し、大いに米軍を悩ませた。が、圧倒的兵力の米軍から、ルンガ飛行場を守ることはできず、飛行場を占領した米軍は、ミッドウェイ海戦で戦死した海兵隊・航空部隊のロフトン・ヘンダーソン少佐にちなんで、この飛行場に〝ヘンダーソン飛行場〟という名前を付けたのである。

3

日本軍、つまり連合艦隊の対応は、決して遅くはなかった。

第三艦隊の編制と同時期に、ソロモン諸島方面の防備を任務とした第八艦隊が新設されており、その司令長官である三川軍一《みかわぐんいち》中将は、まず、ラバウル基地所属の第二十五航空戦隊・山田定義《さだよし》少将に、ガダルカナル島及びツラギ方面の攻撃を指示した。

二十五航戦の一式陸攻及び零戦は、当日はポートモレスビーを爆撃する予定であったが、即時発進の命令を受けて、急遽、目的地を変更し陸上攻撃装備のままでガダルカナル島方面へと飛び立った。

ガダルカナル島泊地の米上陸船団は、この二十五航戦から爆撃を受けて、一時混乱した。が、一式陸攻はすべて陸上攻撃装備のため、水平爆撃を行うのみで雷撃ができない。結果的には、米輸送船数隻に軽い損害を与えたに過ぎなかった。

ところが、これを迎撃するために、空母から飛び立った米軍・戦闘機のパイロットは皆、度肝を抜かれた。

――な、なんだと！　日本軍の爆撃隊に戦闘機の護衛が付いているではないか!?

日本軍の爆撃機が発進したはずのラバウルから、ガダルカナル島上空までは約五四〇海里（約一〇〇〇キロ）もある。

常識で考えて、戦闘機が付いて来られるような距離ではなかった。しかも、その戦闘機がめっぽう強かった。開戦後数日間で、フィリピン航空撃滅戦を成功させた台南航空隊の零戦である。〝エース〟が何人もいた。

彼ら零戦隊が、あっと言う間に一五機の米軍機を撃墜した。しかしながら、さしもの零戦も一五分ほど戦うのが精いっぱいだった。それ以上空戦を続けてガソリンを使い過ぎると、ラバウルまで帰れなくなる。

二十五航戦による攻撃は、米軍将兵に心理的なダメージを与えて一定の効果はあった。が、かなり拙速な攻撃であったため、実質的な戦果は少なかったのである。

三川長官は、航空攻撃のみに頼らず、夜陰に乗じて、麾下《きか》・水上部隊による殴り込みを敢行した。

三川中将の座乗する旗艦は重巡「鳥海」で、そのあとに重巡「青葉」「衣笠《きぬがさ》」「古鷹《ふるたか》」「加古」、それに軽巡「夕張」「天龍」、駆逐艦「夕凪《ゆうなぎ》」の七隻が続いていた。

三川は、極めて端的な命令を発した。

「部隊を単一と見なし、単縦陣を形成。旗艦の航跡を続行せよ！」

日本軍のお家芸ともいえる夜戦である。

この命令で、各艦の艦長は、

——よし、思い切って戦えるぞ！

と直感した。

また、三川は、水上偵察機からの情報と、二十五航戦からの報告を総合して、米艦隊は戦艦を含む十数隻の部隊であり、これらに護衛された船団は、二つのグループに分かれて停泊中である、と状況判断していた。

そして九月九日深夜、第八艦隊は、哨戒任務に就いていた米駆逐艦の目をかすめ、ガダルカナル島とその沖合に位置する、サボ島との間の海峡（のちに鉄底海峡と呼ばれた）を通過し、三川は現地時間の午前一時三十分、ついに、

『全軍突撃せよ！』

と命じた。

第一次ソロモン海戦の幕開けである。

事前に舞い上がっていた、日本軍の夜間水上偵察機が、三川の号令にあわせて吊《ちょう》光弾《こうだん》を投下する。……すると暗闇のなかに、くっきりと敵の艦影が映し出された。

敵艦隊は北方部隊と南方部隊に分かれており、第八艦隊は、最初は敵南方部隊に、次いで敵北方部隊に砲雷撃を加えた。

日本軍の各艦艦長は、長年にわたる血の滲むような猛訓練を思い出し、

——昼夜を問わず腕を磨いてきたのは、ただこの日がためぞ！

とばかりに、鍛えに鍛えた戦闘技量を思う存分に発揮した。

距離・五〇〇〇メートル内外の、まれに見る接近戦のため、重巡の撃ち出す二〇センチ砲弾は、ほとんど水平に飛び交う。

しかも、凄まじい命中率である。

敵南方部隊の豪・重巡「キャンベラ」は、集中砲火と酸素魚雷の命中により、あっと言う間に紅蓮の炎に包まれて、ほとんど何の抵抗もできないまま轟沈《ごうちん》していった。

同じ南方部隊の米・重巡「シカゴ」の状況も悲惨である。日本軍の強力な酸素魚雷を喰らって艦首が瞬時に吹き飛び、完全に戦意を喪失して、早々と戦場から離脱していった。が、第八艦隊の各艦は、いまだにほとんど無傷である。

〝飛んで火に入る夏の虫〟とばかりに、続いて進攻して来た敵北方部隊に対し、三川は絶妙な艦隊運動で、丁字の体勢に持ち込み、これまた先制攻撃で砲弾を雨あられのように浴びせ掛けた。

夜戦における日本軍の強さは、まさに神がかり的であった。各艦の一兵卒までが、まるで艦長の手足のように動いて、その思惑どおりに艦全体が機能する。……技量の差は歴然としていた。

暗闇の中おっかなびっくりで、辛うじて砲撃してくる敵艦に、味方の放つ矢のような砲弾が、立て続けにとめどなく突き刺さる。……そのたびに敵艦の砲力は減殺されていく。

時間が経てば経つほど、米艦隊の状況は絶望的になった。わずか二〇分足らずの砲撃で、米・重巡「ヴィンセンス」「クインシー」「アストリア」は三隻とも轟沈していった。

とくに「クインシー」は、集中砲火を浴びて制御不能に陥り、燃え上がりながら日本軍のほうへ突進して来たので、衝突を避けなければならないほど混乱していた。その主力である重巡をことごとく撃破され、まもなく米残存艦隊は戦闘海域から離脱した。

いっぽう日本軍は、旗艦「鳥海」が数発の命中弾を受けた程度で、損害は皆無に等しかった。

一航過だけの砲撃で大戦果を上げ、まさに風のごとく戦場をあとにした三川中将は、のちに〝敵上陸船団を攻撃しなかった〟という理由で、非難されることになる。だが、米軍には有力な機動部隊が在り、敵空母三隻の存在を無視できない以上、日の出前に戦場から離脱するという三川の決断は正しかった。

第八艦隊の編制時に三川は、軍令部から、

「できるだけ、味方艦隊の戦力喪失は避けてもらいたい」

と注意されていたのである。

実際には、翌朝、米軍機動部隊は第八艦隊を攻撃できる位置にいなかった。だが、それはあくまでも結果論であり、もし攻撃圏内にいれば、第八艦隊は壊滅的な損害を被っていたに違いない。その場合には三川中将は、軍令部から〝まったく正反対の理由で〟非難されていたであろう……。

ウォッチ・タワー作戦に、米軍は「エンタープライズ」「サラトガ」「ワスプ」の空母三隻を投入してきた。

これに対抗するには、日本側としても機動部隊を出撃させるしかなかった。つまり南雲と草鹿に〝仇討ち〟の機会が巡ってきたわけである。このチャンスを逃す手はなかった。

4

山本はただちに、第三艦隊に対して、内地からの出撃を命じた。

といっても、実際に出動できる空母部隊は、南雲の直率する第一航空戦隊だけであった。しかも一航戦でさえ、航空隊の練度は充分ではなかった。

そこで南雲は、第三航空戦隊の軽空母「龍驤」を一航戦に編入し、代わりに同じ軽空母の「瑞鳳」を内地に残して出撃した。三航戦の比較的練度の高い搭乗員を「龍驤」乗り組みにし、航空戦力の充実を図って出撃したのである。

したがって、日本側の空母は「翔鶴」「瑞鶴」「龍驤」の三隻で、これに金剛型戦艦や巡洋艦などの護衛艦艇が随伴していた。

いっぽう米側にも、あまり好ましくない要素があった。日本の機動部隊がソロモン海域に進出して来たとき、「ワスプ」を基幹とする空母部隊が、燃料補給のため南下しており、どうも戦闘には間に合いそうになかった。

米軍は、「エンタープライズ」と「サラトガ」の空母二隻で戦うほかなかったのである。

昭和十七年九月二十四日、両軍機動部隊同士のあいだで、第二次ソロモン海戦が生起した。

南雲司令部は、この戦いではいささか姑息な手段を用いた。……軽空母「龍驤」を分派してヘンダーソン飛行場を空襲させ、これに敵機動部隊が食い付いて来たら、側面から敵機動部隊を撃破する、というやり方である。

二十四日正午、司令部の計画どおり、ヘンダーソン飛行場へ向けて「龍驤」の攻撃隊が発進し、その直後に米軍偵察機が「龍驤」を発見した。

米機動部隊は、南雲の予想どおり、「龍驤」へ向けて、ドーントレス爆撃機三〇機とアベンジャー雷撃機八機の攻撃隊を発進させた。

不運な「龍驤」は、米軍艦載機からの攻撃を防ぎ切れず、多数の命中弾を受けて浸水し、夜になってついに沈没した。

いっぽう南雲司令部は、索敵機を飛ばし、敵機動部隊を懸命に捜索していた。

ところが、草鹿参謀長は、敵から先に発見されることを恐れるあまり、

「間合いを詰めるのは賛成ですが、慎重にしなければなりません！」

と南雲に進言していた。

そのことが尾を引いて、南雲機動部隊は、ようやく午後二時になって敵空母二隻を発見し、「翔鶴」から零戦一〇機、艦爆二七機を発進させて、それから少し遅れて「瑞鶴」からも零戦九機、艦爆二七の攻撃隊を発進させた。

いっぽう、空母「サラトガ」に座乗するフレッチャー中将も、まもなく南雲の主隊を発見したが、艦載機を発進させても攻撃が日没後になると判断し、五三機のワイルドキャット戦闘機を上げて防空戦に専念した。

また、フレッチャーは、日本軍攻撃隊の接近をレーダーで探知すると、「エンタープライズ」と「サラトガ」の距離を約一〇海里に離した。

そのため、先に発進した翔鶴隊三七機は、空母「エンタープライズ」だけを発見して同艦に攻撃を集中し、爆弾三発を命中させてこれを中破した。

だが、遅れて発進した瑞鶴隊三六機は、指揮官機の通信不良など不運が重なり、結局、敵空母を発見できず、虚しく引き揚げたのである。

フレッチャーはただちに、傷ついた「エンタープライズ」を護衛しながら東方へと退いた。

まもなく日没となり、日本軍も雷撃隊を発進させることができず、第二次ソロモン海戦は、日本側が軽空母一隻喪失、米側が空母一隻中破、という結果に終わって、事実上、南雲と草鹿は〝仇討ち〟を果たすことができなかった。

いっぽう源田は、内藤からの依頼に応じ、この海戦において、〝米軍機動部隊がドーントレス爆撃機で索敵している〟という事実をきっちり確認していたのである。

5

第二次ソロモン海戦における、南雲司令部の作戦指揮は〝消極的であった〟と言わざるを得ない。

南雲と草鹿は、「翔鶴」「瑞鶴」の喪失を恐れるあまり、後方に位置して「龍驤」のみを先行させせた。南雲の主隊が及び腰で接近したため、敵機動部隊の発見が遅れて午後になってしまい、艦爆だけの攻撃で日没までの時間を使い切り、ついに雷撃で止めを刺すことができなかった。

結局「龍驤」を喪失し、そのおかげで「翔鶴」「瑞鶴」は無傷のままだったが、敵戦闘機の迎撃に合った艦爆隊の損害は著《いちじる》しく、空母「エンタープライズ」を取り逃がしたのだから、実際には負けたにも等しかった。

ここは、「翔鶴」もしくは「瑞鶴」が傷ついても、果敢に敵へ肉薄し、敵空母一隻ぐらいは沈めておくべきだった。……そのチャンスは充分にあったはずである。翔鶴型なら、爆弾の一、二発や魚雷一本程度の命中を受けても、艦上さえ空けておけば、そう簡単に沈むとは思えなかった。

この戦闘結果を受けて、山本は、ついに草鹿参謀長の更迭《こうてつ》を決めた。

――やはり南雲、草鹿のコンビではだめだ！　もはやこれ以上、彼らに名誉挽回のチャンスを与えることはできない。

山口の進言のおかげで、問題の核心を見抜いていた山本は、第二次ソロモン海戦において、その消極性が実証されたので、

――彼ら二人に、これ以上の温情を掛けても勝利は望めない。

と悟った。

やはり第三艦隊の参謀長は、南雲の〝尻を引っ叩ける〟くらいの熱血漢でなければ勤まらない。そういう意味では大西瀧治郎しかいなかった。

大西は海兵四十期卒。山口多聞や宇垣纏などと同期で、海軍航空の草創期から、その道一筋で経験を積んできた、生粋《きっすい》の飛行機乗りである。

彼は、昭和十七年のこの時期、航空本部総務部長の職にあった。

山本は海軍省に働き掛け、十月十五日付けで、草鹿と大西を入れ替えることにした。つまり航本総務部長に草鹿を推薦し、大西を第三艦隊の参謀長に転補したのである。

次期空母決戦に向けての、機動部隊の人事は固まった。が、一航戦はまたもや航空隊を消耗し、戦力を立て直す必要がある。「瑞鶴」と「翔鶴」は内地に向け帰投した。

しかし、依然としてソロモン方面の戦況は、予断を赦《ゆる》さない状態が続いていた。

山本は、代わりに三航戦をトラックへ進出させて、敵機動部隊に睨みを利かせることにした。

十月六日、角田司令官は空母「飛鷹」に座乗し、僚艦「隼鷹」を伴ってトラックに着任した。無論、航空参謀の内藤も一緒である。が、第二次ソロモン海戦で「龍驤」が沈没したため、軽空母「瑞鳳」は再び一航戦に編入されて内地に残った。

6

いっぽう二航戦では、「飛龍」が九月二十五日に修理を完了し、「蒼龍」も十月十日に修理を終えて、部隊に復帰した。

また、「赤城」も、十一月十八日には機動空母として完成する見込みがついていた。

山口は、空母「飛龍」の復帰が成ると、新米搭乗員を集めて、連日のように発着艦訓練を繰り返し、十月中旬ごろには、一応彼らも、戦場に出せる程度には成長しつつあった。

そして十月十五日、新任の参謀長として、大西が旗艦「翔鶴」に着任すると、彼は早々に、南雲に対し、その意気込みを語った。

「すでに長官には申し上げるまでもありませんが、空母航空戦というものは、互いに相手の見えないところから飛行機を飛ばして殴り合うわけです。まず将棋で例えて言うならば、軽空母を〝桂馬〟とし、正式空母を〝角〟とし、そして、このたび完成する予定の機動空母を〝飛車〟とでもしましょう。これら三種類のコマは、いずれも敵のコマから二マス以上離れたところへ打ち、しかも両取りが狙えます。これらのコマを上手く使えば、一気に形勢を逆転することも可能です。コマを失うことを恐れていては何も始まりません。有利な形勢に持ち込み、最終的な勝利を得るためには、私は、〝角〟くらいは〝沈められる〟覚悟で、戦う所存です」

南雲は、草鹿のことを〝頼もしい〟とは思っていたが、この大西の言葉を聞いて、それとは別次元の闘志というものが湧いてくるのを感じ、自分でも不思議だった。

そして、今や草鹿は事実上更迭されて、すでに自分の傍にはいない。南雲も、次なる戦いが、自分にとって〝背水の陣〟になることを、よくわきまえていた。

——もはや何も思い残すことはない。必勝の信念で戦い、敵を叩きのめすだけである！

大西は着任早々に、南雲の武人としての〝本来の魂〟に火をともしたのである。

いっぽう山口は、大西が三艦隊の参謀長に就任すると、すぐに旗艦「翔鶴」を訪れた。

山口が、参謀長室に入るなり言った。

「おい、第二次ソロモンではエンタープライズ型を中破させたようだが、これの修理が終わると、敵はまた、すぐにでも出て来るぞ！」

「うむ。搭乗員の訓練と航空隊の再編を急がねばならん。ここ一ヵ月ほどが勝負だな……」

「ガ島の状況は逼迫《ひっぱく》している。苦しいのは我々だけではない。敵も同じく苦しいはずだ。だから次に決戦が行われるとすれば、同島周辺海域以外にはあり得ない」

大西がうなずくのを見て、山口が、にわかに本題に入った。

「そこで、いちはやく敵を捕捉するためにも、偵察が重要となるが、俺は三航戦の内藤に索敵計画を立案させて、ショートランド（ブーゲンビル島の南対岸に位置する水上機基地）の飛行艇を上手く活用するよう指示しておいた。彼は信頼できるので、索敵のほうはまず心配ない。問題は、淵田の考えた編制どおりに航空隊が整備できるかどうかで、それにはやはり、貴様と源田の知恵が要る。実戦に即した訓練を行うのはそれからだ」

山口の問題提起に、大西はすぐにピンときた。

「うむ。要するに、搭乗員の人選と各飛行隊長に誰を任命するか、ということだな」

この言葉に、山口が大きくうなずき、

「うむ、そうだ。淵田も入れて三人で、明日にでもそれを決めてもらいたい。でないと航空隊は本格的な訓練を行えない。無論、俺も全体的な戦略をもう一度練り直し、南雲さんともよく話し合っておく。そのうえで、さらに貴様の力を借りるつもりだ。よろしく頼む」

とそう言ったのである。

7

二日後、大西は、源田と淵田の協力を得て、第三艦隊航空隊（一、二航戦のみ）の搭乗員と各隊長を人選し、それを表にまとめて山口に手渡した。

第三艦隊　決戦航空隊（第一、第二航空戦隊）

降下爆撃隊

第一一爆撃隊　隊長・関　衛《まもる》少佐（五八期）

翔鶴艦爆隊　九九式艦爆一六機

第一二爆撃隊　隊長・千早猛彦《ちはやたけひこ》大尉（六二期）

瑞鶴艦爆隊　九九式艦爆一六機

第一三爆撃隊　隊長・山口正夫《まさお》大尉（六三期）

瑞鳳艦爆隊　九九式艦爆一六機

第一一爆撃隊　隊長・江草隆繁少佐（五八期）
赤城艦爆隊　九九式艦爆一六機
第二二爆撃隊　隊長・小林道雄大尉（六三期）
飛龍艦爆隊　九九式艦爆一六機
第二三爆撃隊　隊長・坂本　明大尉（六三期）
蒼龍艦爆隊　九九式艦爆一六機

雷撃隊
第一一雷撃隊　隊長・村田重治少佐（五八期）
翔鶴艦攻隊　九七式艦攻二四機
第一二雷撃隊　隊長・角野《かどの》博治《ひろし》大尉（六五期）
瑞鶴艦攻隊　九七式艦攻二四機
第二一雷撃隊　隊長・根岸《ねぎし》朝雄《あさお》大尉（六五期）
赤城艦攻隊　九九式艦攻二四機
第二二雷撃隊　隊長・北島一良《かずら》大尉（六一期）
飛龍・蒼龍艦攻隊　九七式艦攻二四機

その表によると、一六機編制の艦爆隊が六隊で、計九六機。そして、二四機編制の艦攻隊が四隊で、こちらも計九六機であった。

つまり、〝艦爆一六機と艦攻二四機〟の組み合わせが四組できるので、敵空母四隻の轟沈が望める。

しかも、これら六四機の艦爆と九六機の艦攻は、六隻の空母から、一斉に発艦できるよう工夫されていた。

また、残る艦爆二隊（三二機）は、予備の第二波として発進し、轟沈できなかった残存敵空母に対し止めを刺すわけである。

また、さらに特筆すべきは、ここに選ばれた一〇人の飛行隊長たちであった。昭和十七年十月のこの時期には、海軍航空隊にもまだまだ優秀なベテラン搭乗員が残っていた。

ここに選ばれた隊長たちは、第一一爆撃隊（翔鶴艦爆隊）隊長の関衛少佐以外は、すべて真珠湾攻撃以来の歴戦の〝つわもの〟揃いであった。

しかも、関少佐自身も、真珠湾攻撃やミッドウェイ海戦などに参加していないだけのことで、ほかの隊長と比べても負けずとも劣らない、いやそれ以上の実力の持ち主だった。

関は海兵五十八期の卒業で、同期には江草隆繁や村田重治などがいた。海軍がドイツ・ハインケル社製の急降下爆撃機を購入し、まったく新しいやり方の爆撃方法を研究し始めたとき、率先志願してこの機種を育て上げてきた、生え抜きの急降下爆撃機のエキスパートだった。

しかも関は、先の第二次ソロモン海戦において、進撃途中に水偵からの報告電を受信して、急遽針路変更を決意し、見事な空中指揮ぶりを発揮。麾下攻撃隊を敵空母の上空へと導き、自らも空母「エンタープライズ」に命中弾を与えて、その実力を証明していた。

——うむ。関が総隊長なら索敵攻撃も可能だ。このメンバーなら申し分ない！

と山口も、大西の人選には概《おおむ》ね満足だった。が、意外なことに山口は、彼に対して、奇妙な注文を一つだけ付けたのである。

「おい。これだけの陣容だ。別にいちゃもんを付ける気はないが、関少佐の第一一爆撃隊と山口大尉の第一三爆撃隊を、そっくりそのまま入れ替えてもらいたい」

「なにっ？　つまり、関少佐の艦爆隊を『瑞鳳』の乗り組みにし、山口大尉の艦爆隊を『翔鶴』の乗り組みにする、ということか？」

この山口の申し出には、まったく納得のいかない大西が首を傾《かし》げながら、思わずそう反問した。

「ああ、そうだ」

「なぜだ！　こう言ってはなんだが、山口の艦爆隊よりも、関の艦爆隊のほうが実力は上だ。だから当然、旗艦である『翔鶴』には、総隊長の関艦爆隊を乗せるべきで、それが常道だ！」

大西に言われなくても、関のほうが、実力が上なことは山口も承知している。ところが山口は、まったく折れようとしない。

「関少佐の実力が上なら、なおさらそうしてもらいたい。……これには俺なりの考えがある」

「ふん、どういう考えだ！　きっちり分かるように説明しろ！」

大西が憤慨するのも無理はない。

「うむ。説明したいのは山々だが、作戦計画の肝心なところがまだ確定していない。……南雲さんともよくすり合わせしなければならないが、その決定を待っていたのでは、航空隊の訓練に遅れが生じる。だから今の時点では、敵機動部隊を〝出し抜くために必要である〟としか答えようがない」

無論このような説明では、大西は納得するべくもなかった。が、山口のことは信頼するしかない。

「まあ、貴様がそこまで言うなら、それで変更しておこう」

大西は、渋々同意したのである。

8

孫氏《そんし》曰《いわ》く、兵は詭道《きどう》なり。

「次期決戦では、ガダルカナル島をミッドウェイに見立て、その裏返しをやりたいと思います」

という山口の説明に、南雲は、すぐに納得し、

〝それこそミッドウェイの仇討ちだ！〟

とばかりに、両手《もろて》を上げて賛成した。

南雲が賛成したので、無論、大西も同様である。

結局、関少佐の艦爆一六機は「瑞鳳」の乗り組みとなった。

そして、一、二航戦航空隊は、いよいよ本格的な実戦訓練に入った。

ミッドウェイ作戦とは違い、作戦目標ははっきりしている。米軍機動部隊を誘い

出し、徹底的に叩きのめせばよいのである。

航空隊は〝いかにして敵空母を轟沈するか!?〟の訓練を行った。攻撃隊には充分な戦闘機の護衛も付けられることになっている。だから〝艦爆一六機と艦攻二四機〟の組み合わせは、敵空母一隻の轟沈を成し遂げるため、色々と襲撃方法を試し、その研究に没頭することができた。

また、これまでの一小隊三機の編制が、四機の編制に変更されたので、新しい編制に慣れるのに二週間ほど掛かったが、各隊長の適切な指導もあり、完全に慣れて体が覚えてからは、彼らは見事な雷爆同時攻撃法を編み出したのである。

そして十一月に入ると、どの艦爆隊がどの艦攻隊と組むか、を概ね決定し、より綿密な連携を取れるよう訓練を深めていった。

攻撃隊・敵空母襲撃編制

第一集団　総指揮官　関　衛少佐（五八期）

瑞鳳艦爆隊一六機　瑞鶴艦攻隊二四機

第二集団　総指揮官　江草隆繁少佐（五八期）

赤城艦爆隊一六機　赤城艦攻隊二四機

第三集団　総指揮官　村田重治少佐（五八期）
飛龍艦爆隊一六機　翔鶴艦攻隊二四機
第四集団　総指揮官　北島一良大尉（六一期）
蒼龍艦爆隊一六機　飛龍／蒼龍艦攻隊二四機
第五集団　総指揮官　千早猛彦大尉（六二期）
瑞鶴艦爆隊一六機　翔鶴艦爆隊一六機

また、同時に彼らは、三〇〇メートルという比較的低高度での編隊飛行訓練を行い、随伴する戦闘機隊には、その上空をカバーするよう、別途指示が与えられていたのである。

9

昭和十七年十一月一日付けで、山口多聞少将は中将に昇進した。彼と同期の海浜四十期卒では、山口のほかに、軍令部第一部長の福留繁《ふくどめしげる》少将、連合艦隊参謀長の宇垣纏少将なども、同時に中将に昇進していた。

　また、山口の一期上、海浜三十九期卒では、阿部弘毅少将、原忠一《ちゅういち》少将、角田覚治少将なども同じく中将に昇進していた。

　山口が中将に昇進して三週間足らずの十一月十八日、待望の機動空母「赤城」がついに完成し、第二航空戦隊・山口司令官の旗艦となった。

　当初、山口は「赤城」を〝南雲に返す〟つもりでいた。が、南雲はこれを断った。「航空隊の訓練は進んでいるし、出撃の日も近い。それに、私の『翔鶴』もレーダーを装備しているので、このままの編制でいっこうに差し支えない。この際、航空隊の異動など面倒な手続きは避けて、戦いのことを優先させよう」

　この一件で山口も、南雲に対するわだかまりを完全に捨てた。

　完成した機動空母「赤城」の艦橋は、若干拡大されて翔鶴型と同じくらいの大きさになり、その頂部には、これまた翔鶴型と同様の対空見張り用レーダーが装備されていた。

　そして、その後方のマストには、山口司令官の中将旗が悠々と翻っている。

　機動空母「赤城」が「飛龍」「蒼龍」を従えて航行している姿は、まさに新進気鋭という感じで見るものに爽快感を与え、一航戦の将兵たちをうらやましがらせた。

　いよいよ決戦のときは近い。

だが、まったく万事が上手くいっていたわけではなかった。

機動空母「赤城」の〝可動甲板〟には、重量軽減のため、カーボン材が多く使われていたが、それでも重量増を抑えることができず、艦前部の喫水線が以前より下がってしまった。

そのため三〇ノット以上での航行は、極力避けなければならなかった。

したがって、艦政本部は、

「今回の改造では、早期完成を優先したので致し方ないが、いずれ『赤城』は、一三〇号艦（大鳳）と同じような〝エンクローズド・バウ〟方式（艦首外板を飛行甲板まで延長し一体化する方式）に改める必要がある」

という見解を示したのである。

ガダルカナル島を巡る戦況は逼迫している。山本長官は、ついに第三艦隊主力に対し、トラックへの進出を命じた。

そして十一月二十一日、第一航空戦隊「翔鶴」「瑞鶴」「瑞鳳」と、第二航空戦隊「赤城」「飛龍」「蒼龍」の空母・計六隻は、満を持して、内地から出撃していったのである。

第四章　決戦！　南太平洋海戦

1

米・太平洋艦隊は、依然として第一線級の空母四隻を保有していた。

空母「エンタープライズ」「ホーネット」「サラトガ」「ワスプ」の四隻である。

米軍も、ヘンダーソン飛行場の確保には苦労していたが、ガダルカナル島の海兵隊を指揮するバンデグリフト少将に言わせれば、その苦戦のおもな原因は、〝味方艦隊の支援が消極的過ぎる〟ということであった。

事実、この時期の米軍、及びその艦隊は、あまり運に恵まれず消極的だった。

保有する四隻の空母のうち「サラトガ」と「ワスプ」が、ソロモン周辺海域を警戒していた日本軍潜水艦に捕まり、雷撃を受けて、戦線離脱を余儀なくされていた。

とくに「ワスプ」は、ほとんど轟沈《ごうちん》する運命にあった。ところが、同艦に随伴していた重巡が、「ワスプ」に接近する雷跡を認め、とっさの機転で体当たりし、自艦を犠牲にして「ワスプ」の窮地を救っていた。米・重巡「ニュー・オリンズ」は「ワスプ」の身代わりとなって、この世から姿を消した。が、それでも「ワスプ」は、魚雷一本を喰らって中破していた。

また、別の日ではあるが、「サラトガ」も日本軍の潜水艦から魚雷二本を喰らって、同じように中破し、この二隻はニューカレドニア島・ヌーメアで応急修理を受けなければならなかった。

本来なら真珠湾に回航して、本格的な修理を施すべきであったが、空母不足に悩む米軍には、そんな余裕はまったくなかった。周知のように、第二次ソロモン海戦では、空母「エンタープライズ」も中破していたからである。

米軍機動部隊がこのような状況だったので、先にトラックに進出していた、第三航空戦隊「飛鷹」「隼鷹」には、幸いにも出番は回ってこなかった。

いっぽう、ガ島の米海兵隊も苦戦していた。

十一月十三日深夜から十四日未明に掛けて、二隻の日本軍戦艦「金剛」「榛名」が鉄底海峡に突入し、一時間半に渡ってヘンダーソン飛行場に、三五・六センチの巨砲弾を送り込んだ。

同飛行場はたちまち大火災となり、滑走路はむちゃくちゃに破壊されて、ガダルカナル島上にあった米軍機の半数以上が、使い物にならなくなってしまった。

さらにその翌日、戦果の拡大を狙った日本軍は、二回に渡る航空攻撃と、十四日夜、今度は二隻の重巡「鳥海」「衣笠」で、ヘンダーソン飛行場に対する砲撃を行い、十五日には、米軍の使用できる機は、二、三機に激減してしまったのである。

ちなみに戦艦「金剛」「榛名」が帰投する際に、三航戦の「飛鷹」「隼鷹」は、両戦艦の上空を戦闘機でカバーするために出撃している。

窮地に立たされたバンデグリフトは激怒した。日本軍戦艦の艦砲射撃を阻止できなかったのは、あきらかに味方艦隊の戦意不足が原因だった。

これら執拗な日本軍の反撃に対して、太平洋艦隊司令長官チェスター・W・ニミッツ大将は、思い切った解決策をうち出した。

ニミッツは、作戦当初からその成功を疑問視していたロバート・L・ゴームリー中将を解任し、新任の南太平洋艦隊司令長官に、闘志満々の自信家で積極的で名高い、ウィリアム・F・ハルゼー中将を任命したのである。

2

ハルゼーは着任すると、早々にヌーメアで会議を開き、バンデグリフトの言い分を聞いた。

「君は、撤退しようというのか、それとも確保し続けようとするのか、いったいどちらだね!?」

迫力満点で言う、ハルゼーのこの質問に対して、バンデグリフトは臆せず答えた。

「私は確保できます。……ですが、今までよりもっと積極的な、艦隊の支援をお願いします」

この言葉を聞いて、ハルゼーはいかにも満足そうにうなずいた。

「よろしい。大いにやってみたまえ。私は、可能な限りの支援を君に約束する!」

そしてハルゼーは、まさにその約束を裏書するかのように、新鋭戦艦「ワシントン」を基幹とする部隊に対して、日本の艦隊を撃破し、敵のガダルカナル島への増勢を阻止せよと厳命した。

それだけではない。大胆不敵な彼は、この命令に続いて、最近フレッチャー中将

と交代した。トーマス・C・キンケイド少将に対して、

「修理が終わりしだい『エンタープライズ』と『ホーネット』を率いて、ガダルカナルの北東方面へ進出せよ！」

と命じたのである。

猛将・ハルゼーの着任により、米軍将兵の士気は一変した。

いっぽう、ガダルカナル島の日本陸軍部隊は、幾度となく米軍陣地に対する突撃を敢行したが、その攻撃はすべて失敗に終わり、ヘンダーソン飛行場に対する進撃は容易でないことが判明した。

そこで日本の大本営は、

――なんとしても、ガダルカナルの飛行場を奪還しなければならない！

とようやく本腰を入れて決意を固め、周到な準備のもと、陸軍の精鋭である第二師団を、同島へ上陸させることに決めた。

日本軍の周到な準備とは、先にトラックへの進出を命ぜられていた南雲中将の第三艦隊を含め、連合艦隊のほとんど全兵力を上げて、この上陸作戦を支援するということにほかならない。

無論そのなかには、新鋭の「赤城」と、それに「飛龍」「蒼龍」で編制された、山

口中将の機動空母戦隊も含まれていた。

日本軍の機動部隊すなわち第三艦隊は、当然、米軍機動部隊の出現に備える。が、第二師団の上陸支援は、重巡「愛宕《あたご》」を旗艦とする第二艦隊の近藤信竹《のぶたけ》中将が行う。そこで山本長官は、思い切った決断を下した。

戦艦「長門」「陸奥《むつ》」「伊勢」「日向」の四隻を近藤長官の指揮下へ編入し、さらに角田中将の第三航空戦隊の空母「飛鷹」「隼鷹」も、第二艦隊の指揮下へ入れた。

米軍が新鋭戦艦を投入してくる公算が高いし、ヘンダーソン飛行場に配備されている米軍機の脅威から、第二艦隊、及び上陸船団を守る必要があったからである。

そういう意味では、すでに「大和」と「武蔵」が竣工していた意味は大きかった。これら二隻の超巨大戦艦は、出動すると大量の重油を消費するので、万が一の事態に備えて、〝切り札〟として温存しておく必要があった。また、本当にここぞというときには、この二隻で止めを刺すこともできる。「大和」「武蔵」〝本人〟らは、出撃できないので、不服だったかも知れない。が、その代わりに「長門」「陸奥」を繰り出すことができた。

山本長官は、僚艦「武蔵」を横にし、トラックの旗艦「大和」艦上から、作戦の全般指揮を執ることにしたのである。

3

いっぽう米軍も、〝近く日本軍の大規模な反攻作戦が行われる〟と予想しており、迎撃準備には余念がなかった。

まれにみる速さで、十一月末までに空母「サラトガ」と「ワスプ」を応急修理し、少将に昇進したばかりのマーク・A・ミッチャー提督を抜擢し、彼に指揮させることにした。空母部隊指揮官に、新たにミッチャー少将を起用したのは、ハルゼーのたっての希望だった。

ミッチャーは大佐時代に、空母「ホーネット」の艦長として、ドーリットル東京空襲を成功させた実績がある。アナポリス時代の彼の成績は、決して良くはなかったが、生粋の飛行機乗りで、しかも闘志溢れるミッチャーは、ハルゼーから絶大な信任を得ていた。

両空母の応急修理が完了すると、ハルゼーは、ただちにミッチャーに対し、

「ガダルカナルの北東方面へ進出して、キンケイドの部隊と合同せよ！」

と命じたのである。

第一六任務部隊　キンケイド少将
　空母「エンタープライズ」搭載機・計八八機
　（艦戦三六　艦爆三六　艦攻一六）
　空母「ホーネット」　搭載機・計八八機
　（艦戦三六　艦爆三六　艦攻一六）
第一七任務部隊　ミッチャー少将
　空母「サラトガ」　搭載機・計八八機
　（艦戦三六　艦爆三六　艦攻一六）
　空母「ワスプ」　搭載機・計七六機
　（艦戦三二　艦爆三二　艦攻一二）
第一六／一七任務部隊　搭載機・合計三四〇機
（艦戦一四〇機　艦爆一四〇機　艦攻六〇機）

南太平洋の全艦隊を指揮するハルゼーは、
――保有する空母の数は、おそらく日本軍のほうが上であろう。もし、それらが一斉に出て来れば、こちらの苦戦は免れない！

と気を引き締めていた。だから彼は、

――必勝を期すためには、自ら陣頭指揮を執る必要がある！

と判断した。

そして、そう決断してからの、彼の行動はすばやかった。

ハルゼーは、ヌーメアに回航されて間もない、新鋭戦艦「サウス・ダコタ」に座上し、ミッチャーのあとを追い掛けたのである。


かたや連合艦隊は、それ以前に、すでにトラック環礁での終結を終えており、ハルゼーがヌーメアを出撃するのとほとんど時を同じくして、最初に第二艦隊が、続けて第三艦隊が、ガダルカナル北方海域へ向けて出撃していった。

いや、正確に言うと、第二艦隊は少し西寄りの針路を執り、ソロモン諸島に沿うようなかたちでガダルカナル島の北西方面から進撃し、その東側面をカバーするようにして、空母六隻を基幹とする第三艦隊が南下した。

周辺海域の地図を見れば一目瞭然であるが、もし米軍機動部隊が出て来るとすれば、ガダルカナル島の北東方面しかあり得なかったからである。

現に、第二次ソロモン海戦のときもそうだった。この海域には島々が点在するため、機動部隊が自在に行動できるような広い海は、ソロモン諸島の北東にしか存在しなかった。

したがって、米軍機動部隊との決戦を望む第三艦隊は、東寄りの針路を執り、ガダルカナル島へ向け南下したのである。

4

昭和十七年十二月三日早暁、日・米両軍は一斉に哨戒機を飛ばした。

といっても、双方機動部隊同士の距離は、いまだかなり離れていたので、哨戒任務を帯びて飛行していたのは、機動部隊の艦上機ではなく、基地から発進した飛行艇であった。

日本軍は、ブーゲンビル島の南にあるショートランド基地から六機の二式飛行艇を飛ばし、米軍は、ガダルカナルの南東に位置するエスピリトゥ・サント島とサンタ・クルーズ島から、それぞれ四機ずつのカタリナ飛行艇を飛ばした。

日本軍の二式飛行艇は、別名〝二式大艇〟とも呼ばれ、第二次大戦中に各国が製造した飛行艇のなかで、間違いなく最高の性能を誇っていた。

最大速度・時速二四五ノット（約四五四キロ）で、二〇ミリ機銃を五門装備することができ、〝空の要塞〟と呼ばれた米軍のB17爆撃機を撃墜したこともある。しかも、航続距離は三八六二海里（約七一六二キロ）と長大で、このときは、片道九〇〇海里の哨戒任務を帯びて飛行していた。

いっぽう、米軍のPBYカタリナ飛行艇は、最大速度・時速一五四ノット（約二八五キロ）で、航続距離は二二〇三海里（約四〇八〇キロ）と相当ではあるが、二式飛行艇には遠く及ばず、片道七〇〇海里ほどの哨戒が精いっぱいだった。

この日、米軍のカタリナ飛行艇は、ついに日本の艦隊を発見できなかった。

それは当然といえば当然であった。カタリナ飛行艇が日没までに、サンタ・クルーズ基地へ帰投するには、最大速度に近い約一四〇ノットで飛行したとしても、少なくとも午後二時には、哨戒線先端の折り返し地点から、引き返さなければならない。

日本軍の第三艦隊は、そのことを見越して、午後五時すぎに、ガダルカナル島の北方・約五〇〇海里の地点（サンタ・クルーズからは七〇〇海里以上）から、速力二〇ノットで南下した。

また、同様に第二艦隊は、ガダルカナル島の北西方・約五〇〇海里から、速力二〇ノットで南東へ向け進軍した。こちらはサンタ・クルーズからさらに遠かった。

いっぽう米軍機動部隊は、翌朝、日本軍の機動部隊を捕捉するためには、サンタ・クルーズ島の東の海上を確実に北上しなければならず、午前十時過ぎに、同島の北北東・約二四〇海里の洋上で、早くも日本軍の飛行艇に発見されてしまったのである。

この米軍機動部隊を発見した、飛行艇の機長は橋爪《はしづめ》大尉であった。

彼の飛行艇は、空が白み始めた三日・午前五時十五分に、ショートランド基地から発進し、ほぼ東南東に向かって飛行し始めた。三航戦・航空参謀の内藤中佐によって、事前に設定されていた索敵ルートである。

泊地から離水後、彼は機速を一五〇ノットに確保し、高度三〇〇メートルで飛んだ。敵のレーダー探知を避ける必要があり、できるだけ低高度で飛行したのである。

——敵艦隊が、サンタ・クルーズの西方海上を航行することは、まずないだろう……。

と橋爪はそう推測した。

ラバウルの陸攻が頑張って足を伸ばせば、攻撃可能だからである。

橋爪は、東経一六五度線を越えたあたりからゆっくり上昇するよう命じ、九時三十五分になって、同機は、ようやく高度を三〇〇〇メートルに確保してさらに東へ飛び続けた。

そして、二〇分ほど飛行すると、彼の推測が〝間違いでなかった〟ことが証明された。

『二〇隻に及ぶ敵大部隊発見！　空母二隻、多数の巡洋艦、及び駆逐艦を伴う。北西に向け、約二〇ノットで航行中！』

橋爪機はそう打電すると、急いで上昇し、敵艦隊の上空から離脱した。

敵戦闘機の姿を認めたからである。

橋爪は、全速で西方へ退避するよう命じ、一団の雲を突き抜け、敵艦隊との距離を充分に確保してから、第二電を発した。

『敵空母の一隻は、サラトガ型なり！』

全軍に向けて発信されたこの橋爪機の報告が、あとで大きな意味を持つのである。

5

橋爪機が発見した米艦隊は、ミッチャー少将の指揮する第一七任務部隊であった。

ミッチャーからの報告で、敵飛行艇に接触されたことを知ったハルゼーは、

――明日の決戦は避けられない！

と覚悟を決めた。

だが、ハルゼーにとって、それは望むところでもあった。彼は、

――我々は発見されたので、現時点では、確かに敵にアドバンテージがある。が、日本の機動部隊が行動を起こしていることは間違いないので、明朝早くから念入りに索敵を行えば、まったく問題ないであろう。それに敵は、ガダルカナル島の我が飛行場を無視できない。だから日本の機動部隊は、同島飛行場を先制攻撃できる地点に、必ず進出してくるはずである！

としたたかに、そう分析していた。

現にハルゼーは、トラック諸島周辺に散開していた味方潜水艦から、日本軍の大艦隊が〝ソロモン諸島方面へ向かいつつある〟という情報を得ていたのである。

彼は、ヌーメアから出撃する前に、ミッチャーと交代して、基地航空隊司令官に就任していたジョージ・D・マレイ少将に対し、

「残念ながらミッドウェイでは、我が機動部隊が攻撃隊を出すタイミングが遅く、しかもバラバラに出撃したので日本の空母を取り逃した。今回は敵空母を発見したら、私はためらわず先制集中攻撃で撃破するつもりだ。だからもし、敵機動部隊とは別にガ島に近づくような敵艦船があれば、そちらの処理は君に任せるので、B17やB24爆撃機を有効に使い、これを阻止してくれたまえ。よろしく頼む」

と依頼していた。

つまりハルゼーは、事実上、引き分けに終わったミッドウェイ海戦の決着を、今回の戦いで必ずつける覚悟なので、

――自分は日本軍機動部隊の撃破に専念する。

と前もって宣言したわけである。

ハルゼーが考えていたように、日本軍がガダルカナル島に第二師団を上陸させる場合、ヘンダーソン飛行場の存在は絶対に無視できなかった。したがって日本の機動部隊は、事前に必ず同飛行場を空襲しなければならず、そのときこそが、ハルゼーにとってミッドウェイの再現を狙える、絶好のチャンスであった。

ヘンダーソン飛行場では、日本軍戦艦の艦砲射撃などにより、一時期は、可動機が二、三機にまで減少していたが、米軍は迅速に滑走路を整備し、すでにこのとき、同飛行場には、ワイルドキャット戦闘機三六機と、ドーントレス爆撃機二〇機の、計五六機が復帰していた。

6

昭和十七年十二月四日、午前五時十分（ガダルカナル島・現地時間）、南雲長官の第三艦隊は、すでにガダルカナル島北方・約二六〇海里の地点に到達していた。

南雲の指揮下にある空母は、第一、第二航空戦隊を合わせて全部で六隻。「翔鶴」「瑞鶴」「瑞鳳」「赤城」「飛龍」「蒼龍」で、その搭載する空母艦載機は合計三六〇機に達していた。

いっぽう、ハルゼーの指揮下にある空母は四隻である。が、米軍の正式空母は艦載機の搭載能力に優れ、空母の数では二隻劣っていたにも関わらず、その搭載機の合計数は三四〇機で、ほとんど互角の戦いであった。

二つの米空母部隊は、ガダルカナル島の北東・約二八〇海里の地点に進出しており、互いの距離を約一〇海里に離して、その後方にハルゼーの座乗する戦艦「サウス・ダコタ」の部隊が陣取っていた。

午前五時十二分、空が薄明となると、両軍機動部隊は、ほとんど同時に索敵機を発進させた。

ハルゼーの命令は単純明快である。

「敵を見つけたら、ただちに攻撃せよ！」

彼は、空母「エンタープライズ」の爆撃隊に索敵を命じ、同空母から一八機のドーントレスを発進させた。これら一八機は五〇〇ポンド爆弾を装備している。日本の空母を発見した場合は、偵察任務だけに終始せず、ハルゼーの命令どおりに、ただちに急降下爆撃も敢行するのである。

日本の機動部隊が自軍艦隊の西方にいることは確実である。西に向けて扇方に広げられた索敵網のうち、ハルゼーは、そのほぼ中央に位置する第七、第八、第九索敵線をとくに重視し、この三ヵ所に二機ずつのドーントレスを割り当てた。

いっぽう南雲は、事前に内藤中佐が計画していたとおりに、「赤城」「飛龍」「蒼龍」からそれぞれ二機ずつの二式艦偵を発進させ、その他の戦艦、重巡からも八機の零式水偵を発進させて、計一四機の索敵機で偵察を行った。

これら一四機の索敵機は、各機が一〇度ずつの索敵線を担当し、東方に向け約一七〇度の範囲を偵察することになっていた。だが、南雲は、山口の進言により、とくに重要だと思われる真ん中の三〇度には、〝わざと一機の索敵機も飛ばさなかった〟のである。

これはそれまでの常識からすれば、無謀ともいえる完全な賭けであった。はじめ内藤は、この山口の考えに大反対していた。

以前、山口と内藤が索敵計画を立案していたときのことである。

内藤が堪《たま》らず言った。

「司令官！　それはいくらなんでも冒険で、危険すぎます！」

「君、よく考えたまえ。偵察機が敵を発見しても、実際に攻撃隊が突撃できるのは、それより二時間近くもあとのことだ。そんな前の情報では、どうせ目安程度にしかならん！　その程度の目安なら、〝別の方法〟でも充分に付けることができる」

山口は平然と、内藤の進言を突っぱねた。

そのあと内藤は、山口の説明する〝別の方法〟を聞いて、ようやく納得したのである。

それでも一種の賭けであることに、違いはなかった。が、ともかく一四機の偵察機は、内藤の索敵計画どおりに発進して行った。

ところが、南雲の最初の〝しごと〟は、これで終わりではなかった。

偵察機を出さなかった「翔鶴」「瑞鶴」「瑞鳳」の艦上には、事前に艦載機が並べられており、二航戦の三空母から二式艦偵が発艦するのと同時に、一航戦の「翔鶴」「瑞鶴」から、それぞれ零戦九機、艦爆一六機ずつが発艦し、そして「瑞鳳」からも零戦六機が発艦していった。

つまり、南雲の直率する一航戦は、零戦二四機、艦爆三二機で編制された計五六機の攻撃隊を発進させたのである。

この攻撃隊の指揮官は、第五集団・瑞鶴艦爆隊長の千早猛彦大尉であった。

薄明とともに発進した、第五集団・千早隊長に伝えられた命令は、

「ガダルカナルの米軍飛行場を破壊せよ！」

という必然的なものだった。

千早は、瑞鶴艦爆隊一六機を直接指揮し、翔鶴艦爆隊は、関少佐と〝交代になった〟山口大尉が指揮していた。

南雲は当初、ガダルカナル島の攻撃に、一航戦の艦爆を使うのは反対だった。第二艦隊の指揮下に編入されていた、三航戦の艦載機で攻撃すべきだ、と思ったからである。

だが彼は、山口から、ミッドウェイ海戦の裏返しで敵機動部隊を欺《あざむ》くためです、と説得されて、にわかに態度を改めた。

五六機のガ島攻撃隊は、まもなく上空で編隊を組み終えて、ほとんど真南に向け進撃して行った。

ところが妙なことに、その約三〇分後には、南雲が当初主張していた、第三航空戦隊からも攻撃隊が発進していた。

第三航空戦隊・角田司令官は、山口の事前の要請に従い、午前五時四十分過ぎに、「飛鷹」「隼鷹」から、それぞれ零戦六機、艦爆一二機ずつ、合わせて零戦一二機、艦爆二四機で編成された計三六機の攻撃隊を、ガダルカナル島へ向け発進させたのである。

したがって、今や日本軍の攻撃隊は、北と北西の二方向から、ガダルカナル島へ向け進撃していた。

7

一航戦、三航戦がガダルカナル島に対する攻撃隊を発進させ、両軍機動部隊が索敵機を発艦させてからは、戦いは一時小休止となった。

とにかく互いに、敵の機動部隊を発見しない限り何も始まらない。

動きのない状態が一時間半ほど続いた。

午前六時五十五分、そろそろ各索敵機は先端に到達するはずである。が、南雲の司令部には何の報告も入らなかった。

誰もが、偵察機が捜索ミスをしているのではないか、と心配し始めていたが、司令部の面々は意外にも落ち着き払っていた。

南雲ももちろん、まったく平然としている。

幸いにも天候は良かった。だから偵察機が、敵を見落とすことはない。

——何ら報告がないのは、我々が捜索した場所に、敵が存在しないのであり、それ以外の場所に、敵が潜んでいるからである。

と南雲は、そう確信していた。

また、同時に彼は、

——前日の哨戒で、我が飛行艇が空母二隻を含む敵を発見しているので、敵がどこかに潜んでいることも確実である。

と確信していた。

旗艦「翔鶴」の艦橋で、南雲がそう考えていたときのことである。

通信参謀が、艦橋に駆け込み、

「長官！　ガ島攻撃隊・千早隊長の突撃命令を受信いたしました！」

と南雲に報告した。

午前七時〇五分、千早の攻撃隊がガダルカナル島上空に到達したとき、米軍はレーダーでこれを探知し、持てる全機のワイルドキャット三六機で迎撃してきた。

また、同じく二〇機のドーントレスも上空に舞い上がっており、ミッドウェイのときと同じように、攻撃隊は思うような爆撃効果を上げることができなかった。ただし千早は、ミッドウェイ攻撃のときにも友永隊の赤城艦爆隊長として参加しており、そのときの教訓を存分に活かして、素晴らしい機転を利かせていた。

すなわち彼は、零戦が敵戦闘機と格闘している隙を突いて、いち早くヘンダーソン基地のレーダー設備を発見し、彼の機ともう一機の艦爆で、レーダー施設に対する降下爆撃を行い、これを完全に破壊してしまったのである。

結果的に千早隊は、約一五分に及ぶ攻撃で、敵戦闘機一二機と爆撃機三機を撃墜したが、肝心な滑走路の破壊は不充分で、零戦五機と艦爆八機を失い、やむなく引き上げた。

だが千早は、司令部に対して〝第二撃〟を主張しなかった。

当然、米軍ヘンダーソン飛行場では、いまだに滑走路は使用可能であり、日本軍の艦載機が去ったあと、生き残ったワイルドキャット二四機とドーントレス一七機は悠々と着陸し、次なる出撃、つまり敵機動部隊の発見などに備えて、ガソリンや爆弾の補充を急いだ。

ところが、正しいと思われたこの判断が、完全に間違っていた。

全機が着陸し、滑走路上で補給作業を行っているそのさなかに、角田中将の発進させた攻撃隊、零戦一二機と艦爆二四機が現れて、地上にある米軍機を徹底的に、まさに完膚なきまでに叩きのめした。そう、千早隊長は〝第二撃〟を主張する必要がなかったのである。

基地のレーダーは、同機の爆撃を受けて、完全に破壊されていた。だから三航戦攻撃隊の接近を、米軍側は事前に察知することができなかった。

ヘンダーソン基地の航空司令官も、日本軍機動部隊の艦載機が時間差攻撃を仕掛けてくるとは、夢にも思わなかった。

最初に現れた敵機は間違いなく〝北方から迫って来る〟のを、レーダーが捉えていたので、敵機は空母機に違いなかった。ガダルカナル島の〝北〟には、日本軍の陸上基地は存在しないからである。

山口の狙いどおり、三航戦による攻撃は完全な奇襲となり、滑走路上の爆弾やガソリン車、それに航空機などが、次々に誘爆を起こし、ヘンダーソン飛行場は、少なくとも数日間は使用不能に陥ってしまった。

ガダルカナル島のジャングルに潜む帝国陸軍将兵は、燃え盛る米軍飛行場を目にして、両手を上げて喜んだ。

「やっ、やったぞ！　海軍の航空隊がついにやってくれた！　少なくとも今日から数日間から数日間は、さんざん苦しめられてきた敵機の地上攻撃に、悩まされずに済む！」

いっぽう、落胆の色を隠し切れないバンデグリフト少将は、悲痛の叫び声を上げ、ハルゼーの艦隊司令部に対して、

『一〇〇機近くに及ぶ敵艦載機の奇襲を受けて、ヘンダーソン飛行場は壊滅状態に

あり。……使用に耐え得る航空機は皆無となり、艦隊による支援を切に希望する！』

と打電したのである。

8

午前七時〇六分、千早隊長の突撃命令を受信したその直後に、山口中将の旗艦「赤城」のレーダーが、敵機と思われる機影を探知した。

味方偵察機は、各索敵線の先端に達しているはずなので、断じて友軍機ではない。レーダーの捉えたその機影は、ほぼ真東から接近しつつあった。

旗艦「翔鶴」のレーダーも、もちろんこの機影を探知していた。そのことはすぐに司令部へ報告されたが、千早隊長の突撃命令が伝えられた直後で、このとき艦橋内が静粛さを欠き、その報告が南雲にきっちり伝わっていなかった。

南雲司令部に動きがないので、山口は、

――もしかすると『翔鶴』のレーダーは探知していない可能性もある。

と推測し、彼はすぐに旗艦へ向けて、

『敵機らしき機影を探知す。至急しかるべき措置を講じられたし』

とそう信号した。

この「赤城」から発せられた信号に、大西参謀長がすぐに気づいた。

大西が通信参謀に確認すると、やはり「翔鶴」のレーダーもその機影を捉えていた。……すでに五〇海里ほどに迫りつつある。

大西が、ただちに南雲に進言した。

「長官！　ほぼ予想どおりの方位です。敵機動部隊から来た索敵機に違いありません。予定どおりの攻撃計画でいきます！」

大西の進言に、南雲がいつになく、重々しくうなずいた。この南雲の決断が、戦いの雌雄を決することになる。

南雲がうなずくのを確認して、大西が、急いで具体的な指示を与え始めた。

「源田！　すぐに『翔鶴』『瑞鶴』『瑞鳳』から二式艦偵を二機ずつ出せ！　敵機が来るその方向へ向けて三〇度だ！」

大西は、二式艦偵それぞれ二機ずつでペアを組ませ、一つのペアで各一〇度ずつ、計三〇度の索敵線をほぼ真東へ向けてカバーするように、指示したのである。

最初の索敵部隊は、この三〇度からは〝意図的にはずして〟発進させていた。

また、ミッドウェイでの失敗を繰り返さぬよう、この発進する六機の二式艦偵には、送受信機の点検が入念に行われていた。

ところが、大西の与えた指示は、これだけではなかった。

「二式艦偵の発進と同時に、『翔鶴』『瑞鶴』から零戦三機ずつを上げて、接近しつつある敵索敵機を叩き落とせ！」

まもなく、この大西の命令を受けて、「翔鶴」「瑞鶴」からそれぞれ零戦三機、二式艦偵二機ずつが発艦し、そして「瑞鳳」からも二式艦偵二機が発艦していった。

さらに大西は、「翔鶴」から最後の零戦が発艦したのを見届けると、今度は首席参謀の高田利種《としたね》大佐に対して、〝攻撃隊の発進準備を行う。全母艦にその旨伝えてくれたまえ〟と命じ、続けて彼は、艦長の有馬正文《まさふみ》大佐に向かって、

「艦長！『翔鶴』からは、零戦九機と艦攻二四機を準備していただきます」

とそう指示したのである。

すべて予定どおりの行動である。

南雲は、大西が指示を与え終えるまで、じっと黙ってそれを見守っていた。

山口も「赤城」の艦上で、旗艦から的確な指示が出され始めたので安堵していた。

機動空母「赤城」では、艦隊司令部からの指示を受けて、下部飛行甲板では零戦一二機と艦攻二四機が、上部飛行甲板では零戦一八機と艦爆一六機が準備された。

すでに艦爆、艦攻には二五〇キロ爆弾と航空魚雷が装備されている。

しばらくすると、飛び立ったばかりの二式艦偵のうちの一機が、

『味方へ近づきつつある敵機は、〝ドーントレス〟二機なり!』

と報告して来た。

この報告を聞き、山口はほぼ勝利を確信した。

万事が山口の読みどおりに進んでいた。この作戦における、彼の〝賭け〟は当ったのである。

――よし、間違いない。この二機は、敵機動部隊から来た索敵機だ! おそらく敵空母は四隻か、少なくとも三隻はいるだろう。

周知のとおり、前日に味方飛行艇が発見した敵空母は二隻である。が、同飛行艇は、そのうちの一隻が〝サラトガ型である〟と報告してきた。

そして、ミッドウェイでは、撃破したもののエンタープライズ型二隻を取り逃している。また、もう一隻、米軍が中型空母「ワスプ」を保有していることも分かっていた。

したがって山口は、米軍の空母は全部で四隻存在し、もしかすると一隻ぐらいは修理中の可能性はあるが、〝あとの三隻はすべて出てきているだろう〟と考えたわ

けである。

　このとき山口は、攻撃隊・第二集団（赤城艦爆隊一六機、赤城艦攻隊二四機）の総指揮を執る江草少佐を呼び出して、

「昨日、橋爪機が発見した、空母二隻の部隊とは別に、もう一群の敵機動部隊がいる可能性が高い。それもしっかり攻撃してもらいたい」

　と忠告したのである。

　そうこうするうちに、ドーントレス二機が肉眼でも捉えられる距離に近づいて来た。

　だが、すでに六機の零戦が迎撃に上がっていたので、敵機はどうすることもできない。

　しかも〝お荷物〟を背負ったままでは、日本軍の零戦にはとても太刀打ちできないので、彼らは、目指す空母の上空に到達するまでもなく、五〇〇ポンド爆弾をほっぽり出した。

　するとまもなく、ドーントレス二機は、きびすを返して遁走を企てた。一八〇度反転し、間違いなく〝東〟へ向かって逃げてゆく、〝東〟へ飛ぶのが彼らの〝帰り道〟なのだから、ほかにどうしようもない。その同じ方角に向けて、こちらはすで

に六機の二式艦偵を差し向けている。……まもなく敵の一機は、執拗な零戦の攻撃に遭って撃墜された。いや、続けてもう一機も、被弾したのか失速してバランスを失い、海上へと自爆した。

しかし彼らは、零戦の迎撃を受ける前に、味方艦隊司令部に対して、

『日本軍の大艦隊を発見！　空母四隻以上を含む。南へ向け、約一六ノットで航行中！』

と打電していたのである。

9

午前七時十五分、ハルゼーは旗艦「サウス・ダコタ」の艦上で、確実に、ドーントレスからの報告電を受け取っていた。

この報告に接して、ハルゼーは狂喜した。

――しめた！　日本軍の機動部隊は、まさに予想どおりの地点にいる。すぐにでも攻撃が可能だ！　しかも我々は、少なくとも日付が変わり、太陽が昇ってからは、いまだ敵の偵察機には一切発見されていない！

そう確信するとハルゼーは、彼の参謀長であるマイルズ・ブローニング大佐に向かって、これ以上ないような大声で命じた。

「キャプテン。こちらが一方的に攻撃できるチャンスだ！　……これを逃す手はない。すぐに攻撃隊を発進させろ！」

無論、ブローニングにも反対する理由などない。

だが、今からちょうど二〇分ほど前に、少しだけ気になることが起こっていた。

レーダーが艦隊の六〇海里ほど南西に、敵の偵察機らしき機影を探知したのである。

が、その機はまったくこちらの存在に気づいていないらしく、そのまま直進を続け、ついにレーダーから消えていった。

そして、偵察機と思われるその敵機が、電波を発した形跡はまったくなかった。

だから、ブローニングは、〝我が艦隊はいまだ敵に発見されていない〟と断定していた。

事実その機は、「赤城」から発進した二式艦偵だったが、ブローニングが断定したとおり、何も発見できずに帰投していた。

ブローニングの頭にチラッと、そのことがよぎったが、ハルゼーが言うように、このチャンスを逃す手はない。それに素通りして行った敵機を、こちらがわざわざ憂える必要もないので、ブローニングはボスの命令に勢いよくうなずくと、急いでキンケイド、ミッチャーの両司令官に、ハルゼー提督の意向を伝えた。
このとき、米空母四隻の艦上には、すでに日本軍機動部隊に対する攻撃隊が準備されていた。

第一六任務部隊　キンケイド少将
空母「エンタープライズ」攻撃隊・計三六機
（艦戦八機　艦爆二〇機　艦攻八機）
空母「ホーネット」　攻撃隊・計三六機
（艦戦八機　艦爆二〇機　艦攻八機）
第一七任務部隊　ミッチャー少将
空母「サラトガ」　攻撃隊・計三六機
（艦戦八機　艦爆二〇機　艦攻八機）
空母「ワスプ」　攻撃隊・計三二機
（艦戦八機　艦爆一六機　艦攻八機）

ワイルドキャット戦闘機三二機、ドーントレス急降下爆撃機七六機、アベンジャー雷撃機三二機の、合計一四〇機で編制された攻撃隊である。

偵察機の報告によれば、日本軍機動部隊との距離は約二〇〇海里。米軍の空母四隻は、風上に艦首を立て、発艦の態勢が整うと、全空母から一斉に、先頭のワイルドキャットが発艦し始めた。

時刻は午前七時三十分になろうとしていた。

そのときには、ヘンダーソン飛行場が敵艦載機の攻撃を受けていることが分っていた。

各空母から、友軍機が順調に発艦してゆく姿を確認しながら、ハルゼーは再び、ブローニングに指示を与えた。

「我々が発見した日本軍の空母は四隻である。敵はそれ以上いるかも知れないが、とにかくこの四隻は確実に仕留めておきたい。それには全力で攻撃する必要がある。キャプテン、第二波の出撃準備を急がせたまえ」

「同感です。敵機動部隊はガダルカナルへ向け攻撃隊を発進させたはずで、それを収容するまでは身動きが取れないでしょう。しかも我々は、その収容作業を妨害するようなタイミングで、連続攻撃できるかも知れません」

ブローニングは、ハルゼーがうなずき返したのを確認し、再び両空母部隊司令官にその攻撃方針を伝えるため艦橋を離れた。

まもなく、ブローニングがハルゼーの傍に戻って来た。だが、ちょうどそのとき、通信参謀も駆け込んで来て、バンデグリフトの発した電文を、ハルゼーに手渡した。

それを一気に読み終えると、ハルゼーがつぶやくように言った。

「キャプテン。ヘンダーソン飛行場が敵の艦載機にやられた。電文には、敵機は〝一〇〇機近く〟来襲したとある」

ブローニングは眼を丸くして、ただ驚くしかなかった。ヘンダーソン飛行場がそうあっさり破壊されるとは、信じ難かったからである。

しかし、バンデグリフトがそう報告している以上は、それを信じるしかない。

ブローニングは、努めて気持ちを切り替え、ハルゼーに進言した。

「ボス、確かに悪い知らせには違いありません。ですが、今さら落胆しても始まりません。ものは考えようです。敵の空母が四隻、もしくは五隻いると仮定します。敵がその搭載機のうちの一〇〇機を使って、ヘンダーソン飛行場を攻撃したのであれば、敵空母の艦上には、今現在一〇〇機程度の攻撃機しか残されていないはずです。そう考えれば我々が充分な数の戦闘機を手元に残しておきさえすれば、まず敵空母からの攻撃は最低限の被害で防げる、とそう確信します」

「うむ。なるほど、そのとおりだ。……しかも我々は、いまだ敵に発見されていないので、敵が攻撃して来るかどうかも疑問だ。悲観するような要素は何一つない！」

「おっしゃるとおりです。敵に反撃の機会を与えぬためにも、ただちに第二波を発進させて、連続攻撃を仕掛けましょう」

「うむ。それでやりたまえ！」

まもなく午前八時十分には、第一六、一七任務部隊の各空母では、第二波の発進準備も完了した。

第一六任務部隊　キンケイド少将
空母「エンタープライズ」攻撃隊・計一六機
（艦戦八機　艦爆索敵中　艦攻八機）
空母「ホーネット」　攻撃隊・計三二機
（艦戦八機　艦爆一六機　艦攻八機）
第一七任務部隊　ミッチャー少将
空母「サラトガ」　攻撃隊・計三二機

（艦戦八機　艦爆一六機　艦攻八機）

空母「ワスプ」　攻撃隊・計二八機

（艦戦八機　艦爆一六機　艦攻四機）

第二波はワイルドキャット戦闘機三二機、ドーントレス急降下爆撃機四八機、アベンジャー雷撃機二八機の、合計一〇八機で編制されていた。が、ハルゼー提督は、艦隊防空用として、手元にワイルドキャット戦闘機七六機を残し、そのうえで八時十三分に第二波の発進を命じたのである。

10

いっぽう日本軍・第三艦隊は、いまだに米軍機動部隊を発見していなかった。

この時点で、ハルゼーが勝利を確信するのも当たり前であった。

ところが、南雲も大西も、また山口も〝敵がどこにいるのか〟すでに見当をつけていた。そして彼らは、その推定に〝ほとんど揺るぎのない自信〟を持っていた。

爆弾を積んだ敵の偵察機（ドーントレス）が、こちらに接触して来たということは、米軍機動部隊は我が艦載機が攻撃できる圏内に必ずいる。紛れもなくその方位は、〝東〟に違いなかった。
すでに第三艦隊の各空母の艦上には、米軍機動部隊に対する攻撃隊が並べられていた。

第一航空戦隊　南雲忠一中将
空母「翔鶴」　攻撃隊・計三六機
（零戦一二機　艦爆なし　艦攻二四機）
空母「瑞鶴」　攻撃隊・計三六機
（零戦一二機　艦爆なし　艦攻二四機）
軽空「瑞鳳」　攻撃隊・計一六機
（零戦なし　艦爆一六機　艦攻なし）
第二航空戦隊　山口多聞中将
機空「赤城」　攻撃隊・計七〇機
（零戦三〇機　艦爆一六機　艦攻二四機）
空母「飛龍」　攻撃隊・計三一機

（零戦三機　　艦爆一六機　艦攻一二機）
空母「蒼龍」　　　攻撃隊・計三一機
（零戦三機　　艦爆一六機　艦攻一二機）

零戦二二型六〇機、九九式艦爆六四機、九七式艦攻九六機の、合計二二〇機にも及ぶ〝集中〟攻撃隊である。

ちなみに「飛龍」「蒼龍」では、これまで実戦で一回に発進させた機数は二八機が最高だったので、正直いって〝三一機を一回で発進させる〟のは少しきつかった。が、山口は、事前にそのための訓練を行い、まず、艦爆と艦攻を発艦させてから、最後に格納庫から迅速に零戦を上げて、発艦させるように工夫を凝らし、それを成功させていた。

いっぽう機動空母「赤城」では、まず、下部飛行甲板から零戦一二機、艦攻二四機が発艦し、それから三分掛けて〝可動甲板〟をリフトで持ち上げ、続けて上部飛行甲板から零戦一八機、艦爆一六機が発艦した。

直掩《ちよくえん》戦闘機のパイロットとして、「赤城」艦上に残ることになった谷口飛曹長は、下部飛行甲板から艦攻隊の全機が発艦し、〝可動甲板〟が迫《せ》り上がってくる光景を

観ながら思わず、

「すごい！　……まさに最新式の空母だ！」

とつぶやき、この「赤城」に乗艦している自身の幸運に、しみじみ感激していた。

そしてまもなく、〝可動甲板〟が上部飛行甲板と水平になりピタリと静止して、機動空母「赤城」は全通一段式の空母と同じ状態になった。

飛行甲板サイドに立てられた、信号灯が〝青〟に変わる。するとそれを合図に、零戦と艦爆が次々に発艦していった。

攻撃隊は、零戦が一機目のドーントレスを撃墜した午前七時二十分過ぎに発艦し始め、「赤城」の最後の艦爆が発艦を終えたときには、時刻はちょうど八時になろうとしていた。

まさに一斉に攻撃隊を発進させたので、第三艦隊の空母艦上には、一機の艦爆、艦攻も残されていなかった。が、南雲の手元には、艦隊上空防衛用の零戦が、七二機残っていたのである。

攻撃隊は、友軍艦隊上空での空中集合を終えると一路〝東〟を目指して進撃して行った。

この敵機動部隊に対する攻撃隊の総隊長は、〝洋上航法に優れ、勝負勘に秀でた〟

瑞鳳飛行隊長・関衛少佐である。

山口中将が、関少佐と山口大尉を入れ替えた理由はそこにあった。山口は必勝を期すため、どうしても関少佐に、米軍機動部隊に対する攻撃指揮を、執らせたかったのである。

そして関は、なんなく大編隊をまとめて、二二〇機にも及ぶ攻撃隊を引き連れ、先発した二式艦偵のあとを追い掛けた。

11

米南太平洋艦隊・旗艦「サウス・ダコタ」の艦上では、ハルゼー提督が勝利を確信し、その顔は自信に溢れて紅潮し、生気がみなぎっていた。

今や米軍機動部隊は、一波、二波合わせて二四八機もの攻撃隊を、日本軍機動部隊に向けて出撃させている。

対して日本軍の攻撃隊は二二〇機である。だから米軍の攻撃隊よりも二八機少なかった。

だが、双方で決定的に違うことは、米軍の攻撃隊が二波に〝分散〟しているのに対し、日本軍の攻撃隊は一波に〝集中〟されていたのである。

午前八時十五分、ハルゼーが第二波攻撃隊の発進を命じた直後に、最初の異変が起こった。

旗艦「サウス・ダコタ」のレーダーが〝西〟から近づきつつある機影を探知した。距離は八〇海里ほどである。が、これは取り立てて問題にするようなことではなかった。

〝ああ、薄明とともに出撃させた「エンタープライズ」の索敵機が、帰投してきたのだな……〟

と誰もが、最初そう考えた。

実際に、レーダーのCRTに映し出されたその影は、一、二機であることを示すような、小さな点にしか過ぎなかった。

だが、このときブローニングだけは、敵機動部隊の発見に成功したドーントレスの一機が発した、

『我れ敵戦闘機の追撃を受けつつある！』

という電信を思い出して、妙な胸騒ぎを覚えていた。その後、同機からの連絡は一切なかった。

彼はすぐに、そのドーントレスと連絡を取るように、と担当の通信兵に命じた。

ところが、二、三度繰り返したが、やはり応答がない。

ブローニングは、ハルゼーに対して、

「接近しつつあるのは、敵機動部隊の偵察機かも知れません。いや、その可能性大です！」

と進言した。

もし、ブローニングの言うとおり日本軍の偵察機なら、発見される前に、叩き落としておくのが上策である。事実、確かにそれは、〝東〟へ向かった日本軍の二式艦偵だった。

ハルゼーは、

「よし、迎撃戦闘機を上げて、叩き落とし……」

とまで言い掛けて、途中で止めた。

なぜなら第二波攻撃隊が発艦中で、彼は、そちらの発進を優先させようと考えたからである。

ハルゼーの考えを察したブローニングが、

「これはおそらく偵察機に違いありません。まず攻撃されるようなことはないでしよう。第二波が全機発艦し終わるのを待って、各空母から四機ずつのワイルドキャットを上げます」

と進言し直した。

この進言に、ハルゼーは黙ってうなずき、承認を与えた。

午前八時三十五分、米軍・四隻の空母から、ようやく第二波攻撃隊の全機が舞い上がった。

そして、その一〇分後の八時四十五分までに、一六機のワイルドキャットも発艦していった。

いっぽう米軍機動部隊を発見したのは、吉川《きっかわ》大尉の操縦する二式艦偵だった。

彼は、小早川《こばやかわ》中尉の二式艦偵とペアを組んで、空母「瑞鶴」から発進し、三〇度のど真ん中に当たる一〇度を担当し、まさにドーントレスがやって来たその飛行ルートを折り返すように、まっしぐらに直進飛行を続けた。

彼らは、お互いの機の間隔を適当な距離に保ちながら、ときには上になり下になり、雲を避けつつ左右に入れ替わったりし、まるで〝兄弟であるかのような〟絶妙な呼吸で、くまなく海上を見張り続けて飛んだ。

そして、高度三〇〇〇メートルで、予定どおりのコースを一時間半ほど飛んだとき、眼下に、まさに素晴らしい光景を認めたのである。

「やった！……ドンピシャリ！」

吉川は、思わず声を発した。

だが、油断はならない。敵空母の飛行甲板上で、戦闘機らしき機体が滑走を始めた。

吉川は、慎重にその全貌を確認しながらも、猶予はならないと、急ぎ味方全軍に向けて、

『敵機動部隊発見！　空母四隻が二群に分かれて西へ向け航行中。速力・約一八ノット。敵はその後方に戦艦一隻を伴う』

と打電したのである。

まもなく、たっぷり五分ほど掛けて、敵戦闘機が上昇して来た。そのときには吉川機も、高度四五〇〇メートルほどに上昇していた。無論、小早川機も追従している。

敵戦闘機は多い。おそらく一五機はいる。が、両機は協同戦線を張りながら敵の追撃をかわす。

二式艦偵は素晴らしい飛行機だった。

ワイルドキャットF4F‐4型の最大速度は時速・二七八ノット（時速・約五一五キロ）であるのに対し、二式艦偵一一型の最大速度は、時速三一三ノット（時速・約五八〇キロ）だ。戦うならいざ知らず、追撃を振り切るだけなら、まったく文句の付けようのない高性能だった。

ワイルドキャットの米軍パイロットは、皆がみな仰天した。

——なっ、なんという機だ！　こんなに速いのは、もしかすると敵の新型戦闘機ではないか!?

だが、複座機だし、いっこうに攻撃してこないので、やはり偵察機だと断定するしかなかった。

奇妙な追い駆けあいを続けているあいだに、その〝驚異の日本軍偵察機〟がもう一機現れた。

吉川ペアの隣の索敵線を担当していた二式艦偵の一機が、本来の担当線を僚機に任せて、吉川の発した電信を受けて、急遽、こちらの応援に駆け付けたのである。

その機は、一航戦・偵察隊長の毛利《もうり》少佐の二式艦偵だった。

毛利機は、米軍機動部隊の上空に現れるやいなや盛んにバンクを繰り返して、吉川、小早川の両機に合図を送った。

この合図を察知し、〝智謀《ちぼう》に長《た》けた勘の鋭い〟小早川は、すぐにその意味するところを悟った。

〝よし、敵戦闘機を翻弄《ほんろう》する役目は、お二人さんに任せておこう！〟

小早川は、そう踏ん切りを付けると、敵戦闘機の相手を〝兄貴分〟二人に譲って、にわかに左に捻《ひね》り込み、背面飛行から急降下で戦場を離脱し、もと来た〝みち〟を西へと、これまたまっしぐらに引き返した。

つまり彼は、〝お出迎え役〟というか、〝道案内の役目〟を買って出たわけである。

12

関の率いる〝集中攻撃隊〟は、東へ向け順調に飛行していた。

敵のレーダー探知を避けるため、高度を三〇〇メートルに確保し、そのやや後上方に六〇機の零戦が追従していた。

無論、すでに関隊長機も、吉川機の発した敵艦隊発見の報告を確実に受信していた。

発進してから一時間ほど経過したであろうか、ちょうどそのとき、関は、はるか前方に〝得体の知れない〟一機を認めた。

距離はまだ二万メートルくらいある。だから敵か味方かの判別も付かない。が、その機も、すでにこちらの存在に気づいているようで、かなりの速度で近づきながらバンクを繰り返し、盛んに合図を送ってきた。

見る見るうちにその機は接近し、完全に目視で確認できるほどの距離になったとき、関はホッと胸をなでおろした。

機首が尖っており、液冷式エンジンの機体に違いない。新型なら話は別だが、米軍の空母艦載機には液冷式エンジンの機体は存在しない。

——おお、そうだ！　……あれは紛れもなく、味方の二式艦偵だ！

関は、そう断定するやいなや、大きくバンクを振って、その機に合図を送り返した。相手もそれに応えて、もう一度バンクを振る。

そう、それは間違いなく、小早川の操縦する二式艦偵だった。

小早川機は、関隊長に認識されたことを確信すると、再び一八〇度反転し、味方大編隊を〝目的地〟へ誘導し始めた。

「これは心強い！」

関は思わず、そうつぶやいた。

関の洋上航法には定評がある。

第二次ソロモン海戦のときにも、進撃飛行中に戦艦「比叡」の水偵が報じた敵艦隊の方位を受信し、急遽針路を変更して、まんまと敵空母の上空に編隊を誘導、空母「エンタープライズ」に爆弾三発を命中させた。

だが今回は、数時間前に発見した敵を探し回るような必要がない。すでに敵を発見している小早川機が、敵艦隊上空まで案内してくれるのである。まさに〝鬼に金棒〟だった。

小早川機の先導を受けて、関は、後方にあった零戦隊を、攻撃隊の前に出した。零戦を先行させて制空権を握るためである。

それからしばらくすると、小早川機が上昇し、高度を確保し始めた。

さすがに関は、すぐに、

「おや、なるほど。そろそろ敵が近いな！」

とそう直感したのである。

13

ハルゼーの司令部は大混乱に陥っていた。

旗艦「サウス・ダコタ」のレーダーが敵機の大編隊を探知したからである。

無論、ハルゼーも敵の偵察機に接触されたことは承知している。だから一六機のワイルドキャットを迎撃に上げたのだ。

ちなみにそれらのワイルドキャットは、いまだに上空で日本軍の偵察機二機を追い回していた。

敵偵察機に接触されたのが、午前八時三十分過ぎだったので、ハルゼーは、日本軍機動部隊との距離（約一九〇海里）から、

――もし、敵の攻撃隊がやって来るとしても、一時間半以上あとの午前十時過ぎであろう。

と考えていた。そして、さらに彼は、

――こちらの第一波攻撃隊が上手く先制攻撃に成功すれば、敵機動部隊が攻撃隊を出して来るかどうかも疑わしい。

と楽観していた。

ところが、現在の時刻は九時十二分である。

したがって、敵が来ないどころか、ハルゼーの予想よりも〝四五分以上も早く〟敵の大編隊がやって来たのである。

さすがのハルゼーも、口から心臓が飛び出るほど仰天し、

「おい、なぜだ！　敵はどうやって攻撃隊を発進させた！　まったく理解できん。何機ぐらいの編隊かすぐに知らせろ！」

とブローニングに当り散らした。

だが、ブローニングも、ハルゼー以上に混乱しており、どうすれば良いのか分からず、ただうろたえるばかりだった。

しかしともかく、彼は必死で気を持ち直し、直近のレーダー情報を急ぎハルゼーに伝えた。

「ちっ、長官！　大編隊です。二〇〇機以上は来ると思われます！」

この言葉を聞いた瞬間に、ハルゼーの顔は、まるで鬼のように真っ赤に染まった。

が、彼は、

「そっ、そんなはずはない……」

とそうつぶやくと、今度はうそのように顔から血の気が引いて、真っ青になり、見る見るうちに表情が歪んでいった。

ハルゼーがそうつぶやいたのも無理はない。

日本軍機動部隊は、すでにヘンダーソン飛行場の攻撃に一〇〇機近くを投入しているし、もし仮に、その保有する空母が五隻以上いたとしても、〝一斉に二〇〇機〟もの艦載機を発進させられるわけがなかった。

少なくともこれまで日本軍と戦ってきた、その常識からすれば、絶対に不可能なはずだった。

旗艦「サウス・ダコタ」の艦橋内に、恐ろしいほどの沈黙が流れる。

誰も一言もしゃべらない。が、ハルゼーの顔が再び真っ赤に染まり、ついに彼が、

「どっ、どういうことだ！」

と怒鳴り散らした。

その表情のあまりの恐ろしさに、ブローニングは怯《おび》えるしかなく、ぶるぶると震えていた。

しかし、どう考えても、これに対処する方法は一つしかなかった。

まもなくハルゼーは、残る全ワイルドキャットを上げて、迎撃するように命じた。

このの命令を受けて、米空母四隻の艦上があわただしく動き出した。が、このときワイルドキャットのパイロットたちは、——俺たちの出番はもっとあとだろう。とまるで緊張感を欠いていたので、発艦作業はもどかしいほど進まなかった。すでに日本軍の大編隊は、味方機動部隊上空の三〇海里ほどに接近しつつある。が、辛うじて敵機の突撃を許す前に、残る全六〇機のワイルドキャットが発艦していった。

いっぽう、先に上空へ舞い上がっていた一六機のワイルドキャットは、毛利、吉川、それに小早川を加えた三機の、まるで〝矢を束ねたような〟見事な連携・撹乱《かくらん》戦法に翻弄され、弾丸やガソリンこそは残っていたものの、パイロットたちは疲れ果て、戦闘意欲をかなりそがれていた。

そんな状態のところに、攻撃隊より先着した六〇機の零戦が、情け容赦なく襲い掛かった。

「ズッダダダダ……！」

このときワイルドキャット隊の見張りは、あきらかに粗雑になっており、零戦隊の襲撃はほとんど奇襲となって、たちまち十数機のワイルドキャットが撃ち落とされた。

また、いちはやく零戦の襲撃に気づいた数機も、なす術《すべ》なく四散し、急降下で逃れて戦闘空域から離脱して行った。

零戦隊は一機も損なうことなく、上空のワイルドキャットを一気に蹴散らしたが、今度は、空母から発艦したばかりの多数のワイルドキャットが、グングン上昇しつつ戦いを仕掛けてきた。

敵と味方の機数はほぼ互角である。

だが、零戦は高度四〇〇〇メートル付近で、まさに絶対的な高度の優位を保っていたので、ワイルドキャットは一撃離脱の戦法が使えず、逆に返り討ちに遭って、戦いは必然的に一対一の巴戦の様相を呈してきた。

こうなるとワイルドキャットは、零戦に太刀打ちできない。旋回性能ではまるで劣るし、速度も零戦には適わない。唯一、急降下で逃れるしかなかったが、ワイルドキャットの多くがいまだ上昇し切っていなかったので、それもまた難しい。

敵機からの攻撃を受けて、零戦も数を減らしていた。が、墜落していく機体は、あきらかにワイルドキャットのほうが多かった。

時間の経過とともに、数のうえでも零戦が有利となり、米艦隊の上空であるにも関わらず、もはや制空権は日本軍の手に落ちつつあった。

上空にはいまだ無数の空戦の渦が巻いている。

だが、その間隙《かんげき》を突いて、ついに関少佐の率いる攻撃隊・艦爆六四機と艦攻九六機が、米軍機動部隊の上空へと進入して来た。

関は、瞬時に敵艦隊の全貌を見て取った。

——よーし、索敵機の報告どおり、敵空母は全部で四隻だ！　……二群に分かれている。

そして何よりも、零戦が敵戦闘機を上手く処理してくれている。

彼は、間髪を入れずに、

『全軍突撃！』

と号令を発した。

敵空母の数が四隻というのは、まさにおあつらえ向きだった。

どの艦爆隊がどの艦攻隊と組んで攻撃するのか、すでに事前に決めてある。その組み合わせで何度も敵空母に対する雷爆同時攻撃法を訓練してきた。そして今、総隊長である関の指揮下には、その組み合わせが〝四組〟あった。

関の率いる第一集団は、サラトガ型空母に狙いを定め、江草の率いる第二集団は、右を航行するエンタープライズ型に狙いを定めた。

無論、それだけではない。

村田の率いる第三集団は、左を航行するエンタープライズ型に狙いを定め、そして、北島の率いる第四集団は、ワスプ型と思われる中型空母に狙いを定めた。

各攻撃集団は、いうまでもなく九九式艦爆一六機と九七式艦攻二四機で編制されている。

関が、どの攻撃集団でどの空母を攻撃するのか、を指示してからは、それぞれの集団が満を持して散開し、四人の隊長は、自らの集団を有利な位置へと導いた。

そしてまもなく、申し分のない攻撃態勢に持ち込んだ、関、江草、村田、北島は、ほとんど時を同じくして、立て続けに、

「全機突撃せよ！」

と命じた。

すでに制空権は、零戦が完全に確保していた。

二隻ずつでペアを組む米空母は、僚艦との衝突を避けるために、左右に分かれて回避運動を行う。

第一七任務部隊では「サラトガ」が面舵《おもかじ》で右へ旋回し、「ワスプ」は逆に取り舵

で、左への回避運動に入った。

この二隻を攻撃するのは、第一集団と第四集団である。瑞鳳艦爆隊を直率する関少佐と、蒼龍艦爆隊を率いる坂本大尉は、すでに高度・約四〇〇〇メートルから敵空母上空に進入しており、太陽の位置と風向や風力、それに的艦の回避針路や速力を念頭に置きながら迂回し、絶妙のタイミングでついに急降下を開始した。

二個中隊・一六機で編制された艦爆隊は、四機ずつの小隊ごとに分かれ、敵空母に対し微妙に降下角度に差を付けながら、四方から一斉に襲い掛かる。

関は大胆不敵にも、まるで「サラトガ」に着艦でもするかのような体勢で、同艦の真後ろから突っ込んでゆく。もちろん、彼の小隊三機も隊長の突撃に続く。が、米空母の対空装備はさらに強化されており、その砲火は激烈だ。

まもなく関機が被弾し、機体がグラッと揺さぶられる。が、すでに関は無心の境地に入り、何が起ころうとも動じない。しかも降下軸線にまったく狂いはなかった。

――高度、……四〇〇！

となったそのとき、彼は爆弾投下索を引き上げ、同時に操縦桿をも一気に引き寄せた。

〝グゥイーン……〟

もの凄いGが掛かり、気が遠くなりそうなのを必死でこらえて愛機を上昇させる。が、上昇し切らないうちに、

「ズッガァーン！」

と炸裂音が響き、なんとも言えない充実感が全身に満ちてきた。

――間違いない。命中！　……だ。

高度を充分に確保し、関が、にわかに振り返って見下ろすと、その敵空母の飛行甲板から紛れもなく黒煙が昇っていた。

〝ホッと一安心……〟

といきたいところだが、自分の部下がさらに連続で降下し、敢然と突っ込んでいく。

敵の対空砲火にやられて墜ちていく機もある。

戦いは無情、それは分かっている。が、思わず心が締めつけられる。しかし、その貴重な代償と引き換えに、その宿敵・米空母の艦上に連続でオレンジ色の閃光が走り、二つの爆炎が立ち昇る。

関は三発の命中弾を確認した。……この見事な爆撃により、的艦は空母としての機能をほとんど喪失し、対空砲火も大半が減殺された。

だが、その空母の悪夢はさらに続いた。

関機が命中弾を与えたその直後に、四機ごとの小隊で六方向から肉迫した角野大尉の瑞鶴艦攻隊が、同じ敵空母に対し必中の魚雷を投じていた。

三発の爆弾を喰らった敵空母の動きは、すでにかなり鈍っていた。

まさに雷爆同時攻撃である。

左舷前方から突入した四機の雷撃は失敗した。また、同じく左舷の後方から突入した四機の魚雷も、艦長の的確な操艦で辛うじてかわされた。が、図体のでかい「サラトガ」の努力はこれが限界だった。すでに右舷側から放たれていた八本の魚雷のうち三本が、立て続けに同艦舷側に命中し、巨大な水柱を上げた。

空母「サラトガ」は四つの罐室《かんしつ》に浸水し、速力が一気に衰えて、見る見るうちに右舷に傾斜した。

そこへ最後に突入して来た、武田二飛曹の投じた魚雷が命中し、これが「サラトガ」に完全に止《とど》めを刺した。

命中の瞬間、同艦の艦内で、

「……ドッカァーン！」

と、もの凄い爆発が起こり、不運にも発電機のスパークが、すでに破損していた導管から漏れるガソリンに引火した。

瞬《また》く間に「サラトガ」は業火《ごうか》に覆われ、数次の爆発のために艦体は大きく震動し、総員退去が命ぜられてまもなく、さらに大音響を発して同艦は波間に消えていった。

ミッチャー少将は、この「サラトガ」に座乗していたが、間一髪で脱出に成功し、近くの駆逐艦に収容された。……が、すでにそのときには、第一七任務部隊の空母は全滅していた。

空母「ワスプ」も、ほとんど同時に攻撃を受けており、爆弾五発と魚雷三本を喰らって、「サラトガ」よりも先に轟沈されていたのである。

蒼龍艦爆隊・隊長の坂本明大尉は、空母「ワスプ」の上空に進入すると、直率する一六機に対し、間髪を入れずに、

「全機突撃せよ！」

と命じた。

無論、坂本は指揮官先頭で突っ込んでゆく。

ところが、その直後に、彼の機は右翼付け根に敵空母の機銃弾を受けて、同翼の〝フラップ〟が利かなくなってしまった。が、幸いにも飛行するには支障がない。

突撃命令はすでに発せられていたので、指揮下の艦爆一五機は次々に急降下して

ゆく。

しかも彼らは、見事な攻撃を行い、あれよあれよという間に、立て続けに敵空母に対し四発の二五〇キロ爆弾を命中させた。

その敵空母の飛行甲板では、間違いなく火災が発生しており、しかも黒煙が昇っている。

さらにそんな状態のところへ、北島大尉の率いる飛龍及び蒼龍艦攻隊の二四機が襲い掛かり、まさにその敵空母に対して雷撃を開始した。

するとまもなく、同空母の舷側から、

「……ズッシィーン！」

と艦橋をはるかに越えるような、巨大な水柱が昇り、一本目の魚雷が命中した。

この光景を観て坂本は、

――皆が勇敢に突撃している。しかも、敵にやられて海へ自爆していく戦友もいる。……俺だけが、黙って見ているわけにはいかない！

と思わず、焦燥感にかられた。

ところが、愛機のフラップは利かない。……これは艦爆にとっては致命的なことだった。急降下で爆撃するのはやぶさかでない。が、降下速度の制御が極めて困難になる。

しかし坂本は、ついに決意し、

――よーし、目にものを見せてくれる！

と鬼気迫る勢いで空母「ワスプ」に突入し、艦上の米軍将兵らを完全に震え上がらせていた。

なんと坂本は、自機が、〝……機能を失った！〟と観念するや、同空母の直上から、真っ逆さまに突っ込んだのである。

坂本機は、敵空母の飛行甲板へ、逆落としでほぼ垂直に突入していった。

通常の急降下爆撃法では、このようなことはあり得ない。垂直に突入したのでは、まず機体を引き起こすことが不可能となる。ところが、決意を固めた彼は、躊躇《ちゅうちょ》なくこの突撃法にすべてを懸けた。

そして坂本には、すでに〝機体を引き起こす〟考えなどまったくなかった。

「……ズッバァーン、ズッガァーン！」

その瞬間に「ワスプ」は大爆発、炎上し、これが致命傷となって瞬く間に断末魔に陥った。

そして同艦は、さらに二本の魚雷を喰らって、ついに最期のときを迎えたのである。

サムライの血を受けて継ぐ、坂本明という漢《おとこ》の熱い魂には、日本男児の気高い〝潔《いさぎよ》さ〟が、強烈に刻み込まれていた。

14

上空で戦うワイルドキャットの劣勢があきらかになったとき、ハルゼーは、心の奥底で秘かに慟哭《どうこく》していた。そして、それを決定づけるかのように、日本軍の攻撃隊が大挙して押し寄せる。

第一六任務部隊もまた、日本軍の猛烈な空襲にさらされていた。

キンケイド少将の座乗する空母「エンタープライズ」は、ともに機動空母「赤城」から発進した江草少佐の艦爆一六機と、根岸大尉の艦攻二四機からの猛攻を受けた。

江草は帝国海軍切っての艦爆のエキスパートである。彼の投じた二五〇キロ爆弾は、寸分違わず「エンタープライズ」の前部飛行甲板に命中した。

それだけではない。続けて降下した九九式艦爆が次々と同艦に襲い掛かり、さらに二発の命中弾を与えた。

ところが、空母「エンタープライズ」の右後方には、ハルゼーの乗る戦艦「サウス・ダコタ」が控えていた。同艦の放つ対空砲火は強烈だ。

しかも、開戦以来「エンタープライズ」に将旗を掲げて戦ってきたハルゼーが、なんとかして〝ビッグE〟と呼ばれるこの空母を救おうとする。

同艦周辺の戦闘は壮絶を極めた。我が艦爆隊の損害も尋常ではない。猛烈な対空砲火によって九機が撃墜された。

さらにそこへ、根岸の艦攻二四機が襲い掛かる。根岸も真珠湾以来の〝つわもの〟だが、その対空砲火のあまりの激しさに、

〝……これは手強《てごわ》い！〟

と一瞬怯《ひる》んだ。

それもそのはず、戦艦「サウス・ダコタ」がその四〇・六センチ主砲を、ほとんど水平に向けてぶっ放してくる。凄まじい迫力だ！

敵空母の右舷側には容易に近づけない。やむなく根岸は、一時突撃をあきらめ、左舷側から再突入を試みた。

すでに約半数の九七式艦攻が撃墜されている。だが、攻撃をあきらめるわけには

いかない。

その空母の左舷側には、突撃を阻止しようと、敵の重巡がへばり付いていたが、根岸は同艦もろとも葬り去るしかないと、ついに列機とともに八本の魚雷を投下した。

同時に、かなり遠方ではあるが、四機の艦攻が敵空母の右舷側からも魚雷を放っていた。するとその瞬間に、またもや艦攻一機が吹き飛ばされた。

まもなく、同空母を護衛していた重巡「ポートランド」から二本の水柱が昇り、瞬く間に同艦の行き脚が衰えた。

そして、巡洋艦の〝壁〟をすり抜けた六本の魚雷が、なおも空母「エンタープライズ」にスルスルと近づく。それに気づいたハーディソン艦長が、

「おっ、面舵いっぱい！」

と叫び、それに応じて操舵手が舵輪にしがみつくようにして、急いで舵を切る。が、そのすべてを回避するのは不可能だった。

「ズゥシィーン！　……ズゥシィーン！」

空母「エンタープライズ」の左舷に二本の魚雷が突き刺さった。いや、それだけではない。

「……ズゥシィーン！」

と直後に、右舷にも一本が命中した。

爆弾三発と魚雷三本を喰らって、さしもの〝ビッグE〟も窮地に追い込まれていた。三つの罐室が破壊され、さらに大量の浸水を招いて艦首が二メートルほど沈下し、速度はわずか六ノットに低下している。しかも爆撃により、格納庫で火災が発生しており、ダメージコントロールチームが懸命の消火を行うが、火の勢いはなかなか収まらない。

だが、同艦の被害対策は驚異的だった。

ダメコンチームのリーダーが緊急措置を講じ、艦載機用のガソリン給油管を炭酸ガスの噴射パイプに切り替えて、消火活動がさらに強化される。……するとこの処置が功を奏し、ようやく火災が沈静化し始めた。結局、すべての火を消し止めるのに二〇分を要した。

火災を完全に消し止めると、ダメコンチームは、今度は罐室の応急修理に取り掛かり、なんと一時間後には罐室一つを復旧させて、空母「エンタープライズ」は、一二ノットでの航行が可能になったのである。

キンケイドの旗艦「エンタープライズ」は、九死に一生を得た。ところが、僚艦の「ホーネット」はそういうわけにはいかなかった。

空母「ホーネット」に突撃したのは、村田少佐の第三集団である。

彼の指揮する翔鶴艦攻隊二四機は、炎上する「ワスプ」の上空を飛び越えて、それから村田は、高度約一〇メートルという驚異的な超低空飛行で「ホーネット」へと接近しつつ、同艦上空にチラッと目をやった。

するとすでに、同じ攻撃集団を組む、小林大尉の飛龍艦爆隊が進入に成功しており、今まさに、先頭の小林機と思われる艦爆が、急降下を開始しようとしていた。

空母「ホーネット」の艦長が爆撃を回避しようと取り舵を執り、しばらくすると同艦が左に回頭し始めた。

すでに急降下していた小林機が、渾身の二五〇キロ爆弾を投下する。が、これは惜しくも「ホーネット」の右舷、約二〇メートルに逸れて水柱を立てた。

ところが、小林の一番機に続いて、降下した一五機の九九式艦爆が、降下軸線を修正して見事な攻撃を行い、立て続けに五発の直撃弾を空母「ホーネット」に送り込んだ。

そのうちの三発が、同艦の防御甲板を貫通し内部で炸裂した。もはや「ホーネット」の艦上は火の海である。が、同艦の被害はまったくそれだけでは済まなかった。

三発目の爆弾を喰らったその直後に、空母「ホーネット」の左舷舷側に、立て続けに、これまた五本の航空魚雷が連続で突き刺さった。

村田の読みは完全に的中していた。的艦の回避後の針路をズバリ予見し、その未来位置に向けて魚雷を投下、攻撃を集中させた。

命中した魚雷のうちの二本が、同艦の機械室で炸裂。電路と防火ポンプ管を破壊し、他の命中魚雷により罐室にも浸水した。

空母「ホーネット」は左舷に大きく傾斜し、艦上は猛火に包まれて通信も不能となり、さらにすべての動力が停止して、ついに同艦は航行不能に陥ってしまった。

艦長のメーソン大佐は総員退去を命じた。僚艦の空母「エンタープライズ」では、復旧作業が行われており、軽巡「サン・ファン」や「カッシン」「ポーター」などの駆逐艦が、「ホーネット」乗員の救助に当たった。

もはや敗北は決定的である。ハルゼーの唯一の望みは、発進させた味方の攻撃隊が〝この損害に見合う戦果〟を上げてくれることだった。

ところが、こうなってしまうと攻撃隊を発進させていたことが、さらにハルゼーを悩ませた。

味方空母三隻を失い、「エンタープライズ」も半身不随に陥り、どう頑張っても味方攻撃隊を収容できない。米軍航空隊は帰る母艦を失い、完全に〝ハシゴをはずされた〟かっこうである。

だが、「エンタープライズ」だけは絶対に沈ませまい、と決意したハルゼーは、航空隊に対し、

『攻撃後はサンタ・クルーズ方面へ退避せよ！』

とそう伝達し、泣く泣く「ホーネット」を戦場に置き去りにして、指揮下の全部隊に撤退を命じたのである。

15

いっぽう、日本軍の南雲司令部では、午前八時五十分に、旗艦「翔鶴」のレーダーが米軍攻撃隊の接近を探知していた。

南雲は、ドーントレス二機に接触された時点で、敵攻撃隊がやって来ることを予期していたので、すでに艦隊上空に三六機の零戦を飛ばしており、今また、レーダーの情報を受けて、追加で、艦上の残る零戦三六機にも発進を命じた。

合わせて七二機の零戦は、旗艦のレーダー情報をもとに、艦隊上空の約二〇海里

手前で、米軍の第一波攻撃隊を迎撃した。

しかし、米軍の第一波は一四〇機と、零戦の倍近くの機数でやって来たので、さしもの零戦も苦戦は免れなかった。

それでも零戦は奮戦し、敵攻撃隊の八〇機ほどは撃退、もしくは撃墜した。が、残る六〇機近くはいかんともし難く、味方・空母群上空への進入を許してしまった。

正確にいうと、空母部隊の上空に進入した米軍機は、ワイルドキャット八機、ドーントレス四一機、そしてアベンジャー一〇機の計五九機だった。

ところが、この米軍艦載機五九機の搭乗員は、皆が仰天した。

なんと、せっかく敵機動部隊の上空へ進入したのに、そこにはさらに、三〇機以上の零戦が待ち構えていたのである。

——なっ、なんだと！

思わぬ伏兵の登場に、米軍攻撃隊は度肝を抜かれた。……が、これはすべて二航戦・山口中将の機略だった。

周知のとおり、米軍のヘンダーソン飛行場は早々と使用不能に陥った。したがって、三航戦の直掩戦闘機は、第二艦隊の上空を守る必要がなくなった。そこで山口は、角田中将に依頼し、三航戦の戦闘機をすべて、一、二航戦の救援に差し向けるよう要請した。無論、角田はこれを承諾し、空母「飛鷹」「隼鷹」から、それぞれ一八機ずつの零戦を飛ばして、計三六機の零戦を一、二航戦の救援に向かわせたのである。

そしてさらに角田は、GF司令部、すなわち山本長官からの、

『……速やかに敵空母部隊を撃破せよ！』

という督令を受けて、一、二航戦と合流するため飛鷹型空母の〝いっぱい〟全速・二五ノットで急ぎ〝東進〟し、すでに南雲本隊の西方・約七〇海里に接近しつつあった。

南雲部隊の西・七〇海里ということは、三航戦は敵機動部隊との距離も、すでに約二四〇海里にまで詰めていた。……つまり攻撃可能圏内である。

わずか四隻の駆逐艦を従え、全速で白波を蹴って疾走する「飛鷹」「隼鷹」は、〝商船からの改造空母だ〟とは思えないほどの勇ましさで、猛将・角田中将の凄まじい気合に応えて、一二機ずつ計二四機の九七式艦攻を発進させた。

ところが、驚くべきことに、彼の敢闘ぶりはこれで終わりではなかった。

なんと角田は、一、二航戦が〝米軍艦載機から攻撃を受けつつある〟と承知すると、ヘンダーソン飛行場の攻撃に使用した友軍艦載機を〝すべて〟「飛鷹」「隼鷹」で収容したのである。

つまり一航戦から発進していた、千早隊長の爆撃隊も含めて〝すべて〟である。

無論、このとき三航戦は、すでに米軍への第一波攻撃隊（艦攻二四機）と、救援戦闘機隊（零戦三六機）を南雲部隊へ向け発進させており、「飛鷹」「隼鷹」の艦上は〝空〟になっていた。

三航戦がガダルカナル島攻撃隊をすべて収容してくれたので、南雲は、着艦・収容作業に煩《わずら》わされることなく、防空戦に専念することができた。この意味は大きかった。

通常なら大混乱に陥っていても、おかしくはなかったが、そういう意味では、ミッドウェイでの教訓が存分に活かされた。

三つの航空戦隊の航空参謀が同期で、戦術思想が一致しており、各司令官・南雲、山口、角田の連携も素晴らしかった。連合艦隊の全部隊がトラックに集結し、出撃する直前に、源田、淵田、内藤を前にして、

「戦いは臨機応変にやらねばならない。念のために言っておくが、一航戦の空母

『翔鶴』から発進した爆撃隊を〝必ず同じ一航戦の『翔鶴』で収容しなければならない〟という決まりなどどこにもない」

と山口は、そう言明していた。

そして、「飛鷹」「隼鷹」の艦上が〝空〟になったとき、内藤はこの山口の言葉を思い出し、

「司令官！　ガ島攻撃隊はすべてこちらで収容しましょう！」

と角田に、そう進言していたのである。

三航戦が派遣した三六機の零戦は、実力どおりの強さを発揮した。ワイルドキャット六機とドーントレス二五機、それにアベンジャー六機を撃退、もしくは撃破していた。しかも、敵機を有利な攻撃位置に進入させせない。

だが、それでも、すべての攻撃を防ぐのは不可能だった。

零戦の追撃を上手く交わしたドーントレスは、日本軍の旗艦と思われる「翔鶴」に一〇機が、そして、残るドーントレス六機とアベンジャー四機が、本隊からわずかに離れて防御の手薄になっていた、軽空母「瑞鳳」に攻撃を集中した。

ドーントレスが一瞬の隙を突いて「翔鶴」と「瑞鳳」に次々と急降下する。

旗艦「翔鶴」に向かったドーントレスは、確かな技量を持っており、三発の命中

弾を与えた。

「ズッガァーン！　……ズッガァーン！　……ズッガァーン！」

このときはじめて「翔鶴」艦上で米艦載機の攻撃を経験した大西は、直撃弾の衝撃の大きさに驚き、

「おお……、これは堪らん！」

と思わずつぶやいていた。

幸いにも火災はすぐに消し止められたが、同艦の飛行甲板はすでに使用不能に陥っている。

まもなく、沈没するほどのダメージでなかったことが判明すると、大西は、すぐに平静さを取り戻したが、

〝米軍機の実力は、決して侮《あなど》れない〟

としみじみ、そう悟ったのである。

いっぽう「瑞鳳」は、比較的小回りの利く小さな艦体を活かし、四発目までの爆弾を上手くかわしていた。ところが、ついに五発目と六発目が、同艦の飛行甲板のほとんど真ん中に連続で命中した。

命中弾は二発とも、破壊力の大きい一〇〇〇ポンド爆弾だった。

「ズッガァーン！……ズッガァーン！」

瞬時に「瑞鳳」艦上は火の海と化す。ところが、被害はそれだけではなかった。続けて進入、投下したアベンジャー雷撃機の魚雷が、同艦の右舷舷側に一本、突き刺さった。とその直後に、「瑞鳳」の艦内で大爆発が起こり、ついに同艦は波間に消えていった。

魚雷に装甲を突き抜かれ、爆弾格納庫内で誘爆を引き起こしたのである。

16

当然ながら、敵機動部隊の攻撃はこれで終わりではなかった。周知のとおり、ハルゼーは第二波も発進させていた。

すでに「赤城」のレーダーはこの敵第二波の接近も探知していた。その数は、およそ一〇〇機はいると思われた。

当然、本来の一、二航戦の零戦が迎撃に向かう。が、敵第一波との空戦により、一四機の零戦が撃墜されて、このときその数は五八機に減少していた。

また山口は、角田司令官が攻撃圏内ぎりぎりの約二四〇海里で、敵機動部隊に対

する攻撃隊を発進させたことを分かっており、また、このとき一航戦は防空戦に忙殺されていたので、

「よし！　我が隊が敵に肉薄し、被弾して帰って来る味方機は、できるだけ二航戦で収容できるようにしてやろう」

と突撃を命じていたので、米軍の第二波からすれば、彼の二航戦が一番近くにおり、必然的に標的にされた。

先の空戦での疲労もあり、零戦隊は苦戦を強《し》いられた。が、彼ら搭乗員は死に物狂いで戦った。

――なんとしても、我が空母の窮地を救わなければならない！

と決意した彼らは、まさに損害覚悟で敵爆撃機や雷撃機への攻撃を優先した。だが、

――そうはさせるか！

とばかりにワイルドキャットが、零戦の背後から猛追して来る。

敵の戦闘機に真後ろを取られると、いかに零戦といえども絶体絶命である。

数機の零戦が堪え切れずに急旋回で逃れる。が、大半の零戦はかまわず、敵爆撃機や雷撃機への攻撃を続行した。

その甲斐あって、まもなく零戦隊はドーントレス二四機とアベンジャー一三機を撃墜した。が、味方の損害も著しく、一五機の零戦がワイルドキャットの餌食《えじき》になった。

さしもの零戦も、寡兵《かへい》では敵攻撃隊の進撃を食い止めることができない。まもなく一二機のドーントレスが「赤城」の上空に進入した。その一二機が次々に急降下に入る。

そのとき、一航戦上空の敵を追っ払った三航戦の零戦三二機が駆けつけ、急降下に入る直前のドーントレス八機を撃墜した。

ところが、残る四機はすでにダイブしていた。

真新しい機動空母「赤城」が、飛行甲板できらきらと太陽光線を反射しつつ回避運動を行う。同艦は青木艦長の見事な操艦で、間一髪で二発目までをかわし、さらに対空砲火で一機を撃墜した。

しかし、最後に急降下したドーントレスの一〇〇〇ポンド爆弾が、

「……ズッガァーン！」

とまさに、改造したばかりの〝可動式甲板〟を直撃した。

その爆弾は、いとも簡単に装甲の薄い〝可動式甲板〟を突き抜け、その下の格納

庫前方に設けられた支柱式リフトの動力機械室で炸裂した。

機動空母の象徴ともいえる〝可動式甲板〟は、中央に大穴が開いて、爆風とその熱で〝カンヅメのふた〟のように捲《めく》れ上がり、しかも、リフトを上げ下げするための機械室も破壊されて、完全に使用不能に陥ってしまった。

だが、三航戦の零戦のおかげで、「赤城」の被害はこれだけに止まり、航空機の発艦は絶望的になったものの、着艦収容は可能であった。

新たな零戦が出現したので、残るドーントレス一二機と一五機のアベンジャーは、「赤城」への攻撃をあきらめ、その左舷後方を航行していた「蒼龍」に狙いを定めた。

三〇機の零戦が、とっさにそのことを察知して迎撃に向かう。上空のドーントレスと低空のアベンジャーに対し、零戦は一五機ずつの編隊に分かれて、猛然と突っ込んだ。

「ズッダダダ！　……ダダダダダ！」

敵機の攻撃を阻止しようと、少し距離は遠かったが、ほとんど引き金を引きっ放しで零戦が肉迫していく。

すると四機のアベンジャーが、「蒼龍」への攻撃をあきらめ、そのまま直進して一航戦のほうへ向かって行った。だが、その他の敵機は攻撃をあきらめない。

なんとか零戦が突っ込み、そのうちの数機を撃退した。ところが、すでに攻撃態勢に入っていた敵機が、立て続けに爆弾と魚雷を投下する。

艦長の柳本《やなぎもと》大佐は意地でもこれを避けようと、必死の回避運動を命じ、多くの爆弾や魚雷をやり過ごした。……が、ついにかわし切れず、

「ズゥガァーン！　ズッガァーン！……ズッシィーン！　……ズドォーン！」

と空母「蒼龍」に、爆弾二発と魚雷一本が命中した。が、もう一本の命中魚雷は、さらに外側を航行していた重巡「三隈」に突き刺さった。

空母「蒼龍」の艦上は火の海と化し、同艦はすでに航空母艦としての機能を失っていた。しかも、命中魚雷の破孔から大量の浸水を招き、まもなく「蒼龍」は左舷に一〇度傾斜して、航行速度も見る見るうちに衰えていった。

爆撃による火災もなかなか収まらない。とっさの注水により弾薬庫への引火は免れたが、火は罐室にまで燃え広がり、それを消すために海水を注水してボイラーが全滅。ついにすべての機関が停止したのである。

「蒼龍」は、火は全部消し止めたものの、ただ浮いているだけの存在となってしまった。

いっぽう、同時に魚雷を喰らった「三隈」は、命中魚雷による直接的な被害は、

大したことはなかったが、回避運動中に浸水を招いて速度が低下し、そこへ後続して来た僚艦の「最上」が、これを避け切れずに艦首から突っ込み、舷側に大穴が開いてしまった。

重巡「三隈」は急激に左舷に傾斜し、約一五分後には転覆、ついに沈没してしまった。

かたや突っ込んだほうの「最上」は、艦首が完全にひしゃげてしまい、速度が一六ノットに低下したが、それでも自力での航行が可能だった。

また、一航戦では「瑞鶴」が四機のアベンジャーからの雷撃を受けて、魚雷一本を喰らっていたが、速度が二六ノットに低下しただけで、こちらは大事に至らなかった。

一時間以上に及ぶ、二波にわたる敵の攻撃がようやく終了し、艦隊上空からすべての米軍機が去ったとき、三航戦を含め一〇〇機近くの零戦で迎撃したにも関わらず、日本軍も軽空母「瑞鳳」と重巡「三隈」を喪失し、「赤城」「翔鶴」「瑞鶴」「最上」が中破して、さらに空母「蒼龍」が大破していた。

問題は、完全に航行を停止していた「蒼龍」をどうするかであった。が、幸いにも米空母四隻をすべて轟沈、もしくは撃破したのは確実だった。

したがって、連合艦隊司令部は、

〝これ以上、敵からの航空攻撃を受ける可能性は極めて少ない〟

と判断した。

そこで山本長官は、南雲に対し、

『しかるべき護衛をつけ、金剛型戦艦一隻で、トラックまで曳航《えいこう》させよ！』

と命じた。

そして南雲は、第十二戦隊の阿部少将に命じ、戦艦「霧島」で、トラック基地まで「蒼龍」を曳航させたのである。

17

戦いはまだ終わっていなかった。艦隊の旗艦「翔鶴」と二航戦の旗艦「赤城」が被弾し、さらに発進させた〝集中攻撃隊〟を収容しなければならず、南雲と山口は、その被害対策や攻撃隊の着艦、収容に追われていた。

ところが、唯一、健在であった三航戦・角田中将の敢闘精神は依然として、まったく衰えることがなかった。

彼の発進させた九七式艦攻二四機は、東へ向け着実に飛行を続けている。

しかも角田は、「飛鷹」「隼鷹」を率いて全速航行を続け、午前十一時現在には、米軍機動部隊との距離を約二〇〇海里に縮めていた。

そして彼は、収容していたガ島攻撃隊に再出撃の準備を命じ、すでに三〇分ほど前に、零戦一八機と艦爆二四機を発進させて、彼らに、

「残存の敵空母を見つけだし、これを徹底的に撃破せよ！」

と命じていたのである。
一、二航戦に攻撃隊が帰投し始めた、午前十一時過ぎ、三航戦の第一波を指揮する飛鷹艦攻隊・隊長の松村平太大尉から、
『敵機動部隊を発見。全軍突撃す！』

と報告が入った。

彼もまた、真珠湾攻撃に雷撃隊の中隊長として参加した戦士の一人である。

松村はまず、航行不能に陥っている空母「ホーネット」を発見した。さらに彼は、抜け目なく周辺海上を捜索し、同艦の南東約三〇海里の洋上に退避しつつある、空母「エンタープライズ」を含む部隊も見つけ出した。

日本軍の常識では信じられないことだが、エンタープライズ型のこの二隻は、〝あ

れだけの攻撃を受けた〟にも関わらずまだ洋上に浮いており、しかもそのうちの一隻は、一二ノットと低速ながらも航行を続けていたのである。

松村は、停止している「ホーネット」の処理を四機の艦攻に任せて、自身は二〇機の編隊で「エンタープライズ」の攻撃に向かった。

雷撃隊の技量からすれば、動かない敵空母に魚雷を命中させることなど朝飯前である。

空母「ホーネット」の左舷には、駆逐艦「ポーター」が横づけされていたが、敵空母が左舷に傾斜しているのはあきらかで、四機の艦攻は同じ左舷側から魚雷を投下した。

「……ズッシィーン！」

と四回立て続けに、水柱が昇った。駆逐艦「ポーター」は日本軍雷撃機の接近に気づいて、空母の傍から離れようとしたが、気づくのがあまりにも遅すぎた。

結局、「ホーネット」に三本、そして「ポーター」にも一本の魚雷が命中し、まもなく二隻とも海中に没したのである。

いっぽう、松村の本隊二〇機が、空母「エンタープライズ」の上空に到達すると、敵はなんと六機の戦闘機を上げて迎撃して来た。

同艦は、飛行甲板に開いた三つの穴のうちの二つを塞《ふさ》いで、さらに罐室の一つを修理中で、その応急修理が完了すれば、一八ノットで航行できるところまで立ち直っていた。

ところが、その直前に松村の編隊が来襲した。さしもの「エンタープライズ」も、六機のワイルドキャットを発艦させるのがやっとだった。

だが、こちらには戦闘機の護衛がいない。あっと言う間に、その半数に当たる一〇機の艦攻が撃墜された。しかも、敵空母自身はかなり弱っていたにも関わらず、護衛艦艇、とくに戦艦「サウス・ダコタ」から繰り出される対空砲火は強力だった。

それでも怯まず松村は、果敢に突入を命じ、あきらかに速度の低下している同空母に対し、二本の魚雷をねじ込んだ。

「……ズッシィーン！　ズッシィーン！」

これが、空母「エンタープライズ」の致命傷となった。しばらくして同艦は、ついに航行を停止したのである。

だが、それと引き換えに、松村の率いる艦攻も七機に激減してしまっていた。

旗艦「サウス・ダコタ」の艦上では、ハルゼーが慟哭していた。だが、誰もそれを慰めることなどできない。すべての米軍将兵が、あまりのショックの大きさに意気消沈していた。

ブローニングは、ハルゼーが確実に〝引き上げを命じる〟と思い、全部隊に通達するため、その準備に取り掛かろうとした。

ところが、驚くべきことにハルゼーは、

「この『サウス・ダコタ』で、……『エンタープライズ』を曳いて帰る！」

と言い出したのである。

この言葉にブローニングは仰天した。

「ボス！　残念ながら、それはいくらなんでも無茶です。ヘンダーソン飛行場は大破し、しかもすべての空母が撃破された今、もはや我々には制空権がありません。敵機動部隊はこの勢いに乗じ、さらに艦載機を発進させて、再攻撃して来るものと思われます！」

だがハルゼーは、それでもあきらめ切れず、

「空母『エンタープライズ』を失うことは、私の魂をもがれるにも等しい。無理は承知だが、どうしても置き去りにすることなどできない」

となおも言い張った。

ところが、そのとき、艦橋内に情報参謀が駆け込んで来て、

「長官！　レーダーがまたもや敵機らしき機影を探知いたしました！」

と訴え掛けるように、ハルゼーにそう報告したのである。

さすがのハルゼーも、この報告を聞いてようやく観念した。が、それにしても、ハルゼーが最後の最後まで納得できなかったのは、

――なぜ！　どのようにして敵機動部隊が、最初に二〇〇機以上もの攻撃隊を、発進させることができたのか……!?

ということだった。

しかし彼に、その理由が分かるわけがなかった。

ハルゼー、いや彼だけでなく米軍は、「赤城」が〝機動空母に改造されたこと〟をまったく知らなかったのである。

そしてハルゼーは、情報参謀からのレーダー報告を聞かされて、いかにも寂しそうに、

「……是非もない。完全に我々の敗北だ。キャプテン、全部隊に引き上げを命じたまえ」

とそうつぶやいたのである。

角田司令官の発進させた三航戦・第二波攻撃隊の空中指揮官は、ヘンダーソン飛行場を攻撃した瑞鶴艦爆隊長の千早猛彦大尉だった。

零戦一八機、艦爆二四機である。

18

戦艦「サウス・ダコタ」が探知した編隊は、無論この千早の攻撃隊だった。

午後十二時二十分、千早隊が目標上空に到達したとき、南東のはるか水平線上に、退避しつつある敵艦隊の一部を認めた。が、これを追撃するにはさすがに、ガソリンの残量に不安があった。

それよりも眼下に、まったく〝動かない〟敵空母がいる。

千早は、一目見ただけで、

――紛れもなく、エンタープライズ型だ！

と確信した。

これまでの戦果報告から総合的に判断して、千早には、これが〝残る米空母の最後である〟ということが分かっていた。

その空母の上空には、しぶとく六機のワイルドキャットが粘っていた。が、彼らパイロットは相当に疲弊していた。

対する日本軍の攻撃隊には、一八機もの零戦が随伴している。つまり三倍の兵力である。

ワイルドキャット六機はついに観念したのか、かなり遠方から一撃を加えただけで、南東へ向け退避していった。

無論、零戦にも艦爆にもまったく被害はない。

千早はもう一度、その空母をよく観察した。

――艦上に人影はなく、すでに総員退去が命ぜられたあとのようだ……。

武士の情けというか、千早は、不思議にも無常なわびしさを覚えた。だが、

――これが我々の任務である。

と割り切って、ついに彼は

「全機突撃！」

と命じた。

この命令を受けて、二四機の九九式艦爆が連続で急降下爆撃を開始した。

まったく動かない大きな〝標的〟に、爆弾を命中させることなど造作もない。

彼らは、ほとんど全弾を命中させた。

するとまもなく、その敵空母は、

「……ズッドォーン！」

と最後に大爆発を起こし、艦体がほぼ中央から真っ二つに裂けて、海中へと没していった。これまで散々日本軍を苦しめてきた、〝ビッグE〟の凄絶な最期だった。

真珠湾攻撃以来の勇士である千早にとっても、これほど確実に敵艦の最期を見届けたのは、これが最初にして最後だった。

19

既成概念を打ち破るような、まったく新しい機能を備えた〝機動空母〟を完成させ、その「赤城」を機軸として〝集中攻撃隊〟という革命的な艦載機の運用戦術を編み出した帝国海軍は、のちに「南太平洋海戦」と呼ばれる、この一大空母決戦で大勝利を収めた。

この海戦において、帝国海軍は、空母「瑞鳳」を失い、その他多くの空母にも大小の損害を受け、さらに一三〇機近くの艦載機と、何ものにも代え難い搭乗員の貴重な命を失った。

しかしながら、その貴重な損失と引き換えに、米軍の空母「エンタープライズ」「ホーネット」「サラトガ」「ワスプ」の四隻をすべて轟沈し、さらに三〇〇機近くの米軍機を撃破して、完全に米軍機動部隊の息の根を止めた。

事実上、緒戦から空母同士の戦いとなった日米戦において、米軍の正式空母はただの一隻も存在しなくなり、今後の戦いは、日本軍が圧倒的に有利な状況で主導権を握ると思われた。

少なくとも米海軍首脳部は、そう危機感を募らせた。

ところが、日本軍の戦線はすでに伸び切り、海上輸送能力は限界に達していた。

しかも、サンタ・クルーズ島やエスピリトゥ・サント島、ニューカレドニア島などの南太平洋の島々には、米軍の航空基地が続々と建設されて、大量の米軍機が配備されつつあった。

敵基地航空隊の充実ぶりに、日本軍としても迂闊に手出しができず、大本営は、

――まずはラバウルを中心とする、ソロモン方面の防衛力を強化し、迎撃戦に徹する！

という方針を固めた。

無論、連合艦隊・山本長官としても、この方針に同意せざるを得なかった。

南太平洋海戦で大勝利を収めたとはいえ、昭和十七年十二月の時点で、すぐに作戦可能な帝国海軍の空母は、「飛龍」「飛鷹」「隼鷹」の三隻しかなかったのである。

いっぽう絶大な工業力を誇る米国は、すでにこのとき、空母の大量建造にめどをつけており、まさに年末押し迫る昭和十七年十二月三十一日には、早くも基準排水量二万七〇〇〇トン、速力三三ノット、搭載機数一〇〇機以上の能力を有する新鋭空母「エセックス」を完成させていた。

さらに米海軍は、年明け早々の昭和十八年一月十四日には、基準排水量一万一〇〇〇トン、速力三一ノット、搭載機数四五機の新型・軽空母「インディペンデンス」も竣工させる。

しかもこれらの新鋭空母は、ほぼ一ヵ月に一隻ずつのペースで竣工するのが確実だった。

これは、まさに山本自身が一番恐れていたことであり、誰よりも米軍の底力を承知している彼は、今回の大勝利を、決して手放しで喜べるような心境ではなかった。

そして、大日本帝国とアメリカ合衆国の、まさに国運を掛けた戦いは、今後さらに熾烈《しれつ》を極めていくのである。

第三部　革命機動艦隊の確立

第一章　ガダルカナルの結末

1

連合艦隊旗艦・戦艦「大和」の作戦室は、今や悲壮な空気につつまれていた。

連合艦隊司令長官の山本五十六大将以下、司令部の全幕僚が顔をそろえているが、誰も一言も言わない。

「な、何をやってるんだ。陸軍は！」

ついに沈黙を破り、首席参謀の黒島亀人《くろしまかめと》大佐が声を荒げた。

無理もない。

陸軍・大本営派遣参謀の辻政信《つじのぶまさ》中佐が、事前に連合艦隊司令部を訪れて、

「このたびの総攻撃には絶対の自信がある。成功は間違いなし！」

と太鼓判を押していたからである。

黒島の叫び声だけが虚しく響いていた。

その叫び声には、幕僚全員の思いが込められていたが、ガダルカナルの陸軍がまたもや突撃に失敗したのは、疑いのない事実だった。

これで三度目の失敗である。

だが、今回の突撃失敗は、それまでの二回とは大きく意味が違った。

「我々のお膳立てが……水の泡となった」

戦務参謀の渡辺安次《やすじ》中佐が、憮然として、そうつぶやいた。

これに応じるように、航空甲参謀の樋端久利雄《といばなくりお》中佐も思わず、

「機動部隊が勝利したのに、それを活かすことができませんでした」

と悔しさをあらわにした。

樋端が言うように、南雲機動部隊は、先の南太平洋海戦において米空母四隻すべてを轟沈《ごうちん》し、ほとんど完全に近い勝利を収めた。

無論、味方空母も少なからず損害を受けたが、連合艦隊はほぼ全力を挙げて、今回の作戦を支援したのである。

それが大本営の方針でもあり、今回は陸海軍を挙げて入念に作戦準備を行い、皆が必勝の信念で戦いに臨んできた。

実際、戦いは上手《うま》くいっていた。敵機動部隊を壊滅させて、ガダルカナル島の米軍飛行場を使用不能に陥れたのだから、少なくとも海軍の将兵は、この時点で勝利を信じて疑わなかった。

すでに中将に昇進していた、連合艦隊参謀長の宇垣纏も、

〝帝国陸軍は強い。海軍が制空権の確保に成功したのだから、必ずやガ島の飛行場を敵の手から奪い返してくれるであろう〟

と信じていた。

海軍の航空隊がまず敵の飛行場を征圧し、陸軍が電光石火の勢いで進撃する。緒戦ではこのパターンで、フィリピンやマレー半島、蘭印などをことごとく手中に収めてきた。

陸軍の強さは実証済みのはずで、しかも大本営の参謀が太鼓判を押している。だから今回は上手くいくはずだった。

ところが、戦闘結果をよく聞くと、どうも陸軍は惨敗したようだ。

黒島が声を荒げるのも無理はない。

宇垣自身も自問せざるを得なかった。

〝いつから我が陸軍はこんなに弱くなったのか……、いや、今回は敵が強すぎたの

か？〃

宇垣が首を傾《かし》げるのも当然だが、要するに陸軍は米軍の兵力を過小評価していたのである。

最初の攻撃に投入された一木《いちき》支隊の兵力は、敵の一割にも満たなかった。

第二回目の川口支隊による攻撃は、敵の半数ほどの兵力で実施されたが、そのときすでに米軍は強固な防衛陣地を築いていた。

そして、このたびの第二師団による総攻撃は、ほぼ対等な兵力をもって実施されたが、我が陸軍は、さらに堅牢になった敵陣地を撃破できるほどの重火器を持たなかった。

精神論を強弁する辻政信は、大本営に対する己の保身を優先し、火器支援を求める現地参謀の正論をことごとく〝弱腰だ！〟と退け、軍司令部に突撃を強要した。

第二師団もまた、結局は密林からの銃剣突撃に頼らざるを得ず、米軍陣地からの十字砲火を浴びて、三度突撃に失敗したのである。

旗艦「大和」の作戦室では、それまで黙っていた山本長官が、ついに口を開いた。

「第二師団の奮戦が実らなかったのは残念だが、連合艦隊の方針に変わりはない。我々は引き続き全力を挙げ、第三十八師団の上陸を支援する。……ガ島では、いまだ多くの同胞が踏ん張っておるのだ！」

収拾を図るため、あえてそう釘を刺したが、このとき山本は、ひそかに腹の中で〝いずれはガダルカナルから手を引かねばなるまい〟と決心したのである。

2

大本営の既定方針によると、第二師団の上陸に続いて、第三十八師団もガダルカナル島へ上陸させることになっていた。が、問題はそれをどうやるかであった。

米軍は、わずか三日でヘンダーソン飛行場を復旧し、護衛空母「ロングアイランド」を使って、ワイルドキャット戦闘機一六機、ドーントレス急降下爆撃機一二機を補充してきた。

ガダルカナル島上空では、早くも米軍機が我がもの顔で乱舞している。そのことが連合艦隊司令部にも報告された。

「長官。元《もと》の木阿弥《もくあみ》です。こうもあっさり制空権を奪い返されるとは……」

宇垣が悔し紛れにそうつぶやくと、山本は黙ってうなずき、

「すぐに山口君を呼んでくれたまえ」

と指示を与えた。

ほどなくして、第二航空戦隊司令官の山口多聞中将が「大和」の作戦室に顔を出すと、山本は、彼以外を全員人払いし、ドアが完全に閉まるのを待って尋ねた。

「おい。『飛龍』はすぐに出撃できるかね!」

機動部隊は戦闘を終えたばかりである。山本のぶしつけな質問に、さすがの山口も戸惑いの色を隠せなかった。

「はあ、母艦は行けますが、航空隊はかなり消耗しており、無理は禁物です」

「いや、無理はさせん。角田君にも、使用可能な搭載機を君のほうへ回すように言っておく。ご苦労だが、『飛龍』には出撃してもらおう」

山本は半ば強引に、そう言いくるめた。

南雲長官の直率する一航戦の空母「翔鶴」「瑞鶴」は、修理のため内地に引き揚げた。二航戦の「蒼龍」それに機動空母「赤城」も同様である。

このとき健全な状態の空母は、山口の二航戦「飛龍」と、角田中将の三航戦「飛鷹」「隼鷹」の三隻しかなかった。だが、この三隻も航空隊はかなり消耗している。

山口が念を押して聞いた。

「そこまでおっしゃるなら、無論、喜んで行かせていただきます。ですが、『飛龍』

一隻分の搭載機で敵飛行場を空爆しても、決して充分な効果は期待できないと思われます」

「うむ。『飛龍』には多くを望まん。支援してくれるだけでよい。敵飛行場への本格的な攻撃は戦艦にやらせる」

「なるほど。昼間、ガ島に近づくまでは『飛龍』が航空機で支援して、夜間、戦艦で艦砲射撃を加えるわけですな」

「うむ、そのとおりだ。しかし、問題は……〝どの戦艦〟を使うかだ！」

山本のもったいぶった言い回しに、すぐに山口はピンと来た。

山口は、長官の顔をジッと見つめ直し、その表情をうかがいながらも、おもむろに、

「米軍は新型戦艦を出撃させていると聞きます。……こちらも『大和』と『武蔵』で乗り込めば、おもしろいことになりそうですな」

とささやいたのである。

山口の言葉は的を射ていた。

山本も笑みを作って、ゆっくりとうなずき、

「そのとおりだ」

と応じてきた。

世界最大の四六センチ砲を備えた「大和」と「武蔵」が、いよいよ出撃する。その光景を想像しただけで、さすがの山口も、武者震いを覚えずにはいられなかった。

ところが山本は、一呼吸置いてまったく意外なことを口にした。

「ガ島を真に奪還できるなら、と思い、一旦は『大和』出撃のことも考えた。だが山口君、君は本気で勝てると思うかね？　ガ島の陸軍が……」

これは実にきわどい質問である。公の場なら安易には答えられない。

山口は、山本と二人きりであることを再確認してから、心を鬼にして、

「勝ち目は三分もないでしょう」

と吐き捨てるように言った。

「うむ、同感だ。私もほとんど勝ち目はないと見ておる。不謹慎かも知らんが、米国を知っている君だからこそ、あえてこういう質問をした。……そこでもう一度聞く。本当に『大和』と『武蔵』を出撃させるべきか！」

山口も、今度はすぐに答えられない。まず山本に確認すべきことがあった。

「長官は、ガ島の放棄を……すでに決めておられるのですか！」

山本は大きく一つ息を吸い、静かに目を開けながら言った。

「誤解を恐れずに言う。ガ島の奪還は限りなく不可能に近い。すでに戦機は去り、我々は輸送船の調達にも四苦八苦しておる。対して米軍は、強固な防衛線を築き、陸海の総力を挙げて死守する構えだ」

山本がさらに続けた。

「我々がいかに強力な艦隊を送り込もうとも、勝敗の帰趨《きすう》は、すでに島上の陸軍に委《ゆだ》ねられておる。しかし、物資の補給もままならず、密林からの突撃に頼るほかないとすれば、まさに狂気の沙汰だ。我が同胞に、そのような戦いを強《し》いるのは忍びない。……私も責任を感じておる」

「……分かります。ガ島には固執せず撤兵したほうがよい、というのがご本意ですね」

「うむ。すでに米豪を遮断するという戦略目的は破断しておる。もし万が一、ガ島を確保できたとしても、すでに戦線は延び切り、さらにその先へ打って出るのはとても無理だ。第一、輸送船がない。またその能力も欠如しておる」

「それは私も同感です。消耗戦に引きずり込まれては、到底勝ち目はありません。敵を迎え撃つにしても、もう少し内地に近い場所でないと……」

「そうだ。戦線を縮小し時を稼ぐ。そして、できるだけ早い時期に機動部隊の戦力を充実させ、やはりハワイをやるしかあるまい。幸いにも我々には、相当数の空母が残されておる」

「なるほど。お考えはよく分かりました。……ですが、そもそもガダルカナルに飛行場を推進したのは我々です。その張本人が撤退を言い出せば、面目丸つぶれでは……。陸軍は、腹の底では巻き込まれたと思っているでしょうから……」

「ああ、面目などは一切気にしておらんが、単に撤退すると言っても、中央はまず納得せんだろう。誰もが〝撤退やむなし〟と思うような状況へ持っていくしかあるまい」

「そ、そのようなことが可能でしょうか！」

「ああ。そのためには、我々海軍も意地を見せねばなるまい。私はガ島の敵飛行場に対する艦砲射撃を断行する。しかし、〝二匹目のどじょう〟はそうおるまい」

　戦艦によるヘンダーソン飛行場砲撃は、今回で二度目になる。一度目は「金剛」と「榛名」によって実施し、大成功を収めた。だが、二度目となる今回は、成功させるのはかなり難しいだろう、と山本は見ていた。

　山本が、続けて言った。

「ガ島の確保に戦略的価値があるなら、『大和』『武蔵』の出撃も厭《いと》わない。だが、先ほども言ったが、私はそうは見ておらん」

「……なるほど。『大和』を出撃させて、一時的な勝利を収めたとしても、大本営の連中を図に乗らせるだけで、百害あって一利なし。ガ島からの撤退はさらに遠のくでしょう」

「君の言うとおりだ。そこでくどいようだが、あらためて聞く。どの戦艦で攻撃すべきかね？」

「敵の制空権下に突入するとなりますと、やはり健脚の金剛型戦艦が適当かと思われます」

今度は、山口も即答した。

「うむ。同感だ。私は『比叡』及び『霧島』を第二艦隊の指揮下に入れ、出撃させるつもりだが、今回の任務には相当な危険が伴う。そこでさらに聞きたい。損害を恐れず任務を全《まっと》うするのは、……誰がよいかね？」

このとき山口の脳裏に、敵・新型戦艦の存在がよぎった。もし、これが出て来るとすれば、長官が言うようにこちらの苦戦は免れない。

山口が意を決し、口を開いた。

「西村祥治少将が適任かと思われます。寡黙な方ですが、海上勤務が長く実戦経験も豊富で、なにより任務を忠実に遂行されます。そしてさらに、余計なことかも知れませんが、緒戦においてご子息を亡くされ、期する思いがあると察します」

西村は、開戦早々の昭和十六年十二月に、海軍大尉で搭乗員だった一人息子を、フィリピン上空で亡くしていた。

山口の進言に、山本が深くうなずいた。

「うむ。それでは西村君に任せよう。彼の武運を祈り、ガ島砲撃に赴くこの部隊を、〝挺身《ていしん》攻撃隊〟と呼ぶことにする」

山本は、そう締めくくったのである。

3

昭和十七年十二月九日夕刻、ガダルカナル島・飛行場砲撃の重責を担った、挺身攻撃隊を含む部隊がトラック泊地から出撃した。

第二艦隊（主隊）司令長官　近藤信竹中将

第四戦隊／重巡「愛宕」「高雄《たかお》」

第三水雷戦隊／軽巡「川内《せんだい》」駆逐艦四隻
第四水雷戦隊／軽巡「那珂《なか》」駆逐艦一二隻
挺身攻撃隊　司令官　西村祥治少将
第十一戦隊／戦艦「比叡」「霧島」
第十戦隊／軽巡「長良」駆逐艦六隻
航空支援隊　司令官　山口多聞中将
第二航空戦隊／空母「飛龍」
第八戦隊／重巡「利根」「筑摩」
第十七駆逐隊／駆逐艦六隻

山本は、挺身攻撃隊の出撃に際し、直接、西村と会って激励の言葉を送り、
「戦えば艦を失うこともあろう。だが、決して命を粗末にするな！」
と念を押しておいた。
跡継ぎを亡くした西村が、勇戦に逸《はや》り、命を賭さぬよう釘を刺したのである。
十二月十二日未明、作戦全般の指揮を任された第二艦隊長官の近藤信竹中将は、
第四水雷戦隊の駆逐艦八隻を手元から割いて、西村少将の指揮下へ編入し、挺身攻

撃隊の応援へまわした。

西村は、この四水戦の駆逐艦のうち、五隻に前路の哨戒を命じ、残る三隻をガダルカナル島・北西の海峡付近に分派し後方の備えとした。

したがって挺身攻撃隊は、前路哨戒の駆逐艦五隻を戦力に加えて、戦艦二隻、軽巡一隻、駆逐艦一一隻。計一四隻の陣容で、ガダルカナル島に接近しつつあった。

西村の座上する戦艦「比叡」から、さらに八キロほど先行している四水戦の駆逐艦五隻は、そろそろガダルカナルの北方に在る小さな島・サヴォ島付近へ到達する。

すでに時刻は一五時を回ろうとしているが、敵機の攻撃はない。おそらく山口中将が、ガダルカナルの米軍航空隊を上手く牽制してくれたのだろう。ただ、B17爆撃機に二度に渡って接触されたので、敵に発見されたことは間違いない。

しばらくすると、幸か不幸か雲行きが怪しくなってきた。雨が降ったり止んだりしている。

〝これで敵機から攻撃される可能性は、極めて低くなった〟

西村はそう安堵したが、手放しでは喜べない。

いうまでもなく挺身攻撃隊の任務は、ガダルカナルの米軍飛行場に対する砲撃である。が、雨が降っておれば、自ずと視界が制限されて、効果的な艦砲射撃が難しくなる。

悪い予感は的中し、二〇時過ぎに鉄底海峡へ差し掛かると、雨がより激しさを増した。

もはやサヴォ島を視認することはできない。

事態を憂慮した首席参謀の本多中佐が、西村に進言した。

「こう激しい雨が続いては、有効な射撃を行うのは困難です。一時北方へ針路を執り、天候の回復を待ってはいかがでしょう」

ほかの参謀も皆、同じ意見だった。おそらくこのような状況下では、ほとんどの提督が本多の進言にうなずいたであろう。

ところが、西村は違った。

「いや、断じて敵飛行場を砲撃する。まず射程圏内に進入し、それでも豪雨が続くなら、現地に踏み止まって天候の回復を待つ」

彼は少し考えただけで、すぐにそう言い切ったのである。

この判断に、本多は驚きの色を隠せなかった。

「し、しかし司令官！　すでに我々は、敵機に接触されております。敵艦隊が不意に現れぬとも限りません。視界が利かぬなか、ガ島に近づき過ぎるのはやはり危険です！」

本多はたまらず、西村に再考を促した。

だが、西村の決意は揺るがない。

「視界が利かぬのは敵も同じこと。我々だけが不利だとは言い切れまい」

「……なるほど、よく分かりました。司令官が決意しておられるなら、私も喜んで従います。ですが進撃速度は少し緩めていただきたい。針路上の見張りを厳重に行うためです」

どう考えても、これは真っ当な進言だった。

「うむ、分かった。君の考えに任せよう」

西村も単に血気に逸っているのではない。彼はすぐに、減速の許可を与えたのである。

まもなく挺身攻撃隊は、二〇ノットから一六ノットへ速度を落とした。

4

西村の命令で、挺身攻撃隊が速度を落としたのが二二時〇五分（日本時間）だった。

ところが不思議なもので、それから一〇分と経たずに、問題の雨が上がったのである。

瞬く間に濛気《もうき》が薄れ、「比叡」の艦上から、再びサヴォ島が視認できるようになった。

イサベル島北西部の友軍・レカタ基地からは、砲撃支援の夜間哨戒機を発進させる、という連絡が入り、続いて、事前にガダルカナル島へ上陸し、待機していた弾着観測班も、

『ガ島方面の天候は良好なり』

と報告してきた。

結果的に、速度の変更に止《とど》めた西村の判断は功を奏したのである。

友軍からの報告に接し、突入の意志をさらに強くした西村は、二二時三〇分、ただちに部隊の速度を二〇ノットへ戻すよう命じた。

減速によって挺身攻撃隊が浪費した時間は、わずか一〇分ほど。まもなく、四水戦のなかで最右翼を航行していた駆逐艦「春雨《はるさめ》」が、ついにガダルカナル島上に点ぜられた友軍の灯火を確認し、その旨司令部へ報告してきた。

続いて二二時五〇分には、四水戦司令官の高間完少将からも、砲撃経路へ進入するために一四〇度へ変針する、との報告があった。

これを受けて時計を確認した本多が、西村へ向かってささやいた。

「……約二〇分後には砲撃できます」

すでに、「比叡」「霧島」の主砲一六門には、飛行場砲撃用の三式弾が装塡《そうてん》されている。

西村は、彼の言葉に黙ってうなずいた。

天候が再び変わらぬことを祈り、静かに時を待つだけである。

もはや艦橋内で口を開くものはいない。静寂が訪れて、戦艦「比叡」「霧島」の立てる波音だけが、暗夜に涼しく響いていた。

「……ガ島の灯火を発見致しました！　タサファロンガ岬の観測班です！」

静寂を破り、突然見張り員がそう叫んだ。

ついにその時が来た。岬に点《つ》けられた灯火を右に見据えながら、まず一番艦の「比叡」が射撃コースへ変針し、まもなく、二番艦の「霧島」も旗艦の航跡に続いた。

前路哨戒の任務を終えた四水戦の駆逐艦五隻は、すでに敵飛行場（ルンガ岬）の沖を通過し、その東の海上を遊弋《ゆうよく》しつつある。敵艦隊の出現に備えるための行動だが、それら五隻の駆逐艦からいまだに通報はない。

西村が、いよいよ敵飛行場への砲撃を決意し、射撃準備を下令すると、戦艦「比叡」「霧島」の三五・六センチ主砲計一六門が、一斉に右舷へ指向されて砲術長が測距を開始した。

「射撃準備よし！」

まもなく砲術長がそう報告すると、西村はうなずき、躊躇《ちゆうちよ》なく砲撃を命じようとした。いや、そのはずだった。

ところが、まさにその刹那《せつな》、通信参謀が、

「てっ、敵艦隊です！　四水戦の駆逐艦『夕立《ゆうだち》』が〝敵艦見ゆ！〟と報じております！」

と絶叫したのである。

一瞬にして「比叡」の艦橋内が凍りついた。が、さすがに首席参謀の本多は、落ち着き払った様子で間髪を入れずに、

「まず、敵艦隊を撃滅すべきです！」

と西村に進言した。

西村も動じた様子は微塵《みじん》も見せないが、すぐには敵艦隊への突撃を命じない。

本多は、思わずやきもきした。だが、今は司令官の下知を待つほかない。

ようやく、西村が口を開いた。

「我々本隊は、まず敵飛行場を砲撃する。四水戦には、突撃をこらえてまず反転し、敵を我々のほうへ誘導するよう、伝えてくれたまえ」

本多は首を傾げざるを得なかった。

「この期に及んで、まだ飛行場を砲撃するとおっしゃるのですか！」

ところが西村は、まったく平然として、

「敵飛行場に対し、三斉射のみ行う」

と応えたのである。

無論、本多も頭脳明晰である。彼は西村の言葉にすぐピンと来た。

「なるほど。……三式弾をすべて撃ってしまうわけですな」

「うむ、そうだ。その後は君の言うとおり、敵艦隊の撃滅を優先する」

「比叡」「霧島」の主砲には、すでに三式弾が装塡されていた。この三式弾には、無数の焼夷弾子が埋め込まれており、人員の殺傷や飛行機、建物などの焼却には威力を発揮するが、軍艦に打ち込んでもほとんど効果がない。

いや、効果がないどころか、暗闇で三式弾を放てば、艦上で花火を打ち上げるようなもので、自らの存在を暴露するのが落ちだった。

主砲の揚弾機を空にして艦船攻撃用の徹甲弾を装填するには、無駄と分かっていても、三斉射しなければならなかった。

西村が砲撃を命じると、戦艦「比叡」「霧島」は、大急ぎで敵飛行場に対し、三式弾を撃ち尽くしたのである。

5

駆逐艦「夕立」が敵の存在を報じた時点で、米艦隊の全容はまったく不明だったが、実際には米軍は重巡二隻、軽巡三隻、駆逐艦八隻の計一三隻を出撃させていた。

ダニエル・J・キャラガン少将が指揮を執り、彼は、重巡「サンフランシスコ」に将旗を掲げて、日本の企てを阻止しようとしていた。

艦隊を出撃させるに当たって、南太平洋艦隊司令長官のウィリアム・F・ハルゼー中将は、キャラガン提督に対し、

「敵が夜間砲撃を狙うのは必定だ！　君は損害を恐れず突撃せねばならん。我が飛行場には一指も触れさせるな！」

と督励していた。

哨戒機からの情報により、日本軍艦隊の動向を正確に摑んでいたキャラガンは、ハルゼーの意向に沿うべく現地へと急行した。

〝敵艦隊が飛行場を砲撃するのは二三時ごろに違いない。その前に到着するのは難しいが、敵が砲撃を開始した直後に、側面から叩けるはずだ！〟

キャラガンの立てたこの計算に、ほとんど狂いはなかった。

駆逐艦「夕立」が、先頭を行く重巡「サンフランシスコ」を視認したのが二三時一〇分である。

ところが逆に、重巡「サンフランシスコ」はその約一分前から、日本軍の駆逐艦数隻をレーダーで捉えていた。

キャラガンはすぐに、情報参謀のショルツ中佐に諮《はか》った。

「レーダーが捉えたこの部隊を、……君はどう見るかね？」

「はい。敵の本隊だとは思えません。ルンガ岬から離れ過ぎです。その位置から推測して、おそらく警戒部隊ではないでしょうか」

「うむ、同感だ。おそらく警戒の任を帯びた駆逐艦だろう。深追いしてはならない。目指すはルンガ岬沖、敵の本隊のみだ！」

キャラガンの力強い言葉に、参謀全員が大きくうなずいた。

キャラガンがルンガ岬への突撃を命じたころ、駆逐艦「夕立」は、見事にその先鋒の役割を果たそうとしていた。

駆逐艦「夕立」の艦長は吉川潔《きよし》中佐である。戦国時代の武将・吉川元春《もとはる》の流れを汲む彼は、まさにサムライの血を引く猛然たる闘志の持ち主で、開戦以来一貫して駆逐艦の艦長を務めてきた。

ガダルカナルを巡る戦いが生起して以来、吉川はすでに何度もこの方面に出撃している。

自らの眼で敵艦の存在を再確認した吉川は、まず旗艦「比叡」にその旨を報告し、上からの命令を待たずに、実に驚くべき行動に出た。

「取り舵！　続いて全速で突っ込む！」

艦橋内に、吉川の怒鳴り声が響くと、駆逐艦「夕立」は、航続する「春雨」を従えて、向かって来る敵艦の鼻面を押さえ込むように、なんと米艦隊の直前を横切ったのである。

米艦隊の先頭を行くのは、キャラガンの座乗する重巡「サンフランシスコ」だった。

仰天したキャラガンは、思わず叫んだ。

「かっ、回避せよ！　……な、いったい何だ。今の敵艦は……！」

だが、米軍将兵はおろか、「夕立」「春雨」の乗員でさえも、吉川がいかなる意図でそのような行動をとったのか意味不明だった。

しかし、ともかく米艦隊の隊列は大きく乱れて、キャラガンは態勢を立て直すのに数分を要した。

実は吉川は、まず敵の混乱を誘い、その混乱に乗じて、決死の突撃を挑む覚悟だった。

ところが、敵艦の鼻先を横切ったその直後に、

『突撃をこらえて反転し、敵を本隊のほうへ誘導せよ！』

という西村司令官からの命令を受領した。

吉川は、とっさに突撃を思い止まり、西村の意向に沿うよう行動した。敵艦隊との距離を微妙に取りながら、その動向を逐一「比叡」司令部へ報告したのである。

一見、無謀としか思えなかった吉川の攪乱《かくらん》戦法が、ここへ来て図らずも、大きな意味を持ち始めていた。

米艦隊が隊形を立て直すあいだに、西村の本隊は時間的猶予を得て、砲戦には無駄な三式弾をすべて撃ち尽くし、すでに「比叡」「霧島」の主砲には、本来の徹甲弾が装塡されつつあった。これは当海戦の勝敗に関わる見逃せない機微だった。

西村の本隊は、先制攻撃の機会を一方的に譲らなくて済む。

しかも、四水戦の「夕立」が敵艦隊の動きを逐一報告してくるので、西村は、おぼろげながらも敵の兵力や針路を予測しつつ、迎撃の態勢を整えることができた。

客観的に見ても、戦艦を保有する日本軍のほうが有利だった。

そしてまもなく、戦艦「比叡」の見張り員が、約九〇〇〇メートル前方に、巡洋艦と思われる敵艦四隻を認めて全軍に通報し、ここに第三次ソロモン海戦が生起した。

6

西村は「夕立」の情報から推測して、丁字戦法に持ち込もうと北東に向け航行していたが、米艦隊は日本軍の戦艦二隻をレーダーで捉えて、すでに北東へ向け変針していたので、会敵したときには同航戦の構えとなった。

西村が飛行場への砲撃を中止したのだから、この時点でキャラガンは、目的の約半分を成し遂げたと言える。

二三時二一分、旗艦「比叡」の見張り員が敵発見を報じると、西村は躊躇なく、艦長に探照灯の照射を許可した。

右舷側・約八〇〇〇メートルの洋上に、重巡らしき敵艦の影がクッキリと浮かび上がる。

西村はただちに砲撃を命じ、続いて全軍に向けて戦闘開始を下令した。

「ドォキユーン！　ズゥキユーン！　ドォキユーン！　ズゥキユーン！」

旗艦「比叡」が主砲の砲門を開くと、後続する「霧島」もそれに続いた。

距離はかなり近い。両戦艦は主砲の斉射だけに止まらず、ケースメートに装備する一五センチ副砲も猛射した。連続射撃で艦が大きく動揺する。

〝……ピカッ！〟

戦艦「比叡」の放った三五・六センチ砲は初弾から命中した。敵の旗艦とおぼしき重巡は大打撃を被り、艦上では早くも火災が発生している。

だが、探照灯を点けた「比叡」も、必然的に敵艦からの狙い撃ちに遭った。

砲戦開始から約一五分後、両軍艦隊はさらに接近し、敵艦との距離は遠くても六〇〇〇メートル。駆逐艦に至っては二〇〇〇メートル内外に肉迫するような乱戦となった。

敵も戦艦と分かっているのか、「比叡」は依然として集中砲火を浴びている。まれに見る接近戦のため、砲弾はほとんど水平に飛び交い、戦艦「比叡」の最上甲板から艦橋中部ぐらいまでの高さに、多くの命中弾が集中した。

まもなく前檣楼《ぜんしょうろう》に火災が発生し、上甲板以上の構造物が次々となぎ倒されてゆく。

だが、米側には重巡以下の艦艇しか存在しないので、命中弾は最大でも二〇センチ砲弾。「比叡」は戦艦として持ち前の防御力を発揮し、敵の砲撃によく耐えていた。

西村の闘志もいっこうに衰えない。彼は微動だにせず戦況を見守っていたが、戦闘開始から二五分ほど経過したときだった。

ついに敵弾の一発が主砲関係の電路に命中し、その直後に副砲指揮所も破壊されて、旗艦「比叡」は一時的に戦闘力を失った。

「……司令官！　ここは一旦退避しましょう」

本多がすかさず、そう進言した。

主砲が斉射できないので話にならない。さすがの西村も否応なくうなずいた。

そして「比叡」が離脱しようとした、まさにそのときだった。

「……ズダァーン！」

まったくの不意討ちで、敵の砲弾一発が艦橋を直撃した。

凄まじい衝撃が走り、司令部全員がその場にうち倒れた。西村も例外ではない。

まもなく振動が収まり、彼は、なんとか自力で立ち上がったが、頭部に負傷していた。

〝おう、なんとか命拾いしたようだ……〟

だが、その瞬間に西村はハッとした。

本多はその場に伏したままである。

「おい、本多！　しっかりしろ！　……おい！」

西村は彼を抱きかかえ、何度もそう繰り返した。が、ついに本多は起き上がらなかった。

西村は、歯に衣を着せぬ本多の進言を、人知れず頼もしく思っていた。逆に本多も、司令官の闘志と懐《ふところ》の深さを敬愛し、心から西村を慕っていた。

またと得がたい腹心の部下を眼前で亡くし、西村は、あらためて悲壮な決意を胸に刻み込んだ。

〝本多！　お前の犠牲を断じて無駄にはせん！〟

そして西村は、副官の腕にそっと彼を抱き移したのである。

このとき司令部で何事もなかったのは、通信参謀ただ一人だった。

砲戦距離が近いということもあろうが、米軍の射撃は意外にも正確だった。司令部が混乱状態にあるなか、「比叡」は格好の標的となり、更なる被弾を余儀なくされた。

敵重巡の放った二〇センチ砲弾が、装甲で覆われていない艦尾を直撃し、その爆発で右舷舷側に二メートル以上の穴が開いてしまった。

艦が走行すると艦尾で波が盛り上がる。運悪くちょうどその部分に穴が開いたため、舵機室に海水が浸入し直接操舵《そうだ》が不能となって、艦長の西田大佐は人力操舵に切り替えた。

しかし、更なる浸水を防ぐには速度を落とさなければならない。西田は、西村の許可を得たうえで一〇ノットに減速した。

まもなく「比叡」は、辛うじて戦場から離脱し、最悪の事態を免れたのである。

7

　旗艦「比叡」が戦場から離脱したころには、大勢はほとんど決していた。

　日本側は「比叡」が大破し、駆逐艦「夕立」と「暁《あかつき》」が沈没する運命にあった。対して米側は、重巡「サンフランシスコ」と軽巡二隻、さらに駆逐艦四隻がすでに沈没していた。

　やはり戦艦の放つ徹甲弾の威力は絶大だった。

　米艦隊の旗艦「サンフランシスコ」は、戦闘開始直後に「比叡」の主砲弾を煙突付近へ受けて火災が発生し、その猛火で艦体を暗闇に浮かび上がらせる結果となった。

　当然、日本側の砲撃は「サンフランシスコ」に集中し、戦闘開始から約二〇分後には、数発の三五・六センチ砲弾を喰らって、同艦はほとんど廃艦同然となっていた。

　ハルゼーから督励されていたキャラガンは、それでもよく粘っていた。が、ついに音を上げるに至り命じた。

「げ、限界だ……、ただちに撤退せよ！」

ところが、その直後だった。戦艦「霧島」の放った第八斉射の一発が、同艦の司令塔を直撃し、艦橋ごと木《こ》っ端《ぱ》微《み》塵《じん》に吹き飛ばしたのである。

重巡「サンフランシスコ」は、一瞬にして人事不省に陥り、しばらく惰性で航行を続けていたが、まもなく完全に行き足を止めた。

軽巡「アトランタ」に座乗していた次席指揮官のノーマン・スコット少将は、旗艦の異変に気づいてただちに指揮を継承したが、その前に立ちはだかったのが、吉川艦長の駆逐艦「夕立」だった。

吉川は、敵を本隊のほうへ誘導する役目を終えると、ただちに反転、一八〇度変針し、敵艦隊の後方へ回り込むよう命じた。

そこへ四水戦・高間司令官からの戦闘開始命令が入る。と同時に「比叡」が探照灯を照射した。

その意味を、吉川は直感的に悟った。

〝おお、西村司令官は腹が据わっとる。わしも負けておれんわい！〟

駆逐艦の艦首には菊花紋章が付いていない。万が一のことがあっても、陛下にご迷惑は及ばない。吉川にとって、まさにそのことが最大の利点であり、駆逐艦乗りが天職。性に合っていた。

西村の決意を痛切に感じると、吉川は闘志をたぎらせて、猛然と突撃を開始した。まるで後方から敵艦を追い抜く勢いだ！

凄まじい勢いで突っ込み来る敵艦を認めて、米軍将兵の誰もが、思わず泡を食った。

〝なっ、なんだ、あれは……。たっ、体当たりする気か！〟

まさにそう思わせるほどの勢いだった。が、敵がどう思おうと知ったことでない。すでに高間司令官から魚雷戦の許可を得ていた吉川は、大型で巡洋艦と思われる一群に喰らいつき、わずか一五〇〇メートルほどの距離から、立て続けに八本の魚雷発射を命じた。

「……ズゥシィーン！　……ズッシーン！」

紛うことなく二本が命中し、二隻の敵巡洋艦から連続で巨大な水柱が昇った。

強力な威力を誇る六一センチ酸素魚雷だ。敵巡洋艦二隻に対し、まさに渾身《こんしん》の大打撃を与えた。

魚雷を発射したからには、次発装塡のため一旦は戦場から離脱するのが常識だが、吉川は型どおりの戦法で満足するような漢《おとこ》ではなかった。

彼は、〝関が原の汚名を返上してやる〟とでも思ったのか、微塵《みじん》のためらいも見せず、疾風のごとく敵の陣中を突破し、

「かまわん！　どんどん撃て！」

と砲術長に号令を発した。

みんな心得ている。吉川は訓練のときから自ら号令を下し、艦全体が一つになるよう鍛えてきた。血の滲むような努力の成果を発揮するのは、まさに今このときしかなかった。

距離わずか二〇〇〇～一五〇〇メートルで主砲を撃ちまくり、ほとんど全弾が命中。敵艦はまもなく真っ赤に燃え上がった。

実は「夕立」から集中砲火を浴びたこの艦が、次席指揮官・スコット少将の座乗する軽巡「アトランタ」だった。

すでに「アトランタ」の艦上は大混乱に陥っていた。レーダーがなぎ倒されて、火がますます勢いを増し、射撃もままならない。

「なっ、なにをやっとる！　早く火を消せ！」

スコットは堪らず、そう怒鳴り散らした。

だが同艦には、すでに最大の危機が迫りつつあった。次発装填を終えた「夕立」が、満を持して再び魚雷を発射していたのである。

軽巡「アトランタ」に魚雷がスルスルと近づく。しかし暗闇のなかで、接近する酸素魚雷を察知するのは、ほとんど不可能に近かった。

「……ズゥシィーン！」

天を突き刺すほどの水柱が昇り、「アトランタ」の右舷舷側が大きくえぐり取られた。

その次の瞬間、同艦は、凄まじい轟音《ごうおん》を発して大爆発。そのまま燃え上がりながら、瞬《また》く間に海中へ没していったのである。

指揮官二名が相次いで斃《たお》れ、統制の執れなくなった米艦隊は、為すすべなく戦闘を放棄し、退却を余儀なくされた。

そして、約四〇分に及ぶ戦闘がすべて終了したとき、米軍は先の沈没艦に加えて、さらに重巡一隻、軽巡一隻、駆逐艦三隻が大損害を被り、惨敗を喫していたのである。

いっぽう、縦横無尽に敵陣を荒らしまわった殊勲の「夕立」だが、さすがに軽傷では済まず、最後は力尽きて航行を停止。翌日、味方駆逐艦の魚雷によって自沈処理された。

吉川艦長と「夕立」乗組員は、連合艦隊司令長官から感状を授与されたが、吉川は首や肩などに傷を負っていたのである。

8

戦場から離脱した「比叡」は、その後サヴォ島の北方へ退避していたが、依然として西村司令官の決意に揺るぎはなかった。

射撃指揮系統が被害を受けたので、各砲塔による個別の射撃に頼るしかなかったが、それでも「比叡」は戦闘力を有し、機関部に損傷はなかった。

〝敵艦との撃ち合いなら個別射撃は不利だが、飛行場への砲撃なら充分に可能だ！〟

そう判断した西村は、艦尾に応急修理を施し、敵飛行場への艦砲射撃を再開しようと考えた。

しかし問題は、舵が利かなくなることだった。艦尾舵機室に海水が浸入し排除する必要がある。その作業を行うには、かなりのあいだ微速で航行しなければならない。

速度が出せないので、速やかにガダルカナル島に近づけず、日の出までに敵飛行場を壊滅させるのは難しい。太陽が昇れば必ず、敵飛行場から米軍機が来襲するのだ。

〝よし、一旦ガ島から距離を取り、昼間、敵機をやり過ごしてから、日没後に再突入しよう〟

西村はそう決意した。

案の定、排水作業は手間取っていた。

空が薄明となっても排除し切れず、その後も黙々と作業が続けられた。

十三日、現地時間で午前五時五十五分（日本時間では午前三時五十五分）に日の出を迎えると、約三〇分後には、早くも敵の偵察機が現れた。

敵機から空襲されるのは時間の問題である。

午前七時四十分、ついに敵の第一波・約一五機が来襲した。西田艦長は排水作業を一時中止して、敵機の攻撃を回避する。

攻撃してきたのはすべて急降下爆撃機だった。

至近弾二発を受けたが、幸い大事には至らず、この攻撃は、西田の絶妙な操艦で、なんとかやり過ごすことができた。

だが、回避運動中に速度を上げたため、せっかく排水した区画に再び海水が浸入し、復旧作業にはさらに時間が必要となった。

午前八時二十八分、新手の敵が今度は三〇機ほど向かって来た。正確な機数はつかめなかったが、実際には米軍は、急降下爆撃機一二機、雷撃機一六機を第二波として発進させていた。

極めて危機的な状況である。第一波より数が増えているし、低空に舞い降りているのは、雷撃機が含まれることを示唆《しさ》していた。

もし、魚雷を一発でも喰らえば、これまでの排水作業はほとんど無駄になる。命中魚雷により艦内部に浸水すれば、浮力が失われて喫水が深くなる。これ以上喫水線が下がれば、右舷後部の破孔が海中へ没してしまい、排水作業は一切不可能となるのだ。

〝魚雷だけは是が非でも回避しなければ！〟

と西田が危機感を募らせて、そう肝に銘じていたときのことである。

双眼鏡を覗いていた西村が、

「おお、なんとか間に合ってくれた！」

とにわかに安堵の声を上げた。

その声に釣られて、西田もチラッと上空に目をやる。すると、なんと頼もしいことに、そこには紛れもなく〝零戦〟の姿があった。

艦を預かる西田にとって、これ以上頼もしい援軍はなかった。俄然《がぜん》勇気を得た彼は、操舵手に命じる声にも力がこもった。

実は西村は、敵飛行場への再突入を決意した直後に、山口司令官に対して、艦隊上空の援護を依頼していた。

〝「比叡」が速度を出せない以上、ガ島飛行場の爆撃圏外へ離脱できない。昼間、敵機から空襲されるのは必至だ！〟

西村はそう考えて、あらかじめ対策を講じていたのである。

西村から依頼を受けた山口は、すぐ零戦一八機に出撃準備を命じた。

ところが、山口の航空支援隊は、事前に連合艦隊司令部から、〝ガダルカナルにあまり「飛龍」を近づけるな！〟と勧告されていたので、挺身攻撃隊からかなり遠い位置にいた。

山口は、挺身攻撃隊の苦境を察し、あくまで勧告だとこれを一笑に付し、急ぎ南下して薄明とともに零戦一八機を発進させた。が、なにぶんにも距離が遠かったため、この時間になってようやく間に合ったのである。

機動部隊所属の零戦はやはり強かった。爆弾や魚雷を抱えた敵機は、まったく彼らの敵ではなく、零戦は一〇分と経たぬうちに、一機も損なうことなく敵機の約半数を撃墜し、残る半数も艦隊上空から完全に追っ払った。

旗艦「比叡」だけでなく、挺身攻撃隊のすべての艦上から一斉に歓声が沸き起こる。

一仕事片付けた零戦が、次々と翼を振って、この歓声に応えた。

まもなく、ガソリンの残量が少なくなったのか、一八機の零戦は母艦のほうへ引き返していったが、その代わりに別の零戦六機が現れて、引き続き艦隊上空を援護してくれた。

その後、数次に渡って敵機が来襲したが、零戦がすべて追い払い、挺身攻撃隊は無事に日没を迎えたのである。

9

飛龍零戦隊の協力を得た「比叡」は、ようやく日没前に、艦尾の穴を塞《ふさ》いで応急修理を完了した。

まもなく、艦各部の確認を終えた西田が、西村へ報告した。

「司令官。本艦は復旧作業を完了し、一八ノットでの航行が可能であります」

「うむ、ご苦労。よく持ち堪えてくれた。……我が隊はただちに、ガ島飛行場の砲撃に向かう！」

西村が大きくうなずきそう命じると、挺身攻撃隊は、旗艦「比叡」を先頭にし、再びガダルカナルへ向け進撃を開始した。

いっぽうそのころ、ヌーメアの南太平洋艦隊司令部では、ハルゼーが怒りをあらわにしていた。

「航空隊は何をやっとるんだ！　寄ってたかって攻め掛かりながら、手負いの戦艦に止めの一つも刺せんとは！」

しかし、取り逃がしたものを今さら悔やんでも始まらない。ハルゼーも気を取り直し、闘志むき出しで命じた。

「戦艦部隊ですぐに迎撃させろ！」

こういう事態もあろうかと、ハルゼーは念のために、ガダルカナル東方海上へ、新鋭戦艦二隻を出撃させていたのである。

第六四任務部隊　ウィルス・A・リー少将
　戦艦「ワシントン」「サウス・ダコタ」
　　駆逐艦四隻

　戦艦部隊を指揮するリーは、ハルゼーからの命令電を受け取ると、戦艦「サウス・ダコタ」を先頭に立て、自身の座乗する戦艦「ワシントン」に後続を命じて、ただちに進撃を開始した。

　日本側の戦艦は金剛型の二隻と分かっている。こちらも戦艦は二隻だが、敵戦艦の一隻は間違いなく傷を負っていた。

〝敵弩級艦《どきゅう》の主砲は一四センチ砲で、二隻合わせても一六門。対してこちらには、合計一八門の大砲が有り、しかもすべて一六インチ砲である。我々のほうが断然有利だ！〟

　リーは自分自身にそう言い聞かせて、闘志を掻き立てていた。

　いっぽう日本側も、新たな米艦隊の出現を充分に予期しており、西村は昨日同様、四水戦の駆逐艦四隻に前路哨戒を命じ、本隊より約一〇キロ先行させて警戒していた。

二〇時五〇分（日本時間）、米戦艦二隻が鉄底海峡に差し掛かると、旗艦「ワシントン」のレーダーが日本軍の前路哨戒部隊を探知した。

もはや戦いは避けられない。ここに第三次ソロモン海戦・第二夜戦が生起し、開戦以来はじめて日米の戦艦同士が激突しようとしていた。

二一時一七分、近づいて来た日本の駆逐艦を視認し、戦艦「ワシントン」が照明弾を放つ。その光芒を利用して、僚艦の戦艦「サウス・ダコタ」がついに四〇・六センチ砲をぶっ放した。

「ドォキューン！　ズゥキューン！　ドォキューン！　ズゥキューン！　ドォキューン！」

四水戦の高間司令官は突然の砲撃を受け驚いた。

先制攻撃を受けては分が悪いと判断した彼は、とにかく一時北方へ退避し、サヴォ島の近くで反撃の機会をうかがおうとした。

「煙幕を展張しつつ反転せよ！」

しかし高間は、戦艦に砲撃されたとは思ってもみず、西村に対して、

『敵は重巡二、駆逐艦四。砲撃されるも損害なし。反撃を企図して一時北方へ向かう』

と打電したのである。

結果として、この電報が錯誤を生み、西村の計算を大きく狂わせることになる。

〝本隊は今夜こそ飛行場砲撃を完遂しなければならない。敵の主力は重巡でしかも少数部隊。十戦隊を応援に差し向ければ事足りる〟

西村はそう判断し、手元から第十戦隊の軽巡「長良」と駆逐艦四隻を割いて、四水戦の応援に向かわせた。

敵の兵力は重巡二隻、駆逐艦四隻。こちらに重巡はいないが、軽巡一隻、駆逐艦八隻で迎撃すれば、数の上では優位に立てる。

西村は、第十戦隊司令官・木村進《すすむ》少将の武運を祈りつつ、戦艦「比叡」「霧島」に、駆逐艦「照月《てるづき》」を加えたわずか三隻だけで、ルンガ岬沖を目指したのである。

10

木村司令官の座乗する軽巡「長良」と、随伴する駆逐艦四隻は、サヴォ島の西側を通って鉄底海峡へ進入し、二一時三〇分、右舷・約四〇〇〇メートルの海上に敵を発見した。

かなりの至近距離である。

木村はただちに魚雷戦用意を命じ、同時に砲撃を許可した。これを受けて各艦は、砲門を開きつつ突撃態勢に移り、魚雷発射準備のため一斉に左へ転舵した。

旗艦「長良」を先頭にして、駆逐艦四隻が一本棒に連なる。

それを待って、木村が躊躇なく命じた。

「魚雷発射始め！」

各艦から次々と魚雷が発射される。満を持して放たれた魚雷は合計三八本だった。

このとき米艦隊は、先に発見した四水戦の追跡に気を取られており、新たに出現した十戦隊に対する対応が若干遅れた。サヴォ島の影に邪魔されて、レーダーが充分に反応しなかったのである。

新手の敵接近に気づいたリーは、あわてて交戦目標を変更し、十戦隊に対する砲撃を開始した。

「……ズッバァーン！」

戦艦「サウス・ダコタ」の放った第一斉射の一発が、魚雷発射直後の軽巡「長良」に至近弾となり、巨大な水柱を上げた。

そのあまりの大きさに、木村は思わず度肝を抜かれた。

「な、なんだ！　敵の魚雷を喰らったのか！」

しかし、衝撃はそれほどでもなく、艦の動揺はすぐに収まった。

木村はハッと思って、にわかに命じた。

「艦長！　二〇秒ほどでよい。探照灯を照射してくれたまえ！」

急いで舷窓に近寄り、木村が双眼鏡を覗く。

するとその眼に、煌煌《こうこう》と照らし出された敵艦の巨大な前檣楼が、飛び込んできたのである。

そのそびえ立つような高さに驚愕《きょうがく》し、木村は完全に言葉を失った。

〝や、やはり、そうか！〟

木村は、傍《そば》にいた首席参謀の井本中佐に双眼鏡を押し付け、急いで覗くよう促した。

井本は、不審に思いつつも双眼鏡をかざし、直後に予想だにしなかった光景を目にして、思わず仰天した。

「しっ、司令官！　間違いありません。……て、敵は間違いなく戦艦です！」

井本の叫び声のおかげで、「長良」の艦橋内が一瞬にして凍りついた。

だが、木村が退避を命じるまでもなく、旗艦「長良」を含めて十戦隊の全艦が、魚雷の自発装塡のために、サヴォ島に沿ってすでに避退し始めていたので事なきを得た。

無論木村は、ただちに西村司令官に対して、

『敵二隻は戦艦なり！』

と報告したのである。

そのころ西村の本隊は、駆逐艦「照月」を従えて鉄底海峡に差し掛かろうとしていた。あと一五分ほどでルンガ岬沖の所定の位置に到達する。

昨夜は砲撃を阻止されたので、今夜こそ何が何でも敵飛行場を叩く必要がある。

西村は、その思いをさらに強くしていた。

ところが、木村司令官から報告電が入り、この西村の決意に水を差した。

まったく予想外の報告に接し、旗艦「比叡」の艦橋内はにわかに騒然となった。

無理もない。誰もが敵の主力は重巡だと信じ切っていた。

だが、それがもし戦艦だとすれば、無論、軽巡以下の水雷艦では太刀打ちできない。

〝本多がもし生きていれば、敵艦隊の迎撃を優先するに違いない〟

西村は間髪を入れずに命じた。

「まず敵戦艦を撃破する！」

昨夜の教訓から、戦艦「比叡」「霧島」の主砲には徹甲弾が装填されたままで、様子を見てから三式弾へ切り替えることにしていた。

西村の決断を受けて、まもなく西田が取り舵を命じ、旗艦「比叡」は針路を東寄りに変更。当然、二番艦「霧島」と駆逐艦「照月」もそれに続いた。

いっぽうそのころ、米艦隊は思わぬアクシデントに見舞われていた。

日本軍第十戦隊の放った魚雷三八本のうち一本が戦艦「サウス・ダコタ」に命中し、そして、さらに駆逐艦「ウォーク」と「プレストン」に一本ずつが命中していた。

三八本の魚雷はすべて、六一センチ酸素魚雷だった。装甲の貧弱な駆逐艦が、この魚雷を喰らってはひとたまりもない。「ウォーク」と「プレストン」は瞬時に火《ひ》達磨《だるま》となって轟沈した。

また、「サウス・ダコタ」も、右舷に大量の浸水を招き、最大速度が本来の二七ノットから二二ノットへ低下していた。

しかし、「サウス・ダコタ」は充分に戦闘力を保持しており、リーは麾下《きか》全艦に対して、一八ノットで進撃するよう命じたのである。

二一時五〇分、突如、米軍のレーダーが敵戦艦二隻の接近を捉えた。リーはただちに、戦艦「ワシントン」に対して、照明弾による射撃を命じた。

西村もすぐに、敵戦艦の射撃に気づいて、二番艦の「霧島」に探照灯の照射を命じた。

一番艦の「比叡」が傷ついていることは、すでに皆が承知している。戦艦「霧島」艦長の岩淵《いわぶち》大佐は司令部からの求めに応じて、間髪を入れずに探照灯を照射した。

暗闇のなかに、日本軍・戦艦二隻と米軍・戦艦二隻の姿がくっきりと浮かび上がる。

「ドォキューン！　ズゥキューン！　ドォキューン！　ズゥキューン！　ドォキューン……」

射撃を開始したのは両軍ほぼ同時だった。

「ドォキューン！　ズゥキューン！　ドォキューン！　ズゥキューン！　ドォキューン……」

彼我の距離は約九〇〇〇メートル。戦艦双方の放った主砲弾がほとんど水平に飛び交う。

「……ズダァーン！」

日本軍の砲撃は見事初弾から命中した。

米軍の先頭に立っていた戦艦「サウス・ダコタ」は、「比叡」「霧島」からの集中砲火を浴び、戦闘開始からわずか数分後に、主砲射撃装置を破壊されて辛うじて副砲で応戦してきた。

いかに新鋭戦艦といえども、副砲しか撃てないのでは、とても敵戦艦には太刀打ちできない。

まもなく「サウス・ダコタ」は、さらに上部構造物の多くに打撃を被り、出し得る最速・二二ノットで、戦場から離脱していった。

逆に日本側も、敵戦艦二隻から砲撃されては、無傷ではいられなかった。

探照灯を点けた「霧島」は、「サウス・ダコタ」の放った第三斉射の一発を後部煙突付近に受け、まもなく火災が発生した。

それだけではない。戦艦「ワシントン」の放った四〇センチ砲弾も立て続けに命中し、「霧島」の巨体を容赦なく痛めつける。

米新鋭戦艦が放つ、四〇センチ砲弾の威力は絶大だった。

すでに「霧島」は五発以上もの巨砲弾を喰らっていたが、そのなかの一発が後部・三番砲塔付近の装甲を貫通し、弾庫近くで炸裂した。

「……ドッカァーン！」

けたたましい轟音が響き、「霧島」の艦体が激しく揺さぶられる。岩淵艦長がとっさに弾庫への注水を命じ、なんとか誘爆は免れたが、三番砲塔は完全に射撃不能に陥ってしまった。

火の勢いもなかなか収まらない。後部煙突付近で発生した火災と、三番砲塔付近で新たに発生した火災が一体化して業火となり、もうもうたる黒煙がたなびき艦尾まで覆い隠している。

だが、そんな状態でも、岩淵は決して戦いを捨てようとはしなかった。

「怯《ひる》むな！　踏ん張れ！　あきらめるな！　……かまわんから、どんどん撃ちまくれ！」

彼の気合が乗り移ったかのように、「霧島」は、残る健全な主砲をめいっぱい稼動させ、砲身がただれるのも厭《いと》わず猛射を繰り返した。

敵戦艦一隻を落伍させ、残るもう一隻にも、抜き差しならぬほどの損害を与えている。

しかし、老齢な「霧島」の防御力では、完全には対抗し切れず、ついに、敵戦艦の四〇センチ砲弾が防御の手薄な艦尾を直撃した。

「……ズッガァーン！」

強烈な炸裂音が響き、同艦の艦尾舷側には巨大な穴が開いていた。艦内には止めどなく海水が流入してくる。

この危機的な状況は、まさしく昨夜、「比叡」が被《こうむ》った惨状と酷似していた。ただ違うのは、命中したのが四〇センチ砲弾だったことである。

戦艦「霧島」の舵機室と舵柄室《だへい》には、すでに海水が充満しており、直接操舵も人力操舵も、ともに不能となっていた。

舵が利かなくなった同艦は、左への旋回を繰り返し、見る見るうちに隊列から落伍していく。

まもなく、戦闘海域からさまよい出た「霧島」はついに航行を停止し、岩淵は総員退去を命じたのである。

二番艦「霧島」の異変に気づいた西村は、すぐに駆逐艦「照月」を救援に差し向けた。が、「霧島」の状況は絶望的だった。

航行は可能だが、延々と左旋回を繰り返すので、どこへ行くか分からない。また、僚艦の「比叡」も艦尾を損傷しているので、「比叡」で「霧島」を曳航《えいこう》することもできない。

西村は、連合艦隊司令部の許可を得たうえで、戦艦「霧島」の自沈処理を命じた。岩淵が同艦のキングストン弁を開く。岩淵は最後まで「霧島」の艦上に残り、艦喪失の責任を取ろうとしたが、西村がこれを赦《ゆる》さなかった。

「どういう状況で沈没に至ったのか、詳しく報告してもらう。それが艦長に課せられた最大の責務である。よいか、これは命令だ！　……岩淵君にそう伝えたまえ」

西村の厳命を受けて、岩淵は「比叡」に出頭するため、ひとまず「照月」へ移乗したのである。

いっぽう、戦いは熾《し》烈《れつ》を極めていた。

最初に米艦隊を発見した四水戦の駆逐艦四隻は、西村の本隊が敵戦艦と砲火を交えるのを合図に、サヴォ島付近から反転、進撃を再開していた。

しばらくすると、敵の隊列から戦艦一隻が落伍して、駆逐艦二隻が沈没し、その姿を消した。ちょうどそこへ四水戦が突入した。

米側で戦場に踏み止まっていたのは、戦艦「ワシントン」と駆逐艦「ベンハム」「グウィン」の三隻だけだった。

四水戦の駆逐艦四隻は、第一夜戦で魚雷をほとんど使い果たしていたが、双方の戦艦同士が撃ち合うその間隙《かんげき》を突いて、敵駆逐艦二隻に対して積極果敢に砲撃戦を挑んだ。

この戦闘で四水戦は、駆逐艦「五月雨《さみだれ》」を失いながらも、「ベンハム」を大破、「グウィン」を中破させて、両艦とも戦場から離脱させる。

ちなみに駆逐艦「ベンハム」は、結局、翌日には沈没する。

ところがそのころ、日本側も戦艦「霧島」が隊列から落伍したため、その後は奇しくも、米軍の旗艦である戦艦「ワシントン」と、日本軍の旗艦である戦艦「比叡」が、ほとんど一騎撃ちで戦うような状況が現出した。

どちらも一歩も譲らない。戦いは長引くように思われたが、すでに両戦艦ともかなりの痛手を被っていた。

米戦艦「ワシントン」は、四〇・六センチ砲搭載艦だが、三五・六センチ砲に対する防御しか施されていない。だから「比叡」に対して絶対的に優位だとは言えなかった。

「霧島」が落伍するまでは、「ワシントン」も二戦艦を相手にし、したたか撃たれていたのである。

対して「比叡」は、「霧島」が敵の砲弾を一手に引き受けてくれたので、受けている被害のほとんどが第一夜戦によるものだった。

夜間にも関わらず接近戦のため、双方の放った砲弾は確実に敵艦を捉え、「ワシントン」「比叡」ともに攻撃力が減殺されてゆく。

二二時二一分、戦艦「ワシントン」が再び斉射を行った。その直後に「比叡」の主砲弾が「ワシントン」の前部艦橋を直撃し、その炸裂による衝撃で同艦の方位盤照準装置が完全に狂ってしまった。

これでついにリーが音を上げた。

「敵戦艦にも相当なダメージを与えた。もはや我が飛行場に対する砲撃は不可能だろう。……目的は充分に達した。ただちに戦場から離脱する！」

リーの推測は間違っていなかった。

戦艦「比叡」は、「ワシントン」が放った最後の斉射の一発を艦中央部右寄りに受けて、徐々に右舷へ傾斜していった。

艦の傾きにより、昨日の戦闘で開いた破孔が常時水線下へ沈むことになり、応急的に穴を塞いでいた防水マットでは、まったく用を足さなくなってしまった。

戦艦「比叡」もまた、結局「霧島」と同じような状況に陥って舵が利かなくなり、ついに西村は航行停止を命じた。

西田艦長はそれでも、最後まで「比叡」を救うための努力を続けていた。が、まもなく西村は、連合艦隊司令部に対して、「比叡」処分の許可を願い出たのである。

連合艦隊司令部としても、自沈処理を認めざるを得なかった。戦場がガダルカナルに近すぎて、どうしようもない。制空権は完全に敵に握られているので、下手に救おうとすると、味方の損害が増える一方だった。

西村は最後まで艦上に残り、西田にキングストン弁を開くよう命じた。

旗艦「比叡」の近くには、四水戦の駆逐艦三隻が集まり、退艦する乗員をすべて収容した。

「司令官、そろそろご退艦ください。もうまもなく沈みます」

「艦長。君はどうするかね？」

「はい。艦に残り『比叡』の最期を見届けたいと存じます」

「いかん。断じてならん！　退艦したまえ。ここには私が残る！」

「し、しかし、司令官には艦喪失の責任はありません。やはり私が残って責任を取ります」

「いや、岩淵君もすでに『照月』へ移乗しておる。君も退艦したまえ。第十一戦隊は全滅したのだ。その責任を取れるものは、私をおいてほかにはおるまい！」

しかしそれでも、西田は納得しなかった。

「……ならば、私もご一緒させてください！」

西村が、西田の顔を見つめ直し、ゆっくりと諭すように語り掛けた。

「よいか、君のような優秀なものがむざむざ命を捨てるようでは、日本はこの戦《いくさ》に勝てない。出撃前に山本長官は〝艦を失うようなことがあっても、命を粗末にするな！〟と釘を刺された。つまり君を生還させるのは私の義務で、私は、長官からきつくそう言い渡されているのだ」

「ならば、司令官も一緒にご退艦ください！」

「いや、それでは本当の意味で長官のご意思に沿うことができない。山本長官は〝海軍の意地を見せるための出撃だ！〟ともおっしゃった。この戦闘を指揮したのは紛れもなく私であり、戦艦二隻喪失の重大性を、内外に痛感してもらわねばならない。……命懸けで戦っているのは、決して陸軍だけではないということをな。……海軍の意地を内外に示すなら私一人で充分。君を道連れなどにすれば、かえって長官からお叱りを受ける」

「いいえ、道連れではありません。私は自ら進んで司令官にお供したいのです！」

この西田の言葉に、西村は思わずグッときた。だが、西村の意志は岩のように固かった。

「ばかもん！　もうそれ以上言うな。くどい、出ていきたまえ！」

西村の頬にはぼろぼろと涙が溢れ、怒鳴り声もいつになくうわずっていた。

西田も同じである。彼も号泣し、涙がまったく止まらなかった。

「……司令官の下で思う存分戦えたことは、まさに生涯の誇りです」

彼は肩を震わせて最後にそう言うと、寂しそうにその場から立ち去ったのである。

そのあとしばらく艦橋から、西村の十八番である「広瀬中佐」の節声が響いていた。

11

戦艦を喪失したのは日本軍だけではなかった。

西村は、十戦隊の木村司令官に命じて、戦艦「サウス・ダコタ」を追い掛けさせていたのである。

軽巡や駆逐艦にとって、二二ノットしか出せない戦艦を追い掛けることなど造作もない。

米新鋭戦艦「サウス・ダコタ」は、ラッセル諸島東方海上で、日本軍の軽巡一隻、及び駆逐艦四隻に苦も無く捕捉された。

主砲の撃てない「サウス・ダコタ」は、副砲で必死に応戦してきたが、その程度の反撃で木村が怯むはずもなかった。

彼は、旗艦「長良」に探照灯の照射を許可し、距離・約二〇〇〇メートルに肉迫してから魚雷の発射を命じた。

発射された魚雷は全部で三八本。そのうちの五本が、見事に戦艦「サウス・ダコタ」の横っ腹を捕らえた。いや、正確には六本命中したが、一本は不発だった。

命中したのはすべて六一センチ酸素魚雷。しかも攻撃は同艦の右舷側に集中されていた。

「……ドッカァーン！　ドッカァーン！」

繰り返す炸裂により、舷側に大量の浸水を招いた戦艦「サウス・ダコタ」は、急激に右へ傾斜し、まもなく航行を停止した。

同艦は、すでに上甲板が波に浸かるほど傾いていた。が、それでもなかなか沈まない。

だが、「サウス・ダコタ」にツキはなかった。木村の座乗する軽巡「長良」には、さらに四本の魚雷が残されていた。

木村は入念に魚雷の沈度を調整してから、さらに接近して、残る四本の魚雷を敵戦艦へ送り込んだ。無論、右舷舷側へ向けてである。

今度は二本が命中した。米新鋭戦艦「サウス・ダコタ」は、その瞬間に大爆発を起こし、ついに波間へ消えていったのである。

連夜にわたって続けられた、長い戦いはようやく終わりを告げようとしていた。

第三次ソロモン海戦の結果、日本軍は、戦艦「比叡」「霧島」、及び駆逐艦「夕立」「暁」「五月雨」を喪失し、軽巡「長良」が中破。さらに駆逐艦二隻も中破していた。

対して米軍は、戦艦「サウス・ダコタ」、重巡「サンフランシスコ」、軽巡「アトランタ」「ジュノー」及び駆逐艦七隻を喪失し、戦艦「ワシントン」が中破。さらに重巡一隻、軽巡一隻、駆逐艦四隻が大中破していた。

戦闘結果そのものは、日本軍の勝利と言っても差し支えなかった。しかし米軍は、日本軍のもくろみである〝戦艦による飛行場砲撃〟を完全に阻止し、その戦略目的を果たした。

翌日夜、日本軍は、第二艦隊や第八艦隊所属の重巡でガダルカナル飛行場を砲撃し、そのうえで陸軍第三十八師団を同島へ上陸させた。

だが、重巡による砲撃では充分に飛行場を破壊できず、日本軍はまたもや、虎の子の輸送船を四隻も沈められてしまう。

物資などを含めた揚陸作業は、深夜中に終えることが不可能であり、翌朝、至近距離の敵飛行場から来襲する、米軍機の反復攻撃を阻止する手立てはなかった。

兵員はなんとか自力でも上陸できるが、兵器や食料など物資の大部分は、輸送船とともに海の藻屑《もくず》と消え去ったのである。

12

度重なる輸送の失敗。虎の子の輸送船の喪失。さらに開戦以来はじめて戦艦を喪失、しかもいっぺんに二隻も失ったことは、日本の首脳部に強烈な衝撃を与えた。

航空戦が主流となった日米戦においても、いまだ多くのものが戦艦に対する畏敬の念を棄て切れておらず、戦艦二隻喪失の新聞発表に、国民のあいだから〝戦艦献納運動〟が起こるほどだった。

大本営はついに方針を一転し、ガダルカナル島上の陸軍総司令官である百武晴吉《ひやくたけはるよし》中将に対して、持久戦に徹するよう命じた。

そして、最後までガダルカナルの奪還を主張した大本営陸軍部、すなわち陸軍参謀本部・第一部長の田中新一中将は、船舶徴用の件で政府や陸軍省と激しく対立し、ついに首相、兼陸相の東条英機から罷免《ひめん》されたのである。

戦艦による敵飛行場の砲撃、という戦略目標は達成できなかったが、大本営が攻撃一点張りの方針を一八〇度転換したのだから、山本の思惑どおりにことが進み始めていた。

しかし、航空支援隊として出撃していた山口司令官は、大いに不満を募らせていた。

彼は、トラックへ帰還すると、すぐに「大和」の長官公室へ出向いた。

「長官！ 戦艦二隻、いや、西村さんを救えたかどうかまでは分かりませんが、『飛龍』をガ島へ近づけるな、というGF司令部の勧告には、正直申し上げて落胆させられました」

山口がめずらしく、山本に食って掛かった。

実はこの勧告は、黒島参謀の進言によるものだったが、山本は黙して語らない。無論、この勧告を最終的に容認したのは山本だから、彼の責任は免れようがなかった。

山本が口を結んだままなので、山口がさらに問い直した。山口には、西村さんを司令官に推薦したのは自分だ、という自責の念があった。

「……まさか長官は、最初から『比叡』『霧島』を見捨てるつもりだったのではないでしょうな！」

ようやく山本が、目を開けて応えた。

「君が言うように、そう受け取られても仕方あるまい。……しかしながら、これだけは言わせてもらおう。西村君が戻らなかったのは、決して私の本意ではない」

山本が部下の命を尊ぶことは、山口もよく分かっている。彼は山本の言葉を聞いて少し安心した。

山本が続けて言った。

「この戦いは、海軍の意地を見せるための戦いだった。西村君は、私の思いを痛切に感じてくれていたに違いない。……だが、命まで落とす必要はなかった。今は彼の奮闘に敬意を表し、私は、その信念に報いるよう最大限努力するつもりである」

山口もようやく納得した。

山本の言う〝海軍の意地を見せる〟とは、戦艦の喪失も辞さない、ということだったのだ。

なるほど国民は、戦艦二隻の喪失に大いに落胆した。その落胆ぶりは空母「加賀」

喪失時の比ではなかった。陸軍もこれ以上、海軍に協力しろとは言い辛くなった。

山本は、単に燃料消費の問題だけで、「大和」「武蔵」を出し惜しみしたのではない。

そこには〝ガ島に固執しても無意味だ〟という彼の深い読みがあった。戦艦「比叡」「霧島」の二隻を喪失して、ようやく大本営もそのことを認識し始めたのである。

「これで中央も、ガ島からの撤退を検討し始めるでしょう」

山口のこの言葉に深くうなずいて、最後に山本が言った。

「そうでなければ我が国は必ず負ける。……皆が言うほど永野さんも、そこまで〝ぐったり〟はしておられまい。いざ撤退と決まれば、連合艦隊は全力を挙げて陸軍を支援する！」

山口も、山本の言葉に納得し、大きくうなずいたのである。

山本の思惑どおり、後日、大本営はガダルカナル島からの撤退を正式に決定した。

だが、山本の意思がすべて尊重されたわけではなかった。海軍大臣の嶋田繁太郎《しげたろう》大将が、戦艦喪失の責任を問うて、西田、岩淵の両艦長を予備役に編入すると言い出したのである。

もしこの人事が決定すれば、西村司令官の遺志に完全に背《そむ》くことになる。彼の思いを重く受け止めていた山本は、ただちに宇垣参謀長を大臣のもとへ派遣した。

「二戦艦喪失の責任は西村司令官が取られました。それでも陸軍に対する面子《めんつ》が立たないとおっしゃるなら、山本長官は、自分が責任を取るほかない、とそうおっしゃっておられます」

この宇垣の言葉には、嶋田も完全に参った。

この期に及んで山本に辞められては、彼に代わる適任者がすぐには思い当たらない。だからこそ連合艦隊司令長官は、二年以上も山本提督のままで引っ張り続けている。

ついに嶋田も観念して、艦長両名の更迭《こうてつ》をあきらめた。そして西村祥治少将は、即日中将に昇進したのである。

第二章　機動空母を建造せよ！

1

　ガダルカナル島からの撤退により、米豪遮断作戦の出端をくじかれた海軍は、戦線拡大を止めて防衛戦に徹するほかなかった。

　南太平洋方面ではラバウルを拠点として、米軍の反攻を食い止める必要がある。大本営も、無論その必要性を感じており、昭和十七年十二月中旬、陸軍は第八方面軍を新設して、今村均《ひとし》中将をラバウルへ派遣、軍司令官に任命した。

　今村は、陸軍大学校（十九期）を首席で卒業。卒業席次の三番が本間《ほんま》雅晴《まさはる》で、十一番が東条英機だった。頭が良いばかりでなく極めて温厚で、優れた洞察力を持ち人望もあった。

　緒戦の蘭印攻略作戦中にバタビア沖海戦が生起したとき、ジャワ島占領の任務を帯びた第十六軍・今村司令官の上陸船団が、海軍・第七戦隊（栗田健男少将）の一艦から誤って雷撃を受けた。今村の乗船していた輸送船・龍城丸《りゅうじょうまる》も損害を被《こうむ》り、彼は重油の漂う海面を三時間近くも漂流することになるが、今村が海軍側の謝罪を快《こころよ》く受け容れたため、結局この事実は問題にされなかった。

今村は、この事実が示すとおり、海軍にも寛大な態度で接し、まともに話し合いのできる、数少ない陸軍将官の一人であった。

今村がラバウルに着任すると聞いて、一番喜んだのが山本である。

「そうか！　それは願ってもないことだ」

実は、山本と今村は旧知の仲だった。

山本が中佐のとき、彼はオークション・ブリッジというトランプ遊びの仲間を通じて、当時少佐だった今村と知り合った。

その仲間数人が日曜日ごとに集まり、各々の自宅へ順にほかを招いてトランプ遊びに興じる。今村は渋谷にある山本の借家へ、十回以上も訪ねたことがあった。

そういう間柄だったので、山本が海軍次官で今村が陸軍兵務局長をやっていたころも、公務で今村がよく次官室を訪問し、何の遠慮もせず互いに考えを打ち明けあい、一度も交渉がまとまらなかったことはなかった。

海軍の二式飛行艇に乗り、ラバウルへ向かう途中にトラックへ立ち寄った今村は、山本から夕食会に招かれ、そのあと二人きりで話した。

「大本営からの電報で、君が来ると分かったときには正直言って安堵したよ。遠慮や気兼ねなしに話し合えるからな……」

山本が続けて言った。

「今になって隠し立てはしておれない。海軍で、零戦一機が敵五機を相手にできる、と言っていたのは開戦当初のことで、優秀な搭乗員が徐々に減るいっぽう、その補充がなかなかつかず、現在でも一対二と言ってはいるが、敵の補充率がこちらの三倍を上回っているので、機数の隔たりが日増しにひどくなり、いつも数倍の敵を相手にしなければならない。率直に言って難戦の域に入っている」

「米軍の航空隊も、今では相当に熟練しているのですか？」

「うん。だんだん練度が進んでいる。だが、今やっているのは日本の練磨主義と彼の機械主義との角逐なのだ。練磨による優越も、損害を補充するたびに新しい者の技量が下がり、あまり訓練せずとも扱える彼の機械科学の向上が、彼我《ひが》の腕前の差を小さくしている。したがって航空戦力の増強は必須の要件だ。が、海軍だけで補充する戦力では、陸海合同の敵航空戦力に対処し得ない」

山本が一息ついて、さらに続けた。

「当方面はおもに海軍の担当にされてはいるが、中央協定にはこだわらず、飛行一師団ぐらいではなしに、もっと有力な陸軍航空兵力をラバウルへ投入するよう、参謀本部に意見具申してもらいたいと希望する」

今村が即座にうなずいて言った。

「ラバウル防衛を陸海協同でやることにした以上、それ以前の協定にはこだわるべきものではないでしょう。海軍ばかりに頼っていたのでは、私も任務を果たし得ません。ラバウル方面の空戦状況を確かめたうえ、中央に意見具申します」

山本は今村の対応に大いに満足した。やはり頼りにできる高潔漢だと思った。

逆に今村も、相当に戦局が難しくなっているようなのに、悠揚《ゆうよう》迫らぬ態度で接する山本に感心させられたのである。

2

ラバウルに着任した今村は、早々に山本の言葉に偽《いつわ》りがなかったことを実感した。

海軍航空隊は確かに強かった。一対一なら絶対に負けず、一対二でも激戦の末、引き分け以上に持ち込んだ。しかし、やはり航空戦力の絶対数が足らなかった。

今村はさっそく、杉山元《はじめ》参謀総長に宛て、次の電報を発信した。

『小官の現状観察によれば、当方面の制空権は敵に移りかけており、現状のまま推移しては、戦線の維持はいっそう困難となり、従来の中央協定に関わらず、陸軍からも有力な航空軍を派遣し、海軍に協力することは焦眉《しゅうび》の急と信じられる』

参謀本部もようやく重い腰を上げる。戦闘機及び爆撃機各六戦隊の航空軍が、今村の指揮下に加えられることになった。

ところが、おかしな話だが、今村のこの電報はなぜか、中央にはまったく届いておらず、大本営は独自の方針で、これらの航空兵力を増派したというのである。

ともかく新たな航空戦力を得たのだから、今村にとってそんな経緯はどうでもよかった。それよりもガダルカナル島を放棄した以上、米軍が次にラバウルを狙ってくるのは明白だった。

ラバウルの基地能力を強化する必要がある。

今村は、同じくラバウルに司令部を置く海軍・南東方面艦隊司令長官の草鹿任一《じんいち》中将とも協議し、自給自足の態勢を整えることにした。

ガダルカナルの悲劇を繰り返さぬよう、万一補給が途絶した場合においても、食料だけは確保しようと田畑を耕し始めたのである。

また、敵の艦砲射撃や空爆にも耐え得るよう、塹壕《ざんごう》や地下道を掘り進めて、基地全体に地下陣地を構築し、来るべき米軍の上陸に備えることにした。

大まかな防衛方針が決まったあとで、草鹿がおもむろにつぶやいた。

「やはり当面の問題は、いかにして敵機の攻撃を凌《しの》ぐかですな」

今村が応じて言った。

「その点ですが、陸軍機はまったく洋上飛行に慣れておらず、敵基地に対して渡洋爆撃を行うとなりますと、どうしても海軍機の協力を仰がねばなりません。ところが大本営は、ポートモレスビーの攻略を続行せよ、と言ってきている」

「うーむ。ラバウルの防空は陸軍機に任せるとしても、モレスビー攻略を支援するとなると、我が海軍機はさらに消耗を余儀なくされる」

「そこで考えたのですが、私は、しばらく大本営の方針を受け流し、ポートモレスビーへの進軍を引き伸ばそうと思います。無論、大局的には命令に従いますが、まずは海軍機と一致協力し、ラバウル上空の防空戦に徹したいと存じます」

さらに今村が続けた。

「山本閣下からお聞きしたところ、ガ島戦では、海軍機は長駆進攻を強《し》いられて、敵基地上空での空戦となり、被弾すればなかなかラバウルまで帰還できないとのことでした。日本機の損失が増えるのは自明の理です。ですが、今度は徹底してラバウル近辺で敵機を迎撃します。そうすれば味方機は、多少の被害を受けても帰ってこられるでしょう。逆に帰還できない敵機は増えて、米軍は航空戦力を消耗するはずです」

「……なるほど。敵に進攻作戦を強いて、航空戦力を消耗させるわけですな。そしてその後に、モレスビーの攻略を開始すると……」

「そうです。数を減らしたとはいえ、ラバウルにはいまだ、零戦と隼を合わせて一〇〇機以上はございます。しかも、セントジョージ岬に設置されているレーダーは実によく機能しているので、味方戦闘機の全力で迎撃すれば、敵航空戦力にかなりの消耗を強いることができるでしょう」

セントジョージ岬は、ニューアイルランド島の南端にあり、ラバウルの南東・約四〇海里に位置していた。ここに設置された海軍のレーダーは、ラバウルへ来襲する敵機を、約一時間前から捕捉できたのである。

今村の提案に、草鹿はすぐにうなずいた。

「そうしてもらえれば、海軍航空隊は大いに助かります。ですが、モレスビーへの進攻を遅らせると、大本営は必ず文句を付けてくるに違いない」

「ええ、そのときには従わざるを得ません。ですが私は、基本的に〝暖簾《のれん》に腕押し〟でかわすつもりです。その間に、中部ニューギニアの飛行場を整備して、来るべき反抗に備えます」

「なるほど。お考えはよく分かりました。私も、ラバウルの南西方面にもう一基レーダーを設置するよう、海軍中央に掛け合ってみましょう」

草鹿は最後にそう言うと、今村と固く握手を交わし、翌日には連合艦隊司令部を訪れたのである。

草鹿からラバウル防衛の方針について聞かされた山本は、大いに満足した様子だった。

「さすが今村君だ。現在、太平洋艦隊には正式空母は一隻も存在しない。ラバウル航空隊が防備に徹するとなれば、敵基地航空隊も苦戦は免れまい。レーダー増設の件に関しては、私のほうからも上申しておく。また、大本営に対しても、ポートモレスビーの攻略は機を見て行うのが上策だ、と意見具申しておこう」

「はい。是非、よろしくお願いします」

草鹿がそう答えると、山本が続けて言った。

「この方面の米軍には有力な艦隊は残されていないはずだ。GF司令部は一旦、内地へ引き揚げる。ただし、三航戦や戦艦の大半、それに第二艦隊は引き続きトラックに泊め置くので、いざというときには一致協力のうえ対処してもらいたい。近藤君にもその旨伝えておく」

「はい。承知しました」

昭和十八年三月二十日、山本長官以下、連合艦隊司令部は、一時内地へ引き揚げたのである。

3

山本の真の狙いは、戦線の縮小により防衛戦に徹し、空母建造の時を稼ぐことにあった。

時を稼いで建造する空母は、もちろん〝前部完全リフト式〟の機動空母と決まっている。

前部完全リフト式とは、二段空母の飛行甲板の前から約四分の一を、まるごとそのままリフトで上げ下げできるように改造する方式で、事前に上下飛行甲板へ艦載機を並べておきさえすれば、攻撃隊を二波に分ける必要がなく、搭載する全機をほとんど一斉に発艦させられるという長所があった。

つまり、戦いのここぞという場面では、攻撃力を集中できるのである。

山本にすれば、西村の魂が稼いでくれたこの時間を、決して無駄に使うことは赦《ゆる》されなかった。その任務を全うするために、自分は連合艦隊司令長官として生かされている。

彼はさっそく動いた。内地に帰還してすぐに艦政本部へ出向き、本部長の岩村清《せい》一《いち》中将に空母建造の進捗具合を確認した。

「長官。機動空母の有用性は実証されております。すでに新造の一一〇号艦も一三〇号艦も、機動空母としての設計を終えており、着実に建造が進んでおります」

だが、それでも山本は不服だった。

「現在保有する空母がすべて健在なら、今すぐにでもハワイをやりたいところだ。しかし、米国の生産力は半端じゃない。我が第一線級の空母が戦線に復帰するころには、彼はそれに匹敵する数の空母を揃えてくるだろう」

「長官のおっしゃることは分かりますが、では、どうしろと……？」

「本気でハワイをやるには、現状でも空母の絶対数が不足しておる。だが、こちらには機動空母という切り札がある。これでもう一戦交えて敵の新造空母を根こそぎ葬り去り、そのうえでハワイ攻略に乗り出す」

「……ま、まるで夢のような話ですな……」

岩村が思わず、そうつぶやいた。

だが、山本は腹も立てない。米国の恐ろしさを彼自身がもっとも熟知しているからである。夢といえば、確かにそれは夢物語だった。

「君、これは戦争だ。夢やまぐれでもよい。たとえそれでも勝たねばならんのだ！」

これほど感情を表に出す山本を見たのは、岩村も久しぶりだった。しかし、山本の言うことに矛盾はなかった。

確かに戦争である限り、まぐれでも勝たなければならないのである。岩村が応じた。

「できる限りのことはさせていただきます。まずはお話をお聞きしましょう」

「うむ。よく言ってくれた。……一一〇号艦と一三〇号艦が竣工するのはいつごろかね？」

「一三〇号艦は来年の三月ごろです。一一〇号艦はそれよりさらに半年近く遅れそうです」

「その他の空母はどうかね？」

「はい。通常の全通一段式では、改飛龍型（雲龍型）の三隻も一一〇号艦と同時期、いや、それ以前には竣工する見込みです」

これで保有する空母は、「赤城」「飛龍」「蒼龍」「翔鶴」「瑞鶴」「飛鷹」「隼鷹」「一一〇号艦（信濃）」「一三〇号艦（大鳳）」、それに改飛龍型の三隻を加えて全部で一二隻になる。

山本が指を折り、数えながら言った。

「うむ。第一線に投入できる空母は、全部で一二隻だな」

「……はい。そうなります」

岩村も数え直して、そう答えた。

「うむ。それだけの空母が揃えば、ハワイの攻略もあながち夢ではなくなる。だがその前に、これらの空母をほとんど傷付けずに、敵機動部隊を全滅させねばならん」

「そ、そのようなことが可能でしょうか！」

「ああ、決して不可能ではない。日本海海戦を思い起こして見たまえ。すべての歯車が上手く噛み合えば、あのような奇跡的大勝利も有り得る」

岩村は、山本が本気で言っているとは思えなかったが、どう見ても目の前にいる連合艦隊司令長官の顔は真剣そのものだった。

思わず岩村がつぶやいた。

「なにか……秘策がおありなのですね？」

「いや、秘策など何もない。ただ、やるべきことを着実にやるだけのことだ。私の役目は噛み合わせた歯車を潤滑に回すだけのこと。だが、その歯車が上手くできていなければ、噛み合わせることさえままならない」

山本が続けて言った。

「君はできる限りのことはすると言ってくれた。君には、その歯車を上手く造ってもらいたい」

艦政本部長の岩村にできることといえば、軍艦を造ること以外になかった。

「機動空母を含めて、空母の建造や修理などは必ず実行させていただきます」

「うむ。頼もしい限りだ！　だが、本当に歯車を噛み合わせるためには、もう一つだけ君に注文したいことがある」

「ご希望に沿えるよう努力はします。どうぞ！　なんなりとおっしゃってみてください」

岩村は、半ば開き直ってそう返した。

山本が、間髪を入れずに要求した。

「二航戦の『蒼龍』も前部完全リフト式に改造してもらいたい！」

岩村は完全に意表を突かれた。口車に乗せられたようなかっこうだが、彼にも意地がある。

「改造する意味があるならやりますが、その意味をお聞きしなければ、いくら長官の要求とはいえ安請け合いはしかねます」

山本がゆっくりと説明を始めた。

「まどろっこしい説明は、あとで書面にして提出するが、要するに私は、今後、空母三隻でもって一つの航空戦隊を編制するつもりだ。先ほども確認したが、来年の秋ごろには一二隻の空母が戦力となり、三隻×四隊で、四つの航空戦隊を編制できることになる。ところが、その核となるべき機動空母は『赤城』『一一〇号艦』『一三〇号艦』の三隻しかない。四つの機動空母戦隊を編制するには、機動空母が一隻足らんのだ」

「はあ、なるほど……」

「だが、今から機動空母を新造しても決戦には間に合わん。そこで大破した『蒼龍』を改造してはどうかという提案だ！」

「そういうことですか、よく分かりました。……ですが率直に申し上げて、『蒼龍』では艦型が小さく、機動空母へ改造するのは困難かと思われます」

　岩村の言うとおりだった。が、山本もこれぐらいの反論は予想していた。

「うむ。確かにそうだ。だが、『蒼龍』の改造に関しては多くを望まん。ごく簡単な飛行甲板を上部に追加して、その前部を可動式にするだけでよい。防御力は軽空母並みで結構だ。さらにレーダーなどの装備が無理なら、それもあきらめる。ただ、搭載機数だけは増やし、できれば今以上に積めるよう工夫してもらいたい」

　岩村が即座に反論した。

「しかし、長官。飛行甲板をもう一段乗せるとなりますと、どうしても重心が上がり艦の安定性が損なわれます。それを解消する手立てはないこともないのですが、一つ問題がございます。速度は低下してもよろしいのですか？」

　山本が少し考えてから答えた。

「うむ、止むを得まい。だが、三〇ノットを下回るようでは、さすがに困る」

「いえ、『蒼龍』はもともと、最大三五ノット近くで走れます。ですから重心を下げるための改善を施しても、三〇ノットを下回るようなことはないでしょう。また、最低限の速度低下で収まるように努力はさせます」

「うむ、それならかまわん。信用しておる。君たち専門家に任せるよ」

　山本はそう言って、岩村の執務室をあとにしたのである。

4

　翌日、さっそく岩村は、艦政本部第四部に『蒼龍』改造の指示を与えた。

　また、その一週間後には、海軍省を通じて軍令部から『蒼龍』改造の指示があり、同艦の機動空母への改造が正式に決定された。

　艦本第四部で検討した結果、空母「蒼龍」は、両舷にバルジを装着して艦の安定性を確保するとともに、装着するバルジの喫水線下にコンクリートを充塡《じゅうてん》し、バラストの役目を負わせて重心を下げることにした。

　この対策によって艦は安定し、重心も間違いなく下がる。だが、艦全体の重量は重くなるので速度の低下は免れない。

　最終的に機動空母「蒼龍」の最大速度は、三一ノット以上を確保する、ということで計画がまとめられた。また搭載機数は、従来の飛行甲板が格納庫として兼用できるようになり、常用七五機と大幅な増加が期待されたのである。

空母「蒼龍」の改造は、その母港である呉海軍工廠《こうしょう》において、機動空母「赤城」をエンクローズド・バウ方式（艦首外板を下部飛行甲板まで延長し一体化する方式）に改める工事と併行して、行われることになった。だが同工廠では、改飛龍型空母（のちの葛城《かつらぎ》）の建造も同時に進められていたので、まさに人手が足りずてんてこまいだった。

そこで海軍省は、呉工廠の状況にかんがみて、軍令部とも協議した結果、大和型四番艦と改鈴谷型重巡（伊吹）の建造を完全に中止し、さらに伊勢型戦艦を航空戦艦に改造する計画なども一切破棄して、同工廠の負担を軽減したのである。

いっぽう、神戸川崎造船所で建造中の一三〇号艦は、進水式を間近に控えており、艦名もすでに「大鳳」と決定済みだった。

計画当初からエンクローズド・バウ方式で建造されていた同艦は、飛行甲板の重防御を止めて、その分の浮いた重量で〝前部完全リフト式〟に改造することが可能であり、ほぼ予定どおりの昭和十九年三月には竣工する見通しが付いていた。

また、横須賀工廠で建造中の一一〇号艦にも、すでに「信濃」という艦名が用意されていた。

こちらは、そもそも大和型として建造されていた艦なので、船体の予備浮力は充分にあり、一三〇号艦と同じく飛行甲板の重防御を止めれば、何の問題もなく機動空母に改造できた。

だが、同艦にもっとも期待されたのは、飛行機の搭載能力だった。上部飛行甲板を増設すれば、下部飛行甲板は格納庫兼用として使えるし、その横幅は四〇メートルもある。洋上の不沈空母という発想も完全に捨てられたので、艦内設備やその配置なども見直されて、搭載機の格納スペースを大幅に増やすことができた。

計画では通常の空母のおよそ二倍。一三〇機近くの搭載が期待されたのである。

ところが、同艦の優れている点はそれだけではなかった。可動式甲板でさえ幅が三〇メートル以上もあるので、将来、戦術上必要となれば、双発の陸上攻撃機や爆撃機でも、翼を折りたたまずにそのまま上部格納庫（下部飛行甲板）へ収容できる、という利点があった。

そして、これら四隻の機動空母を補助する存在として、一一〇号艦が竣工する昭和十九年九月ごろの完成を目指し、全通一段式の改飛龍型空母である一番艦（のちの雲龍）が横須賀工廠で、二番艦（のちの天城《あまぎ》）が長崎三菱造船所で、さらに前述のとおり三番艦（のちの葛城）が呉工廠で、それぞれ建造されていたのである。

第三章　帝国絶対国防圏の崩壊

1

南太平洋海戦での大勝利により、南雲忠一中将はミッドウェイ海戦の雪辱を果たしたため、佐世保鎮守府長官に転任していった。

昭和十八年一月十五日、南雲中将に代わり、第三艦隊司令長官に小沢治三郎《じさぶろう》中将が着任したが、南太平洋海戦で多数の艦載機を消耗し、また、空母「翔鶴」と「瑞鶴」も損傷していたため、小沢中将は当面のあいだ、航空隊の再建に専念しなければならなかった。

四月はじめ、ようやく「翔鶴」と「瑞鶴」の修理が完了し、搭乗員や艦載機の補充も整って、両空母はトラック環礁へと進出した。

また、昭和十七年十一月二十八日には、潜水母艦から改造された軽空母「龍鳳」

の工事も完了しており、同艦は、新たに第三航空戦隊・角田中将の指揮下に編入されて、「翔鶴」「瑞鶴」とともにトラック環礁へ進出した。

第三艦隊（四月十日現在）　小沢治三郎中将
　第一航空戦隊　小沢中将直率
　　空母「翔鶴」　　搭載機数　計七四機
　（零戦三〇　艦爆二一　艦攻二一　艦偵二）
　　空母「瑞鶴」　　搭載機数　計七四機
　（零戦三〇　艦爆二一　艦攻二一　艦偵二）
　第三航空戦隊　角田覚治中将
　　空母「飛鷹」　　搭載機数　計五三機
　（零戦二一　艦爆一五　艦攻一五　艦偵二）
　　空母「隼鷹」　　搭載機数　計五三機
　（零戦二一　艦爆一五　艦攻一五　艦偵二）
　　空母「龍鳳」　　搭載機数　計二九機
　（零戦一五　艦爆六　艦攻六　艦偵二）

第三艦隊　搭載機数　合計二八三機
（零戦一一七　艦爆七八　艦攻七八　艦偵一〇）

防衛戦に徹して以来、ラバウル航空隊は米軍機の攻撃をよく凌《しの》いでいた。作戦は功を奏し、敵航空兵力にもかなりの損害を与えている。

だが、敵機はガダルカナルとポートモレスビーの両方面から来襲するので、ラバウル航空隊の搭乗員も日増しに疲労の色を濃くしてゆく。

ガダルカナル島から日本軍を完全に駆逐した米軍は、同島の滑走路を早急に増設し、四月ごろにはその数を四本に増やしていた。

主として黒島首席参謀の発案により、連合艦隊司令部は、ラバウル航空隊の負担を軽減するため、母艦航空兵力をラバウル基地へ上げ、敵飛行場を攻撃する計画を立てた。だが、事前にこの計画を知った二航戦の山口司令官は、連合艦隊司令部に対し猛烈に抗議した。

「ガ島の敵航空兵力を叩く必要性は私も認めるが、母艦航空隊を陸上に上げて使用するとはどういう了見か！」

立案者の黒島が仕方なく応じた。

「貴重な我が空母を、危険な目にさらすわけにはまいりません。次期決戦に備えて、母艦はできるだけ温存する必要があるのです」

「ふん、危険な目にさらすというが、いったい何が危険かね。……君は、敵機動部隊が出てくるとでもいうのかね！」

　周知のとおり、米軍の第一線級空母は全滅している。米海軍はすでに「エセックス」や「インディペンデンス」などの空母を新たに竣工させてはいたものの、それらの新型空母はいまだ東海岸に在り、ハワイを経由して、さらにソロモン方面へ進出させるのはとても無理だった。

　黒島が苦し紛れに言った。

「万が一の事態に備えての安全策です」

　山口がすかさず反撃した。

「司令部がそんな消極的な考えでは勝てる戦にも勝てん！　敵空母は十中八九不在。しかも、ラバウル航空隊が迎撃戦に徹したおかげで、敵空軍もかなり消耗している。母艦航空隊は本来の機動力を活かしてこそ、最大の攻撃力を発揮するんだ！」

　それまで黙って聞いていた山本が、おもむろに口を開いた。

「黒島くん。山口君の言うとおりだ。どうせやるなら、怯《ひる》まず徹底的に攻撃すべきだ。機動部隊には薄明を期してガ島飛行場を奇襲させよう。無論、その攻撃にはラバウル航空隊も策応させる」

山本のまさに〝鶴の一声〟で、連合艦隊司令部は作戦計画を一から練り直したのである。

2

昭和十八年四月十五日夕刻、小沢長官に率いられた第三艦隊の空母五隻は、トラック環礁から静かに出撃した。

その兵力は、空母五隻、戦艦二隻、重巡四隻、軽巡一隻、駆逐艦一二隻の計二四隻である。厳重に無線封鎖が敷かれており、作戦は米側には一切悟られていなかった。

小沢機動部隊は極めて順調に進撃し、十七日の午前中までは一切何事も起こらなかった。が、午後二時三十分（現地時間）、ガダルカナル島北方・約五〇〇海里の地点に到達したとき、運悪く敵の偵察機に接触された。

旗艦「翔鶴」の艦橋内に思わず緊張が走る。

小沢を補佐する第三艦隊の参謀長は、引き続き大西瀧治郎少将が留任していた。彼は五月にも中将へ昇進すると目されていたが、それまでは機動部隊に残ることを本人も希望していた。

大西が、小沢に向かってつぶやいた。

「敵機に発見された以上は、明日の奇襲は無理ですな。……ですが、長官。ご安心ください。私に一つ考えがあります」

小沢も大西の策を聞いてすぐにうなずいた。すると大西がただちに命じた。

「第八戦隊の重巡『利根』『筑摩』に、駆逐艦二隻を随伴させて、主隊の針路上に向け全速で先行させたまえ！」

ガダルカナルとの距離は、まだ五〇〇海里もあったので、その日は無事に日没を迎えて、敵機に襲撃されることはなかった。

翌十八日午前五時四十五分、空が薄明となるころには、小沢機動部隊主隊はガダルカナルの北方・約二四〇海里の地点に到達しており、先行させた八戦隊の重巡二隻は、主隊のさらに九〇海里ほど前方へ進出していた。

第八戦隊司令官の大森仙太郎少将は、前日に大西参謀長から受けていた指示どおりに、薄明とともに四機の水上偵察機を発進させた。

　これら水偵四機の任務は、決して索敵飛行が目的ではなかった。あくまでも前進部隊の上空を厳重に見張るため舞い上がったのである。

いっぽう小沢主隊の空母五隻は、同じく薄明とともに、各母艦の艦上から二機ずつ、計一〇機の二式艦偵を発進させていた。

万に一つも、敵機動部隊が出現するとは考えられなかったが、念には念を入れて、小沢は索敵を命じたのである。

午前六時五十分、旗艦「翔鶴」のレーダーが南方約一二〇海里に正体不明の機影を探知した。

八戦隊の水上偵察機でないことだけは確かだったが、日本軍の対空見張り用レーダーでは、どれぐらいの数が来るのか、およその機数を推測することも困難だった。

実は米軍は、前日の偵察情報から日本軍機動部隊の進出位置を予想し、薄明とともにガダルカナルの飛行場から、ワイルドキャット戦闘機一六機、ドーントレス急降下爆撃機二四機、アベンジャー雷撃機二〇機、ハボック双発攻撃機一二機の計七二機を発進させていたのである。

まもなく五分と経たぬうちに、舞い上がっていた八戦隊水偵の一機が、小沢司令部へ、

『敵機編隊を発見！　我が本隊のほうを目指して六〇機以上来ます！』

と報告してきた。

またその直後に、別の八戦隊水偵からも同じ内容の報告があった。

米軍機から先制攻撃を受けるのは、必至の情勢である。

ところが、小沢も大西も落ち着いていた。

すでに各空母の艦上には、優先的に戦闘機が並べられており、大西は、小沢長官の許可を得ると、

「よし、敵は約六〇機だな！」

と再確認して、すぐ零戦隊に発進を命じた。

小沢機動部隊五隻の空母艦上から、次々と零戦が舞い上がる。「翔鶴」から一八機、「瑞鶴」からも一八機、そして、「飛鷹」「隼鷹」から九機ずつ、さらに「龍鳳」からも六機が発艦していった。

発進した零戦は全部で六〇機。

大西は、一対一の空戦なら絶対に負けるようなことはない、と零戦に対する揺るぎない自信を持っていた。

わずか一五分足らずで零戦の全機が発艦してゆくと、小沢はすぐに、ガダルカナ

ル飛行場に対する攻撃隊の出撃準備を命じた。

第一波は、零戦三〇機、艦爆四二機、艦攻三六機の計一〇八機。

第二波は、零戦二七機、艦爆三六機、艦攻四二機の計一〇五機。

艦爆や艦攻には、すでに陸上攻撃用の二五〇キロ爆弾や八〇〇キロ爆弾が装着されている。

迎撃戦闘機隊の最後の零戦が発艦した、その約一〇分後には、早くも第一波攻撃隊が各空母の艦上から発艦し始めた。

各母艦上での作業は極めて順調で、大西の立てた計画どおりにすべてが進行していた。

まもなく二〇分ほどで、第一波攻撃隊の全機も発艦し終えた。時刻は午前七時四十五分になろうとしている。

ちょうどそのとき、迎撃に向かった零戦隊が米軍攻撃隊を発見した。が、報告とは違い、敵機は七〇機近くいる。

それでも零戦は間髪を入れずに突撃した。味方機動部隊から四〇海里ほど離れた上空だ。米側ではワイルドキャットが先陣を切る。

だが、ワイルドキャットはわずか一六機で、どうあがいても苦戦は免れない。

「くそっ！　待ち伏せされたか！」

米軍戦闘機隊・隊長のニールセン大尉が、悔し紛れにそうつぶやいた。が、敵機は容赦なく襲い掛かって来る。

ニールセンはそれでも、必死に食い下がろうとしたが、数の上でも勝る零戦を振り切るのはまったく不可能だった。

列機は瞬く間に零戦に取り付かれて、空戦に巻き込まれてゆく。

ついに観念し、ニールセンが命じた。

「全機、護衛の任を解く！　応戦せよ！」

この命令で米軍攻撃隊の運命は決まった。

ほぼ同数の零戦が、次々とワイルドキャットを空戦に巻き込んでいく。その間に、残る四〇機以上の零戦が、爆弾や魚雷を抱えて鈍重なドーントレスやアベンジャー、ハボックなどを、容赦なく撃ち落としていった。

それでも距離が近ければ、なんとか攻撃できた可能性はあるが、四〇海里も離れた上空で零戦のお出迎えを受けたのでは、米軍攻撃隊に為すすべはなかった。

大西の狙いはそこにあった。第八戦隊の重巡「利根」「筑摩」の水上機運用能力は優れている。両艦搭載の水上偵察機は、本来なら索敵機として運用してしかるべきところだが、それに〝見張り番〟の役目を担わせた。

その結果、来襲する敵機の情報を早期につかむことができ、空母に一指も触れさせることなく、敵攻撃隊を完全に撃退したのである。

3

迎撃に向かった零戦隊が、敵機をすべて退けたころ、小沢機動部隊は第二波攻撃隊をも発進させようとしていた。

時刻は午前八時〇五分。すでに発進していた第一波攻撃隊は、辛うじて零戦の追撃を免れた、残存の米軍攻撃隊（ワイルドキャット七機、ドーントレス九機、アベンジャー六機、ハボック五機）を追い掛けるようなかっこうで、ガダルカナル島へ向け進撃していった。

機動部隊本隊が薄明とともに発進させていた一〇機の二式艦偵は、すでにそれぞれの哨戒線の先端へ到達していたが、敵空母、もしくはその他の艦艇を発見したという報告は一切入らなかった。

それでも小沢は念のために、重巡「利根」「筑摩」からそれぞれ二機ずつ、計四機の水上偵察機を発進させて、さらに二段索敵を実施した。

だが、本隊から出撃させた二式艦偵には、それぞれ三〇〇海里以上の距離を進出させている。この時点で、敵空母が出て来る可能性はほとんど考慮せずともよくなった。

「長官！　第一波攻撃隊の突撃命令です」

午前八時三十四分、通信参謀が艦橋へ駆け込み、小沢にそう報告した。

第一波攻撃隊の指揮官は、瑞鶴艦爆隊長の千早猛彦大尉だった。彼は南太平洋海戦のときにも敵ヘンダーソン飛行場を攻撃している。

第一波攻撃隊がルンガ岬の上空に到達すると、零戦に迎撃されて帰投した敵機が、滑走路からエプロン地帯へ移されようとしていた。

千早は、すぐにでも突撃命令を発したいところだったが、そのまえに、基地防衛に残されていた敵戦闘機から派手なお出迎えを受けた。

このとき米軍飛行場には、ワイルドキャット一二機、ウォーホーク八機、ライトニング一六機の、合わせて三六機の戦闘機が残されていた。

特に高空から襲い掛かってきた双胴の悪魔・ライトニングの一撃は強烈だった。

「ズダダダダッ！　ズダダダダッ！」

瞬く間に艦爆五機と艦攻四機が火を噴き、千早機も撃墜こそ免れたものの被弾していた。が、なんとか随伴の零戦三〇機が追いすがり、格闘戦に持ち込もうと突っ込んだ。

ところが、高度七〇〇〇メートル付近では、ライトニングの最大速度は時速六四〇キロ近くも出るので、そこから降下されると、さすがの零戦も追い付けない。

逆にライトニングのパイロットも、零戦の恐ろしさをわきまえていた。

〝格闘戦に持ち込まれたら勝ち目はないぞ！〟

双胴の悪魔は、まるでヨーヨーのように降下と上昇を繰り返し、一撃離脱の戦法に徹した。

対する零戦も、高度四〇〇〇メートル付近ではライトニングの速力に負けない。

零戦隊は、九機で攻撃隊の上空をカバーし、残る二一機でウォーホークやワイルドキャットを空中戦に引きずり込んだ。

敵と味方、戦闘機の動きを見極めながら、ついに絶妙の機会を捉えて千早隊長が命じた。

「……全機突撃せよ！」

敵飛行場の滑走路は四本に増えていた。

艦爆三一機と艦攻三二機は、エプロン地帯に逃れた敵機や、主要滑走路を中心に徹底的に爆撃を加えたが、千早はまったく落ち着いている。

彼は、自機を含む艦爆六機で、少し低空に舞い降り、懸命に敵のレーダー施設を捜索した。

〝飛行場全体が、前回よりこれだけ拡張されているということは、レーダーなども増設されている可能性が高い！〟

千早はとっさにそう判断した。

敵レーダーの一基はすぐに見つかった。それは南太平洋海戦時と変わらず同じ場所にあった。

千早は、麾下《きか》第二小隊の三機に命じ、ただちにこれを爆撃させた。

「ズガァーン！　……ズガァーン！」

二五〇キロ爆弾が炸裂し、まもなくもうもうたる砂塵《さじん》が収まると、レーダーはもろくも粉々に砕け散っていた。

その直後に千早は、ルンガ川に沿った内陸に位置するアウステン山の頂《いただき》に、チラッと輝く光の反射を認めた。

すでに東の水平線上には、太陽が完全に顔を出している。

山の周囲には密林が生い茂るため、その正体はすぐには判らなかったが、このような高台にある物体は、一つしか考えられなかった。

〝あれだ！　レーダーに違いない……〟

千早は、そう直感するや、高度を三〇〇〇メートルほどに確保し、その山を目指してさらに接近していった。

〝うむ、やはりそうだ！〟

米軍は、アウステン山の山頂付近に、対空見張り用レーダーをもう一基増設していたのである。

千早は躊躇《ちゅうちょ》なく攻撃を命じた。

彼の直率する第一小隊・艦爆三機が、間髪を入れずに急降下を開始する。

対空砲火による反撃はほとんどなかったが、これに気づいたライトニングの一機が、高度を利して猛然と突っ込んできた。

「ダダダダダ！　……ズバァーン！」

無情にも三番機がやられた！

敵ながら見事な奇襲である。だが、千早機と二番機は列機の犠牲を決して無駄にしない。

両機はライトニングの攻撃を敢然と交わし、投下した爆弾を寸分たがわず、敵のレーダー施設へ送り込んだ。

「ズガァーン！　ドカァーン！」

ガダルカナルのレーダー基地は、間違いなく二つとも破壊された。

まもなく攻撃を終えて、千早が空中集合を命じると、第一波攻撃隊は零戦六機と艦爆一〇機、艦攻六機を失っていた。

しかし米側も、ワイルドキャット三機、ウォーホーク五機、ライトニング二機を空戦で失い、さらに二本の滑走路と、地上にあった多くの爆撃機や雷撃機などを破壊されていたのである。

4

ガダルカナル上空を守る米軍戦闘機隊に、まったく休む暇はなかった。

小沢機動部隊の第二波攻撃隊が、第一波と入れ替わりに襲って来たのである。

米軍の直掩《ちよくえん》戦闘機は二六機に減少していた。

〝くそっ！　こしゃくなジャップめ！〟

それでも彼らは素早く態勢を立て直し、特にライトニングによる高度を活かした一撃で、零戦一機、艦爆二機、艦攻五機を撃墜した。が、有効な反撃もそこまでだった。

ほぼ同数の零戦に戦いを強《し》いられて、空戦はしだいに格闘戦にもつれ込み、米軍戦闘機隊は、日本軍攻撃隊による基地への襲撃を、ほとんど阻止することができなかった。

ライトニングを含めて米軍機の多くが、日本軍第一波との空戦で被弾を余儀なくされ、パイロットもかなり疲弊していた。

第二波の艦爆や艦攻は、無傷の滑走路を重点的に爆撃し、さらに管制塔や格納庫、兵舎などにも攻撃を加えていった。

もはや、ガダルカナル島の米軍航空基地は地獄絵図と化していた。地上にあった機体やガソリン車が誘爆を起こし、滑走路だけでなく格納庫や兵舎など至るところで火災が発生している。

もうもうたる黒煙が辺りを覆い、消火作業もままならない。下手に地上をうろついていると日本機から銃撃される恐れもあった。

二〇分以上に及ぶ、日本軍第二波の攻撃がようやく終了したとき、米軍は空戦によって、さらにワイルドキャット五機、ウォーホーク三機、ライトニング三機を喪失していた。

対して日本側は、空戦によって零戦三機を失い、敵対空砲火によって艦爆一機を撃ち落されたに過ぎなかった。

撃墜を免れた米軍戦闘機一五機は、辛うじて小破の被害に止《とど》まっていた補助滑走路へ着陸し、パイロットはようやく一息ついた。

その他の滑走路では、整備員が駆けずり回り懸命の消火活動に当たっている。その甲斐あって二〇分ほどすると、ようやく火災が沈静化し始めた。

だが、ウォーホーク隊は全滅。残されたワイルドキャット四機とライトニング一一機に対しては、ガソリンや銃弾の補充作業と併行し、応急修理が施されつつあった。

すでに時刻は、午前九時四十五分になろうとしている。主要滑走路の一本がようやく使える程度に復旧し、比較的機体の大きいライトニングは、補助滑走路からそちらへ移され始めた。

ところが、日本軍の攻撃は執拗だった。

薄明とともにラバウルを飛び立った零戦一八機と一式陸攻三六機が、四時間ほど掛けてガダルカナル上空へ飛来し、更なる猛爆撃を加えて、日本軍に抵抗し得る、最後の手段と思われていたワイルドキャットやライトニングを、ほとんど地上で撃破したのである。

いや正確には、二機のワイルドキャットがなんとか離陸に成功したが、上空から襲い掛かる零戦の敵ではなかった。

それからしばらくすると、偵察機として飛び立っていた二機のB17爆撃機が、ガダルカナル島上空へ戻ってきた。

「なっ、なんたることだ！」

友軍飛行場の惨澹《さんたん》たるありさまを目にし、彼ら搭乗員全員が、呆然《ぼうぜん》とするしかなかった。

滑走路がすべて使用不能なので、適当な平地を探して不時着するしかない。

だが、彼らもそんな経験は一度もなかった。

意を決し、どうにか草地に滑り降りたとき、さしもの頑丈なB17も大破し、ほとんどの搭乗員が負傷していた。

米側に残された機は、わずかにドーントレス二機とワイルドキャット一機のみ。

それも補修する必要があり、ガダルカナルの米軍将兵は、今や完全に戦意を喪失していた。

　いっぽう、小沢機動部隊も少なからず艦載機を消耗していたが、小沢と大西の攻撃精神はいっこうに衰えていなかった。

「参謀長。この状況をどうみるかね？」

「はい。八戦隊から出した水偵からも、いっこうに報告がありません。敵空母は存在しない、と断定してよいでしょう」

「うむ。同感だ！　真珠湾では消極的過ぎた。この際徹底的に、ガ島の米軍基地を叩いておきたいと思うが、どうかね？」

「ええ、賛成です。ですが、万が一の場合に備えて五〇機程度の零戦は、手元に残しておいたほうがよいでしょう」

「うむ。それでやってくれたまえ」

　小沢が許可を与えると、大西は、待ってましたとばかりに、第三波攻撃隊の出撃準備に取り掛かったのである。

　第三波攻撃隊は、零戦三六機、艦爆二四機、艦攻も二四機が準備できた。

　午前十一時三十分、発進の命令が下りると、第三波攻撃隊の全八四機が、五隻の空母艦上から次々と発艦していった。

そのときすでに小沢機動部隊は、ガダルカナルの北方・約一八〇海里の地点に進出していた。

午後一時十分過ぎ、ルンガ岬の上空に到達した第三波攻撃隊は、敵の主要軍需施設に止めを刺すとともに、基地能力を維持するための倉庫や兵器庫、発電所や宿舎などにも銃爆撃を加えて、後方中継基地として整備されつつあった、ガダルカナル島の兵站《へいたん》機能を根こそぎ奪い去った。

それだけではない。艦攻のうちの九機は雷装で出撃しており、第一波、二波から報告のあった、仮泊中の敵特務艦（タグボート、消防艇、水船、油船など）や貨物船にも攻撃を加えて、甚大な損害を与えたのである。

小沢機動部隊による一連の粘り強い攻撃は効果覿面《てきめん》だった。

その後、ラバウル航空隊の負担は大いに軽減されて、基地に補充されつつあった日本軍の航空兵力は時を逸せず、充分にその機能を果たした。

また、今村と草鹿は手本にすべきような陸海共同の作戦指導を行い、南東太平洋方面における米軍の反攻を、少なくとも二ヵ月程度は確実に遅らせたのである。

5

空母機動部隊の存在が日米戦の雌雄を決する。そのことが今再び南太平洋で証明された。

いかに陸上航空基地を強化しようとも、母艦航空隊の機動力にはまったく歯が立たない。

正規空母「翔鶴」「瑞鶴」を戦列に復帰させた小沢機動部隊は、敵機動部隊が不在のなかガダルカナルの米軍飛行場を強襲し、二六機の艦載機を失いながらも、反攻の要となる敵飛行場を二ヵ月近く機能不全に陥れた。

戦果報告を受けた山本長官は思わず、

「これでしばらくは……南東方面の憂《うれ》いを取り除くことができた」

と安堵の表情を浮かべたのである。

逆に米軍にとっては、空母機動部隊の再建が緊急の課題となっていた。

新型の正規空母「エセックス」と軽空母「インディペンデンス」は、すでに航空隊の訓練なども終了し、ようやく真珠湾へ回航されることが決まっていたが、この二隻だけではとても日本軍の空母兵力に対抗できない。

しかし、ガダルカナル島の日本軍はすでに撤退している。米側に焦る必要はなかった。

一九四三年二月には、エセックス型の二番艦「レキシントンⅡ」とインディペンデンス型の「プリンストン」が竣工していたし、さらに三月にはインディペンデンス型の「ベローウッド」が、そして四月にはエセックス型の「ヨークタウンⅡ」が、それぞれ竣工していた。

しかも、そのあともほとんど一ヵ月に一隻ずつのペースで、続々と新型空母が竣工する予定になっている。

現時点つまり四月までに竣工した新型空母は、七月ごろには真珠湾へ回航し、太平洋戦線へ投入できるであろう。その時期には、米軍の空母兵力は正規空母三隻、軽空母も三隻の計六隻となり、充分日本軍の空母兵力に対抗できる。

周知のとおり七月の時点でも、日本軍で作戦できる空母は「翔鶴」「瑞鶴」「飛龍」「飛鷹」「隼鷹」「龍鳳」の六隻しかなかったのである。

昭和十八年（一九四三年）八月末、太平洋艦隊に六隻の新型空母を加えた米軍は、さっそく行動を開始した。

空母「エセックス」と「レキシントンⅡ」の二隻で、米軍は急遽、南鳥島を奇襲してきた。これは搭乗員に実戦経験を積ませるためのもので、一過性の攻撃であり、日本側の受けた被害も大したことはなかったが、約九ヵ月の沈黙を破って、突如、米空母が現れたのだから、軍令部も連合艦隊司令部も困惑した。

この時期すでに、連合艦隊司令部の幕僚は一新されていた。進攻作戦のときはまだよかったが、黒島の立案する奇抜な作戦は、防衛戦を遂行するにおいては戦場の実態にそぐわない。

これまで山本は、散々彼を擁護してきた。

「黒島君のように、皆と違った発想のできる者こそが重要なのだ！」

山本からこう言われると、黒島としてはもちろん気分がいい。彼は長官の期待に応えようとして、ますます奇抜な作戦を立案するようになり、比較的伝統的なやり方を重視する宇垣参謀長と、完全に対立するようになった。

腹心の部下である参謀長と首席参謀の進言が見事に正反対なのである。

これにはさすがの山本も参った。

山本もミッドウェイ作戦までは、ほとんど黒島のアイデアを尊重していたが、最近は、どうも宇垣の進言のほうが妥当に思えてならなかった。

黒島の着想は確かにおもしろい。だが、最前線で戦う将兵の心理をないがしろにするようなものが多かった。勝ちまくっているときはそれでもよかったのだが、奇抜な作戦は一旦歯車が狂いだすと収拾が難しくなる。

両者が対立しているようでは話にならない。平たく言えば喧嘩両成敗である。

山本は二人とも替えることにした。

黒島は軍令部第二部長に、宇垣は戦艦戦隊の司令官に、転任することが決まった。

代わって連合艦隊参謀長に就任したのが、中将へ昇進した大西瀧治郎である。南鳥島空襲の知らせを受けて大西が言った。

「長官。これは米軍特有の牽制攻撃です。相手にする必要もないでしょう」

新任の連合艦隊首席参謀に抜擢された、富岡定俊《さだとし》大佐も同意見だった。

「私もそう思います。米軍の狙いは我が空母を分散させることにあると思われます」

山本は即座にうなずき、二人の意見に同意を示しながらも、

「だが、我々も、なんとしても機動空母の完成を急がねばならない」

とつぶやいたのである。

実は、この山本の危惧は当たらずとも遠からずであった。米軍は南鳥島の空襲に、新型のグラマンＦ６Ｆヘルキャット艦上戦闘機をはじめて実戦投入してきた。

二〇〇〇馬力級のエンジンを備えたヘルキャットは、低速での旋回能力以外、ほかのすべての性能で零戦を凌駕《りょうが》しており、開戦以来、圧倒的な強さを誇ってきた零戦の優位が、すでに揺らぎ始めていたのである。

山本長官以下、連合艦隊司令部の現状分析では、依然として主戦場はラバウル、ニューギニア方面であった。

大西が山本に進言した。

「敵機動部隊の戦力が充実すれば、ラバウルは必ず空襲されるでしょう。基地周辺の哨戒を厳重にする必要があります。また、敵艦船に対しては水平爆撃ではほとんど効果が期待できません。一式陸攻を有効に使うには、ラバウルに航空魚雷を備蓄しておくべきだと考えます」

適確な進言である。山本もすぐにうなずき、大西に対し、適切な措置を講ずるよう命じた。

いっぽう米軍は、陸海統合参謀本部で、今後採るべき方針を話し合っていたが、話し合いの決着はなかなか付かなかった。

海軍としては、空母戦力が整いしだい一気に中部太平洋を横断し、日本本土に迫るという戦略構想を持っていたが、陸軍は、特に南西方面軍最高司令官のダグラス・マッカーサー大将が、ニューギニアを北上してフィリピンを奪還する、という戦略に固執して一歩も譲らなかった。

ニューギニアを海岸伝いに北上するには、どうしても日本軍のラバウル基地が障害となる。ラバウルの日本軍航空兵力を無力化しなければ、その後の補給は頓挫する可能性が高い。

陸軍のジョージ・マーシャル参謀総長は、もちろんマッカーサー将軍の後押しをした。ところが、海軍のアーネスト・J・キング作戦部長が、なかなか折れようとしない。

「フィリピンを日本軍に占領されたままでは、我が国の沽券に関わる。私が大統領である限りは、フィリピンを見捨てるようなことは決してない」

最後には、フランクリン・D・ルーズベルト大統領が直接裁定を下し、海軍の空母部隊は一時的に陸軍の作戦に協力してラバウルを空襲する、と決定されたのである。

米第五艦隊（高速機動部隊）の空母戦力は、一九四三年十一月の時点で、五月に竣工したエセックス型の「バンカーヒル」とインディペンデンス型の「カウペンス」、それに、六月に竣工したインディペンデンス型の「モントレイ」を加えて、正規空母四隻、軽空母五隻の計九隻となっていた。

だが、航空隊の練度がいまだ充分ではない。

太平洋艦隊司令長官のチェスター・W・ニミッツ大将は、すべての空母をラバウル空襲に投入することには難色を示して、「エセックス」「ヨークタウンⅡ」「バンカーヒル」の正規空母三隻と「インディペンデンス」「プリンストン」の軽空母二隻をハルゼー中将の指揮下へ入れて、マッカーサー将軍に協力させることにしたのである。

6

ポートモレスビーを拠点とする米軍・第五航空部隊は、十一月中旬から、ラバウルに対する連続攻撃を開始した。また、四月の空襲から立ち直りつつあったガダルカナルのソロモン航空部隊も、第五航空部隊の攻撃に随時協力した。

第五航空部隊の主力は、もちろん米陸軍機であったが、同部隊には、豪州空軍の数個中隊も含まれており、寄せ集めの感は否めなかった。

しかしながら、連合軍はポートモレスビーとガダルカナルの両拠点を合わせて、約七〇〇機もの航空兵力を有しており、ラバウルには連日のように、二〇〇機を越す敵機が来襲した。

対して迎え撃つラバウル航空隊には、陸軍機・約一二〇機と海軍機・約二〇〇機しかなかった。敵の半数にも満たない兵力である。

「ついに来るべきものが来ましたな……」

草鹿が思わずそうつぶやいた。

「ここが正念場。引き続き迎撃戦に徹するほかございません」

今村がそう応じると、草鹿も無言でうなずいた。

迎撃に役立つ肝心の戦闘機は、零戦が約九〇機、隼が約五〇機、屠龍《とりゅう》が約二〇機、そして飛燕《ひえん》も約二〇機で、合わせて一八〇機ほどだった。

明らかな劣勢にも関わらず、ラバウルの戦闘機隊は粘り強く戦った。

新しく同基地の南西に設置されたレーダーがよく機能し、ポートモレスビーから来襲する敵機を約一時間前に探知する。

その対空見張り用レーダーは、海軍によって七月中旬に、ニューブリテン島中北部のウラワン山付近に設置されていた。

米軍航空隊にも泣き所はあった。ポートモレスビーやガダルカナルから出撃するとなると、航続距離の関係で、爆撃機を援護できる戦闘機は双発のライトニングしかなかった。

米軍爆撃隊の損害ははなはだしく、戦い初日から五日間ほどは、明らかにラバウル航空隊のほうが優勢だった。

だが、日本軍戦闘機隊の搭乗員は連日の出撃を強いられる。対して米軍は、搭乗員に充分な休息を与えて、機体にも入念な整備を施し、日々交代で出撃してくるので休養充分だ。

一週間も経つと戦いは拮抗し始め、日本軍の戦闘機も確実に数を減らしていった。

結局、戦いは二週間にも及び、十一月二十七日を最後に、ようやく米軍の空襲が止んだ。日本軍は戦闘機約六〇機と陸攻、艦爆、重爆など約五〇機を失い、さらにラバウル東飛行場が大破していた。

いっぽう、米軍もかなりの消耗を強いられて、戦闘機約五〇機と爆撃機約七〇機を喪失していた。

長期にわたる激戦の末、ラバウル航空隊の戦力は零戦六三機、隼三六機、屠龍一〇機、飛燕一五機、九九式艦爆二八機、一式陸攻三〇機、九七式重爆六機、その他偵察機など二〇機、と合計二〇八機に激減していた。

二十八日は、正午を過ぎてもレーダー基地からの通報はなかった。

それでも整備員たちは、飛行場の復旧や被弾機の修理のため、慌ただしく動きまわっていた。

「油断はなりませんが、なんとか峠は越えたようですな」

草鹿がそう言葉を投げ掛けると、今村がうなずきながらも、

「しかし、かなりの戦力を消耗しました。中央にはさらに航空援助を求めねばなりますまい」

と応じたのである。

午後二時を過ぎても、敵機来襲の報告は入らなかった。草鹿も今村も久しぶりにホッと一息ついて、航空隊にねぎらいの言葉を掛けていた。

ところが、二時三十分を過ぎたころである。

念のために偵察に出していた、一式陸攻のうちの一機が、突然、

『サンタイサベル島の北方に敵艦隊を発見！　ラバウルからの距離・約五八〇海里。敵は空母三隻を含む！』

と報告してきたのである。

まさに青天《せいてん》の霹靂《へきれき》だった。久しぶりの穏やかな空気が一瞬にしてぶち壊された。

草鹿が思わず叫んだ。

「明朝、空襲されるのは必至だ！」

今村には空母の恐ろしさがピンと来ない。彼は黙って唸《うな》るしかなかった。

米軍機動部隊は、実は二群に分かれてラバウルへ迫っていた。一式陸攻が報告してきたのは、ソロモン諸島の北岸に沿って迫りつつあった「ヨークタウンⅡ」「バンカーヒル」「インディペンデンス」の部隊だった。

もう一群は、「エセックス」「プリンストン」を基幹とする部隊で、こちらはソロモン諸島の南岸に沿って進撃しつつあり、いまだ日本軍には発見されていなかった。

敵機動部隊の発見は、当然トラックの連合艦隊司令部にも、ただちに通報された。

大西が、呆然とつぶやいた。

「ついに来たか……」

だが彼は、すぐに我に返り進言した。

「長官！　脚の遅い三航戦は間に合いません。一航戦だけになりますが、全速でラバウルへ急行させせましょう！」

山本もすぐにうなずいて、大西の進言に許可を与えた。

「うむ。やりたまえ！」

小沢長官も出撃のあることを心得ており、連合艦隊司令部から正式に命令を受けたときには、すでにすべての準備が整っていた。

午後四時過ぎ、空母「翔鶴」「瑞鶴」及び、巡洋艦五隻と駆逐艦一二隻がトラックから出撃した。金剛型といえども戦艦は足手まといになるので、小沢はトラックへ残していった。

米軍機動部隊の艦載機は合わせて約三五〇機。

翌日、ラバウルは早朝から、延べ二七〇機に及ぶ米軍艦載機から猛烈な空襲を受けた。

基地には陸海軍合わせて一二〇機ほどの戦闘機が残っていたが、迎撃したのは九〇機ほどで、あとの零戦三〇機は、草鹿長官の命令で艦爆や陸攻とともに敵機動部隊の攻撃に向かった。

米軍の新型艦戦ヘルキャットは強かった。

これを率いる戦闘機隊隊長のカルロス少佐は、ミッドウェイ海戦にも参加したベテランだった。

〝来たな、ゼロ戦め！　だが、弱点は分かってるんだ。返り討ちにしてやる！〟

カルロスは列機に突撃を命じると、自身は隼や飛燕などには目もくれず、一機の零戦に狙いを定めて猛然と突っ込んでいった。

高度五〇〇〇メートル付近から緩降下し、時速六〇キロ以上の速度差を活かして、瞬く間にその零戦の追尾に入った。

あっと言う間に後ろを取られて驚いた零戦は、急遽、宙返りをうって逃れようとした。旋回能力には絶対の自信がある。敵がワイルドキャットなら二、三回も宙返りすれば、零戦は間違いなく逃れられるはずだった。

ところが、同機の機速は速すぎた。本当に逃げるなら、失速寸前の低速旋回で一か八かの離脱に賭けるしかなかった。

カルロスはエンジンの馬力を活かして、なおも執拗に喰らい付き、その零戦を追い詰めてゆく。

するとその次の瞬間、零戦が三度目の宙返りをあきらめて左旋回に移った。この操作でその零戦の運命は決まった。

カルロス機は、宙返りを終えるや一気に加速し、零戦の約八〇メートル後方からさらに接近、六丁の一二・七ミリ機銃を一斉に撃ち込んだ。

「バリバリバリ！　……ズバァーン！」

防御力の貧弱な零戦は、瞬《また》く間に火達磨《ひだるま》となって落ちていった。

カルロスは、一機撃墜の戦果ぐらいで満足するような男ではなかった。

〝もはやゼロ戦も、恐れるに足らず！〟

愛機ヘルキャットの高性能ぶりを、きっちり確認した彼は、飽くことなく敵機を追い求め続け、さらに隼一機と零戦二機を撃墜したのである。

対してラバウル防空に残された九〇機の日本軍戦闘機は、爆撃機などを中心に約四〇機の米軍機を撃墜したが、味方はそれを上回る五〇機ほどがやられて、敵機が去ったときには、トベラ飛行場以外の三ヵ所の主要飛行場はすべて大破していた。

いっぽう、敵空母の攻撃に向かった零戦三〇機、九九式艦爆二八機、一式陸攻三〇機は、さらに悲惨な運命をたどった。

空母三隻からなる米機動部隊は、直掩戦闘機として、手元に五〇機のヘルキャットを残していた。

ラバウルから発進した日本軍攻撃隊は、米空母の装備する新型の対空見張り用レーダーで、事前に捉えられており、敵機動部隊の約五〇海里手前で派手な迎撃に遭った。

ヘルキャットに撃墜された日本機は、実に六〇機にも及び、なんとか零戦六機と艦爆一二機、陸攻一〇機が敵空母の上空へ進入したが、さらに恐ろしいものが彼らを待ち受けていた。

米空母はこのとき高角砲に、はじめてVT信管付きの砲弾を装備して出撃していたのである。

この信管が付いた砲弾は、電波で敵機の近接を感知して自動的に爆発し、その衝撃によって敵機を撃破してしまう。

ヘルキャットからの迎撃に遭い、大幅に数を減らした日本軍攻撃隊は、大型の空母一隻に対し攻撃を集中した。低空に舞い降りた一式陸攻の被害はまだましで三機の撃墜に止まり、魚雷一本をその敵空母に命中させた。

ところが、上空から迫った艦爆はVT信管による攻撃で、その三分の二に当たる八機が撃墜されて、残る四機の投じた爆弾も命中しなかった。また、近くにいた零戦一機も同時に撃墜されていた。

実に恐ろしい対空兵器だった。魚雷を受けた空母は「バンカーヒル」だったが、依然として二八ノットでの航行が可能であり、同艦の戦闘力はほとんど落ちていなかった。

しかし日本軍は、まったくツキに見放されていたわけでもなかった。午前十一時三十五分、空母「バンカーヒル」を含む米機動部隊の上空に、小沢機動部隊の放った第一波攻撃隊、零戦二四機、艦爆二一機、艦攻二一機が襲い掛かったのである。

もちろん米空母のレーダーは、その接近を事前に察知していたが、ラバウルを空襲した攻撃隊の収容や次の出撃準備に追われて、三空母の艦上はどれも艦載機でごった返していた。

米空母は三隻合わせても、わずか一六機のヘルキャットしか上げることができず、機動部隊の近辺で迎撃するのが精いっぱいだった。

数で勝る零戦は、八機を失いながらも上空を制圧し、六機のヘルキャットを撃墜したが、艦爆隊はまたもやVT信管の破壊力に屈して、一二機が撃墜された。艦攻隊も残るヘルキャットから追撃を受けて九機を失い、ともかく敵空母を攻撃できたのは艦爆九機と艦攻一八機に止まった。

それでも第一波攻撃隊は、無傷の大型空母「ヨークタウンII」に、二五〇キロ爆弾一発と魚雷一本を命中させ、さらに小型の「インディペンデンス」にも一本の魚雷を喰らわせた。

爆撃を受けた空母「ヨークタウンII」では火災が発生している。艦上は艦載機で溢れかえっていたため、そのガソリンなどに引火し、火の勢いがなかなか収まらず、同艦は大混乱に陥っていた。

魚雷を喰らった軽空母「インディペンデンス」も防御力の弱さを露呈し、急激に右舷へ傾斜して艦載機の運用が困難となった。

空母「バンカーヒル」以外の二隻は、一時的に戦闘力を失い、大急ぎで復旧作業が行われていたが、そのさなかに今度は、小沢機動部隊の第二波が来襲した。

実は小沢機動部隊は、ラバウルの友軍機から逐次敵機動部隊の位置報告を受けており、夜通し三〇ノットの高速で飛ばし続け、二十九日の午前八時三十分には、敵機動部隊との距離・約二八〇海里に接近し、第一波、第二波攻撃隊を連続で発進させていたのである。

いっぽう、米機動部隊も決して偵察をおろそかにしていたわけではなかった。午前五時二十分ごろ日の出とともに、五〇〇ポンド爆弾を装備したドーントレス数機が、おもに北方へ向け索敵の任務を帯びて出撃していた。

だが、それぞれの索敵機の進出距離は約二五〇海里で、午前七時四十分ごろ哨戒線の最先端に到達したときには、いまだ小沢機動部隊との距離は六〇海里以上もあり、ついに何も発見できずに帰投していたのである。

第二波攻撃隊の編制は、第一波と同じく零戦二四機、艦爆二一機、艦攻二一機だった。

唯一、戦闘力を保持し続けていた空母「バンカーヒル」が、二〇機のヘルキャットを上げて、迎撃して来た。

第二波攻撃隊は、敵機動部隊の約三〇海里手前で敵戦闘機の待ち伏せ攻撃を受けた。上空からのヘルキャットの一撃により、第二波は零戦三機と艦爆五機、艦攻も同じく五機を喪失した。

しかし、零戦も黙ってはいない。

一旦降下したヘルキャットが再び上昇してくるタイミングを狙い、逆に高度の有利を活かして待ち伏せし、敵機の機速が上がらないうちに格闘戦へと持ち込んだ。

高度三〇〇〇メートル付近で、次々に空中戦の輪が渦巻き始める。

零戦にとってヘルキャットは確かに難敵で、これまでのように簡単には撃墜できなかった。だが、その空戦の間隙を縫って、艦爆や艦攻は敵空母上空へ進入することができた。

艦爆隊はまたもやVT信管の洗礼を受けた。あっと言う間に六機を喪失し、辛うじて難を逃れた一〇機は、無傷に思えた大型空母「バンカーヒル」の飛行甲板へ向け、連続で急降下していった。

敵空母の機銃掃射により、さらに二機が撃破される。が、そんなことはもとより承知。ほかの八機はまったく怯まず、渾身の爆弾を立て続けに投じた。

「ズガァーン！　……ズガァーン！」

二五〇キロ爆弾二発が飛行甲板の前部と中央に命中した。さしもの敵空母も大惨事に陥り、瞬時に戦闘力を奪われた。

それだけではない。時を同じくして低空に舞い降りていた雷撃隊が、八機ずつの編隊に分かれて、今まさに爆撃を受けた大型空母と、右舷に大きく傾斜している小型空母に対し、これ以上ないほど肉迫し必殺の魚雷攻撃を敢行した。

敵の対空砲火により艦攻三機が火を噴く。が、残る一三機の艦攻が魚雷の投下に成功した。

するとまもなく、大小二隻の敵空母から巨大な水柱が昇った。

「ズッシィーン！　……ズッシィーン！」

魚雷の命中はほぼ同時だった。

「ズッシィーン！」

大型空母に一本が命中し、小型空母には二本が命中した。

その次の瞬間、軽空母「インディペンデンス」は艦内で大爆発を起こし、火達磨となって右舷側から海中へ引きずり込まれていった。

大型空母「バンカーヒル」の被害も甚大である。同艦は、すでに第一波からも魚雷一本を喰らっていたので、右舷に大きく傾斜し始めた。しかも、艦上では火災が発生している。

同空母戦隊を指揮していたアルフレッド・E・モンゴメリー少将は、ヌーメアのハルゼー司令部に許可を得て、ついに撤退を決意したのである。

いっぽう、小沢機動部隊は午後三時三十分までに第一波、第二波の全機を収容していた。

小沢を補佐する参謀長は、このとき大西瀧治郎少将から山田定義少将に代わっていた。

小沢が言った。

「参謀長。どうやら空母一隻は沈めたようだが、やはり第二撃をやるのは無理かね？」

　山田が即座に答えた。

「敵艦隊との距離はかなりありますし、日没まであと二時間ほどしかございませんので、第二撃はあきらめるしかありません」

「そうか、残念だが仕方あるまい。……しかしそれにしても、艦爆の喪失機数が多過ぎる。至急原因を調査してくれたまえ」

　出撃した艦爆四二機のうちの二七機を失ったのである。損耗率は実に、六五パーセント近くに達していた。

　小沢は最後にそう指示を与えて、トラックへの引き揚げを命じたのである。

7

　ラバウル基地は、もう一方の米空母戦隊から二次攻撃を受けて、トベラ飛行場も中破していた。

　幸いあと一週間ほどで、建設中の北飛行場（第五飛行場）が完成する予定だったが、これまで果たしてきた一大航空拠点としての機能は、ほとんど削《そ》がれたといってよかった。

ラバウルを見捨てることは断じてできない。今村軍司令官が、可能な限り海軍に協力してくれていることは分かっている。山本は、各方面から零戦をかき集め、北飛行場の完成を待ってラバウルへ投入することに決めた。

ラバウルが無力化されたので、マッカーサーは意気揚々と中部ニューギニアへの進撃を開始した。圧倒的な航空兵力に支援された米軍を相手にし、陸軍は苦戦した。

米軍は明らかに〝ニューギニア北部からフィリピンへ至る〟戦略を採るように思われた。

いっぽう、米海軍はまったく別の戦略を思い描いていたが、ラバウル沖航空戦で軽空母「インディペンデンス」を失い、さらに、正規空母「ヨークタウンⅡ」と「バンカーヒル」が大破に近い損害を被っていたので、その戦略をすぐに実行に移すことはできなかった。

空母「ヨークタウンⅡ」を修理するには、二ヵ月必要であり、さらに空母「バンカーヒル」の修理に至っては、三ヵ月以上の月日が必要だった。

だが、キング作戦部長、及びニミッツ司令長官は三ヵ月も待てなかった。

米海軍作戦本部は、一九四三年八月に竣工したエセックス型の正規空母「イントレピッド」とインディペンデンス型の軽空母「ラングレイⅡ」を、急遽真珠湾へ回航した。

そしてニミッツは、正規空母四隻と軽空母五隻を揃えて、一九四四年二月中旬、ついにギルバート諸島攻略作戦（通称ガルバニック作戦）を発動したのである。

この作戦は、米軍が中部太平洋を横断するための第一歩だった。

大小合わせて九隻の空母を擁する、米第五艦隊の司令長官は、ミッドウェイ海戦で日本軍の機動部隊を苦しめた、レイモンド・A・スプルーアンス中将だった。

一九四四年二月二十日早朝、スプルーアンスは大量の艦載機を飛ばして、ギルバート諸島の日本軍基地を空襲した。日本軍の陣地や飛行場などは瞬く間に無力化され、その間に海兵隊と陸軍部隊が共同で、マキン及びタラワ環礁に上陸した。

当初米軍は、ギルバート諸島の攻略はわずか一日で終了すると考えていたが、タラワ環礁内の最大の島・ベティオ島で日本軍の頑強な抵抗に遭い、多数の死傷者を出しながらも、ようやく四日間で完全に占領したのである。

ギルバート諸島の陥落は日本軍に衝撃を与えた。日本の首脳部は、米軍がラバウル及びニューギニア方面に更なる攻勢を掛けてくる、と信じて切っており完全に出し抜かれた。

三月はじめには、正規空母「バンカーヒル」の修理も完了し、前年七月に竣工したインディペンデンス型の軽空母「キャボット」も真珠湾に回航されて、第五艦隊の兵力は、正規空母五隻、軽空母六隻の計一一隻となり、日本軍の空母兵力を完全に圧倒するようになっていた。

また、これと前後してスプルーアンスは大将に昇進し、新たに中将に昇進したマーク・A・ミッチャー提督を司令官に迎え入れて、空母一一隻を擁する高速機動部隊は、第五八機動部隊と改称されることになった。

日米開戦から二年以上が経過し、充分な陸海軍上陸兵力と空母部隊を手にした米軍は、破竹の勢いで反攻作戦に転じてきた。

当初、山本長官は、建造中の新型機動空母を加えて、マーシャル諸島方面で敵機動部隊を迎撃しようと考えていた。ところが、米軍の進撃があまりにも急激なため機動空母の建造が間に合わず、戦略構想自体を練り直す必要があるかも知れない、と感じ始めていた。

そして、山本のこの悪い予感は的中した。

一九四四年四月一日、ニミッツ太平洋艦隊司令長官は、ギルバート諸島の占領から時を移さず、満を持してマーシャル諸島攻略作戦(通称フロントロック作戦)を発動したのである。

大本営は、マーシャル諸島の東南部が攻撃される可能性はある、と見ていたが、依然として米軍の主要な反攻はラバウル、ニューギニア方面である、という考えを捨て切れなかった。

ところがニミッツは、完全に日本軍の意表を突いて、大胆にもマーシャル諸島中央のクェゼリン環礁に重点を置き、攻撃を加えてきたのである。

日本軍が司令部を置くクェゼリン環礁は、その外側に位置するマロエラップやウォッゼ環礁に比べると防備が手薄だった。

第五八機動部隊は七〇〇機にも及ぶ艦載機を保有し、四群に分かれた空母戦隊のうち、二群がクェゼリンを、そして他の一群ずつが、それぞれマロエラップとウォッゼを襲撃した。

それぞれの空母戦隊は相互に支援しながら、ほとんどまる一日で、マーシャル諸島の日本軍航空隊を一掃した。

その後も、米機動部隊による空襲は延べ三日間にわたって続けられ、夜間に実施される旧式戦艦の艦砲射撃なども相まって、日本軍の飛行場や陣地をほとんど破壊し尽くした。

米上陸部隊の準備も万全だった。ギルバート諸島・ベティオ島での日本軍の頑強な抵抗に懲りた米軍は、敵の約一〇倍もの兵力を準備して上陸作戦を開始し、米軍はわずか五日間ほどで、マーシャル諸島の主要日本軍基地を手中に収めた。

ただし、マーシャル諸島のなかで北西部に離れて位置するエニウェトク環礁（日本呼称はブラウン環礁）の攻略だけは手付かずだった。日本軍の一大拠点であるトラック環礁に近く、同基地から空爆される可能性が高かったからである。

マーシャル諸島を蹂躙《じゅうりん》した第五八機動部隊は、その余勢を駆って四月五日、トラック基地に対する大空襲を敢行してきた。

この時点で米軍に対抗できる空母兵力は日本軍にはなかった。空襲があることを予期していた山本長官は、連合艦隊の主要な部隊を、すでに内地やパラオへ向け退避させていた。

当時、トラックには約一五〇機の航空機があったが、圧倒的兵力の米軍艦載機のまえに為すすべはなく、二日間にわたる空襲の結果、日本機はわずか数機を残すのみとなったのである。

山本は苦渋の決断を迫られた。

彼はついにラバウルを見捨て、ラバウル航空隊をすべてトラックへ転用させた。

大本営ももはやポートモレスビーの攻略など口に出せない。日本側の唯一の救いは、大将に昇進した今村軍司令官が、自給自活の態勢を整えていてくれたことだった。

　トラックから来襲する日本機の脅威を取り除いた米軍は、ただちにエニウェトク環礁の攻略（通称キャッチポール作戦）に乗り出した。

　そして四月十八日、エニウェトク環礁の日本軍守備隊もついに玉砕し、日本の絶対国防圏は完全に崩壊したのである。

第四章　新型陸戦「疾風《はやて》」を使う！

1

トラック大空襲とマーシャル諸島の失陥は、日本の首脳陣に強烈な衝撃を与えた。

米軍が次にマリアナ諸島を狙って来るのは間違いない。

〝今度はサイパンが危ない！〟

誰もが一様にそう思った。

国家存亡の危機に直面して、首班の東条英機はついに、明治建軍始まって以来のとんでもない打開策を口にした。

すでに陸軍大臣でもあった東条は、こともあろうに、〝私が参謀総長も兼務する〟と言い出したのである。

さらに東条は、海軍大臣の嶋田繁太郎にも〝軍令部総長を兼務してもらいたい〟

と強要してきた。

周知のとおり、統帥権は独立していなければならない。陸海軍大臣が統帥部の長を兼ねるなど前代未聞の珍事、いや暴挙と言ってよかった。

当然、現職の陸軍参謀総長・杉山元でさえ、最初はこの申し出に猛反発したが、結局、彼は東条に押し切られてしまう。

だが、海軍はそういうわけにはいかない。

嶋田もさすがに、東条の申し出には躊躇《ちゆうちよ》せざるを得なかった。彼は、いまだ海軍に影響力を持ち続けていた伏見宮博恭王に、このことを相談した。

「……それも仕方ないのではないか」

宮様のこの無責任な一言で、嶋田は俄然《がぜん》その気になってしまう。

ところが、海軍にはまだ良識が働いていた。岡田啓介《けいすけ》大将など穏健派の長老が、あらゆる手を尽くして嶋田を改心させようと動いたのである。

トラックから引き揚げていた山本は、米内光政大将が突然やって来たのに驚かされた。が、米内から話を聞かされて、さらに驚愕《きようがく》した。

「……どうにか阻止する手立てはないのですか！」

だが、米内の顔は曇ったままで何も言わない。

山本もまったく打つ手が思い付かず、その場に山口多聞を呼び付けた。

〝あいつなら何か思い付くかも知れない〟

山本はわらにもすがる思いで、ふとそう考えたのである。

万策尽きた米内も、山本の勘に任せてみるしかないと観念していた。

一時間ほどして、山口がようやく「大和」の長官公室に顔を出した。

そして、米内から詳しく内容を聞かされると、なんと山口は即座に、

「よいではありませんか、兼務させましょう」

と平然と言ってのけたのである。

米内も山本も仰天した。

「……そうか、貴様には絶望したよ！」

山本が怒りをあらわにし、思わず吐き捨てるようにそう言った。

だが、山口がすぐに付け加えた。

「しかし、このような暴挙をただで認めるわけにはまいりません。……東条さんにもそれなりの代償を支払ってもらいましょう」

「うーむ、どういうことかね？　君の考えをよく聞かせてもらいたい」

にわかに米内が身を乗り出して、山口にそう問いただした。

山口がゆっくり語り始めた。

「サイパンが陥落すれば、間違いなく帝都は〝敵の新型長距離爆撃機〟から空襲にさらされます。そうなれば東条内閣の責任問題に発展するのは必至でしょう。当人にとってもサイパンの防衛は死活問題のはずです」

山口の言った〝敵の新型長距離爆撃機〟とは、無論、B29のことである。昭和十八年八月に、ブーゲンビル島近くで落としたB24爆撃機の隊長が、たまたまB29のテストパイロットだったので、すでに日本側も、この機の概略をつかんでいた。

米内が相槌《あいづち》を打った。

「うむ。それで……？」

「はい。海軍は、大臣と総長の兼任を認める代償として、陸軍に対し、航空軍の全面的な太平洋戦線投入を要求するのです」

「うむ、なるほど。私が首班指名を受けたときにも陸軍には散々大臣の出し渋りをされた。陸軍相手にそれぐらいの駆け引きは当然とも言えよう」

米内が、山口の提案にそう応じた。

山本もすぐにうなずいて、

「うむ。君の言うとおり、サイパン防衛は東条内閣にとっても死活問題だ。やっこさんもこの要求は決して無視できまい」

と同意を示したのである。

二人がうなずいたのを受けて、最後に山口が付け加えて言った。

「陸軍には優秀な搭乗員が少なからず残っており、彼らがマリアナ諸島の防衛に一役買ってくれるとなれば、サイパンの防衛もあながち夢ではなくなります。……東条さんにとっても決して不利益な話ではないはずです」

2

米内大将は、岡田大将とも結束して嶋田海相に対する説得を続け、そのなかで、山口の条件案をもとに東条陸相と交渉するよう迫った。

嶋田としても、大臣、総長兼務という前代未聞の重大事であるだけに、重鎮の意向を無視するわけにもいかない。

彼は東条相手に山口の条件案を提示した。

このとき東条は、腹のなかでは〝本土決戦しかあるまい〟と考えていたが、大臣、総長の兼務を強硬に主張しただけに、〝サイパンが陥落すれば自分の立場も危ういだろう〟とも考えていた。

しかも東条は、陛下の御下問に対して再三再四にわたり、

「一兵たりとも上陸させません。サイパンは難攻不落、鉄壁であります」

と豪語していただけに、嶋田からなされた海軍の要求に対して、一定の理解を示した。

というよりも、戦争の遂行だけに邁進する統帥部からの船舶、物資などの要求に、東条は辟易《へきえき》させられており、このジレンマを解消するには、自分自身で統帥権を握るほかなかった。

〝この難局を乗り切るには、海軍の言い分にも耳を貸さざるを得まい〟

ついに東条は、陸軍の精鋭航空部隊を太平洋戦線へ投入することに同意したのである。

こうして兼任問題はあっさり解決し、杉山元参謀総長と永野修身《おさみ》軍令部総長は、マーシャル諸島陥落とトラック空襲の責任を取って、辞任することに決まった。

3

陸軍から航空軍投入の約束を取り付けたことを受け、さっそく山口が山本に献策した。

「長官。問題は、陸軍航空隊との共同作戦を誰に任せるかです」

「うむ。君がやってはどうかね。二航戦の搭乗員は内地で訓練中だし、一緒にやればちょうどよいではないか」

「ですが、私は根っからの陸軍嫌いで、どうも上手くやれそうにありません。私は小沢さんが適任だと思います。小沢さんなら陸軍での評判も悪くないでしょうし……」

「うむ。まあ、そうだな。……それでは君が機動部隊の指揮を執りたまえ。小沢君には、基地航空隊の指揮を任せて、陸軍航空隊と協力できるように動いてもらおう」

昭和十九年四月二十五日付けで、第一航空艦隊司令長官（基地航空隊総指揮官）に小沢治三郎中将が任命された。

小沢のもっとも重要な仕事は、陸軍航空隊との共同作戦を実現させることにある。

彼は就任後さっそく、陸軍・航空総監部次長の菅原道大《みちお》中将のもとを訪れた。

菅原も、もちろん航空軍協力のことは承知している。小沢を迎え入れて彼が言った。

「航空軍によるマリアナ諸島、ことにサイパンの防衛に関しましては、我々に課せられた至上命題であります。海軍はどのような方針をお持ちなのか、まずはお聞かせいただきたい」

「はい。海軍としましては、なんとしても空母を早期に完成させ、その空母機動部隊を主力とし、基地航空隊に機動部隊の攻撃を支援させる考えでおります。……是非ともその攻撃に、陸軍航空にもご一助いただければ幸いです」

「もちろん喜んで協力させていただきますが、我が陸軍の飛行機は計器飛行に不慣れで、洋上での戦闘はいささか心もとない」

「ええ、承知しております。ですが、ご心配なく。貴重な陸軍の航空兵力を、無駄にするようなことは決していたしません。私を信用してしばらくお預けください。必ずや彼らを立派な〝海鷲〟にしてみせます」

小沢の話しぶりに好印象を持ったようで、菅原は小沢に握手を求めて最後に言った。

「よろしく頼みます」

小沢も、菅原の潔い態度に頭を下げ、感謝の意を表したのである。

五月に入ると、内地の各飛行場では陸海軍共同の飛行訓練が開始された。陸軍にはまだまだ多くのベテラン搭乗員が残っており、その腕の良さには小沢も目をまるくした。

訓練開始から一ヵ月もすると、陸軍搭乗員の大半が洋上飛行に慣れて、海軍の搭乗員とほとんど遜色ないまでに上達した。

小沢は、陸軍の飛行師団長とも相談し、搭乗員の熟練度に応じて部隊を一時的に再編し、機種ごとに各航空基地に振り分けて、より専門的な訓練を行い始めた。

つまり、重爆などには反跳爆撃の訓練を行い、さらに制式採用が内定し、部隊へ配属され始めていた四式重爆「飛龍」には雷撃の訓練も許可した。

また、二式戦「鍾馗《しょうき》」や三式戦「飛燕」などの部隊には、おもに防空戦の訓練を徹底し、比較的脚の長い一式戦「隼」や、すでに制式採用されていた四式戦「疾風」の部隊には、爆撃機に随伴しての進攻作戦にも耐え得るよう訓練を施した。

これまでに米軍との戦いで会得してきた、海軍の戦法や経験などを、余すところなくすべて彼らに注ぎ込むのだ。

六月なかごろには、山本大将や山口中将などの海軍実戦部隊の要人だけでなく、航空総監兼航空本部長への昇格が内定していた菅原中将なども、横須賀航空隊へ直接視察に訪れて、彼ら陸軍搭乗員の上達ぶりに舌を巻いた。

「もはや陸海軍、関係ありませんな……」

菅原は思わず、小沢にそうつぶやいた。

それだけではない。六月二十五日には、なんと東条首相も直々に横須賀へやって来た。訓練の様子を一通り見学し、彼はしきりにうなずいていたが、帰り際に小沢に対して一言。

「サイパンの防衛はまずもって海軍の奮戦に掛かっております。我が航空軍の供出が徒労に終わらぬよう、閣下のご活躍に期待したい」

だが今回、参謀本部が提供した航空兵力は、全陸軍機の三分の一程度にしか過ぎなかった。残りの多くは、本土決戦に備えて温存されていたのである。

縁起でもない話だが、万一無条件降伏というようなことにでもなれば、多くの陸軍機は実戦に投入されぬまま、焼却処分されるようなことが起こり得たかも知れない。

4

トラックが空襲を受けたのが四月五日、さしもの米軍も、陸海の大部隊が常駐するサイパン、それにテニアン、グアム島などの攻略には、相当な上陸兵力を用意しなければならない。

日本の首脳部は、四ヵ月後の十月初旬ごろに、米軍がマリアナ諸島を攻略してくる可能性が高いだろうとみた。

だが、これはあくまでも予測であって、実際にはいつ米軍がことを起こすか判らない。

海軍省から艦政本部へ対して、機動空母の建造を急ぐように、と督促が出された。

同時に中部太平洋艦隊を創設し、その司令長官に南雲忠一中将が親補されて、サイパンの防衛を強化した。

連合艦隊としても、マリアナ決戦の作戦計画を煮詰めなければならない。司令部では、連日のように作戦会議や図上演習が行われていた。

なかでも七月八日の図上演習は、真珠湾攻撃以来の本格的なものとなり、秘密厳守のうえで海軍大学校の四階にある中央大ホールに、関係者約四〇名が集められた。

当然、戦いは日米機動部隊同士の対決となる。

日本側は九月までに完成する予定の空母一二隻、対して米側は一四隻の空母を派遣して来る、という設定で演習が行われた。が、その結果はあまり芳《かんば》しくなかった。

そのおもな原因は、米軍の艦上戦闘機が新型のものに代わっていること、それに敵の対空砲火が格段に強化されていることだった。

小沢長官を引き続き補佐していた、第一航空艦隊の山田定義参謀長が言った。

「先の空母戦では艦爆の約三分の二を失いました。搭乗員の報告によりますと、敵の撃ち上げる高角砲弾は、我が三式弾の威力に近いようですが、その炸裂の間合いが実に絶妙で、どうもその砲弾自身が艦爆の接近を感知しているようなのです」

これを受けて、海軍技術研究所から派遣されていた伊藤中佐が発言した。

「その砲弾自体に超短波の送受信器が組み込まれているものと思われます。これを封じるには艦爆から妨害電波を出すのが一番効果的ですが、敵砲弾の周波数を特定できなければ妨害できません」

「要するに、その高角砲弾を捕獲せよ、ということかね？」

山田が伊藤に対しそう確認した。

「はい。おっしゃるとおりですが、使用前の完全な状態で捕獲するのは、ほとんど不可能に近いのではないでしょうか……。そこで苦肉の策ですが、艦爆からアルミ箔片をばらまいてはどうでしょう、そうすればおそらく、敵砲弾の感知機能を攪乱させられると思いますが……?」

だが、皆の反応はいま一つだった。武人がそんな姑息な手段を使えるか、といった感じである。

この件に関して、さらに発言できるものなどいなかった。そのことを察し、司会役を務めていた連合艦隊首席参謀の富岡大佐が、もう一つの問題点に議題を移した。

「演習の結果からもご理解いただけるとおり、敵新型艦戦の迎撃による我が攻撃隊の被害は甚大です。開戦当初の搭乗員の腕をもってしても、零戦は若干の優位を保つのが精いっぱいでしょう。現在の練度では対等に戦えるかどうか……」

一応、図上演習は対等に戦えるものとして進められていた。が、それでも零戦は護衛の役目を充分に果たすことができなかった。

そのとき突然、機動部隊の司令長官に内定していた、山口中将が変なことを言い出した。

「十月初旬までに、陸軍の四式戦闘機は何機ぐらい完成するでしょうか……?」

この質問に返答できる者は、菅原航空総監の代理として出席していた、航空総監総務部長の寺田済一《せいいち》少将しかいなかった。

寺田は突然の質問に戸惑いながらも答えた。

「正確には申せませんが、すでに三〇〇機近くは完成しておりますので、五〇〇機以上は用意できるものと思われます」

陸軍新鋭の四式戦闘機「疾風」は、開発当初から広大な太平洋戦域で運用されることが考慮されていたため、航続距離も増槽を装備した状態で、最大約一五八〇海里と良好であった。

四式戦「疾風」は、昭和十九年四月に制式採用されたが、それまでに一〇〇機以上の試作機が製造されていたのである。

山口も横須賀基地へ視察に出向いたときに、その高性能ぶりをきっちり確認していた。

山口が寺田の答えに応じて言った。

「おお、五〇〇機なら充分です。せっかく陸軍に協力していただくのですから、是非、この四式戦を有効に使わせてもらいましょう！」

誰もが一瞬耳を疑った。山口の真意がまったく理解できないのである。

富岡が皆を代表して聞いた。

「……いったいどういうことでしょうか？」

「空母で使わせてもらうのです」

この言葉に驚き、出席者全員が一人残らず絶句した。

当然だが、沈黙を破って陸軍の寺田が、真っ先に拒絶した。

「そ、そんなことは無理だ！　陸軍機は空母で使えるようにはできとりません！」

山口も無論、そんなことは承知している。

「そうはおっしゃいますが、寺田部長殿。ご承知のとおり米陸軍の爆撃機は、空母から発艦して我が帝都を空爆しました。単発の戦闘機に同じことができないはずがありません」

こう言われると寺田も妙に納得してしまった。だが、ことがことだけに、自分の一存で決めるわけにもいかない。

「……なるほど。ですが、持ち帰って検討させていただきます」

「ええ。是非、よろしくお願いします。……念のために申し上げておきますが、マリアナ諸島に近いヤップ島やファラロップ島の飛行場は、海軍の手で拡張しておきますのでご安心ください」

最後に山口は、そう付け加えたのである。

海軍の出席者全員が、そのあと山口から詳しく説明を受けたのは言うまでもない。

山本長官はいつになく上機嫌だった。

小沢長官も山口の奇策に感心し、全面的な協力を約束した。

そして小沢は、寺田とともに航空総監の菅原中将にことの成り行きを説明し、疾風戦闘機隊の母艦使用を正式に願い出た。

だが、さしもの菅原も、あまりに突拍子もない着想なので返答に窮した。

小沢に好印象を持っていた彼は、よい返事をしたいのは山々だったが、断じて情に流されて決めるようなことではなかった。

菅原はかなり考えた挙句に、

「実戦部隊の判断に任せましょう。飛行師団長や搭乗員の意見を聞いて、彼らに自信があるというなら私も反対はしません」

そう応えるのが精いっぱいだった。

飛行機乗りは海軍でもそうだが、負けん気の強い者が揃っている。

陸軍でも、特に戦闘機乗りは人一倍負けず嫌いの者ばかりだった。ほとんどの者が口を揃えて、

「やりましょう！　やりましょう！」

と言うので、各師団長も彼らの闘志に水を差すことなどできなかった。

疾風戦闘機隊は、さっそく翌日から、空母発艦の訓練を開始したのである。

第四部　革命機動艦隊の真価

第一章　新編！　機動空母艦隊

1

機動空母「信濃」の建造は急がれていた。艦載機を大量に積めるこの空母が間に合うかどうか、そのことが次期決戦の勝敗を大きく左右する。

幸いにも、神戸で建造されていた「大鳳」は、昭和十九年四月七日に竣工し、すぐに公試運転を行っていた。

機動空母として完成した「大鳳」は、基準排水量三万二〇〇〇トン、最大速度三二・六ノット、搭載機数・常用八七機で、二波に分けずとも、八〇機近くの艦載機を一気に発艦させることができた。

エンクローズド・バウ方式で建造された同艦は、南太平洋海戦時の機動空母「赤城」とは、外見上で異なる点が二つほどあった。

まず一つは、煙突が艦橋と一体化されて、右舷のほぼ中央部に設けられたこと、
そしてもう一つは、幅・約一八メートル、長さ六〇メートルの可動式甲板が、下部飛行甲板発艦時には〝掘り炬燵《ごたつ》〟のように下げられて、先端部分が艦首と一体化する方式が採用されたことだった。

当初、機動空母「大鳳」は、昭和十九年三月初旬に完成する見込みだったが、次期決戦に「信濃」を間に合わせる必要があり、完成のめどが立った時点で、同艦の建造に携わっていた神戸の工員を横須賀工廠《こうしょう》へ振り分けた。

そのため、「大鳳」の竣工は一ヵ月ほど遅れて、四月七日となったのである。

公試運転や艦載機の発着艦などを試すには、九月はじめには「信濃」を竣工させる必要がある。

そのため大幅な工期短縮が必要であり、神戸の工員を異動させたぐらいでは、とても追いつかないと思われた。

そこで艦政本部は、

――第五次補充改定計画（通称改⑤計画）により、昭和十九年二月に着工が予定されていた改大鳳型一番艦（五〇二一号艦）の建造は延期することにし、機動空母「信濃」の完成を最優先とする。

と決定して、その造船能力のほぼ全力を、「信濃」一艦の建造に傾注させることにした。

いっぽう呉海軍工廠では、昭和十九年四月二十八日に、機動空母「赤城」をエンクローズド・バウ方式へ改める工事が終了し、八月二日には「蒼龍」も機動空母への改造を完了した。

「赤城」の改造には一年四ヵ月を要し、「蒼龍」の改造には一年七ヵ月を要したことになる。

改造を完了した「赤城」の飛行甲板は、「大鳳」と同じような〝掘り炬燵形式〟に改められ、艦首外板を延長したことによる凌波性《りようはせい》の改善で、最大三一ノットでの航行が可能となっていた。

また、改造後の「蒼龍」は、第二次ソロモン海戦で沈没した「龍驤」を一回り大きくしたような感じとなり、〝重箱を乗せたような〟その艦形は、見る者に一風変わった印象を与えていた。

機動空母「蒼龍」は最大速度三二ノット。上部飛行甲板の長さが一七〇メートル、下部飛行甲板が若干延長されて、長さ二二〇メートルとなり、その前部・約五〇メートルが上下へ可動するように改造されていた。

同艦を遠くから見ると、下部飛行甲板上に設置された小さな艦橋が、上部飛行甲板の右端からちょこんと顔を出しており、まるで〝地面から土筆《つくし》が顔を出している〟ようだったが、その羅針艦橋からは三六〇度を見渡すことができた。

八月中には、「信濃」以外の機動空母は、三隻とも戦力となった。

しかしながら、猛威を振るいつつある米軍の機動部隊に対抗するには、機動空母だけでは数が足りない。その戦力差を補うために、全通一段式の改飛龍型空母（雲龍型空母）三隻も建造されていた。

ミッドウェイ改選後に計画されたこの艦は、飛龍型空母の図面を流用し設計されていたので、建造に必要な工期は二年以下、と比較的早期に完成させることが可能だった。

一番艦の「雲龍」は昭和十七年八月一日に起工され、二番艦の「天城」は同年八月二十日に、三番艦の「葛城」も八月三十日に起工されていた。が、雲龍型空母の建造は、すべてが順調に進んでいたわけではなかった。

三番艦「葛城」は、機関関係の部品の製造が間に合わず、陽炎型《かげろうがた》駆逐艦二隻分の機関を流用することにした。そのため、「雲龍」「天城」の二空母（最大速度三四ノット）に比べて、排水量が若干減少した代わりに、機関の出力も四万八〇〇〇馬力ほど減って一〇万四〇〇〇馬力となり、最大速度は三二ノットに低下していたのである。

しかし、「葛城」の速度低下を除けば、この三隻はまず堅実な空母に仕上がっていた。六〇機近くの艦載機を搭載することができ、対空レーダーなども装備されて、次期決戦では機動部隊の一翼を担うことになる。

空母「雲龍」「天城」「葛城」は、三隻とも昭和十九年八月十日までに竣工したのである。

2

機動空母「信濃」はいまだ竣工していなかった。が、九月十日までには完成するめどが付いており、連合艦隊司令部は八月二十日付で、新しい機動部隊の編制を発表したのである。

第一機動艦隊　司令長官　山口多聞中将

第一航空戦隊　司令官　山口中将直率

機動空母「大鳳」　搭載機数　計八三機
（陸戦一八　艦爆三六　艦攻二七　艦偵二）
正式空母「翔鶴」　搭載機数　計七四機
（陸戦三六　艦爆九　艦攻二七　艦偵二）
正式空母「瑞鶴」　搭載機数　計七四機
（陸戦三六　艦爆九　艦攻二七　艦偵二）
第三航空戦隊　司令官　城島高次《じょうじまたかつぐ》少将
機動空母「赤城」　搭載機数　計七七機
（陸戦二四　艦爆一八　艦攻三三　艦偵二）
正式空母「天城」　搭載機数　計五九機
（陸戦三三　艦爆なし　艦攻二四　艦偵二）
正式空母「葛城」　搭載機数　計五九機
（陸戦三三　艦爆なし　艦攻二四　艦偵二）
第四航空戦隊　司令官　有馬正文少将
正式空母「雲龍」　搭載機数　計五九機
（陸戦三三　艦爆なし　艦攻二四　艦偵二）

正式空母「飛龍」　搭載機数　計五九機
（陸戦三三　艦爆一二　艦攻一二　艦偵二）
機動空母「蒼龍」　搭載機数　計六八機
（陸戦二四　艦爆二四　艦攻一八　艦偵二）
第二機動艦隊　司令長官　角田覚治中将
第二航空戦隊　司令官　角田中将直率
機動空母「信濃」　搭載機数　計一二三機
（陸戦三六　艦爆四八　艦攻三六　艦偵三）
正式空母「飛鷹」　搭載機数　計五〇機
（零戦二七　艦爆一二　艦攻九　艦偵二）
正式空母「隼鷹」　搭載機数　計五〇機
（零戦二七　艦爆一二　艦攻九　艦偵二）

第一、第二機動艦隊を合わせて、総搭載機数は八三四機にも及び、その内訳は陸戦三〇六機、零戦五四機、艦爆一八〇機、艦攻二七〇機、艦偵二四機となっていた。
陸戦とは、陸軍の四式戦闘機「疾風」のことである。同機は搭乗員の発艦訓練を終えたあと、クレーンで各空母に搭載されることになっていた。

　また艦爆は、すべて昭和十八年六月に制式採用された新型の「彗星《すいせい》」となり、同じく艦攻も、全機が昭和十八年八月に制式採用された新型の「天山」に代わっていた。

　攻撃隊は、彗星艦爆一八機と天山艦攻二七機の組み合わせで、大型空母一隻の轟沈を目指すことになる。山口、角田両機動部隊を合わせると、その組み合わせが一〇組となり、敵大型空母を〝一〇隻ほど轟沈《ごうちん》できるだろう〟と期待されていた。

　ところが海軍は、日米開戦にあたり、内地に約二年分の石油しか備蓄していなかった。したがって、昭和十九年八月のこの時点で、戦艦やその他補助艦艇を含む、この大艦隊を一斉に内地から出撃させることはできなかった。

　そこで山口多聞中将の率いる第一機動艦隊は、最後に竣工した空母「葛城」を陣容に加えると、ただちに、石油資源に恵まれたシンガポール近くのリンガ泊地へと進出した。

　機動空母三隻、空母六隻、巡洋艦五隻、駆逐艦一六隻を要する第一機動艦隊は、八月二十八日にはシンガポールのセレター軍港へ寄航し、九隻の空母はそこで、整備の成った二七〇機の疾風を積み込み、三十日未明にリンガ泊地へ移動した。

また、今回の機動部隊の改編にともない、宇垣纏中将を司令長官とする第二艦隊も同時に編制されており、「大和」「武蔵」を含む戦艦八隻、巡洋艦一〇隻、駆逐艦二四隻も、八月三十日までにリンガ泊地へ進出したのである。

いっぽう、第二機動艦隊を率いる角田中将は、機動空母「信濃」の竣工を心待ちにしていた。

〝速やかに第一機動艦隊と合流する必要がある！〟

なにしろ米軍機動部隊がいつ来襲するか、誰にも分からないのである。

幸いにも内地には、第二機動艦隊（空母三隻、巡洋艦四隻、駆逐艦一二隻）を出動させるぐらいの石油は残っていたが、いずれにしても、早めに合流できるに越したことはない。

角田司令長官は、〝第一機動艦隊及び第二艦隊がリンガ泊地に入った〟という知らせを聞いて、ますます焦燥感を募らせていた。

しかし、そんななか、機動空母「信濃」はついに横須賀海軍工廠で竣工した。造船関係者の努力の甲斐あって竣工は若干早まり、同艦は昭和十九年九月六日に完成したのである。

3

竣工後「信濃」は、ただちに水密検査や試運転を行った。各種検査や艦載機の運用試験は急がれて、艦政本部からは特に、二週間ですべての作業を完了するように、と指示が出されていた。

そもそも「信濃」はばかでかい飛行甲板を持つので、海軍艦上機の零戦、彗星、天山などは苦もなく運用できた。

問題は陸軍の疾風である。九月十六日には三六機の疾風が「信濃」に積み込まれて、同機の両翼下に増槽を装備し、ガソリンを満載した状態で発艦テストが行われた。

上部飛行甲板上に三六機の疾風が並べられ、可動式甲板を上げた状態でテストを行う。

機動空母「信濃」の飛行甲板幅は四〇メートルもあり、後部からぎっしり疾風を並べると、先頭機には一五〇メートル以上の発艦距離を与えることができた。

疾風の倍以上も重量のある米軍B25爆撃機が、ガソリンを満載した状態で一四〇メートルの発艦距離しか与えられず、それでも空母「ホーネット」から飛び立ったのである。

疾風に与えられた発艦距離は充分だった。

先頭の疾風に乗る武藤大尉は、前もって空母「翔鶴」で訓練を受けており、すでに何度か発艦に成功している。

〝よし！　エンジンは好調だ！〟

まもなく「信濃」が艦首を風上に立て、全速航行を開始すると、指揮所から〝発艦始め〟の合図があり、武藤はエンジンを全開に吹かし、爪先を浮かしながらゆっくりブレーキを緩めた。

愛機が轟然と滑走を始める。

疾風は、零戦などと比べて、主翼のやや後方に操縦席が設けられており、前下方の視界が利かず確かに見難かった。

武藤が、前に倒していた操縦桿を徐々に戻していくと、加速するにしたがって尾部が上がり、ほどなく前方の視界が改善されて、飛行甲板の先端がよく見えてきた。

愛機は轟音を発し、ますます加速する。

あっと言う間に飛行甲板を走り抜けた。とそのとき、なんとも言えぬ手ごたえがあり、機体がふわっと浮き上がった。

〝間違いない。成功だ！〟

武藤は反射的にそう確信した。

武藤隊長機の発艦成功を見届けると、それに勇気を得た列機が、二番機、続けて三番機、という具合に連続で発艦してゆく。

もうそのころには、武藤機は上空で二回目の旋回を終えており、高度四〇〇〇メートルに達しようとしていた。

エンジンの調子はすこぶる良好。実は、このとき疾風は、海軍が密かに台湾に温存していた九五オクタン価のガソリンを、はじめて搭載して飛んでいたのである。

疾風は開発中の試作機でさえも、九二オクタン価のガソリンしか使えなかった。そのときに記録した最高速が時速六二四キロである。しかし、今度は空母で運用するので、海軍もケチなことは言っておられない。次期決戦では、無論、疾風は九五オクタン価のガソリンを使うことになっていた。

武藤は、高度四〇〇〇メートル付近で一旦水平飛行を行い、エンジンの調子を再確認しながらつぶやいた。

「よーし。絶好調だ！　せっかくだから一丁試してやろう」

再び武藤機がグングン上昇する。見る見るうちに高度六〇〇〇メートル以上に達し、彼が愛機を水平に戻して、一気に加速すると、なんと疾風は、時速六四二キロの最高速を記録したのである。

いっぽう空母「信濃」艦上では、ちょうど最後の疾風が発艦しようとしていた。司令長官の角田中将も、すでに「信濃」に座乗しており、艦橋から発艦の様子を見守っている。

まもなく二〇分ほどで、すべての疾風が無事発艦に成功した。すると角田がおもむろに、航空参謀の青木中佐に向かってつぶやいた。

「どうだ、上出来ではないかね？」

「はい。海軍機と何ら遜色ありません」

青木の言葉に、角田は、いかにも満足そうにうなずいたのである。

飛び立った三二機の疾風は、母艦へは帰投せず横須賀基地へ着陸して、翌日には再び空母「信濃」に積み込まれた。

海軍横須賀航空隊では、ちょうどそのころ局地戦闘機・紫電《しでん》二一型（紫電改）の試験飛行が行われていた。航空本部からは、「信濃」で同機の発着艦テストを実施したい、という申し出があり、艦政本部はこの申し出に乗り気になっていた。

ところが、一日も早く機動空母「信濃」を戦力に加えたい、と切望していた角田長官が、猛然とこれに抗議した。

「明日にでも敵が来るというときに、試作機のテストを行うなど、もってのほかである。もし、事故でも起これば、それこそ取り返しの付かないことになる！」

戦い最優先という考えは、もちろん連合艦隊司令部も同じだった。今回ばかりは、軍令部も角田長官の言い分を認め、艦政本部に対し、正式にテスト飛行の中止が言い渡されたのである。

第二章　タウイタウイに集結せよ！

1

昭和十九年九月二十一日正午、第二機動艦隊司令長官・角田中将の座乗する機動空母「信濃」が、大分県佐伯湾《さいきわん》の錨地《びょうち》から静かに動き出した。

七〇〇メートルほど離れた右前方には、二番艦の空母「飛鷹」が、その東側には三番艦の空母「隼鷹」が、いずれも艦首の錨孔から海水のしぶきを吐きながら、錨《いかり》を巻き上げている。

艦橋の静けさを破り、「信濃」艦長の阿部俊雄《としお》大佐がサビの利いた声で命じた。

「両舷機、前進全速！」

やがて、旗艦「信濃」の艦橋が二番艦「飛鷹」の艦首をかすめるように過ぎ去ると、今度は空母「飛鷹」の艦尾に大きい渦が湧き上がり、同艦の巨体が動き出した。

二番艦「飛鷹」が旗艦の航跡に入ったころ、すでに三番艦「隼鷹」は「飛鷹」のあとを追っている。

こうして、信濃型機動空母一隻、飛鷹型空母二隻からなる第二航空戦隊は、一本棒となって佐伯湾をあとにした。

出港作業が一段落したので、航空参謀の青木中佐は、艦橋の後方にある発着艦指揮所へ出てみた。

天気は半晴というところ、千切れ雲がそそくさと南西のほうへ流れてゆく。海面は波一つない穏やかさだが、上空の風はけっこう強いらしい。

「航空参謀、ちょうどいい風向きですな」

と通信参謀の露口《つゆぐち》少佐が話し掛けてきた。

「うむ。これでずいぶん油が助かるな」

青木は笑顔でそう返した。発着艦の際に、母艦が高速を出さなくて済むからである。

機動空母「信濃」が今、豊後水道から出撃していく。第二航空戦隊の後方には、第八戦隊の巡洋艦三隻、さらに、その後方には第四水雷戦隊の巡洋艦一隻、駆逐艦一二隻が続いていた。

これら総勢一九隻に及ぶ艦艇が、すべて第二機動艦隊司令長官・角田中将の指揮下にある。旗艦「信濃」をはじめ、その堂々たる威容は、まさにあたりを圧する壮観であった。

まもなく、艦橋後部の見張り員が声を上げた。

「艦爆二機、艦攻二機。佐伯飛行場のほうから近づいて来ます」

青木は急いで艦橋に戻り、角田長官に対し、

「飛行機を取ります」

と報告して、航空機収容の信号を各艦に送った。

「発着艦配置に付け！」

と艦内に号令が響き渡る。

「取り舵！」

阿部艦長の操舵《そうだ》命令とともに、六万八〇〇〇トン近い「信濃」の巨体は、ゆっくりと艦首を左に振り始めた。

風は北東から吹いている。可動式甲板はすでに上げられており、その先端中央から風見の蒸気が勢いよく噴き出した。

やがて艦は風に立った。風見の白い蒸気が、飛行甲板中央に引かれた白線とピッ

タリ重なっている。しかし、若干風速が足りない。海面近くでは、風は六メートルぐらいしか吹いていない。

「第一戦速！」

と号令が響き、艦の速度は一八ノットに上げられた。すると風速計が一五を示した。

当直将校が伝声管を口に当て、

「合成風速一五メートル！」

と発着艦指揮所に連絡してくる。

指揮所では、信濃飛行長の鈴木中佐が着艦の指揮に当たっていた。飛行甲板には十数本の制動索が張られて、整備員は全員ポケットに入り、甲板上に人影はない。

すっかり着艦準備が整って、

「収容始め！」

と艦長が命じた。これを受けて伝令が、伝声管で指揮所に命令を伝える。

「信号掲げ！」

と信号長が令し、合成風速一五を示す信号旗をマストに揚げさせた。これが収容機に対する着艦開始の合図である。

するとほとんど間を置かずに、先ほどから上空で待機していた先頭の彗星艦爆が、すばやく飛行甲板へ潜り込んだ。

同機の着艦フックが制動索に引っ掛かる。彗星は一瞬前のめりになって静止した。ポケットから整備員が飛び出し、機体の下に潜り込んで手早くフックが外される。彗星は再びプロペラを回して、可動甲板の前方まで滑走してゆく。別の整備員が飛び出して機体を繋止する。もうそのときにはバリケードが張られて、次の彗星が着艦してくる。

こうして同じ手順で、天山二機も連続で着艦し、可動甲板が下げられて、四機の艦載機は完全に格納庫へ収容された。

この間わずか四分足らず、

「収容終わり！」

と飛行長が艦橋に報告してきた。他の艦載機は出港前の訓練のときにすべて収容してあったので、本日は、残りのものを収容するだけでよかった。

待ってましたとばかりに艦橋から、

「用具収め、解散！」

と号令が発せられた。

飛行甲板上では、警備員が慌ただしく動き回っていたが、やがて全員が散って、もとの静けさにかえった。

二番艦の「飛鷹」も、三番艦の「隼鷹」も、それぞれ数機ずつ収容を終えた。その状況を見届けて青木が報告した。

「各艦収容を終わりました」

角田長官がうなずいたころには、それまで着艦作業のため梯陣となり艦首を並べていた部隊は、再びもとの単縦陣に戻っていた。

機動空母「信濃」の引き渡しなど、慌ただしかった今回の出撃準備も、ようやくここへ来てすっかり完了した。

第二航空戦隊の空母三隻には、疾風三六機、零戦五四機、彗星七二機、天山五四機、彩雲《さいうん》六機の計二二二機が、すでに搭載されている。

青木航空参謀もホッとした気持ちで、もう一度発着艦指揮所へ出て、後方に続く「飛鷹」「隼鷹」をゆっくり眺めた。

そして彼は、折椅子に腰を下ろして、あるいは見納めになるかもしれない、故国の山河を見送ったのである。

2

第二機動艦隊の目指す地は、フィリピンとボルネオに囲まれた、スルー海の南西端にあるタウイタウイ泊地だった。

青木参謀は、連合艦隊司令部から、艦隊の前進拠点がタウイタウイである、と聞かされたとき、それはいったいどこだろうかと慌てた。だが、その場所が分かると、地球上からこんな泊地をさがし出した当事者に、まずは敬意を表したのである。

〝なるほど、ここからだとマリアナ方面にも、ニューギニア方面にも一通り出撃が可能だ〟

突然、艦内にラッパの音が響き渡った。

「総員、配置に就け！」

旗艦「信濃」は、すでに豊後水道の東・掃海《そうかい》水路の南端、沖ノ島付近に近付いていた。乗員はすべて戦闘配置に就く。

青木も椅子を畳んで艦橋に急ぐ。艦は二四ノットに速力を増した。

にわかに空は荒れ模様となり、うねりが巨艦を揺さぶる。艦首はときどき白いしぶきを上げて、体当たりを試みる波頭に、とめどなく挑戦し続けているかのようだった。

飛行甲板上では、敵潜水艦の出現に備えて、二五〇キロの対潜用爆弾を装備した彗星が、試運転を終えて待機している。

上空には十数機。佐伯航空隊の水上機や艦爆が入り乱れて、敵潜水艦の警戒に余念がない。あたりの海面には、佐伯防備隊の小艦艇一〇隻が、波にもまれながら、敵の潜水艦に聞き耳を立てている。

機動空母「信濃」は、第二航空戦隊の先頭を切って、太平洋上へ打って出た。

ここからは自力で、敵潜水艦の出現に備えなければならない。

航路の前方を掃討中だった駆逐艦八隻は、順次白波を蹴って空母群に近づいてくると、ピタリと寄り添うように三隻の空母を取り囲む。

そして、計一九隻からなる輪形陣は、故国山海の歓送に応えながら、一路タウイタウイを目指し進撃していったのである。

3

昭和十九年九月二十六日、角田長官指揮下の第二機動艦隊が、タウイタウイ湾外に着いたときには、太陽はすでに西に傾きかけていた。

リンガ泊地から回航した第一機動艦隊、及び第二艦隊は、このときすでに入泊しており、第二機動艦隊の各艦が指定錨地へ近づくころには、夕日は完全に没し、夜のとばりは大小十数隻の艦艇をすっかり包み込んでしまった。

明けて二十七日は快晴となった。

北のほうに見えるタウイタウイ島は、長さが約三〇海里、幅の一番広いところが一〇海里ほどあり、標高五五〇メートルの山もあって、遠くから見ると、その大きさも形状も、ちょうど瀬戸内海の淡路島にそっくりだった。

ところが、泊地の南、東、西の三方を囲む小さな島々は、これとはまったく趣が違い、全島が平坦なサンゴ礁であった。地表を覆っているヤシの木でさえも、わずか二〇メートルぐらいの高さで、内南洋マーシャル諸島の島々を思わせる。

約三〇メートルもある大型艦のマストは、湾内に入らなくても、外海から一望できるはずだ。

もし、近海に敵潜水艦が存在すれば、全貌まではつかめないにしても、日本の大艦隊が在泊していることくらいは容易に察しが付くであろう。

この錨地でもう一つ不自由なことは、これだけの大艦隊が停泊するとまったく余裕がなく、戦闘に伴う諸訓練を行うには、どうしても外海に出なければならないことだった。

青木は、機密保持と対潜警戒上の観点から、不安を拭い去ることができなかった。そうは思いながらも、ひとたび在泊中の艦艇群に目を注ぐと、その威容には、今さらながら武者震いさせられるほどだった。

錨地の中央に、全軍の指揮を任された第一機動艦隊司令長官・山口多聞中将の座乗する機動空母「大鳳」の姿がある。

山口中将は海兵四十期卒で、三十九期卒の角田中将より一期後任に当たる。この二人は同時に中将へ昇進したが、少将への昇進は山口のほうがまる一年速く、角田はその当時から、

「多聞司令官が指揮を執られるなら、私は喜んでその作戦指導に従う」

と明言していた。さらに彼は、山口多聞という人物に心底惚れ込んでおり、口に

こそ出しはしなかったが、〝山口君を連合艦隊長官にしてやりたい〟と常々そう思っていたのである。

いっぽう、第二艦隊司令長官の宇垣中将は、山口中将と同期の海兵四十期卒で、しかも、少将へ昇進したのも、中将へ昇進したのも、まったく同時だった。そこでハンモックナンバーが登場する。海兵卒業時の席次は、山口が二番で、宇垣が九番。つまり山口中将のほうが、ハンモックナンバーが七番上ということになり、この場合は必然的に、山口中将が先任となるのである。

そもそも角田中将も、宇垣中将も、山口中将が総指揮を執ることに異存はなかった。空母航空戦の経験は山口中将がもっとも豊富で、その作戦指導力も高く評価されていたからである。

錨地中央に碇泊する旗艦「大鳳」の東側には、同じ第一航空戦隊の「翔鶴」「瑞鶴」が並び、その北側に、角田中将の第二航空戦隊「信濃」「飛鷹」「隼鷹」が碇泊している。また南側には、城島高次少将指揮下の第三航空戦隊「赤城」「天城」「葛城」が、さらにその外側には、有馬正文少将指揮下の第四航空戦隊「雲龍」「飛龍」「蒼龍」が整然と並んで錨を下ろしていた。

以上が空母群であるが、旗艦「大鳳」のすぐ西側には、宇垣中将の座乗する戦艦

「大和」が碇泊しており、続いて「武蔵」「長門」以下の戦艦群が、ひときわ目立つ威容を誇って浮かんでいる。

そしてさらに、これら主力艦を取り巻くようにして、多数の巡洋艦、駆逐艦、はたまた輸送船などが碇泊しており、まるで観艦式さながらの偉観を見せつけていた。

総兵力、機動空母四、正式空母八、戦艦八、重巡一一、軽巡八、駆逐艦五二、補給艦艇一四、合計一〇五隻にも及ぶ大艦隊である。

このように連合艦隊の決戦兵力が同一泊地に集まることは、実にしばらくぶりのことであり、総指揮官である山口中将、第二機動艦隊の角田中将、そして第二艦隊の宇垣中将が現職に就いてからは、無論はじめてのことだった。

連合艦隊の海上決戦兵力が、ほとんど根こそぎ集結しているのだ。内地に残っている主力艦は、旧式戦艦「扶桑《ふそう》」ただ一艦のみであった。

実は、広島湾の柱島錨地に残留された戦艦「扶桑」には、連合艦隊司令長官・山本五十六大将の将旗が掲げられていた。

同艦に対しては、通信設備や司令部機能の充実化が図られており、大和型を凌ぐほどの前楼塔を持つ戦艦「扶桑」は、連合艦隊の旗艦として唯一内地に残り、作戦全般の指揮中枢を担うことになっていたのである。

したがって、タウイタウイに集結したのは海上決戦兵力のほとんどすべてではあるが、連合艦隊兵力のすべてではない。

海上決戦部隊のほかにも、小沢中将の第一航空艦隊（基地航空部隊）や高木武雄《たけお》中将の第六艦隊（潜水艦部隊）があり、さらに南雲忠一中将の中部太平洋艦隊（内南洋諸島の陸上防備と海上交通保護）などもあった。

連合艦隊司令長官として、山本大将の執るべき作戦指揮の全範囲は、実に地球の半球にも及ぶほどだった。だから旗艦「扶桑」が内地に残留したのは、作戦全般統括のための必然的な措置であった。

地理的な条件もさることながら、海上決戦兵力の前進根拠地をタウイタウイに定めたもう一つの理由は、やはり油の問題であった。

ここタウイタウイならば、ボルネオ島の産油地タラカンまでは、リンガーパレンバン間の距離よりもさらに近く、約一七〇海里しかなかった。

一五〇〇〇トンほどの小さなタンカーが往復するだけで、これだけの大艦隊が存分に訓練できる。

九月二十七日に各級指揮官が参集し作戦会議を終えると、翌二十八日には、早くも一航戦と二航戦の空母六隻が海外に出動し、航空隊の発着艦訓練を行った。その後も連日、各部隊が交互に出動して、発着艦や艦砲射撃などの諸訓練が繰り返された。

しかし、これらの訓練は、厳重な対潜警戒を行いながら実施しなければならない。タウイタウイの周辺には、早くも敵潜水艦の集まっている気配が感じられた。

現に第二艦隊が入港した二十四日の早朝には、タウイタウイの北西方・約三〇海里で、輸送船を護衛していた駆逐艦「電《いなずま》」が敵潜水艦の襲撃を受けて沈没し、同じく西方・約一五海里の地点では、相次いで輸送船が襲撃されて、その一隻に魚雷が命中していた。

このような事態が続けば満足に訓練も行えない。敵潜水艦の行動は次第に大胆になり、味方の兵力は決戦以前に減殺されていく。

誰もがそう憂慮せざるを得なかった。

ところが山口長官は、実に思い切った対応策を、すでに講じていたのである。

4

九月二十九日夕刻、タウイタウイ泊地に日本軍の新たな空母部隊が到着した。

山口中将の求めに応じ、連合艦隊司令部は二十四日に、本土近海警戒用として温存していた部隊を、急遽内地から出撃させたのである。

挺身《ていしん》機動部隊　司令官　松永貞市《さだいち》中将
　第五航空戦隊　松永中将直率
　　軽空母「龍鳳」「千歳」「千代田」
　第五水雷戦隊　島本久五郎《きゅうごろう》少将
　　重巡「青葉」　駆逐艦一二隻

軽空母三隻を主力とする挺身機動部隊は、明けて九月三十日から、敵潜水艦に対する掃討作戦を行うことになっていた。

軽空母三隻には、それぞれ零戦九機、九七式艦攻一八機ずつが搭載されている。

各空母は薄明時から、常時三機ずつの九七式艦攻を上空に飛ばし対潜哨戒を行う。一回あたりの哨戒飛行を約二時間とし、これを計六回、日没まで繰り返すのである。

松永中将麾下《きか》の軽空母は、三隻とも二六・五ノット以上の速力が出せるし、飛行甲板の長さが一八〇メートル以上あるので、すべての艦攻を一斉に発艦させるのはさすがに難しいが、三機ぐらいならいつでも発艦可能だった。

これが護衛空母の「大鷹」「雲鷹《うんよう》」「冲鷹《ちゅうよう》」だと、そうはいかない。飛行甲板が一七〇メートルほどしかないし、速力が二一ノットしか出せないので、艦攻の発艦に制約があり搭載機数も少なくなるので、何かともたついている間に、逆に敵潜水艦の餌食《えじき》になりかねない。

その点「龍鳳」「千歳」「千代田」は、たとえ海上がまったくの無風状態でも、三機程度の九七式艦攻なら、完全武装していても余裕で発艦させることができた。

しかも、重巡「青葉」に座乗する島本司令官は、一二隻の駆逐艦を率いて、敵潜水艦を狩り立てるのに打って付けの人物だった。

海兵四十四期卒。海軍潜水学校普通科を卒業し、潜水艦艦長、人事局第一課長、第六艦隊参謀長などを歴任して、昭和十八年五月に少将に昇進。

同期の黒島亀人より半年早く少将に昇進し、開戦前には、黒島ではなく島本を連合艦隊首席参謀にしてはどうか、という話もあった。

また彼は、昭和十八年十一月に発足した海上護衛総隊の初代参謀長を務め、護衛空母と旧式駆逐艦を駆使して、敵潜水艦から輸送船団を守る研究も行っていた。

九月二十九日夕方。明日はいよいよ泊地から出撃だ、という作戦会議の席上で、指揮下の駆逐艦艦長池田少佐が島本に進言した。

「司令官。哨戒直ですと三分の一しかおりませんので、いざというときに間に合わず、かえって非効率です。是非、全直で行うよう改めましょう」

哨戒直というのは、乗員を三直に分けて、平均的に三分の一ずつ交代で配置に就かせる、というやり方である。

ところが、この哨戒直だと、いきなり敵を発見した場合に、対処しようとしても、どうしても遅れてしまう。例えば主砲を撃つにしても、本来、三番砲担当の者が、一番砲のところへ行って哨戒しているので、いざ射撃というときに、自分の持ち場である三番砲に戻らなければならない。

この不合理を解消するために、駆逐艦「朝風」艦長の池田は、全員を持ち場に釘付けにする全直制を採ろう、と言うのである。

全直といっても、そのやり方が問題である。

「具体的には、どうやるつもりだ?」

島本が、そう問いただした。

「はい。無論、二四時間起きていろというのではありません。すべての乗員に毛布を持たせて、砲側や甲板上など、各々の配置のそばで寝かせます。そして、見張りの直だけを六直にし、二時間交代で見張らせるのです。そうすれば夜間でも、発見した敵にすぐ対処できるはずです」

　通常、戦闘の準備には様々な段階があって、「砲戦準備」などの号令に始まり、「配置に就け」「戦闘用意」「戦闘」という具合に準備段階を高めていくが、一々これをやっていると、いざというときに間に合わない。

　しかし、全直の態勢にしておくと、いきなり敵潜水艦を発見した場合でも、最初に掛ける号令は「対潜戦闘」で、「配置に付け」などと言わなくて済むのである。

「なるほど。本来は規則違反だが、決戦が近いとなればそれも致し方あるまい。

……私は賛成だが、他のものはどうか!?」

　司令官である島本が、まず賛意を示した。

　これに異議を唱える艦長は誰もいなかった。全員がこのたびの決戦に、

〝国の命運が掛かっているんだ！〟

と重々承知していたのである。

　九月三十日午前五時過ぎ、空が薄明となると、挺身機動部隊の空母三隻は、風上に艦首を立て、二〇ノットに増速し、それぞれ三機ずつの九七式艦攻を発艦させた。

　前々日には一航戦と二航戦が、そして、前日には三航戦と四航戦が、同じように

泊地から出て訓練を行っている。

重巡「青葉」に座乗する島本司令官は、松永中将からの求めに応じて、空母三隻の前程に四隻の駆逐艦を配し、自らはそのやや後方に陣取り、泊地から出撃したのである。

5

タウイタウイ泊地には、出入り口が西の方に一ヵ所あるだけだった。

マリアナ進攻作戦に先立って、太平洋艦隊・潜水艦部隊のチャールス・A・ロックウッド中将と、第七艦隊・潜水艦部隊のラルフ・W・クリスティ少将は、その指揮下にある部隊を、機動艦隊長官・スプルーアンス大将の要請どおりに配置した。

三隻の潜水艦は日本軍の艦隊が集結したタウイタウイ近辺を哨戒し、他の数隻はサイパンへ進撃するために敵が通過しなければならない、フィリピン付近の海峡沖合を行動した。また、さらにその先のフィリピン海にも四隻の潜水艦が配置されており、米軍は、まさに水も漏らさぬ哨戒網を、張り巡らせていた。

潜水艦「レッドフィン」は、タウイタウイ近海の哨戒任務に就いていた。艦長はウィットフォード少佐である。

　ここ数日の敵の動きから推測して、本日三十日も泊地から敵空母部隊が出動し、訓練を行う可能性が高いと思われた。

　今日も海上は微風状態が続いている。

　もし、敵空母が泊地から出動して来れば、外海へ出てからも艦載機を発着艦させるはずで、そのときには必ず、風上に向けて直進する。

〝絶好の機会に恵まれるかも知れない。これを逃す手はない！〟

　ウィットフォードは、夜が明ける前に一度浮上を命じ、再び潜航して虎視《こし》眈々《たんたん》と攻撃のチャンスをうかがっていた。

　午前五時四十二分、潜水艦「レッドフィン」の聴音機が、抜け目なく艦艇の集団音を捉えた。

「やはり出て来たな……、総員配置に就け！」

　ウィットフォードは、ただちにそう号令を発すると、かなり時間を置いて、敵との距離を充分取ってから浮上するように命じた。

　厳重な警戒のもと「レッドフィン」が浮上し、ウィットフォードが自ら潜望鏡を覗く。

　すると、空母を含む機動部隊で、駆逐艦数隻がその周囲を取り囲んでいる。距離は二万メートルほど離れており、上空には敵機の姿もあった。

〝敵はまだ気づいていない〟

　ウィットフォードはそう確信すると、再び潜航を命じた。

　北東から弱い風が吹いており、現時点で、日本軍の空母部隊は西へ向け、約一四ノットで航行していた。が、発着艦のため、いずれ北東へ針路を執るに違いない。

〝よーし、先回りしてやれ！〟

　ウィットフォードは決意を固めると、操舵手に命じ、北へ向け針路を執らせた。

　潜水艦「レッドフィン」が潜航したまま、わずか五ノットで北へ進む。時刻は六時十分を回ろうとしていた。

　ジリジリと時間だけが過ぎ、艦内で言葉を発するものはいない。もはや、艦長であるウィットフォードの直感に賭けるしかない。皆が、そのことをよくわきまえていた。

　無言で耐えるだけの重苦しい状態がさらに続く。すでに何時間も経ったような感覚だ。が、実際には三〇分ほど経過しただけで、時刻は六時四十二分になろうとしていた。

ところが、そのとき、再び「レッドフィン」の聴音機が反応し始めた。米軍潜水艦の装備する聴音機は、日本軍のそれとは、まったく比べ物にならないほど感覚が良好だった。

どうやら日本軍の空母部隊は、北東へ向け航行しつつあるようだ。だが、聴音機の反応から推測すると、距離はかなり遠いと思われた。

ウィットフォードはじっと堪えて、「レッドフィン」の速度を維持し、そのままの針路でさらに同艦を北進させた。

またもやジリジリと時間が過ぎる。だが、聴音機の反応は次第に大きくなってゆく。間違いなく敵艦のほうへ近づいているのだ。

乗員全員が不気味な手応えを感じていた。

接近を悟られると、無論、こちらがやられる可能性もある。なんとも言えない緊張感が艦内を支配する。が、その張りつめた空気を破り、ついに艦長のウィットフォードが命じた。

「潜望鏡深度に、浮上せよ！」

時刻は午前七時を回ろうとしていた。

たっぷり三分ほど掛けて艦が浮上し、急いでウィットフォードが潜望鏡を覗いた。

「よし、絶好の位置だ！」

距離・約三〇〇〇メートルに一隻の敵空母が存在し、その手前に二隻の駆逐艦が張り付いていた。しかし、若干方向が悪い。

ウィットフォードはさらに接近しつつ、針路を一二度、右へ修正した。

「魚雷発射用意。……撃て！」

間髪を入れずに彼が号令を発すると、同艦の艦首から、連続で六本の魚雷が発射された。

ところが、日本軍の駆逐艦二隻は、予想をはるかに凌ぐ速さで反撃してきた。こちらが魚雷を放つのと、ほぼ同時に砲撃してきたと思われる。

「ザァブーン！　ザァブーン！」

敵砲弾の二発が至近弾となった。が、ウィットフォードがすでに急速潜航を命じていたので、辛うじて被弾は免れた。

ホッと一息つきたいところだが、そんな余裕はまったくない。駆逐艦に発見された潜水艦は、ヘビににらまれたカエルのようなもので、海中深くに潜航し、敵駆逐艦の爆雷攻撃をじっと耐えるよりほかに仕方がない。

潜航の直前に、ウィットフォードは猛然と突撃して来る敵駆逐艦の姿を認めていた。

こちらの放った魚雷が、上手《うま》いことその駆逐艦に命中するか、その駆逐艦がやってくる前に、こちらが安全な深度まで潜ってしまうか、今や「レッドフィン」の生き残る道は、そのどちらか一方しかないと思われた。

幸いにも敵艦との距離は、まだ一二〇〇メートルほどあった。何とか間に合うはずである。

「急げ！」

ウィットフォードは無意識のうちに、大声を張り上げていた。

ところが、彼がまったく気づかないうちに、潜水艦「レッドフィン」には、すでに最大の危機が迫りつつあった。

同艦の後方上空から、密かに進入した一機の九七式艦攻が、ウィットフォードの叫び声をかき消すかのように、潜航直後の「レッドフィン」へ向けて、爆雷を投下したのである。

海面に落下したその爆雷は、重力に従って、まるで「レッドフィン」を追い掛けるようにして沈んでいく。

もはや完全に手遅れだった。

「ドッカァーン！」

その爆雷は、見事「レッドフィン」の左舷舷側を直撃した。

炸裂音と同時に、海面が一旦沈み込んで再び盛り上がり、同艦の船体は中央から真っ二つに引き裂かれていた。

重巡「青葉」の艦上で、事の成り行きをじっと見守っていた島本司令官は、まもなく敵潜水艦の沈没を確信した。

九七式艦攻が旋回している直下の海面に、砕け散ったと思われる。敵潜水艦の残骸が浮かび上がってきたからである。

戦いに情けは無用だ。しかし島本は、その残骸を見ていると、どうしても手放しで喜ぶ気分にはなれなかった。

いっぽう、敵潜水艦に狙われた空母は「千歳」だったが、同艦は、かなり早い段階で敵潜水艦の襲撃に気づいたので、すべての魚雷を回避してことなきを得た。

また、その魚雷のうちの一本は、空母「千歳」の左舷後方で警戒中だった駆逐艦「春風」の近くで爆発したが、こちらも幸いに、何の被害もなく済んでいたのである。

6

翌十月一日にも、挺身機動部隊は敵潜水艦に対する掃討作戦を実施した。軽空母「龍鳳」「千歳」「千代田」は前日同様に、薄明時から九七式艦攻三機ずつを上空に上げて、約二時間おきに哨戒任務を交代させる。

午前中は何事も起こらず、午後一時過ぎには第五次の哨戒隊として、三隻の空母から再び九機の九七式艦攻が発艦した。

その直後のことだった。旗艦「龍鳳」の露払いとして、その前方を航行していた駆逐艦「神風」が、右八〇度、約二〇〇〇メートルの距離に、潜望鏡を発見した。同艦が全軍に警報を発し、空母「龍鳳」の前方上空を哨戒していた一機の艦攻が、すぐさま降下して爆雷を投下した。

駆逐艦「神風」艦長の稲本少佐は、警報を発するやただちに増速を命じ、三〇ノット近くの高速で発見位置へと急行する。

老齢の「神風」は轟然《ごうぜん》とエンジンの回転を増し、面舵を切って突っ込もうとしたが、その矢先に右に魚雷を見つけた。

稲本は急いで舵を取って、魚雷をかわす。

しかし、魚雷を回避する間に敵潜水艦は潜航してしまい、完全に見失ってしまった。

味方艦攻の投じた爆雷が命中した形跡もない。

こうなると、おおよその見当を付けて、聴音機を頼りに探し回るしかない。が、日本軍の水中測的器は、速度を一四ノットぐらいに落とさないと、自艦のスクリュー音に邪魔されて、敵潜水艦の位置が測れなかった。

稲本はやむを得ず、速度を落とす。

そして、ようやく二〇分後に、先ほどのものと思われる潜水艦を、右前方・約二五〇〇メートルに探知した。

「よし、接近せよ!」

間髪を入れずに稲本が命じたが、測的器を駆使しながら進むので、一四ノット前後しか出せない。

それでも「神風」はかなり肉迫した。すると豪胆にも、敵潜水艦がまたもや魚雷を放ってきた。

右二メートルくらいのところを、「神風」の舷側に沿って矢のように魚雷が疾走してゆく。

もう一本も、左二〇メートルくらいのところを、すり抜けて行った。まさに冷や汗ものである。

だが、敵潜水艦は高々と潜望鏡を上げている。

外れるはずがない、と思っていた魚雷が三本とも命中しなかったので、敵は、急に慌てているような感じである。

駆逐艦「神風」は恐ろしいほどのスピードで、敵潜水艦とすれ違った。

艦尾から独断専行で撃ち出した四〇ミリ機銃が、バリバリッと火を噴く。

「ズゥババババッ！　ズゥバババババッ！」

立て続けに一〇秒ほど撃ったとき、敵の潜望鏡がスッと海中に消えた。

友軍が、この好機を見逃すはずはなかった。

艦攻や他の駆逐艦があっと言う間に殺到し、ドカドカと連続で爆雷を放り込む。

水柱が林立し、爆発音はあたりの海面にこだまして、凄まじい地獄絵図となった。

すると突如、敵潜水艦の頭がプカーッと海面上に飛び出した。距離・約二〇〇メートル。まさに目と鼻の先だった。

稲本が間髪を入れずに砲撃を命じ、「神風」が、他の駆逐艦とも一緒になって、徹底的に主砲や機銃を撃ちまくった。
完全に追い詰められた米潜水艦は為すすべなく、まもなく木片や油紋だけが広が
り、同艦は海中深くへ沈んでいったのである。
7

挺身機動部隊によって、沈められた二隻目の米軍潜水艦は「ハーダー」だった。

同艦は、爆雷攻撃を受けて浮上を余儀なくされる直前に、司令部に対し決別電を打っていた。

太平洋艦隊・潜水艦部隊指揮官のロックウッド中将は、大きなショックを受けた。

「な、なにかの間違いではないのか!?」

しかし、十月一日に「ハーダー」が沈没し、その前日には「レッドフィン」も消息を絶っている。おそらく、十中八九「レッドフィン」も沈没したものと思われる。

一九四四年に入り、ロックウッドは指揮下の潜水艦艦長に対して、

「敵艦を見つけたら、怯《ひる》まず積極的に攻撃せよ!」

と厳命していた。

開戦以来続いていた魚雷不備の問題は、前年までに解決していたし、水中音波兵器なども日本軍より格段に優れたものを、装備できるようになっていたからである。

ところが、ここへ来て方針転換せざるを得なくなってきた。

マリアナ進攻作戦を前にして、潜水艦部隊に課せられた第一の任務は、日本軍機動部隊の動向を正確につかむことだった。

だが、連日相次いで潜水艦が沈められ、このまま状況が変わらなければ、さらに多くの潜水艦を失う可能性もある。

現に、タウイタウイ近海に派遣した潜水艦三隻のうち二隻が沈められて、敵機動部隊の動向をつかむという任務が、遂行できるかどうか疑わしい。

ロックウッドは、魚雷を使い果たして真珠湾に帰投しつつあった「パイロットフィッシュ」と「ピンタード」に対して、タウイタウイ方面へ急行し、哨戒の任務に就くよう指示した。

幸いこの二隻の潜水艦には、航行可能な燃料がまだ残っていたのである。

いずれにしても、決戦を前に、これ以上潜水艦を失うことは赦《ゆる》されない。

いかなる状況で「ハーダー」と「レッドフィン」が沈められたのか、詳しい原因までは分からなかったが、日本軍が、我が潜水艦の動きに対し、何か新しい対策を講じているのは間違いなかった。

唯一分かっていることは、二隻とも、空母を含む部隊を監視しているときに、逆に攻撃を受けたということであった。

「当面のあいだ、敵に空母が存在する場合、夜間攻撃に限定する。昼間は、状況が極めて有利な場合を除いて、哨戒任務に徹せよ！」

ロックウッドはこれまでの積極策を封じ、ついに哨戒任務重視に方針転換したのである。

第三章　米軍大機動部隊の来襲！

1

軽空母を惜しげもなく対潜戦闘に投入する、という思い切った打開策が功を奏し、少なくとも日本軍の艦隊は、これまでよりは自由に行動できるようになった。

だからといって、敵潜水艦の脅威が完全に取り除かれたわけではない。警戒水域では、日本軍主力の第一、第二機動艦隊や第二艦隊の駆逐艦も、挺身《ていしん》機動部隊のやり方に倣《なら》って、哨戒直ではなく全直の態勢を採ることにした。

十月となってからも、各戦隊は泊地から出動して諸訓練を行っている。が、米軍機動部隊は予想に反して、なかなかやって来ない。

「敵は本当にマリアナに来るのか？」

ということが、各艦隊司令部の一部幕僚のあいだでも、ささやかれるようになっていた。

というのが、米軍は、ニューギニア北部に対する攻勢をますます強めており、八月末には北中部の要衝ホーランディアへ上陸し、九月二十六日早朝には突如、敵の大輸送船団がビアク島沖に現れた、という電報が飛び込んでいたからである。

ビアク島は、ニューギニア北西部の最重要拠点である。我が軍の戦略的見地から見れば、マリアナ諸島から西カロリン諸島へと連なる島嶼《とうしょ》防衛ラインの終点に当たっている。

しかも、ビアク島の地勢は大航空基地の建設に適していた。陸海軍は協力して、ここに一大航空拠点を築こうと鋭意設営中だったが、まだようやく一本の滑走路が完成していたに過ぎなかった。

そこへ早くも敵は、大挙して押し寄せて来たのである。

当然予想されたことではあるが、いざ実際に上陸され掛かってみると、マリアナ諸島よりビアク島のほうが重要ではないかと思えてくる。

十月一日に、旗艦「大鳳」で行われた作戦会議の席上で、そのことを強く主張したのが、第二艦隊長官の宇垣中将だった。

「ビアクが失陥し、逆に敵の航空兵力がここへ躍進するとなると、フィリピンやボルネオなどが敵爆撃機の脅威にさらされる。ひいては南方資源地帯との連絡が寸断されるようなことにもなりかねない。この際、我が主力はビアク方面に出撃し、こちらから積極的に艦隊決戦を求めるべきではないか！」

約半数の者がこの意見に賛成のようで、しきりにうなずいていた。

しかし、山口長官の考えは違った。

「確かに一理ある。だが、敵がこちらの思いどおりに出て来るという保証はない。我々に与えられた使命は、あくまでも敵機動部隊の襲撃であり、ビアク方面へ出撃しているあいだに、マリアナを抜かれるようなことになれば、それこそ取り返しの付かないことになる」

「無論、敵機動部隊との決戦が一番大事なことは分かっている。しかし、本当に敵はマリアナに来るのか？　ビアクを失ってしまえば、ここにも止《とど》まってはおれんぞ！」

なるほど宇垣が言うように、ビアクが敵に占領されると、タウイタウイ泊地は、米軍機の爆撃圏内に入ってしまう。

このことは山口も、決して無視できなかった。

「よし、分かった。貴様の第二艦隊と五航戦（軽空母三隻）には、ビアク方面への出動待機を命じる。だが、そのまえに敵機動部隊の所在を突き止めるよう努力するので、実際に出撃するのはそれからでも遅くはあるまい」

「うむ、承知した。だが、ことは急を要する。そう長くは待てんぞ！」

宇垣はそう念を押して、最後にようやくうなずいたのである。

いっぽうそのころ、作戦全般を統括する連合艦隊司令部でも、約半数の幕僚が〝ビアクに主力を派遣すべきである〟と主張していた。

参謀長の大西瀧治郎中将も、どちらかと言えばその考えを推していた。

「長官。ここは連合艦隊の命令として、ビアク方面へ出動させるべきかと存じますが……」

だが、あえて山本長官は、大西参謀長の言葉を途中でさえぎり、

「いや。山口君の考えに任せよう」

とつぶやいたのである。

2

山口には一つの考えがあった。

九月二十九日には、ブラウン環礁（米側ではエニウェトク環礁）から来たと思われるB24爆撃機一二機が、サイパン島を爆撃している。だが、大した被害はなかったので、日本側でこれを気に留めている者はほとんどいなかった。

しかし、山口はこの動きに注目していた。

〝サイパン来襲機の真の狙いは偵察にある。これは敵大作戦の前触れであり、やはり敵は、マリアナ諸島を攻略して来るに違いない。なんとしても、敵機動部隊の動向を探る必要がある〟

そう考えた山口は、ただちに小沢中将の第一航空艦隊（基地航空部隊）司令部と連絡を取って、次のように依頼した。

『貴下の偵察機により、至急マーシャル方面の敵情を探られたし』

小沢中将の第一航空艦隊司令部は、すでにマリアナ諸島中南部のテニアン島へ進出していた。

本来の計画では、第一航空艦隊航空兵力の定数は一六二〇機にも及ぶはずだった。ところが、数次にわたる敵艦載機との戦闘で、十月一日現在の航空兵力は、零戦二八八機、局地戦闘機（雷電及び紫電）五四機、彗星艦爆三三機、陸上爆撃機（銀河）四八機、一式陸攻八一機、艦上偵察機（彩雲）二四機の合計五二八機となり、その戦力は三割強にまで激減していた。

しかしながら、海軍機の不足を補うかたちで、航空協力を約束した陸軍が、戦闘機（隼二型及び飛燕など）一五〇機、重爆（呑龍《どんりゅう》及び飛龍など）一二〇機を供出し、十月一日までに、これら計二七〇機の陸軍機も、マリアナ諸島の各飛行場へ進出していたのである。

山口中将から偵察の依頼を受けた小沢長官は、この要請に応えたいのは山々だったが、事はそんなに簡単ではなかった。

こちらの使用できる航空拠点はトラックだが、トラックから敵機動部隊が根城にしていると思われるマーシャル諸島内のメジュロ環礁までは、一二〇〇海里近くの距離がある。

二式飛行艇なら、往復二四〇〇海里の距離を飛べないことはないが、なにせ速度が遅いので、厳重な警戒の予想される敵泊地の上空を、突破するのはとても無理だと思われる。また、目的が偵察なので夜間飛行で進入してもまったく意味がない。

しかし、メジュロ環礁の南方・約五三〇海里にはナウルという島がある。日本軍が緒戦に占領して以来、航空基地として整備した島で、今は取り残されて、半身どころかほとんど全身不随の状態になっているが、ともかく我が手中にあって、燃料もあれば基地兵員もいる。このナウル島を〝止まり木〟にすれば、高速の新型艦偵「彩雲」で、偵察をやれないこともない。ただし、成功させるには熟練した技量が必要である。

小沢長官が、彼の参謀長である山田定義少将に対して意見を求めた。山田は、まもなく中将に昇進する予定になっていた。

「君、この任務には相当な危険が伴う。誰か適任者がいないものかね？」

「長官。ガ島攻撃当時の空母『瑞鶴』以来、長官ともなじみの深い飛行隊長がおります。彼ではどうでしょうか？」

「おお、なるほど。千早君のことかね？」

「ええ、そうです。ちょうど彼は偵察隊の隊長となり、新型機の扱いも問題ないでしょうから、信頼して任せられると思いますが……」

「うむ、もっともだ。すぐに彼をここへ呼んでくれたまえ」

海軍はミッドウェイ海戦以来、偵察を重視するようになっていた。少佐に昇進した千早猛彦は、元来艦爆乗りだったが、洋上飛行の腕前を買われ、第一航空艦隊の偵察隊長となっていたのである。

まもなく、千早少佐が司令部へ出頭してきた。

小沢長官から直接、メジュロ偵察の主旨を聞かされた彼は、早くも闘志満々の様子で、

「喜んで行かせていただきます」

と即答したのである。

十月三日、果敢かつ周到な千早は、単機でその任務に当たることになり、新鋭機「彩雲」に機上して密かにトラックから出撃した。

トラックからナウルまでは、約一〇〇〇海里の距離がある。が、千早の腕をもってすれば、これぐらいの距離はどうということはなかった。

問題は敵に悟られることだった。が、計器飛行の達人である千早は、雲を上手《うま》く利用して、ときにはそのなかにスッポリ〝身〟を隠し、一〇〇〇海里を踏破して、まんまとナウルに潜入した。

瑞兆《ずいちょう》の来客を迎え入れて、飛び上がらんばかりに歓呼したのが、同島に、やむなく取り残されていた基地の兵員たちだった。

千早も彼らの思いを察していた。

「決戦の日は近い。明日は敵空母の所在を確かめに行く。本当に辛抱強くここを守ってくれた。私は君たちのおかげで敵地まで飛ぶことができる。心から感謝する！」

ねぎらいの言葉を聞いて、思わず涙ぐむ兵員も多かった。食料も途絶えがちの孤島で耐え忍んできた自分たちの存在意義を、彼らは改めて実感することができた。

翌日早朝、千早は、溢れんばかりの声援を受けてナウルを飛び立った。

〝彼らのためにも絶対成功させねばならん！〟

千早は、腹の底から湧き上がるような勇気を、しみじみ感じていたのである。

3

十月四日、千早機は北北東へ向け飛んだ。ナウルからメジュロ環礁までは五三〇海里ほどある。

飛行高度は三〇〇メートル。上空には薄雲が掛かり空一面を覆っている。敵前六〇海里までは、彼はこの高度を維持した。敵のレーダー探知を避けるためである。だが、低空飛行を続けていると、敵の水上艦などに発見される恐れがある。そう判断した千早は、一気に高度を上げて雲を突き抜けた。

速度も時速二七〇ノット（時速・約五〇〇キロ）以上出ている。それでもかまわず、千早はグングン上昇するよう命じた。

「高度、一万七〇〇！」

操縦員の高田飛曹長が、そう叫んだ。

千早がようやく水平飛行を命じる。もうそのときには、メジュロまでの距離、約二〇海里のところへ迫っていた。

千早機は、それから徐々に高度を下げて、密かに敵地へ忍び寄ってゆく。するとそのとき、右前方の雲の切れ間から、期待どおりにサンゴ礁の島がチラッと見えた。

「……あれだ！」

千早はそうつぶやくと、高度六〇〇〇メートル付近で再び水平飛行を命じ、高田はエンジンを吹かしてその方向へ突き進んだ。速度計の針は三三五ノット（時速・約六二〇キロ）を指している。

だが、敵の警戒はさすがに厳重だった。

小沢司令部では、固唾《かたず》を呑んで敵の通信に耳を傾けていたが、千早機がメジュロ上空へ進入したと思われるころ、敵のレーダーが早くもこれを探知して空襲警報を発した。

〝いかん、見つかったか！〟

小沢長官をはじめ、司令部へ詰めていた、幕僚のほとんど全員がそう思った。

瞬間、空気が凍りつき、千早機の安否が気遣われたが、もはや無事を祈るしかない。

ところが、機敏な千早は、司令部の心配などよそに、やるべきことを淡々と実行していた。

完全に敵泊地の上空へ到達した、と判断した千早は、追いすがる敵機のいないことを確認してから、にわかに急降下を命じた。

「よし、ゆくぞ！」

千早機が、高度六〇〇〇メートル付近から、一気に降下する。

もうそのころには、敵戦闘機が迎撃に上がっていたが、上昇し切らないうちに、千早機が降下したので、まったく上下に入れ替わるようなかたちで、すれ違った。

敵戦闘機が慌てて上昇を止め、押っ取り刀で急降下に転じる。しかし、そのときにはもう、千早機は雲を突き刺すように、高度二五〇〇メートル付近へ降下し、機体を水平に戻して泊地上空を駆け抜けていた。

「よし、撮った！」

と千早が、手を上げ合図する。

写真撮影に成功したのである。高田が、応答もそこそこに、機を離脱させながら再び上昇に転じる。その間わずか一〇秒足らずの早業だ。

電信員の古谷《ふるや》一飛曹が、抜かりなく肉眼でも数えていた。大型のやつが五隻、小型も二隻はいた。無論、敵空母の数である。

米軍の戦闘機はヘルキャットだった。が、まったく追い付けず、敵機は雲の下に隠れてしまったので完全に見失った。

地上からは高角砲もぶっ放したが、上空で炸裂したときには、すでにその日本機は、雲の彼方へ飛び去っていた。

千早機は雲の上、高度六〇〇〇メートルに上昇すると、最高速で南南西へ向け取って返した。

一機のヘルキャットが、再び千早機を見付けたときには、もはやその機体は、ごま粒ほどの大きさとなっていたのである。

敵の制空権下から完全に離脱すると、千早は古谷に対し、打電を命じた。

『我に追い付くグラマンなし！』

テニアンの司令部で、この電報を受け取った小沢は、満面の笑みを浮かべ、ホッと胸をなでおろしたのである。

4

千早機がナウルの滑走路へ着陸するや、基地兵員はまさに総出で出迎えてくれた。日の丸を背負った飛行機が、たった一機生還しただけで、皆に無上の安心を与えるのだ。

「ご無事で何よりでした！」

彼らは、口々にそう言って、機上の三名を羨望《せんぼう》の眼差《まなざ》しで見上げた。千早以下は答礼し、手を振って歓声に答える。

すると、後ろのほうで大きな声がした。

「成功ですか!?」

少しだけ間をおいて、千早が笑顔で応じた。

「もちろん、大成功だ！」

その途端に大歓声が湧き上がる。質問した当人は感激し、バンザイ三唱をしているようだ。

千早らは、彼らに抱えられるようにし、愛機から降りた。皆が握手を求める。三名は精いっぱいその歓迎ぶりに応えた。

成功と分かると、それぞれが色々なことを聞いてくる。それに一々答えることはできないが、千早は少しおどけながら、

「敵さんもなかなかやるが、大和魂には歯が立たんようだ！」

と声を張り上げた。

これで皆が大喜びとなり満足した。すべての顔に満面の笑みがある。古谷もつくづく、飛行機乗りになってよかったと思った。

「さあ、仕事だ」

ある将校が気を利かせてそう言うと、ようやくざわめきが収まり解散となって、皆がそれぞれの持ち場へ戻っていった。

千早以下三名は、発着指揮所へ赴き、さっそく持ち帰った写真を現像した。

固唾を呑んで見ていると、まもなく期待どおりに敵機動部隊の全貌が現れた。

判明した敵兵力は、港内に、大型空母五、小型空母二、戦艦三、巡洋艦三、駆逐艦一〇、輸送船二、油槽船一六、計四一隻の艦艇が在泊中だった。

また、出港中のものとして、大型空母二、戦艦もしくは巡洋艦三、駆逐艦八、の計一三隻が別のもう一枚に写っていた。

空母だけでも合計九隻は写っている。紛れもない大戦果だった。

千早はただちに、この事実をテニアンの司令部へ報告し、これを受けて、小沢司令部が全軍へ向け、この情報を伝達したのである。

十月四日午後四時過ぎには、タウイタウイ泊地の第一機動艦隊司令部も、間違いなくこの情報を受け取っていた。

山口が、彼の参謀長である、伊藤清六大佐に向かって言った。

「やはり敵機動部隊の前進基地は、アドミラルティ諸島ではなく、メジュロ環礁だ！」

アドミラルティ諸島は、ラバウルの北西・約二八〇海里に位置し、ここにも良好な艦隊泊地が在ったので、日本側は、〝敵機動部隊の前進基地になっている可能性が高い〟と見ていた。

伊藤が応じて言った。

「はい。空母が九隻もいるなら、敵主力に違いありません。しかもここ数日、マーシャル諸島方面では敵の通信がかなり頻繁になっております」

「うむ。戦機はいよいよ迫りつつある。だが、問題は、メジュロにいる敵が、果たしてどこにやって来るかだ!?」

「はい。ですが、長官。敵主力がメジュロにいるということは、まず、マリアナ諸島が一番危ない、とみるべきです」

「うむ、同感だ。偵察したのは千早君らしい。しかも、写真撮影に成功しているということだ。かなり信頼性の高い情報と言える」

「はい。……では、マリアナ沖での迎撃準備を整えますか!?」

「うーむ。まずは翌朝、補給部隊をギマラスへ進出させておこう」

「分かりました。では、五航戦に護衛を依頼しておきます」

「うむ。そうしてくれたまえ」

山口は最後にそう言って、伊藤の進言にうなずいたのである。

5

十月五日朝、太陽が昇るのを待って、松永中将の率いる挺身機動部隊と、これに護衛された補給部隊がタウイタウイ泊地から出撃した。

目指す目的地は、フィリピン中部のパナイ島とネグロス島に挟まれた、ギマラス泊地である。

ギマラス周辺には、陸軍の航空基地が点在するので、産油地からは若干遠くなるものの、対潜警戒面では有利な場所であった。

しかも、サンベルナルジノ海峡か、もしくはスリガオ海峡を通ってフィリピンを東へ突っ切れば、四日間ほどで、マリアナ諸島の西方海上へ進出できるし、もし万が一、敵機動部隊がビアク方面へ現れた場合でも充分対処できる。

日本側はこの期に及んでも、米軍の進攻ルートが二本立てで進んでいることを見抜けずにいた。

つまり、敵のビアク島攻略は、陸軍を主力とするマッカーサー・ラインの先端であり、高速機動部隊を主力とするニミッツ・ラインの先端は、すでにこのとき、マリアナ諸島の攻略を目指し、最終準備段階に入っていたのである。

〝ビアクか、マリアナか!?〟

もっとも怖い米軍機動部隊が、どちらに攻め掛かって来るか、であるが、さしもの山口といえども、最後の決断は下せずにいた。

山口司令部だけではない。小沢司令部でも、山本の連合艦隊司令部でも、ほとんどの幕僚が考えあぐねて、いまだ方針が定まらなかった。

ところが、マリアナ来襲の考えに、まったく揺るぎない自信を持つ者が、ただ一人だけいた。

小沢・第一航空艦隊の首席参謀に就任し、まもなく大佐へ昇進する予定となっていた、淵田美津雄中佐である。

「連合艦隊司令部が、航空兵力の一部をビアク方面へまわしてはどうか、と言ってきている。……君はどうみるかね？」

「それは山本長官の下された命令ですか⁉」

「いや、そうではない。これはあくまでも、連合艦隊司令部の参考意見……」

「ならば無視してください。我が兵力は集中して、味方機動部隊の攻撃に策応しなければなりません。主敵はあくまでも米軍機動部隊です！」

「うむ。しかし、それがビアクに来襲すると、取り返しの付かないことになる」

小沢が案ずるのも無理はなかった。

ビアク島には、すでに敵兵が上陸しており、十月二日、南西方面艦隊（豪州北部、及び南方資源地帯の陸上防備と海上交通保護）の基地航空兵力が、昼間強襲で、敵上陸軍に対し相当な打撃を与えていたが、こちらもかなりの戦力を消耗して、予断を許さぬ状況が続いていたからである。

今、敵機動部隊に襲撃されると、ビアクの我が防衛軍は、たちまち窮地に追い込まれる。

　だが、淵田は頑として聞かなかった。

「長官、敵機動部隊は、まずビアクには来襲しませんよ。もし本当に来るなら、とっくの昔に来ているはずです」

「なぜ、そう言い切れるかね⁉」

「敵の攻撃パターンを見れば分かります。ギルバート諸島がやられたときも、マーシャル諸島がやられたときも、まず敵の機動部隊が来襲し、次に艦砲射撃を加えられ、その後に敵部隊が上陸して来ました。すでに上陸を行った場所に、あとから敵機動部隊が来襲した例はございますか？」

「うむ。なるほど一理ある。……しかし、今回が例外、ということはないだろうか？」

「無論、私も完全には否定できません。……ならば長官！　二日間だけ猶予をください。もう一度メジュロに強行偵察を行い、敵機動部隊の動向を確かめます！」

　開戦以来、飛行総隊長を務めてきた淵田の勝負勘は、決して馬鹿にはできない。

　小沢もついに、彼の主張の正当性を認めた。

「よし、よく分かった。確かに、今むやみに動くのは下策かも知れん。君の言うとおり、偵察の結果が出るまで自重しよう」

「はっ！　ありがとうございます」

淵田は改めて敬礼し、小沢の処置に謝意を表したのである。

6

メジュロ環礁に対する二回目の偵察は、千早偵察隊所属の長嶺《ながみね》大尉機が行うことになった。

長嶺は、千早の右腕とも言える漢《おとこ》で知力、胆力ともに申し分なく、無論、洋上飛行技術にも定評があり、この任務には打って付けだった。

長嶺もまた、新型艦偵「彩雲」に機上し、十月六日にナウルへ潜入して、翌七日に、メジュロ環礁への偵察を行った。

この日も長嶺機は、前回の千早機に倣って厳重な警戒網を突破し、まんまと敵泊地の上空へ侵入したが、意外にも敵部隊の在泊を認めなかった。

天気は快晴で、見誤るはずがない。

長嶺はもう一度よく見た、にも関わらず、泊地には、わずかに輸送船一、駆逐艦三を認めたに過ぎなかったのである。

またこの日、同じくトラック基地にあった千早隊所属の別の偵察機が、アドミラルティ諸島に対する偵察を行ったが、ここにも敵機動部隊の姿は認められず、戦艦一、巡洋艦三、輸送船二〇を発見しただけだった。

以上の偵察結果から、敵機動部隊は、十月四日の一回目の偵察以降にメジュロ環礁を出撃し、いよいよ何らかの行動を開始したもの、と判断せざるを得なかった。

しかし敵機動部隊は、いったいどの方面に、その矛先を向けているのか、大本営も連合艦隊司令部もいまだに、その方針を決定できずにいた。

時間だけが刻々と過ぎる。

大本営海軍部では、その通信諜報から、敵機動部隊はニューギニア北岸沿いに行動しつつある、と判断していたが、連合艦隊司令部の情報参謀・中島親孝《ちかたか》中佐は、諸種の兆候から、敵機動部隊はマリアナ東方海域に近づきつつある、と判断していた。

また、小沢司令部では淵田中佐が、

「第一義的に、マリアナに来襲するものとして、備えなければなりません」

と強く主張していたが、逆に山口司令部では、伊藤大佐が、

「現時点で軽々に、マリアナ方面へ出撃すべきではありません！」

と自重を促していた。

敵機動部隊の行き先を突き止めなければ、いかんとも対処のしようがない。

明けて十月八日、帝国海軍は、サイパン、トラック、パラオなどの各根拠地から、飛行艇や偵察機、延べ五〇機以上を数次に分けて放ち、中部太平洋のあらゆる方面を血眼になって、まさに丸一日掛けて捜しまわった。

だが、残念ながらこの日も、敵機動部隊を発見できず、単に時間を浪費したに過ぎなかった。

大本営をはじめとして、全艦隊司令部がますます焦燥感を募らせる。

もはや一刻の猶予もならなかった。

そのことを察し、ついに千早隊長が、基地司令の岩尾中佐を通じて小沢司令部に赴き、直接、出撃を申し出た。

「明日未明、私が出撃して、必ず敵機動部隊の行方を付き止めてまいります」

「おう、夜間飛行を伴うが、貴様が行ってくれるんなら、これ以上心強いことはない。……長官、どうか行かせてやってください」

淵田が、千早の決意を汲んでそう進言すると、小沢も二人の熱意に押されて、

「うむ。ならば行ってもらうことにしよう」

と即座に許可を与えた。

そして、淵田と千早は作戦室へ場所を移し、明日の出撃に備え、索敵経路の入念な打ち合わせを行ったのである。

7

十月九日午前三時、千早機は、まだ夜が開けやらぬなか、テニアンを出撃した。

淵田も見送りに出て、二人はガッチリと握手を交わした。

「頼んだぞ！」

この短い言葉だけで、千早には充分伝わった。

千早の彩雲が滑走路を滑り出す。淵田参謀や岩尾司令、それに整備兵などを加えたわずか十名足らずが、静かに千早機の出撃を見送った。

オルジス灯を点けた千早機が、悠然と離陸に成功する。エンジンもすこぶる快調のようで、同機はグングン上昇していった。

まもなく、その機影が夜空に包まれ、灯光だけが東の空へ流れてゆく。

〝よし、予定の飛行経路へ入ったな！　しっかり頼むぞ！〟

淵田は、もう一度心でそう念じ、千早機の成功を祈った。

この日、マリアナ諸島の各飛行場からは、薄明とともに計二一機の索敵機が発進した。

唯一、未明に出撃した千早機は、まさにそのなかの一番手だった。

他の二〇機が各基地から発進したころには、すでに千早機は、テニアンの東・約三〇〇海里の洋上へ到達しようとしていた。

時刻は午前五時十二分。あたりはすっかり明るくなり、前進するはるか彼方には、水平線がくっきりと見えていた。

それからしばらくすると、太陽が東の空に昇ってきた。

燃えるような真紅。そして、目の前に広がる水平線が、黄金色にふちどられてゆく。

ガソリン節約のため、高度六〇〇〇メートル付近で巡航しているが、敵機動部隊と出会える保障などまったくない。この素晴らしい眺めが、延々と続くのではないかと思われた。

ともかく、敵に出会えることを信じて飛び続けるしかない。しかし、このときすでに千早は、淵田と交わしたある約束を破り、一つの大きな賭けに出ていたのである。

事前の打ち合わせでは、千早機はテニアン発進後東へ約六五〇海里進出する予定になっており、その途中・六〇〇海里地点までは、低空飛行で進撃することになっていた。

「敵のレーダー探知を避ける必要がある」

淵田が、千早以下三名の身を案じて、低空飛行で進撃するよう求め、千早も、これを了解していたのである。

ところが、千早はこの約束を破った。

彼は、六〇〇〇メートル付近の中高度で進撃し、むしろ〝敵のレーダーに探知されること〟を望んで飛んでいた。

〝敵に探知されてしまえば、手間が省《はぶ》ける！　もし本当にそうなれば、我が目的の大半は達成できるんだ！〟

操縦員の高田は、いつまで経っても千早が低空飛行を命じないので、最初はおかしいなと思っていたが、まもなく隊長の思惑に気づいて、密かに覚悟を決めた。

実は、千早がこのような賭けに出たのには、深いわけがあった。彼は、ナウル島から引き揚げるときに、基地の兵員らに対して、

「次の決戦では必ず勝利を収め、君たちを絶対に見捨てたりはしない」

と約束していた。一刻も早く敵機動部隊を発見しなければ、彼らとの約束が果たせない。

午前六時三十分、千早機はテニアンの東・約五八〇海里の地点に到達しようとしていた。

わずかに千切れ雲が漂うだけで見事な青空。何も見落とすはずがない。だが、まったく敵の気配すら感じなかった。

千早機は、時速二〇〇ノット(時速・約三七〇キロ)を維持し、依然として高度六〇〇〇メートルで飛んでいる。

だが、それから五分ほど経過したときだった。

突然、千早が叫んだ。

「高田! 六時の方向に敵機。全速退避!」

もちろん高田も心得ている。彼は、間髪を入れずにエンジンを吹かし、最高速の

時速三三五ノット（時速・約六二〇キロ）に増速した。

一瞬振り返ると、敵機も水平飛行で追い掛けて来るが、彩雲の高速には追い付けないようで、距離は徐々に離れつつある。

ホッと一息付きたいところだが、敵は一機だけではなかった。二〇機以上はいる。

電信員の古谷が、ただちにそのことを、司令部へ報告した。

『我、敵艦載機の追撃を受けつつある！　敵機はグラマンなり、その数二〇機以上！』

淵田の欲していた情報は、これで充分だった。

千早機が飛んでいる海域には、味方はもとより敵基地も一切存在しない。もし二〇機以上のグラマンがいるとすれば、同機の航続距離からして、それは千早機が伝えてきたとおり、〝敵空母から発進した艦載機〟に違いなかった。

「よし、やってくれた！　さすが千早だ！」

淵田は、こぶしを握り締めてそう叫ぶと、すぐにこのことを小沢長官に報告した。

これを受けて小沢が、通信参謀に打電を命じ、

『マリアナ東方海上に、米軍機動部隊の兆候あり！　当方に向け行動中と思われる』

と全軍に向け通報する。

その間に淵田は、岩尾司令を通じて千早機へ、別の索敵機を向かわせるので、すぐ帰投するように、と伝えた。

千早機は、まもなく淵田からの帰投命令を受信したが、すでにそのとき、同機は五〇機近くのグラマンに包囲されていた。

まさに四面楚歌の状態だが、高田は絶対にあきらめない。

〝自分はどうでもよいが、千早隊長は、我が海軍の至宝だ！　必ず生還してもらわねばならん〟

この思いが、高田の闘志を支えていた。

高田が、彩雲の性能を存分に活かし、敵機の追撃を猛然と振り切る。速度では全然負けていない。が、悲しいかな、運動性能は、やはり単座機である戦闘機のほうが上だった。

後方から追い掛けても難しい、と悟った六機のグラマンが、反航戦の構えで、前上方から敢然と突っ込んで来た。

「ズダダダダ！　ズダダダダ！」

すれ違いざまに、敵機が容赦なく弾丸を撃ち込んでくる。それでも高田は、巧みに翼を振って射弾をかわしてゆく。

しかし、最後の六機目の放った弾丸が、ついに千早機のエンジンに命中した。出火はなく何とかこれは致命傷とならずに済んだ。が、出力が落ちて、その瞬間に、同機の速度は時速三〇〇ノット（時速・約五五六キロ）ほどに低下していた。

この好機を敵が、見逃すはずがなかった。

まもなく一機のグラマンが、千早機の後上方から追いすがり、五〇メートルほどの至近距離から弾丸を撃ち込んできた。

「ズダダダダ！」

高田がとっさに足を踏み込んで、機体を左に滑らせる。が、千早はもはや観念していた。

「……天皇陛下バンザイ！」

と彼が叫んだ、その瞬間だった。

千早機は、燃料タンクを撃ち抜かれて、瞬時に大爆発を起こし、崇高な三つの魂は、太平洋上の空に華々しく散っていったのである。

千早以下三名の命懸けの偵察は、決して無駄にはならなかった。

薄明とともにテニアンから出撃していた、千早隊所属の別の彩雲が、低空飛行で千早機のあとを追い掛け、午前九時三十分過ぎ、ついに空母六隻を含む米軍の大機動部隊を発見したのである。

これを受けて午前十時、連合艦隊司令長官・山本五十六大将は、いよいよ「あ号作戦（マリアナ邀撃《ようげき》作戦）決戦準備」を下令し、同時に第一航空艦隊・小沢長官に、マリアナ東方海上の敵機動部隊に対して迎撃待機するよう発令した。

これと相前後して、淵田は、千早機が消息を絶ったことを知り、まさに断腸の思いだったが、彼らの献身に報いるためにも、大挙押し寄せる敵に対し、早急に対策を講じる必要に迫られた。

現時点での敵機動部隊との距離は約五五〇海里。

翌日早朝に、敵が、マリアナ諸島を空襲して来ることは確実だった。

小沢司令部では、連合艦隊長官からの迎撃待機命令を受け、参謀長の三和義勇大佐が、すでに各部隊に出撃準備を命じており、爆撃機や攻撃機は発進の命令が下りるのを待つばかりとなっていた。

無論、出撃するか否かは小沢長官が決定する。

攻撃距離はちょうど、ラバウル―ガダルカナル島間の距離に等しく、しかも敵は、確実に接近しつつあるので、攻撃できないことはない。

誰もが、小沢長官が出撃を命じる、と思っていたし、事実、小沢自身もそのつもりでいた。

ところが、首席参謀の淵田中佐が、高ぶる闘志を自ら抑えるような様子で、おもむろに進言したのである。

「長官。攻撃したいのは山々ですが、ここは一旦、兵を下げましょう！」

小沢は一瞬、自分の耳を疑った。

「ふーむ。下げるとは、どういうことかね？」

「幸いヤップ島やファラロップ島の飛行場は、すでに拡張されております。一旦、そこまで兵力を下げるのです」

「……なぜだ⁉　君は、一方的に先制攻撃の機会を敵に譲る、と言うのかね？」

「そうです。ですが、防衛に必要な最低限の戦闘機は、マリアナ各島に残しておきます」

「ふむ。しかし、緒戦のマレー沖海戦では、攻撃隊を躊躇《ちゅうちょ》なく発進させたので、敵戦艦二隻を轟沈《ごうちん》することができた。距離はそのときと大差ないぞ！」

「おっしゃることはよく分かります。ですが、今回の敵は多数の直掩《ちょくえん》戦闘機を持っております。それに我々の攻撃は、味方機動部隊のそれと連動しなければなりません。いたずらな戦力の消耗は、今は、絶対に避けるべきです！」

淵田の言葉には、説得力がみなぎっていた。

彼が先日、力説していたとおりに、敵機動部隊はビアク方面ではなく、やはりマリアナ方面へ来襲したのである。

淵田の眼に狂いはなく、小沢も、そのことは認めざるを得なかった。

溢れる闘志を抑えられず、他の者ならば淵田の進言を退けたかも知れない。が、小沢には、事に当たって柔軟に対処できる、懐の深さがあった。

「よーし、君の判断に任せてみよう」

小沢の出した結論に、淵田は、ただちに最敬礼で答えたのである。

移動にはかなりの苦労を強《し》いられた。が、なんとかその日のうちに、零戦二八八、銀河四八、一式陸攻八一、計四一七機をヤップ島及びファラロップ島へ転じることができた。

当然ながら第一航空艦隊司令部は、ヤップ島へと移され、陸軍もこの動きに倣って、呑龍及び飛龍など重爆一〇二機を、ヤップ島及びファラロップ島へ退避させた。

だが、マリアナ諸島には、雷電及び紫電五四、彗星三三、隼及び飛燕など一五〇、九七式重爆など一八、計二五五機が基地の防衛用として残されたのである。

連合艦隊司令部ではこの〝大移動〟に、消極的だと疑問を投げ掛ける者も多かったが、参謀長の大西瀧治郎中将は戦力の温存に賛成だったし、山本長官も、彼の考えを支持して、

「現地司令部の意向を尊重する！」

と決裁したので、最終的に、小沢司令部の方針が認められた。

そして翌日、昭和十九年十月十日早朝、米軍機動部隊は、計七〇〇機以上にも及ぶ艦載機を発進させて、マリアナ諸島の日本軍各基地を大空襲して来たのである。

第四章　「あ」作戦決戦発動！

1

連合艦隊旗艦・戦艦「扶桑」は、東京湾の木更津《きさらづ》沖へ移動していた。大本営との連絡を緊密にするためである。

敵機動部隊はやはりマリアナ諸島を空襲して来たが、これがマリアナ攻略の前触れなのか、それとも単なる一過性の機動空襲だけに止まるのか、いまだ判然としなかった。

連合艦隊旗艦「扶桑」と、大本営海軍部をつなぐ直通電話は、休むことなく鳴り続けて、ありとあらゆる意見が交わされている。

大本営では、敵の来襲は単に空襲だけに終わるだろう、という見方が大勢を占めていた。

しかし、連合艦隊司令部の中島情報参謀は、通信諜報を分析した結果、敵が〝攻略部隊を伴っている兆候がある〞と指摘した。

「速やかに決戦を発動し、我々も機動部隊を投入しなければ、基地航空兵力と母艦航空兵力が、別々に敵と渡り合うことになり、各個撃破される恐れがあります」

ところが、同じ連合艦隊司令部でも、富岡首席参謀は、まったく違う発想の見解を示した。

「性急に出て行って、決戦場がマリアナ東方海上ということになりますと、油槽船不足がたたり、油が持つかどうか不安です。一航艦もヤップまで下げたことですし、できればマリアナ西方海上へ、敵機動部隊を誘い込むべきです」

問題は、敵がこちらの誘いに乗って、マリアナの西方まで進入して来るかどうかだが、富岡は、敵が上陸作戦を行う場合は、進入して来る可能性が高いとみていた。

その理由は、マリアナ諸島の要となるサイパン島の地形にあった。

サイパン島は、マーシャル諸島などの環礁基地と違って、平坦ではなく丘陵が存在し、起伏に富んでいる。しかも、島上には三万二〇〇〇名もの我が防衛軍がいるので、米軍が迅速な占領を望むなら、まっすぐに島を横切って、主要飛行場まで進撃し得るような、正面が広くて奥行きのある上陸地点に、強襲揚陸するしかない。

サイパンには、上陸に好都合なそのような海岸は島の〝南西部〟にしか存在しなかった。

つまり上陸作戦を行う場合、米軍攻略部隊は島の西側へ進入する可能性が高く、それを援護するために、機動部隊もまた必然的に、マリアナ諸島の西方海上へ進出する可能性が高い。

開戦当初に、軍令部の作戦課長を務めていた富岡は、内南洋諸島の研究を行い、マーシャル諸島は防備に適さないが、マリアナ諸島での防衛戦は可能だとみていた。

「敵が上陸作戦を行うとすれば、その直前に艦隊決戦を挑むべきです！」

富岡のこの進言に、山本長官はうなずいた。

連合艦隊司令部は、大本営からの示唆もあって、敵の企図が明らかになるまで、戦局の推移を見守ることになり、当面の作戦は、基地戦闘機隊の善戦に委ねたのである。

2

翌十一日も、敵は依然としてマリアナ諸島に空襲を反復して来た。二日目の攻撃は、特にサイパン、ロタ、テニアンへの空襲が熾烈《しれつ》を極め、陸上施設に大きな被害があったほか、サイパン港外へ逃れた輸送船三隻が、敵機の爆撃を受けて沈没した。

この日、特にサイパンに対しては、空襲だけでなく、水上艦艇による艦砲射撃も行われたので、敵の企図がようやく明らかとなってきた。

大空襲に続く艦砲射撃が何を意味するのか、過去の戦訓がこれを教えていた。

来襲した敵機の数や、マリアナ各基地の報告などから総合的に見て、大本営は、敵空母は全部で一二隻存在し、それらは四つの群に分かれている、と判断した。

敵機動部隊の兵力に関しては、連合艦隊司令部も同様の判断を下したが、この日もなお、機動部隊の出撃を見送って、

――「あ」号作戦決戦方針に基づき、敵情の把握に努め、その企図が明白となるまでは、積極的な強襲を実施しない。

という方針を堅持していた。

さらに翌十月十二日、依然としてマリアナに対する猛烈な空襲は続いていたが、この日は敵艦艇が、よりサイパン島に接近し、海岸陣地や砲台に対する艦砲射撃を実施したほか、駆逐艦が、まさに〝南西部〟のガラパン泊地付近を掃海している、という報告がなされて、いよいよ米軍の攻略企図は明白となってきた。

この日ここに至って、もはや一刻の猶予もならない、と判断した山本五十六連合艦隊司令長官は、午前十一時二十五分に「あ号作戦決戦用意」を発令して、続いて午後五時過ぎには、参謀長の大西瀧治郎中将を呼んで、

「機動部隊の出撃準備はどうか!?」

と確認を急がせたあと、十二日午後五時二十四分になって、ついに「あ号作戦決戦発動」を発令したのである。

3

艦隊決戦の主役となる、第一、第二機動艦隊及び第二艦隊は、山口多聞中将統一指揮のもと、十月八日までに、タウイタウイ泊地からフィリピン中部のギマラス泊地へと進出していた。

ギマラス到着後、山口中将は、ただちに全部隊に給油を命じ、麾下《きか》全艦艇が、九日、午後七時までに給油作業を完了した。

翌十日には、米軍機動部隊がマリアナ諸島を空襲し、いよいよ艦隊決戦の機会が到来した、と認めた山口中将は、各級指揮官とその幕僚を旗艦の機動空母「大鳳」

に召集し、最後の訓示を行った。

「各隊、各艦、各員の最善を尽くし決死敢闘すべきこと。さらに、このたびの決戦にもし敗れることあらば、たとえ残存する艦船があろうとも、存在意義のなきことを肝に銘ぜよ！」

　決戦への心構えを新たにした機動部隊は、戦局の推移を見守りつつ、今や遅しと出撃のときを待ち望んでいた。が、連合艦隊司令長官からの出撃命令はなかなか下りなかった。

　米軍機動部隊のマリアナに対する空襲は連日にわたって続けられている。ジリジリとした時間が過ぎて、ギマラスの決戦部隊は、さらに二日間ほど待機を余儀なくされた。が、山口中将はその間も、出撃準備に余念がなかった。

　長距離攻撃の可能性も充分にある、と考えた山口は、空中航法の正確を期すため、各飛行隊の指揮官機を一度陸上基地へ上げて時差修正を行った。

　母艦搭載機の磁気羅針儀は、日が経つとともにしだいに誤差を生じてくる。幸いにもギマラス周辺には、陸軍の航空基地が多く存在したので、山口は、これに目を付けた。山口機動部隊はリンガ泊地出撃以来、そして、角田機動部隊は内地出撃以来、この時差修正を行っていなかったのである。

十二日、午前十一時二十五分になって、連合艦隊山本長官から、いよいよ「あ号作戦決戦用意」が発令されてきた。

これを受けて山口は、ただちに補給部隊と挺身機動部隊を予定給油地点（パラオの北西・約三三〇海里の地点）へ先行させた。補給船団は速度が遅いためである。

先行部隊が出撃したあと、山口、角田両機動部隊の各母艦は、羅針儀の調整を終えた艦載機の収容を急いで、ようやく午後三時過ぎに、収容作業を完了した。

そして午後五時二十四分、連合艦隊大西参謀長から、直々《じきじき》に準備状況の確認があったあと、山本長官より、ついに「あ号作戦決戦発動」が発令されたのである。

山口中将は即刻、出撃の命令を発した。

午後五時三十分、まず宇垣中将の第二艦隊が、決戦部隊の先頭を切って始動し、続いて午後六時三十分に、角田中将の第二機動艦隊が、さらにそのあとを追って午後七時に、山口中将の直率する第一機動艦隊が泊地から出撃した。

しんがりを務める山口部隊の旗艦「大鳳」の艦橋から、遠ざかってゆく泊地を振り返ると、重油をすっかり吐き出して、赤い船腹を大きく露出した油槽船だけがしょんぼりと残っている。

フィリピン群島は、大小無数の島々からなり、南北八〇〇海里（約一五〇〇キロ）

にも及ぶが、西側の南シナ海と、東側の太平洋とを結ぶ水路は極めて少なく、戦艦や空母などの大型艦が通れるのは、ルソン島寄りのサンベルナルジノ海峡と、ミンダナオ島の北にあるスリガオ海峡の、わずか二ヵ所しかなかった。

海峡付近では、敵潜水艦が待ち伏せしているのは確実である。が、出撃が夜間となったので、一気に海峡を突破することにした。

第一、第二機動艦隊は、北のサンベルナルジノ海峡を目指し、第二艦隊のみが、南のスリガオ海峡を目指して急ぐ。

延々と長蛇の列を成している大艦隊は、島を回って浅瀬を避け、うねりくねって航行するので、まっすぐな一本棒となっているときはまれである。

高い艦橋から見ていると、狭くて両岸に手がとどきそうなところもあり、そこを二〇ノットで突っ走るため、海岸に大波が打ち寄せている。

対潜警戒のため、灯火管制をしいているので、頼りになるのは月明かりと灯台の光だけ。隘路《あいろ》や潮流との戦いは、まさに緊張の連続だった。その反面、哨戒機を飛ばす必要がない。が、油断を戒めて、海面の広い場所では、必ず主力艦の左右に駆逐艦を配して、備えを怠らなかった。

日付が変わり十三日、午前四時三十分過ぎ、第一機動艦隊は、サンベルナルジノ海峡を無事に抜け出て、夜明け間近い太平洋へ打って出た。

第二機動艦隊もすでに海峡を通過している。

果てしなく続く大海のうねりが、小艦艇を翻弄《ほんろう》して、巨艦もまた動揺し始める。

まもなく一本棒の隊形から、警戒航行隊形に移ったときには、東の空が白み始めて薄明となった。

すでに各母艦の艦上では、対潜哨戒機が待機しており、日の出とともに数機が飛び立って、警戒の任に就いた。

海峡を通過してから、しばらくは何事も起こらなかった。が、午前八時三十分、第一機動艦隊からさほど遠くない距離で、敵潜水艦が、長文の電報を送信したことが確認された。

〝我が隊発見の報告に違いない！〟

山口は、行動を察知されたものと、覚悟せざるを得なかったのである。

十月十三日、決戦部隊は一路東へ東へと急いだ。

この日、正午前からスコールが降り、山口部隊では索敵はもとより、対潜哨戒機の発進も見合わせなければならなかった。

午後二時過ぎ、先行する角田部隊は、ようやくスコールから出て、哨戒機を出したようだったが、山口部隊のほうでは、まだ発進できなかった。

午後三時になって、急に雨が上がり見通しが利くようになったが、会合を予定していた補給部隊を発見できず、山口は、旗艦「大鳳」の彗星二機を発進させて、周囲を捜索するよう命じた。

参謀長の伊藤大佐も、どうなることかと気をもんでいたが、三〇分も経ったころ、そのうちの一機が旗艦「大鳳」と、角田中将の座乗する「信濃」に、補給部隊発見の報告球を投下した。

航空母艦というのは、こんなときには実に都合がいいもので、その結果、電波を発信する必要がなくなった。

このちょっとした騒ぎの間に、南のスリガオ海峡を通った宇垣中将の第二艦隊も、抜かりなく予定会合地点へと近づきつつあった。日没前には、第一戦隊、第二戦隊、と戦艦部隊を先頭に、順次その姿を現して、すべての艦が第一、第二機動艦隊との合流を果たした。

戦艦「大和」「武蔵」の巨大な姿を見ていると、なぜか安心する。決戦部隊は第二艦隊を加えて、またしても大所帯となったのである。

まもなくこの大所帯のなかで、巡洋艦以下の子供たちに対して、補給部隊からの給油が開始された。マリアナ西方海上での決戦となれば、空母や戦艦には洋上で給油する必要がない。

それでも給油作業は、夜通し続いたのである。

十月十四日は一転、見事な快晴となった。

日の出前から対潜哨戒機が発進し、さらに午前五時四十分には、前方に向けて九機、後方に向けて五機、計一四機の索敵機が一斉に飛び立った。

前方へ放った索敵機は、何も発見しなかったが、後方に出た一機が、パラオの南方海上に潜水艦一隻を発見した。

この潜水艦は発見と同時にすぐ潜没したので、敵か味方かの判別は付かなかった。

索敵及び対潜警戒中も、決戦部隊はしだいにサイパンへ近づいてゆく。確かな情報は得られないが、刻々と戦場のにおいが、濃くなるように感じるのが不思議だ。

したがって、うかつに電波を出すと、たちまち部隊の所在を暴露する恐れがある。

山口は、連合艦隊司令部その他に、最後の連絡電報を発信するため、旗艦「大鳳」から一機、彩雲をパラオのペリリュー島飛行場に派遣した。

パラオから電報を打たせれば、決戦部隊の所在を明かさなくて済むからである。

その彩雲は、午前十一時に発艦し、任務を終えて午後四時四十分に無事「大鳳」

へ帰投した。

その電報の内容は、次のとおりであった。

『決戦機動部隊は給油を完了し、敵の西方進出を警戒しつつ進撃せり、北緯一二度、東経一三六度の地点を経て、一六日未明には概《おおむ》ねサイパンの西南西へ進出。まず敵機動部隊を撃破し、次いで全力を挙げ敵攻略部隊を殲滅《せんめつ》せんとす』

この日、マリアナ西方海上を索敵した小沢部隊の陸上機は、午後二時十分に、ヤップ島の北北東・約四六〇海里の地点に敵艦上機二機、同じく午後二時四十分に、ヤップ島の北・約三二〇海里の地点に敵味方不明の飛行機を発見、報告した。

これにより、十五日中に会敵する公算大と判断した山口中将は、航空戦に対する万全の準備を行い、午後三時三十分に所定配置を下令した。

ここに日本軍機動部隊は、すべての決戦準備を完了したのである。

そして山口は、東への更なる進撃を命じた。

4

米軍・第五艦隊司令長官のレイモンド・A・スプルーアンス大将は、重巡「インディアナポリス」に将旗を掲げていた。
スプルーアンス大将の指揮下には、上陸作戦を担うリッチモンド・K・ターナー中将の攻略部隊、強力な火力支援を行うウィルス・A・リー中将の新鋭戦艦部隊、そして何よりも、大量の艦載機を有し全作戦の要となるマーク・A・ミッチャー中将の第五八機動部隊があった。

第五八機動部隊　マーク・A・ミッチャー中将
第一空母戦隊　J・J・クラーク少将
正空「ワスプⅡ」　搭載機　計九二機
(戦闘機四〇、爆撃機三六、雷撃機一六)
正空「ホーネットⅡ」　搭載機　計九二機
(戦闘機四〇、爆撃機三六、雷撃機一六)
軽空「モントレイ」　搭載機　計三六機
(戦闘機二四、爆撃機なし、雷撃機一二)
軽空「カウペンス」　搭載機　計三六機
(戦闘機二四、爆撃機なし、雷撃機一二)

第二空母戦隊　A・E・モンゴメリー少将
正空「イントレピット」搭載機　計九二機
(戦闘機四〇、爆撃機三六、雷撃機一六)
正空「ヨークタウンⅡ」搭載機　計九二機
(戦闘機四〇、爆撃機三六、雷撃機一六)
軽空「キャボット」　搭載機　計三六機
(戦闘機二四、爆撃機なし、雷撃機一二)
軽空「ベローウッド」　搭載機　計三六機
(戦闘機二四、爆撃機なし、雷撃機一二)
第三空母戦隊　J・W・リーヴス少将
正空「エセックス」　搭載機　計九二機
(戦闘機四〇、爆撃機三六、雷撃機一六)
正空「レキシントンⅡ」搭載機　計九二機
(戦闘機四〇、爆撃機三六、雷撃機一六)
軽空「プリンストン」　搭載機　計三六機
(戦闘機二四、爆撃機なし、雷撃機一二)

軽空「ラングレイII」 搭載機 計三六機
(戦闘機二四、爆撃機なし、雷撃機一二)
第四空母戦隊 W・ハリル少将
正空「バンカーヒル」 搭載機 計九二機
(戦闘機四〇、爆撃機三六、雷撃機一六)
正空「フランクリン」 搭載機 計九二機
(戦闘機四〇、爆撃機三六、雷撃機一六)
軽空「サンジャシント」搭載機 計三六機
(戦闘機二四、爆撃機なし、雷撃機一二)
第五八機動部隊 総搭載機 合計九八八機
(戦闘機四八八、爆撃機二八八、雷撃機二一二)

第五八機動部隊は、大型のエセックス級八隻、小型のインディペンデンス級七隻、計一五隻の空母で編制されており、その搭載する艦上機は、グラマンF6Fヘルキャット戦闘機、カーチスSB2Cヘルダイバー急降下爆撃機、グラマンTBFアベンジャー雷撃機、とすべて新鋭機だった。

一九四四年十月五日夕刻、旗艦「インディアナポリス」の艦上で、スプルーアンス大将が全軍に出撃を命ずると、ミッチャー中将は、第三空母戦隊の空母「レキシントンⅡ」に座乗し、マーシャル諸島内のメジュロ環礁から出撃した。

第五八機動部隊が北西に針路を執り、リー中将の戦艦部隊を伴って進撃を開始すると、そのはるか後方からターナー中将の攻略部隊が続いた。

スプルーアンス大将の指揮下にある艦船は、総勢五三五隻に達し、攻略船団は一二万七〇〇〇名（約三分の二が海兵隊）もの上陸軍を運んでいた。

マリアナ諸島の要はサイパンである。日本軍は同島に最も多くの防衛軍を配備しており、その兵力は約三万二〇〇〇名と見積もられた。

上陸決行日は十月十四日。それまでに日本軍の航空兵力及び陣地や砲台などを無力化し、上陸部隊はサイパン島の南西地区から強襲揚陸する、と規定されていた。

第五八機動部隊がマリアナ沖へ達するまでは、マーシャル諸島及び南西太平洋方面の陸軍機が、カロリン諸島（トラック、パラオなど）の日本軍基地に反復爆撃を加えて牽制攻撃を行い、敵航空兵力の減殺に努めていた。

十月十日早朝、機動部隊がグアム島の東・約二〇〇海里の地点に到達するや、ミッチャー提督はただちに、計七〇〇機以上に及ぶ艦載機を発進させて、マリアナ各島の攻撃に差し向けた。

クラーク少将の指揮する第一空母戦隊は、グアム島を攻撃し、モンゴメリー少将指揮の第二空母戦隊と、リーヴス少将指揮の第三空母戦隊は、サイパン島とテニアン島を攻撃する。

そして、ハリル少将の指揮する第四空母戦隊は、一部がパガン島へ、残る多数がテニアン島への攻撃に加わった。

日本軍は二〇〇機余りの戦闘機を挙げて迎撃して来たが、ヘルキャットは、初日だけで約一六〇機の敵機を撃墜し、味方の損害は五二機、とその強さを遺憾なく発揮して見せた。

「我が損害も軽微とは言えませんが、戦果は三倍以上、まずは上々のすべり出しです」

日没前に、第五艦隊参謀長のアーサー・C・ディビス少将がそう報告すると、スプルーアンスも満足そうにうなずいて命じた。

「うむ。マリアナの制空権は概ね手中に収めた。……味方の損害機数は想定の範囲内だ。すぐに補充を急いでくれたまえ」

なんと米軍は、攻略部隊に配属されていた七隻のカサブランカ級護衛空母（合計一六八機の艦載機を搭載）とは別に、第五八機動部隊の支援専用に、航空機補充艦として、二隻のボーグ級護衛空母（合計六六機のヘルキャットを搭載）を随伴出撃させていたのである。

ちなみに、攻略部隊所属のカサブランカ級護衛空母に搭載されていた艦上戦闘機は、すべてワイルドキャットだった。

スプルーアンスの命令を受けて、その日のうちに五二機のヘルキャットが、第五八機動部隊の空母へ補充された。

翌十月十一日、この日もミッチャー提督は、計七〇〇機以上に及ぶ艦載機を発進させて、マリアナ各島に対する空襲を繰り返した。

もはや日本軍には、組織立った抵抗を示すほどの航空戦力は残されておらず、辛うじて舞い上がった四〇機ほどの戦闘機が、対空砲火の攻撃と合わせてわずかに、九機のヘルキャットを撃墜したに過ぎなかった。

第五八機動部隊は、依然として一〇〇〇機近くの艦載機を保有して、猛威を振るう。

完全に制空権を握った米軍は、この日、午後二時過ぎからサイパン島に対し、一部戦艦による艦砲射撃も実施した。

マリアナ諸島に対する攻撃は、すべてが計画どおり、順調に進んでいる。

戦果を確認したスプルーアンスは、日没後に、

「上陸作戦は予定どおり、十四日に決行する」

と断定したのである。

十月十二日、スプルーアンス提督は、機動部隊からリー中将指揮下の戦艦七隻を分離し、終日、サイパン島に艦砲射撃を加えた。

また、第五八機動部隊の艦載機も三日間連続で出撃し、攻撃対象を飛行場から砲台、防御陣地などへ拡大していった。

第一線級の戦艦群、及び空母群による連携攻撃は効果覿面《てきめん》で、日本軍サイパン基地のありとあらゆる軍事施設が、ほとんどこの日のうちに破壊され尽くした。

「サイパンはもはや無力化した。明日は日本本土とマリアナの連絡線を断ち切る！」

スプルーアンスが確信めいた口調で、ディビスにそう命じた。

この日の夜、ミッチャー提督は、スプルーアンス大将の求めに応じて、第一空母戦隊と第二空母戦隊を本隊から分離し、小笠原諸島方面への攻撃に差し向けた。

いっぽう残る機動部隊本隊は、サイパン島攻略を直接支援するために、マリアナ諸島の西方海域目指して航行を続けた。

明けて十月十三日、本隊より分派された二つの空母戦隊が、クラーク少将統一指揮のもと、硫黄島と父島に対する空襲を開始した。

このとき、硫黄島には三八機の零戦が存在し、敵襲を察知してただちに迎撃に舞い上がったが、日本軍のパイロットが若かったこともあり、零戦の損害三七機に対して、ヘルキャットの損害はわずか五機であった。

また、本隊に残った二つの空母戦隊は、特にグアム島に攻撃を集中し、飛行場ほかを破壊して、日本の航空戦力をさらに弱体化させた。

ところが、これら一連の攻撃を開始した直後に、スプルーアンスのもとへ、待ちに待った報告が飛び込んで来たのである。

『空母数隻を含む日本軍の大艦隊が、海峡を通過しマリアナ方面へ向かう！』

サンベルナルジノ海峡付近で、哨戒の任に就いていた潜水艦「フライング・フィッシュ」からの報告電だった。

スプルーアンスの司令部は俄然色めき立った。

無論スプルーアンスは、日本の機動部隊が、タウイタウイからギマラスへ移動したことを知っていたし、さらにその後、ギマラスから出撃したことも承知していた。

マリアナ諸島への攻撃もさることながら、スプルーアンスの関心の大半は、ずっと日本軍機動部隊の動向に向けられていたのである。

「敵は三日以内に来ると思われます！」

ディビスが、スプルーアンスにそう報告した。

敵機動部隊は、早ければ十五日の夕方にも艦載機を飛ばして、攻撃して来るかも知れない。

十三日午前の時点で、第五艦隊の置かれた状況は極めて不安定だった。それは二年前に日本の艦隊が置かれた、ミッドウェイの状況と良く似ていた。

明日上陸を予定しているサイパン攻略部隊は、強襲揚陸を期して、すでにマリアナ西方海域へと進入しつつあるし、ミッチャー提督の旗艦・空母「レキシントンⅡ」を含め、第五八機動部隊の本隊は、グアム島空襲後、サイパン西方の援護配置地点（サイパン島の西南西・約二七〇海里の地点）に就くよう行動が規制されていた。

さらに、本隊から分離されたクラーク少将麾下の空母戦隊は、小笠原諸島攻撃のため、五〇〇海里以上も北に離れて行動している。

機動部隊の戦力がまったく二つに分散し、しかもかなり離れているので、もし、この瞬間に決戦となれば、さしもの大艦隊も、各個撃破されたかも知れない。

だが、スプルーアンスの決断は早かった。

「サイパンへの上陸は一時延期する！」

「分かりました。では、ターナー中将の攻略部隊は東方に退避させますか!?」

ディビスがそう言って、確認を求めた。

「いや、その必要はない。サイパンの西・二五海里付近で行動させて、状況が許す限り、上陸地点への攻撃を続行させる。そして、揚陸の構えだけは常に見せておく。ただし、艦隊決戦のかたが付くまでは絶対に上陸させるな！」

ターナー提督は自前の戦力として、護衛空母七隻と旧式戦艦七隻を保有していた。

「しかし、長官。攻略部隊のほうを攻撃されると、危険ではありませんか？」

「うん。無論そうだ。したがって機動部隊は、全力で攻略部隊を支援する。いや、掩護《えんご》できる場所に占位する。それに……上陸日を大きく変更すると様々な不都合を生じるが、揚陸の構えを見せれば、敵は必ず決戦を挑んで来るはずだ！」

「なるほど、よく分かりました。それでは、小笠原攻撃部隊をただちに呼び戻します」

「うむ。そうしてくれたまえ」

スプルーアンスはそう応じると、座乗する「インディアナポリス」の艦長に対し、第五八機動部隊の中央に位置するよう命じた。

そして彼は、ミッチャー中将に対し、

『戦術的な指揮は任せるが、全般的な行動を起こす場合には、事前の通告を期待する』

と告げたのである。

スプルーアンスの考えでは、ミッドウェイの逆のようなことは、まず起こり得なかった。

なぜなら彼は、日本軍の機動部隊がどの辺にいるかをすでに察知していたし、そして何より、五〇〇機近くのヘルキャットを有し、極めて優秀な電波兵器に支えられて、敵機が来襲しても必ず事前に対処できる、と確信していたからである。

スプルーアンスはこのとき、自軍の有利な点を改めて肝に銘じ、決戦のときが訪れるのを待ちわびていたのである。

第五章　決戦！　マリアナ沖海戦

1

昭和十九年十月十五日午前五時。戦闘準備を完了した山口決戦機動部隊は、全艦隊が集結したままでサイパンの西方・約七〇〇海里の洋上を東へ急行していた。部隊の進撃速度は二〇ノット。

昨日に続いて空はまったくの快晴、海上も穏やかで、白波一つ見えない上々の天気である。

この日、決戦の機会が訪れるかも知れない、と予想した山口中将は、角田部隊を含め、四つの機動空母戦隊の集団配備で戦うことを下令し、日の出前に偵察機を発進させた。最後方では、第五航空戦隊の軽空母三隻も対潜哨戒任務に当たっている。

北東へ向け扇形に広げられた索敵網を、一六機で各一〇度ずつ、計一六〇度の範囲を捜索する。

午前五時、機動空母四隻を含め、空母一二隻からそれぞれ一機ずつの彩雲、第七戦隊の重巡四隻からそれぞれ一機ずつの零式水偵が発進した。

彩雲一二機、水偵四機。合計一六機で編制された第一索敵隊である。

彩雲は約五〇〇海里、水偵は三五〇海里ほど進出してそれぞれ索敵を行う。サイパンまでの距離は約七〇〇海里と、いまだかなり遠かったが、上手《うま》くいけば今日中に、米軍機動部隊を捕捉できる可能性がある。全偵察機がいつになく、その任務の重要性を肝に銘じて出撃していた。

各機が出撃してから、一時間四〇分以上が経過して、すでに高速の彩雲は、三五〇海里以上の距離を進出している。残念ながら攻撃可能圏内に敵の姿は見えなかった。

ジリジリとした時間が過ぎる。

しかし午前六時五十分、空母「天城」から発進した彩雲が、約四一〇海里の地点に、東へ向け飛行中である敵一機を発見した。

続いて午前六時五十五分、空母「翔鶴」発進の彩雲が、約四二五海里の地点に、東進中である敵味方不明の三機を発見し、午前七時、空母「瑞鶴」発進の彩雲が、約四三〇海里の地点に、これまた東進中の敵味方不明機を発見した。

また、重巡「筑摩」発進の水偵が、帰途の午前十時、西進中の敵飛行艇一機を認めた。

これらの偵察機は、いずれも午後零時三十分ごろに帰ってきたが、ただ、零式水偵二機はついに帰らなかった。

この方面に、艦上機と思《おぼ》しき敵機を発見したということは、付近に敵空母が存在しているということを意味する。

山口中将は、続いて第二索敵隊を編成し、ただちに発進を命じた。

この命令を受けて午前十一時、再び一二隻の空母艦上から彩雲一二機、七戦隊の重巡二隻から水偵二機、合計一四機が発進した。同じく北東へ向けての索敵である。

発進地点は、北緯一四度四〇分、東経一三五度四〇分、サイパンの西方・約六〇〇海里だった。

第二索敵隊の一機は、午後零時五十分、西進中の敵中型飛行艇一機を発見、報告してきた。この敵飛行艇は、我が艦隊の上空へ接近する公算が高い。

山口の司令部は、俄然《がぜん》色めき立った。

当然、迎撃戦闘機を差し向けるべきだが、無論、疾風を出撃させるわけにはいかない。

山口は顔色一つ変えずに命じた。

「第二機動艦隊の『飛鷹』『隼鷹』から、零戦三機ずつを出す。が、あまり遠くまで飛ばすな！」

角田中将が、山口中将からの求めに応じて、ただちに「飛鷹」と「隼鷹」から、六機の零戦を出撃させた。

実は、この二空母が零戦を積んでいたのにはわけがある。商船から改造された飛鷹型は、飛行甲板の長さが約二一〇メートルしかなく、飛龍型や雲龍型と比べても七メートルほど短い。それだけならまだしも、最大速度も二五・五ノットと遅いため、発艦時の合成風力が充分得られず、よほどの好条件でもない限り、とても疾風を発艦させることができなかったのである。

一機の飛行艇を仕留めるのに、零戦を六機も出撃させれば充分である。六機の零戦は、発見位置へ向け約一二〇海里ほど進出した。が、ついに敵飛行艇を発見できなかったのである。

午後一時三十分、飛行艇を発見したのと同じ偵察機が、今度は西進中の艦上機二機を発見した。

また、さらに別の偵察機が、午後一時四十九分に同じく艦上機二機の西進を認めた。

敵も盛んに偵察機を放っている。

まさに偵察合戦で、どちらが先に敵を見つけるかの勝負だ。

全軍が固唾《かたず》を呑んで見守っているなか、午後二時三十五分、機動空母「信濃」から発進した偵察機がついに空母を含む敵艦隊を発見した。

それだけではない。続いて午後三時二十分、三度目の正直と言うか、立て続けに飛行艇と敵艦上機二機を発見した偵察機が、今また敵空母部隊を認めて報告してきた。殊勲の偵察機は、空母「飛龍」から発進した彩雲だった。

さらにその直後、空母「葛城」発進の偵察機も、明らかに別の部隊と思われる敵の空母群を発見し、報告してきた。

これら敵空母の上空に達した三機は、それぞれの飛んだ索敵線が、互いにかなり離れていたので、各機が別個の敵空母群を発見した、と考えて差し支えなかった。

旗艦「大鳳」の艦橋で、伊藤参謀長が全報告を総合的にまとめると、偵察の成果を記して、まもなく山口長官に手渡した。

第一群「正式空母二、駆逐艦一〇ないし一五」
第二群「正式空母らしきもの二、その他一〇」
第三群「空母らしきもの二、その他一〇」

針路はいずれも西で、旗艦「大鳳」からの距離は約三八〇海里だった。

攻撃の機会が再び訪れるとは限らない。見敵必戦が航空戦の常道だ。攻撃すべきか否か、さすがの山口もかなり悩んだ、が、彼はついに断を下した。

「かなり遠いな……。しかも、すでに三時を回っておる。収容が日没後になるのは確実だ。攻撃隊の発進は見送る！」

「同感です。基地航空艦隊との共同攻撃も難しいでしょう」

伊藤も同じく、うなずいたのである。

各偵察機は日没までに順次帰って来た。が、一機の彩雲は敵機と交戦して自爆し、ほかの彩雲一機と水偵一機がついに帰らなかった。

すでに太陽は、水平線の下に没しようとしているが、問題は明日に備えて、どのような針路を執るかであった。

このままの針路で東へ航行すれば、約五八〇海里の地点にサイパン島が在る。

山口が、海図をにらみ付けながら、つぶやくように言った。

「敵はまだ、サイパンに上陸しておらんのだな」

「はい。ですが、中部太平洋艦隊司令部の発した電文によりますと、敵は、今夜中にでも上陸する構えのようです」

伊藤がすぐにそう返答した。

「うむ。となると敵機動部隊が、サイパンから大きく離れることはなかろう。君はどうみるかね？」

「私もそう思います。敵艦載機の攻撃半径は約二〇〇海里ですので、サイパン島から二〇〇海里圏内に止まるのではないでしょうか」

「うむ。まず間違いないだろう。そこでだが、我が艦載機の攻撃半径は三〇〇海里ほどある。単純に足し算で、サイパンから五〇〇海里ほど離れた地点で待機してはどうかね？」

「ええ。賛成です。が、半径五〇〇海里と言っても様々な地点がございます」

「うむ。それは無論、ヤップ島の司令部と連携できる地点が望ましい」

「はあ、なるほど。……でしたらいっそのこと、ファラロップ島とヤップ島の中間に、陣取ってみてはいかがでしょうか、サイパン―ヤップ間の距離は約五六〇海里で、サイパン—ファラロップ間の距離は約四七〇海里ですから、その中間でちょうど……」

「うむ。確かにそれも名案だが、その案には一つだけ、大きな欠点がある」

「……なぜでしょうか？」

「よく考えたまえ。敵がサイパンの南西に陣取った場合は、その案で問題ない。が、北西に陣取られると、距離が離れ過ぎて攻撃の機会を逸する」

「なるほど。おっしゃるとおりです」

「そして、さらに言えば、……敵は〝我々〟を主敵とみなしているはずだ。敵さんには、ヤップ島から来た攻撃機なのか、我が空母から来た攻撃機なのかを判別してもらう必要がある」

「はあ、よく分かりませんが、そのような必要があるでしょうか……？」

「ああ、レーダーの盲点を突き、敵を完全に欺《あざむ》くためにな！」

伊藤は、さっぱり理解できなかったが、〝長官には何か思惑があるのだろう〟と察し、おぼろげながらも、海図上のある一点を指し示した。

「……では、明日の黎明までに、この地点へ進出してはいかがでしょうか？」

伊藤が指し示した場所は、北緯一二度、東経一三八度の地点だった。そこはサイパン島の西南西・約五〇〇海里、ヤップ島のほとんど真北・約一五〇海里の地点であった。

山口はようやく笑みを浮かべてうなずいた。

「うむ。それでよかろう」

「ではさっそく、進撃準備に執り掛かります」

「いや、君。ちょっと待ちたまえ。この地点は、事前に小沢さんにも、知らせておく必要がある、まだ日没まで少し時間がある。偵察機を一機、用意してくれたまえ」

午後五時三十二分、山口の命令を受けて、急遽、旗艦「大鳳」から一機の彩雲が、ヤップ島へ向けて飛び立つことになった。

今しばらくは薄明が続くので、彩雲の発艦に問題はなかったが、ヤップ島までの道のりは完全に夜間飛行となる。したがって、搭乗員は熟練を選ばなければならない。

「お安い御用です。私に任せてください」

と手を上げたのが、南太平洋海戦時に見事、攻撃隊誘導の任務を果たした小早川大尉だった。当時、彼はまだ中尉だったが、今年五月に大尉へ昇進し、大鳳偵察隊の隊長となっていた。

「うむ。彼なら信頼できる」

山口も、小早川機の出撃に、すぐに許可を与えたのである。

このとき、機動部隊からヤップ島までの距離は三六〇海里近くあった。が、小早川機は、難なくこの距離を踏破して、午後七時四十分には、ヤップ島の北・約三〇海里の上空に達した。

『照明灯を点じられたし！』

まもなく彼が、そう打電すると、ヤップ基地から了解の返答があった。

午後七時五十二分に、小早川機が同島上空へ進入したときには、すでに滑走路の一つが煌々《こうこう》と照らし出されていたのである。

彼は、いとも簡単に着陸した。そして足早に、第一航空艦隊司令部へ赴き、小沢中将に直接、山口長官からの伝達書を手渡した。

――決戦機動部隊は明日黎明を期して、ヤップ島の北一五〇海里の地点へ進出す。

小沢中将は、ただちにこの内容を確認し、小早川大尉に向かって、

「うむ。ご苦労だった！」

とねぎらいの言葉を掛けたのである。

2

十月十五日正午、小笠原諸島方面から呼び戻されたクラーク少将指揮下の二つの空母戦隊は、第五八機動部隊本隊との合同を終わった。

ミッチャー提督は、四つの空母戦隊にリー中将の戦艦部隊を加えて五つの輪形陣を形成し、各部隊の間隔を一二海里に開いて警戒態勢を執った。

もはや、いつ敵と接触しても不思議ではない。

ミッチャー提督は、スプルーアンス長官の命令に従って、十五日の昼を通して西進し、偵察機を飛ばしながら敵との接触を求めた。

しかし、ミッチャーの放った偵察機は、敵の艦載機とは接触したものの、ついに日本軍の機動部隊を発見することはできなかった。

実は、サイパン沖の母艦から発進した一機の飛行艇が、午後一時三十分過ぎに、日本の大艦隊をレーダーで捉えたが、同機による接触報告は空間状態不良のため、第五八機動部隊では受信できなかったのである。

夜になって、もはや敵情の入手は困難と判断したミッチャー提督は、サイパンの西南西二七〇海里へ進出していた第五八機動部隊に対し、針路を反転して東進するように命じた。

マリアナ諸島、並びにサイパン上陸地点に対する掩護《えんご》を行うためである。

第五八機動部隊司令部は、東へ反転した二時間後にようやく、真珠湾の方位測定所から、

『日本軍艦隊は貴隊の位置より西南西・約三五五海里に在り』

という敵情報告を受け取った。

この状況は、まったくミッチャー提督の望むようなものではなかった。

ミッチャーは、日本軍機動部隊が米軍艦載機の攻撃圏外で作戦出来ることを承知していた。味方艦載機の攻撃半径が二〇〇海里以下であるのに対して、日本の艦載機は条件が良ければ、三〇〇海里以上の進出攻撃が可能だったのである。

ミッチャーが、彼の参謀長であるアーレイ・A・バーク大佐に諮《はか》った。

「明朝攻撃したいが、君はどうみるかね？」

バーク参謀長は、〝三一ノット・バーク〟とあだ名される（駆逐艦戦隊を率いて常に三〇ノット以上での突進を命じるため）ような熱血漢である。

「賛成です。夜通し西進することになりますが、攻撃の機会を逃してはなりませ

ん！」

彼はすぐに同意を示し、続けて言った。

「我々は、艦載機を発着艦させる際に、貿易風に向かって東進しなければなりません。そうなると敵艦隊からは、ますます遠ざかることになります。夜間のうちにできるだけ、敵に接近しておく必要があります」

「うむ。君の言うとおりだ。しかも、このまま東進を続けて、あまりマリアナ諸島に近づき過ぎるのも良くない」

「同感です。敵空母機はマリアナの航空基地を反復攻撃の拠点にするかも知れません。そうなれば敵機動部隊は、ますます我々の攻撃圏外から作戦できるでしょう」

バークの言うとおりだった。空母から発進した日本軍の艦載機は、米空母を攻撃したあと、いまだ使用可能なグアム島の飛行場などに着陸し、そこで爆弾やガソリンを積み込み、再び米空母を攻撃してから、余裕を持って母艦に帰投できるのである。

ミッチャーはついに決断し、隊内電話でスプルーアンスに対して通告した。

『第五八機動部隊は、明朝五時を期して攻撃行動を開始するために、午前一時三十分に、西進の針路を執る！』

スプルーアンスは、ミッチャーの攻撃案を幕僚と一時間以上も掛けて討議した。

「敵機動部隊を思い切って叩くという考えは、無論私も望むところだが、なぜか気乗りがしない」

「はい。上(太平洋艦隊司令部)からの命令は、あくまでもマリアナ諸島の攻略です。この命令の主旨に沿うなら、私は、第一義的に攻略部隊の掩護を優先すべきだ、と考えます」

ディビス参謀長が、スプルーアンスの心中を察してそう返した。

「うむ、そのとおりだ。我々には五〇〇機近くの戦闘機がある。この際、守勢に徹し、機をみて反撃に転ずるのが上策だと言えよう。……敵との距離は約三五五海里ということだが、それは前衛部隊で囮の可能性もある」

「はい。我が部隊の偵察機が、敵空母を直接視認したわけではありません。その可能性も大いに考えられます。長官ご指摘のとおり、もし囮部隊なら敵の思うツボにはまります」

日本の艦隊が機動部隊の前方に戦艦部隊や巡洋艦部隊を配置するのは常だった。

スプルーアンスは、ディビスの言葉に深くうなずいて、午前零時過ぎ、ミッチャーに対して、

『明朝の攻撃には賛成できない』

と回答したのである。

ミッチャーにとってこの回答は、まったく不本意なものだったが、無論、上級司令部の意向に逆らうわけにはいかない。

第五八機動部隊は、敵機動部隊と敵基地との間に身をさらす、という危険を冒しながらも、マリアナ諸島に接近し続けた。

そして十月十六日、日の出時、第五八機動部隊はサイパンの西南西・約一一〇海里、グアムの北西・約九〇海里の地点へと進出したのである。

3

昭和十九年十月十六日。本日はいよいよ待望の決戦である。

不気味な緊張の続く一夜が過ぎて、まだ明けやらぬ海は暗い。機動空母「大鳳」の飛行甲板では、かすかな整備灯の明かりを頼りに人影が行き来し、偵察の任務を帯びた彩雲と、攻撃隊の数機が順序よく並べられつつあった。

日の出まで、まだしばらく時間があるので、空模様ははっきりとは判らないが、星が一つも見えないのは、雲が残っているせいだろう。

昨日、夜半過ぎから雨が降ったのだ。その雨はすでに上がっているが、風は相当に強い。そのせいか今朝はむしろ肌寒いほどにさわやかで涼しい。

日の出は午前五時三十七分だった。

事前の計画どおりに、日の出の一時間前には、山口機動部隊、角田機動部隊、それに宇垣中将の第二艦隊は、全艦隊が集結したままで、北緯一二度、東経一三八度の地点に到達していた。針路はいずれも東北東、速力は二〇ノットである。

これより先、午前四時十五分、つまり日の出の約一時間二〇分前には、すでに各部隊の巡洋艦から計一四機の水上偵察機が発進していた。

北東方を中心に扇形に広げられた、進出距離・約三六〇海里に及ぶ範囲の索敵が、これら一四機の水偵に与えられた任務だった。

そして、さらに今、旗艦「大鳳」を含めて、空母一二隻の艦上からそれぞれ一機ずつ、計一二機の彩雲が発艦して行く。時刻はちょうど、午前四時四十分になろうとしていた。

こうして総計二六機にも及ぶ偵察機を、大小の扇が重なるように発進させたので、少なくとも図面の上においては、まったく水も漏らさぬ索敵網が形成されていた。

二段索敵で発進した一二機の彩雲は、それぞれが約五六〇海里もの距離を、進出することになっていたのである。

まもなく日の出を迎えたが、空は一面の雲で覆われていた。雨雲も交じりあたりは薄暗かったが、幸いにも南東の風が強く、風速は一〇メートル以上もあって、心配された疾風の発艦は、この分ならまったく問題ない。

「長官。申し分のない風です」

伊藤参謀長がそう言うと、山口も思わず、安堵の表情を浮かべてうなずいた。

なにせ〝疾風を母艦で運用する〟と言い出した張本人は、山口なのである。彼ら陸軍搭乗員の腕には、信頼に足りるものがあったが、やはり実戦でははじめての発艦となるので、良い風が吹いているに越したことはなかった。

時刻は午前六時四十分。今や山口司令部の全神経は、早朝に発進させた索敵機からの電波を受信することだけに集中されていた。

立場を逆にすれば、敵の偵察機に先手を取られる可能性も否定できない。だが、いまだ対空レーダーに反応はない。第二次ソロモン海戦以降は日本の空母にも、順次、対空見張り用レーダーが装備されるようになっていた。

特に山口中将の旗艦である「大鳳」と、角田中将の旗艦である「信濃」には、それぞれ二基ずつの対空見張り用レーダーが装備されていた。唯一、レーダーを装備していないのは、機動空母「蒼龍」だけで、第四航空戦隊司令官の有馬正文少将は、機動空母「蒼龍」ではなく、レーダーを装備している「雲龍」に将旗を掲げていたのである。

時刻は午前六時五十二分。日の出からすでに一時間以上経過しているが、どの空母のレーダーにも反応はなかった。もし敵機が接近していれば、レーダーはこれを逃すはずがない。

逆に、味方偵察機からの報告も一切入らず、米軍機動部隊は深夜のうちに、遠方へ退避したのかも知れないと思われた。

「第一段の索敵機は、まもなく折り返し地点に到達します」

伊藤参謀長がそうつぶやくと、山口司令部には、いよいよ焦燥感が漂い始めた。

ところが、その数分後のことだった。

第一段索敵のほぼ中央を担当していた七番索敵機の水偵が、午前六時五十六分、ついに電波を発したのである。

『敵機動部隊見ゆ！　空母一以上、針路西、上空に戦闘機四あり！』

この敵部隊は、七番索敵機が最初に発見したという意味で、「七イ」と命名された。

待望の敵空母発見である。

山口も、さすがにホッと胸をなでおろしたが、すぐには攻撃を命じなかった。

——こちらはまだ発見されていないし、敵との距離はかなり遠い。攻撃を焦る必要はまったくない。すべての水偵が先端に達するまで、しばらく様子を見てやろう！

そのうちに、九番索敵機の水偵からも、続けて報告が入った。

『敵部隊見ゆ！　戦艦四。その他十数隻、空母の在否は不明』

さらに七時二十分には、先の七番索敵機から、

『……付近天候半晴。雲量八、下層雲三〇〇メートル、視界一〇海里』

と打電してきた。だが、両機の中間を飛んでいるはずの八番索敵機からは何も応答がない。おそらく敵機に撃墜されたものと思われた。

「発見した空母はまだ一隻だ……」

山口がそうつぶやくと、伊藤が返した。

「はい。これが、我々の目指す主敵かどうか……、少し情報が足りません」

しかし、司令部が判断に迷っているところへ、九番索敵機が再び、〝空母四隻を確認した〟と通報してきたのである。

発見した敵部隊の針路はいずれも西。しかも、味方機動部隊は東へ向け進撃中だったので、午前七時三十分の時点で、双方の距離は三五〇海里を切っていると思われた。

各空母の艦上には、すでに〝第一波〟の艦載機が準備されている。

「少し遠いですが、このまま接近すれば不可能ではありません!」

伊藤がそう進言すると、山口はただちに、敵へ向けて二四ノットで進撃するよう命じ、続いて艦上で待機していた〝第一波〟に対し、ついに発進の命令を下したのである。

4

十月十六日、第五八機動部隊はサイパンの西南西約一一〇海里の地点で日の出を迎えたが、ミッチャー提督は不安を拭い去れずにいた。

日の出の一時間前から、第一、第二空母戦隊のヘルキャット・計二四機を放って索敵を行い、各機に三〇〇海里の距離を進出させたが、午前六時三十分を過ぎても、敵艦隊発見の報告はいっこうに入らなかった。

すべての偵察機が折り返し地点に到達し、すでに帰途に着いている。

〝やはり敵は、我々の艦載機が届かないところから、一方的に反撃を加えようとしているのだ！〟

ミッチャーは危機感を募らせて、そう観念せざるを得なかった。

ところが、旗艦「インディアナポリス」に座乗するスプルーアンスは、不安な表情一つ見せず、まったく落ち着き払っていた。

「やはり敵機動部隊は発見できなかった。先にグアムを攻撃しておこう」

スプルーアンスの意向が伝えられ、ミッチャーもすぐ、この案に同意を示した。

「そうか！　グアムの敵飛行場を徹底的に爆撃し、使用不能にしておこうという考えだな……」

「そのようです。敵機は、グアムから反復攻撃できなくなりますので、なるほど名案です」

バーク参謀長がそう相槌《あいづち》を打った。

まもなく、ミッチャーが出撃を命じると、第三、第四空母戦隊から、ヘルキャット四四機、ヘルダイバー三二機、アベンジャー二八機、計一〇四機が飛び立ち、グアム島の攻撃に向かった。

この時点で、日本軍の使用可能な飛行場は、グアム島にしか残されていなかったが、先日来の攻撃に加えて、これら一〇四機が再び爆弾の雨を降らせて同島の滑走路を徹底的に破壊したので、マリアナ各島の日本軍飛行場は、ついに一つ残らず使用不能に陥ってしまった。

午前六時三十五分に、グアム攻撃隊を発進させた第五八機動部隊は、午前六時五十分ついに反転し、日本軍機動部隊の攻撃に備えるべく、南西へ向けて針路を執った。

敵機動部隊から先に攻撃されるのは必至だが、問題はどれぐらいの敵機が来襲するかだった。

米軍は、日本が新型空母「大鳳」を建造していることを承知していたが、大和型三番艦の「信濃」が空母に改造されたことや、雲龍型空母が何隻竣工しているのか、ということまでは把握し切れていなかった。

スプルーアンスは独自の分析で、日本軍が投入できる空母は多ければ一二隻程度だとみており、その搭載機数は計七〇〇機以上に及ぶだろう、と概算で見積もっていた。

——敵は五〇〇機近くの艦載機を二波に分けて放って来るだろう。が、こちらには多数のヘルキャットがあるので充分に凌《しの》げる。まずは迎撃に徹し、機を見て反撃に転じよう。

このスプルーアンスの推測は、当たらずとも遠からずだった。無論スプルーアンスは、機動空母に改造された「信濃」が、一二二機もの艦載機を積んでいることを知らなかった。

第五八機動部隊は南西へ変針した直後に、日本軍偵察機に接触された。そのうちの数機は直掩《ちょくえん》のヘルキャットが撃墜したが、味方艦隊が発見されたことは確実である。

ミッチャーがバークに諮った。

「君は、敵の攻撃隊がいつごろやって来ると予想するかね？」

「はい。味方偵察機は敵部隊を発見しませんでしたので、距離は三〇〇海里以上離れているはずです。早くても二時間半以上あとの、午前九時四十分ごろではないでしょうか」

「うむ、同感だ！　それまでに迎撃準備を完了する必要がある。グアム攻撃隊には、午前九時四十分までに、帰投するよう伝えてくれたまえ」

「はい。承知しました」

第五八機動部隊からグアム島までの距離は、この時点で一〇〇海里もなかったので、九時四十分までに帰投させるのは充分に可能だった。

現にグアム攻撃隊は、午前八時三十二分に攻撃を終了し、あと一時間以内に母艦へ帰投すると伝えてきたのである。それから一時間半ほどは何事も起こらなかった。

第五八機動部隊は、粛々と迎撃の準備を整えている。午前九時五十六分までにグアム攻撃隊の全機を収容し、各空母の艦上では、再発進に備えて補給作業などが行われていた。

リー中将から突然連絡が入ったのは、午前十時ちょうどのことだった。戦艦「ニュージャージー」の対空見張り用レーダーが、接近しつつある日本軍の攻撃隊を、自軍艦隊の約一五〇海里も手前で探知したのである。

「敵機は二五〇機近く来ます！」

通信参謀のオールマン中佐が、叫ぶような声でミッチャーにそう報告した。

第五八機動部隊は、まず日本軍艦隊の方向へ二〇分間前進し、それから東の風に立って四八〇機にも及ぶすべてのヘルキャットを発進させた。

そしてミッチャーは、空母の艦上をカラにするため、立て続けに爆撃機や雷撃機にも発艦を命じ、それらを艦隊上空に退避させたのである。

5

山口中将の発進させた〝第一波〟は、四機の彩雲を除いて、すべて四式陸戦「疾風」だった。

制空攻撃隊（第一波攻撃隊）
　第一航空戦隊（疾風／計八一機、彩雲一機）
　　大鳳制空隊　疾風九機、彩雲一機
　　翔鶴制空隊　疾風三六機
　　瑞鶴制空隊　疾風三六機
　第二航空戦隊（疾風／計二四機、彩雲一機）
　　信濃制空隊　疾風二四機、彩雲一機
　第三航空戦隊（疾風／計六三機、彩雲一機）
　　赤城制空隊　疾風三三機、彩雲一機
　　天城制空隊　疾風三〇機

葛城制空隊　疾風三〇機
第四航空戦隊（疾風／計七八機、彩雲一機）
雲龍制空隊　疾風三〇機
飛龍制空隊　疾風三〇機
蒼龍制空隊　疾風一八機、彩雲一機
制空攻撃隊／総計二五〇機
（疾風／合計二四六機、彩雲／合計四機）

疾風の発艦は、大型の「大鳳」「翔鶴」「瑞鶴」「信濃」「赤城」では問題なかったが、増槽を両翼下に二個装備し、最大重量が四一七〇キログラムに達する疾風を、中型空母の雲龍型や飛龍型から三〇機も一斉に発艦させるのは一苦労だった。

だが、この日は風が強く、この上ない条件に恵まれたので、全機無事に発艦することができた。

山口もまずはホッと一安心で、舞い上がった制空攻撃隊を見送ったのである。

〝頼んだぞ！　海軍機の練度は落ちている。君たち陸軍古参の奮闘に期待するしかないんだ！〟

彩雲四機に先導されて進撃した疾風制空隊は、米軍機動部隊の八〇海里ほど手前で、編隊を組み直し戦闘隊形を整えたが、すでにそのころには、極めて優秀な米軍の電波司令器が、日本軍編隊の針路上へヘルキャット群を誘導して、高高度で待ち伏せするよう指示を与えていた。

ところが、これまでの海戦で、日本軍は散々敵戦闘機の待ち伏せを喰らって、攻撃隊が痛い目に遭わされていたので、今回は敵機の待ち伏せがあることを充分に予期していた。

疾風が戦闘隊形を組み終えると、四機の彩雲はそのはるか上方に占位し、四方をくまなく見張って警戒していたのである。

まもなく一機の彩雲が、ヘルキャットの大群に気づいて、制空攻撃隊・隊長の渡辺中佐機に、無線電話で敵機の接近を伝えた。

『十時の方向に敵大編隊、距離一万八〇〇〇！』

渡辺中佐は、ただちにこれを了解し、翼を振って全機に迎撃を命じた。

二四六機の疾風が、一斉に両翼下の増槽を投下し順次高度を上げてゆく。

信濃制空隊・隊長の武藤大尉も、もちろんこの攻撃に参加していた。

武藤機が増槽を捨ててまもなく、敵の編隊が高度八〇〇〇メートル付近から降下して来たが、すでに武藤機を含めた列機も、高度六〇〇〇メートル付近から全速で上昇に転じ、反航戦でこれを迎え撃ったので、敵編隊による一撃は、有効な射撃とはなり得なかった。

果敢に敵の一撃をかわした武藤は、降下してゆく敵一機に狙いを定めて、その後方から猛然と追撃を開始した。

〝よし、エンジンは絶好調だ！〟

武藤はスロットルを全開にして、敵機を追い掛ける。立場は完全に逆転し、武藤機は高度の有利を活かして敵機にジリジリ迫ってゆく。

敵は疾風の優速に面喰らっている様子で、左旋回で追撃をかわそうとするが、武藤は、その一瞬の隙を逃さず、真後ろに回り込んで一二・七ミリによる一撃を掛けた。

「ズッダダダダ！」

だが、これは惜しくも敵機の尾部をかすめた。

敵機はなおも左旋回で逃れようとする。武藤は、一撃をミスして、瞬間〝しまった！〟と思ったが、今度はフラップを利かせて敵機の左下へ回り込み、そこから突き上げるように、左垂直旋回をやりながら撃ち上げた。

「ズッダダダダ！　……ズバァーン！」

第二撃は見事命中した。

真っ黒い煙が、パッと噴き出したかと思うと、敵機は錐揉《きりも》み状態となり、見る見るうちに海面へ落ちていった。

だが、敵機が海面へ激突するまで見送っている暇がない。飛行機が空一面を埋め尽くして乱舞し、前後、左右、上下に、敵機と味方機の描く曲線が入り乱れている。なにせ数が多すぎて、どの敵に掛かったらいいのか、向こうも分からないし、こちらも分からない。ただ手当たり次第、近いヤツに追いすがっていくという有様だった。

なんとか一機を落としてホッとした武藤は、さて次はどの敵か、また、どこから敵が来るか、と渦のなかを駆け回りながら獲物を求めているうちに、右斜め後方から、敵のもの凄い一斉射撃を受けた。

曳光弾《えいこうだん》を交えた槍のような弾丸が、愛機の翼下をかすめるように、ビュッ、ビュッと斜めに飛んでゆく。

武藤は思わず、

〝むむ、こいつはやるな！〟

と思ったが、間髪を入れずに左上昇旋回で、敵の射撃を避ける。そして、その次の瞬間には、ヘルキャットの大きな影が、武藤機の翼下をくぐって前方へのめってきた。

武藤は機首を下げると同時に、そのヘルキャットに追い撃ちの一撃を掛ける。

「ズッダダダダ！」

一二・七ミリの弾丸が数発、敵機の胴体に吸い込まれた。いや、一瞬そう思ったが、敵機はしぶとく飛んでいる。

敵パイロットは機体を瞬時に左へ滑らせ、致命傷を避けたのだ。

ヘルキャットはさすがに頑丈だった。急所を外すと落とせない。

〝やり損ねたこの瞬間が危ない！〟

と殺気を感じた武藤が、にわかに振り向くと、その瞬間に背筋が凍りついた。

なんと五、六機の編隊が、すぐ斜め後ろにくっついて、自分を狙っているのである。

やはり敵機の数のほうが多いのだ。

〝こいつはやばい！〟

武藤がそう思った矢先、バラバラと弾丸が飛んで来た。とっさに左上昇旋回をうって、なんとかこの攻撃をやり過ごす。

のめった敵の一機が、武藤の眼前を右斜め上昇で退避してゆく。彼はすかさず追尾に移った。

今度は逃すわけにいかない。が、追尾しながらもう一度、後方を振り返って敵機を警戒した。

〝よし、一瞬の余裕はある！〟

そう判断した武藤は、不安を断ち切って、猛然と追尾を続けた。

距離はグングン詰まっていく。約五〇メートルとなり、照準器の十字線が、しっかりと敵機の胴体をつかんだ。

〝喰らえッ！〟

武藤は容赦なく、二〇ミリの弾丸を猛射した。

すると曳光弾が糸を引くように伸び、パッと敵機の座席付近で炸裂した。

この日は、ほの暗いほど曇っていたので、炸裂が非常によく見える。とたんにパッと黒煙を吐いて、敵機はあっけなく錐揉み状態になった。

さっきの一機とこの一機を落しただけで、武藤は全身汗びっしょりとなっていた。

敵機の数が多過ぎる。またしても敵の数機が、後方からすでに射程距離へ入ろうとしている。

こうなると反撃を繰り返すしかない。しかし、敵機を落とすには落としたが、常に先手を取られているのだ。

〝いかん！　一時、態勢を立て直そう。無理は絶対に禁物だ！〟

武藤は、思い切ってエンジンを全速にし、猛烈なスピードで空戦圏外へと飛び出した。

そして一度、彼我入り乱れての空戦状態をじっくり観察してみた。

あるヘルキャットの真後ろ、五〇メートルほどのところから、我が疾風一機が追尾して、盛んに撃っている。

ところが、その真後ろには同じような状態で、今度はヘルキャットが喰らいついている。そしてまたその後ろには疾風、という具合に、敵味方六機が交互に一線に連なって、雲の下を数珠つなぎとなってゆくのが見えた。

敵味方とも眼前の敵しか見えていないのだ。どうも危なっかしくて見ていられない。そう思っているうちに、一番前の敵機が火を噴いた。

「あっ、グラマンを喰った！」

と武藤が思わずつぶやくと、次の瞬間に、今度はそのヘルキャットを喰った疾風が、真っ赤な閃光を発し、炎の塊となって落ちてゆく。ところが、今、疾風を喰ったそのヘルキャットが、またその後ろを追尾した疾風に、見事に撃墜された。

こうして、敵味方が次々に落ちていって、最後には一連の六機のうち、最後尾にいた疾風一機だけが残り、次の敵を求めて急旋回で飛び去った。

武藤は、なにか別世界の不思議な出来事を見るような思いで、この光景を見守っていた。

それはまさしく空の死闘だった。飛び狂う機銃弾の交叉《こうさ》。落ちる、落ちる。敵も味方も……。

敵味方の激闘をあとに、武藤は数回、大きく深呼吸し、後方の警戒は厳重にしよう、と自分に言い聞かせて、再び空戦圏内に入っていった。

しかし、もうそのころには、さしもの空戦もすでに一段落を告げ、敵も味方も一応、残りの機をまとめに掛かっていた。

だが、まだまだ油断は許されない。現に敵一機が猛然と右上方から射撃を加えてきた。無論、武藤は警戒を怠らず、事前にこの攻撃を予見していた。

武藤は、〝敵が撃ったな！〟と感じたその瞬間に左旋回でかわし、逆に敵機の後方へ回り込んだ。

この見事な切り返しに驚き、敵機はしゃにむに急降下で逃げる。が、零戦ならいざ知らず、疾風を振り切ることはできなかった。

武藤はグングン敵機を追い詰めるが、決して慌てない。後ろを振り返り、ほかの敵機がいないことを確認してから、おもむろに全銃火を開いた。

「ズッダダダ！　……ズッダダダ！」

するとそのヘルキャットは、右翼付け根からパッと火を噴き、瞬《また》く間に高度を失って、海面へ激突した。

まさに喰うか喰われるかの死闘に身をさらし、武藤はすでに、かなりの疲労感を覚えていたが、時間はまだ空戦開始から、三〇分ほどしか経過していなかった。

しかし、長駆進攻を仕掛けて来た制空攻撃隊は、そろそろ引き揚げなければならない。武藤が南の空に目をやると、海軍の彩雲が大きな弧を描いて旋回し、味方攻撃隊に集合を促していた。

ヘルキャットも、さすがにそこまでは追い掛けて来ない。米軍パイロットもかなり疲弊しており、彼らの任務はあくまでも、味方空母群を守り抜くことだった。

武藤もまもなく空戦場から離脱し、集合地点へと向かった。しかし、ほんの三〇分前とは違い、疾風も相当数の被害を出している。彼の二番機である佐々木少尉機の姿も見えなかった。

実際、疾風は一五二機に数を減らしていた。九四機の疾風が撃墜されたわけである。だが、制空攻撃隊は、この貴重な犠牲と引き換えに、敵にも甚大な損害を与えて一一八機にも及ぶヘルキャットを撃墜していた。

一〇分ほどで集合を終えた一五二機の疾風は、かなりの痛手を被っていた一七機を除いて、残る一三五機の全機が、三機の彩雲に誘導されて、ファラロップ島へ帰投していった。

いっぽう、被害のひどかった一七機の疾風は、彩雲一機に誘導されて、やむなくグアムの飛行場へと向かった。が、滑走路はすでに大破していたので、彼らは不時着を余儀なくされたのである。

6

疾風との凄絶な死闘を終えて、さしものヘルキャットもその数を三六二機に減らしていた。しかも、そのうちの約一割に及ぶ三八機のヘルキャットが、甚大な損害を被り、母艦への帰投を余儀なくされていた。

残る健全な状態のヘルキャットは、この時点で三二四機に減っていたが、依然として大群であることには違いない。

ところが、彼ら米軍パイロットに、休息の時間が与えられることはなかった。戦艦「アイオワ」の対空見張り用レーダーが、再び日本軍攻撃隊の接近を探知したのである。

ミッチャー中将の旗艦・空母「レキシントンⅡ」の艦橋で、通信参謀のオールマン中佐が、再び声を上げた。

「敵機、第二波来襲！　西南西・約一〇〇海里の地点です！」

日本軍・第二波の来襲は、あらかじめ推測できたことではあるが、ヘルキャットの機数は当初より減っている。ミッチャーは不安を覚えて、怒鳴り声で命じた。

「至急、敵来襲機の概数を知らせよ！」

ミッチャーの命令を受けて、オールマンがレーダー室へ確認に急ぐ。

すでに「レキシントンⅡ」の対空見張り用レーダーも、日本軍・第二波の接近を捉えていた。

まもなく、オールマンに代わって、情報参謀のハミルトン中佐が報告した。

「長官！　正確には判りませんが、二八〇機近くは来ます！」

この回答を受けて、ミッチャーが参謀長のバークに諮った。

「ヘルキャットの数はまだ敵を上回っている。迎撃は彼らに任せるしかないが、敵艦隊との距離は、今どれくらいかね!?」

現在の時刻は午前十一時五分。第五八機動部隊は第二段の索敵機として、午前七時四十五分に八機のヘルキャットを発進させていた。

「はい。索敵機からの報告では二四〇海里ほどに接近しております。敵のほうも依然として、我々に近づいているとすれば、あと一時間ほどで攻撃可能になります!」

「うむ。まずは、敵機を叩き落とさなければならないが、その後はただちに反撃に移る! 爆撃機や攻撃機は、すぐに収容できるよう準備しておいてくれたまえ」

「はっ! 承知しました」

バークも気合充分で、そう答えたのである。

いっぽう、旗艦「インディアナポリス」の第五艦隊司令部でも、スプルーアンスが盛んに、幕僚との討議を重ねていた。

「来襲した敵の第一波は、大半が戦闘機だったということだが、それに間違いはないか!?」

「長官、間違いありません。二五〇機ほど来襲したようですが、そのほとんどが戦闘機でした」

航空参謀のミラー中佐がそう答えた。

ディビス参謀長がこれに応じて言った。

「長官。敵もなかなかあざといですな……、我々の艦載機が届かないところから戦闘機を放って、まず〝先に制空権を握ろう〟という魂胆だったように思います」

「うむ。しかも、その戦闘機は新型のようだ。ヘルキャットの被害の多さがそのことを証明しておる。気を緩めてはならんぞ……」

「はい。ですが戦闘機隊はよく善戦し、我々には、いまだ三〇〇機以上のヘルキャットが残されております」

「うむ。したがって、現在接近しつつある敵第二波の攻撃を、いかに軽微な損害で乗り切れるかどうかが勝負だ！」

「はい。敵第二波は約二八〇機とのこと……。ヘルキャットの数に不足はありません」

「うむ。索敵機の報告によれば敵空母は一二隻。それが一波、二波、合わせて五〇〇機以上の攻撃隊を発進させて来たのだ。敵はほとんど〝全力で攻撃して来た〟と思われる」

「そのようです。敵空母に温存されている艦載機は大半が戦闘機でしょう。その数は多くても二〇〇機程度だと思われます」

「うむ。すでに全力で攻撃して来た敵は、今後しばらくは再攻撃を実施できないはずだ。この第二波の攻撃を凌ぎさえすれば、そのあとは必ず、こちらが先手を取れる！」

「おっしゃるとおりです。おそらく来襲しつつある敵の第二波は、爆撃機や雷撃機が主体の編制でしょう。三二〇機のヘルキャットで一気にひねりつぶしてやります！」

ディビスが興奮気味にそう言うと、スプルーアンスも深くうなずいたのである。

7

米軍のレーダーは極めて優秀だった。日本軍の放った第二波攻撃隊の機数は、米側の予想と大差なく二八五機だったのである。

ところが、これら計二八五機の攻撃隊は、日本側からすれば、正確には第二波ではなくて、第一波の攻撃隊だった。

つまり、この攻撃隊を発進させたのは、機動部隊を預かる山口ではなく、小沢が基地から発進させた第一波攻撃隊だったのである。

本日午前七時三十分。小沢中将は、味方空母機の敵艦隊発見報告を受けて、ただちに攻撃隊の発進を命じていた。

前日に小沢は、麾下《きか》航空部隊に対して、早朝から出撃できるよう準備を命じており、日の出の時点ですでに二三一機で編制された攻撃隊が、出撃準備を完了し待機していたのである。

第一波攻撃隊／陸海合同攻撃隊　合計二三一機
　第一航空艦隊／海軍部隊　計一二九機
　　銀河四八機、一式陸攻八一機
　第十一航空軍／陸軍部隊　計一〇二機
　　呑龍三六機、飛龍六六機

陸海合同の攻撃隊である。事前に小沢中将は、陸軍航空総監の菅原中将から許可を得たうえで、この攻撃隊の空中総指揮官に、海軍・銀河爆撃隊の江草隆繁中佐を任命した。

江草は、いわずと知れた艦爆の名手である。海兵五八期の卒業で、南太平洋海戦までは空母艦爆隊の隊長として活躍していた。

しかし、急降下爆撃が可能な新型双発爆撃機「銀河」の開発が海軍で決まると、その腕前を買われて銀河部隊の訓練育成に、教官兼隊長として従事するようになったのである。

銀河を含めて、これら二三一機の爆撃機、攻撃機は、いずれも一六〇〇海里以上の航続力を有し、長駆進攻しての爆撃が可能だった。

午前七時三十分に、ヤップ島から飛び立った合同攻撃隊は、前日にヤップ基地へ派遣されていた小早川大尉の彩雲に誘導されて、北方へ向けての進撃を開始した。

「君。ご苦労だが、我々の第一波攻撃隊（合同攻撃隊）を、〝味方機動部隊の上空〟まで先導してやって欲しい」

小早川は、小沢長官から直々《じきじき》に、そう依頼されていたのである。

小早川は実に明敏で、機転の利く男だった。

味方機動部隊の進出位置は、北緯一二度、東経一三八度の地点と定められていた

が、それは十六日の日の出一時間前の話で、山口中将の積極性をよく知っている小早川は、

〝我々が上空に到達するころには、味方機動部隊は必ず、もっと敵機動部隊のほうへ進出しているに違いない〟

と推測していた。

そして午前九時十二分、小沢長官の放った第一波攻撃隊が上空に到達したとき、山口の決戦機動部隊は、すでにサイパンの西南西・約四二〇海里の地点へ進出していたのである。

旗艦「大鳳」に無事着艦したあと、小早川はすぐに艦橋へ赴き、直接、山口長官に報告した。

「基地発進の攻撃隊は二三一機で、陸軍の爆撃機一〇二機も含まれております。攻撃隊の総隊長は江草中佐であります！」

「うむ、ご苦労。江草君なら申し分ない。……それで、戦闘機の随伴は無いのだな！」

「はい。戦闘機の随伴は一機もございません。小沢長官からは、その件は山口長官も承知しておられると聞いております」

「うむ、そのとおりだ。それで、基地の航空兵力はこれですべてかね？」

「はい。爆撃機や攻撃機はこれで全部です。が、零戦は二八〇機ほど基地に残っております」

「うむ、よく分かった。次の出撃に備えてしばらく鋭気を養っておきたまえ」

「はっ！　有難うございます。ですが、長官。この攻撃隊を敵艦隊の上空まで先導する任務は、私にやらせてください！」

小早川は、米軍機動部隊が二時間ほど前にサイパンの西南西・約一一〇海里の地点で発見されたことを承知していた。

「うむ。だが、指揮官が江草君なら先導機は必要なかろう。彼には信号で敵の位置を知らせておく。君には次に出撃してもらうので、しばらく身体を休めておきたまえ」

「はっ！　承知しました」

小早川は最敬礼し、自重して山口の言葉に従ったのである。

彼が艦橋から出て行くと、ただちに山口が伊藤に命じた。

「第二航空戦隊の『飛鷹』『隼鷹』から、零戦を出撃させる。角田さんに伝えてくれたまえ」

「はっ！　全機出しますか!?」

「うむ。全機出す！」

「ですが、長官。大半の疾風を出しましたし、零戦も全部出すとなりますと、我々の直掩機がほとんどなくなりますが……」

「いや、大丈夫だ。ちゃんと手は打ってある」

「はあ、そうですか……」

「それと、二航戦の零戦が発艦したら、そのあとすぐに、全空母の艦上で〝集中攻撃隊〟の出撃準備を整えてもらいたい。よろしく頼む」

「はっ！　承知しました」

山口が立て続けに指示を出し、旗艦「大鳳」の司令部は大忙しとなった。

だが、山口の表現は自信に満ちている。それを敏感に感じて勝利を確信し、全員が心を一つにして、任務に励んでいた。

小早川機の着艦を見届けたあと、江草は、編隊をまとめながらも、上空から味方大艦隊の威容を眺めていた。

全部隊の中心に、いかにも新進気鋭といった感じの機動空母「大鳳」がいて、その後ろに見慣れた姿の空母「翔鶴」と「瑞鶴」が並ぶ。これが第一航空戦隊だ。

そして、左後方に大きく目を移すと、面目を一新した機動空母「赤城」がいて、その後ろに中堅の正統派らしい空母「天城」と「葛城」が並ぶ。これが第三航空戦隊だ。

また、一航戦から大きく右後方へ目をやると、同じく堅実な姿の空母「雲龍」がいて、その後ろに空母「飛龍」と、「加賀」を一回り小さくしたような感じの機動空母「蒼龍」が並んでいて懐かしい。これが第四航空戦隊だ。

そしてまた、一航戦から右前方へ目を移すと、そびえ立つような楼塔が八つ。そのなかに周囲を圧倒するような戦艦「大和」「武蔵」の勇姿がある。第一艦隊だ。

そしてさらに、一航戦から左前方へ大きく目を移すと、〝銀河でも着艦できるぞ！〟と思わせるほど巨大な機動空母「信濃」が、子分を連れるような感じで空母「飛鷹」と「隼鷹」を従えている。これが第二航空戦隊だ。

すると最後に見た、「飛鷹」と「隼鷹」の艦上に零戦がずらりと並び、今まさに、その先頭の零戦が飛び立とうしている。

まもなく、一五分と立たずに全機が発艦し、二隻の空母からそれぞれ二七機ずつ、合わせて五四機の零戦が舞い上がって来た。

彼らは瞬く間に上昇し、江草機を目標にして飛び越えながら、手際よく隊形を整えて銀河隊の後上方に位置した。

「これは頼もしい！」

江草は思わずそうつぶやいて、総勢二八五機となった攻撃隊をまとめ、意気揚々と敵艦隊目指して、進撃を開始した。

艦橋からそれを見送り、伊藤がつぶやいた。

「ようやく分かりました、レーダーの盲点を突くとはこのことですね!?」

山口は黙ってうなずいたのである。

8

空母一二隻の艦上はどれも大忙しだった。山口が午前十時の出撃を厳命していたからである。決戦機動部隊の放つ真の第二波は、総計五一四機にも及ぶ大攻撃隊だった。

集中攻撃隊（第二波攻撃隊）　総計五一四機
（疾風六〇、彗星一八〇、天山二七〇、彩雲四）

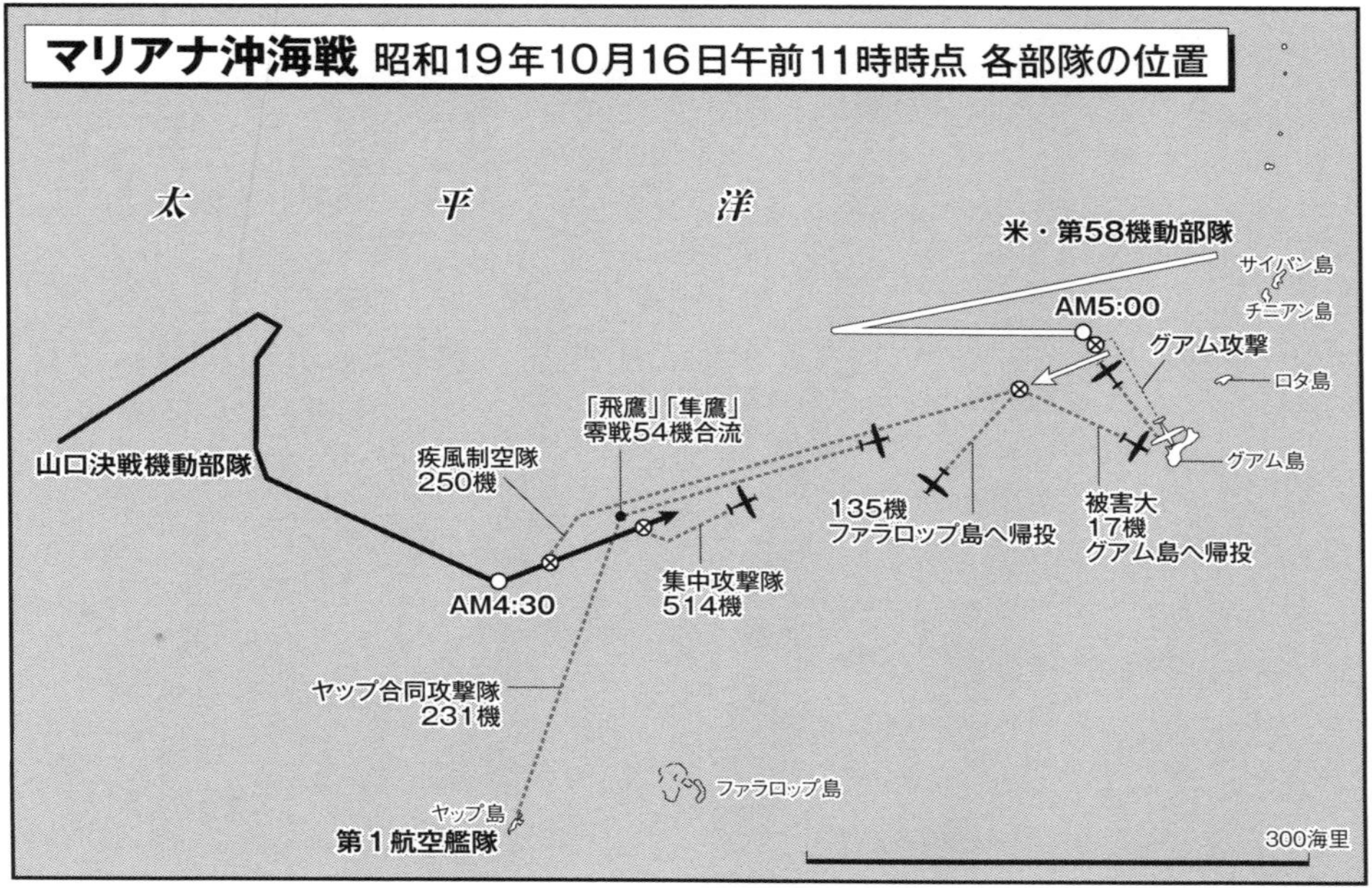
マリアナ沖海戦 昭和19年10月16日午前11時時点 各部隊の位置
太 平 洋
米・第58機動部隊
サイパン島
チニアン島
AM5:00
グアム攻撃
ロタ島
グアム島
「飛鷹」「隼鷹」
零戦54機合流
疾風制空隊
250機
山口決戦機動部隊
AM4:30
集中攻撃隊
514機
135機
ファラロップ島へ帰投
被害大
17機
グアム島へ帰投
ヤップ合同攻撃隊
231機
ファラロップ島
ヤップ島
第1航空艦隊
300海里

第一航空戦隊　山口長官直率　合計一四五機
機動空母「大鳳」　計七三機
（疾風九、彗星三六、天山二七、彩雲一）
正式空母「翔鶴」　計三六機
（艦戦なし、彗星九、天山二七、艦偵なし）
正式空母「瑞鶴」　計三六機
（艦戦なし、彗星九、天山二七、艦偵なし）
第二航空戦隊　角田長官直率　合計一三九機
機動空母「信濃」　計九七機
（疾風一二、彗星四八、天山三六、彩雲一）
正式空母「飛鷹」　計二一機
（艦戦なし、彗星一二、天山九、艦偵なし）
正式空母「隼鷹」　計二一機
（艦戦なし、彗星一二、天山九、艦偵なし）
第三航空戦隊　城島司令官　合計一二七機
機動空母「赤城」　計七三機

（疾風二一、彗星一八、天山三三、彩雲一）
正式空母「天城」　　　　　計二七機
（疾風三、艦爆なし、天山二四、艦偵なし）
正式空母「葛城」　　　　　計二七機
（疾風三、艦爆なし、天山二四、艦偵なし）
第四航空戦隊　有馬司令官　合計一〇三機
正式空母「雲龍」　　　　　計二七機
（疾風三、艦爆なし、天山二四、艦偵なし）
正式空母「飛龍」　　　　　計二七機
（疾風三、艦爆一二、天山一二、艦偵なし）
機動空母「蒼龍」　　　　　計四九機
（疾風六、彗星二四、天山一八、彩雲一）

これだけ大量の艦載機を一気に発艦させられるのは、無論、機動空母が四隻もいるからである。
だが、単に数が多いだけではない。搭乗員の腕を鍛えるために、「翔鶴」「瑞鶴」

の機動空母への改造を断念し、この二空母で盛んに訓練を繰り返した。

さらに言及すれば、南太平洋海戦以降は本格的な空母決戦を避けて、涙を呑んでギルバート諸島やマーシャル諸島を手放し、一年半以上ものあいだじっと耐えて母艦航空兵力を温存してきた。

その甲斐あって、開戦当初の真珠湾攻撃時とまではいかないまでも、このたびの決戦に向けて南太平洋海戦終了時の練度を、いまの今までずっと維持し続けてきたのである。

この兵力を投入すれば負けるはずがなかった。いや、絶対に負けるわけにいかなかった。陸軍もそのことに理解を示し、極めて協力的に航空兵力を割いてくれている。

まさに国を挙げての決戦であり、国運を背負った五一四機の集中攻撃隊が、今まさしく一二隻の空母艦上から飛び立とうとしていた。

すでに総旗艦である空母「大鳳」のマストには、Z旗（皇国の興廃この一戦にあり、各員一層奮励努力せよ！）が掲げられている。

午前十時きっかりだった。〝発艦始め！〟の旗が打ち振られ、全空母の艦上から先頭の艦載機が一斉に発艦を開始した。

依然として絶好の風が吹いている。

機動空母「大鳳」では、まず上部飛行甲板から彩雲一機と彗星三六機が見事に発艦した。そして二分ほど掛けて可動式甲板が下げられ、続いて下部飛行甲板（上部格納庫と直結）から天山二七機、さらに九機の疾風が発艦していった。

それを確認して、山口中将も思わずうなずく。

機動空母「信濃」では、まず下部飛行甲板から天山三六機と疾風一二機が無事発艦し、これまた二分ほど掛けて可動式甲板が上げられ、続いて上部飛行甲板から彩雲一機と彗星四八機が発艦していった。

その間わずか三二分。角田中将が闘志満々のサビの利いた声で、

「よし、新記録だろう！」

と満足そうにうなずいている。

機動空母「赤城」では、まず上部飛行甲板から彩雲一機、彗星一八機、疾風も一八機が見事に発艦して、三分ほど掛けて可動式甲板が下げられ、続いて下部飛行甲板から、残りの天山三三機と疾風三機が連続で発艦していった。

城島少将の顔に、ひとまず肩の荷が下りたという感じで、笑みがこぼれる。

機動空母「蒼龍」では、まず下部飛行甲板から天山一八機と疾風六機が滞りなく

発艦し、三分ほど掛けて可動式甲板が上げられ、続いて上部飛行甲板から、彩雲一機と彗星二四機が若干もたつきながらも無事に発艦していった。

先頭の彩雲は難なく発艦したが、その次の彗星一番機がエンジンの調子が上がらず、二番機以降に順番を譲って、その彗星は一番あとから発艦したのである。

旗艦「雲龍」から、「蒼龍」の全機発艦を見届けると、有馬少将はホッと胸をなでおろした。

さらに翔鶴型、雲龍型、飛龍型、飛鷹型の各正式空母でも、概《おおむ》ね滞《とどこお》りなく発艦作業が進んで、機動空母「信濃」から最後の彗星が発艦したときには、時刻は十時三十二分になろうとしていた。

この大攻撃隊の総指揮を執るのは、艦爆隊を直率する関衛中佐である。彼は、南太平洋海戦のときにも総隊長に任命された艦爆のエキスパートで、洋上航法の腕にも定評があった。

また、雷撃隊は村田重治中佐が、さらに六〇機の疾風を率いる制空隊は陸軍の井森少佐が、それぞれ指揮を執っていた。

しかし、総隊長である関は、ほとんど洋上飛行のわずらわしさから開放されていた。小一時間ほど休憩して鋭気を養った小早川大尉が、山口長官直々の指名を受けて、再び彩雲に乗って集中攻撃隊を先導していたからである。

「敵艦隊との距離は、三〇〇海里を切っているはずだ。サイパンへ向けて飛ぶと思えば、まず針路は間違いない。敵も近づきつつあるようなので、さらに距離が縮まる可能性はあるが、新しい情報が入りしだい、無線封止を解いてでも知らせるので、大船に乗ったつもりで行って来い！」

山口の力強い激励に対し、精いっぱいの敬礼で答えると、小早川はまるで水を得た魚のように、喜び勇んで出撃して行った。

関中佐は彼のおかげで、隊形を維持して飛行することに専念できたのである。

9

いっぽう、そのころ江草中佐の合同攻撃隊は、比較的低い、高度一〇〇〇メートルを維持して進撃を続けていた。

それでも米軍のレーダーは、約一〇〇海里手前で合同攻撃隊の接近を探知したのである。

レーダーに映った敵機の方位は西南西で、間違いなく最初に来襲した敵機と同じ方角だった。無論、そんなところに日本軍の基地など存在しない。

どうみてもというか、冷静かつ客観的に考えれば考えるほど、これは日本軍の機動部隊から来襲した〝第二波〟攻撃隊に違いなかった。

米側がどう考えていようと江草には関係ない。

敵艦隊までの距離はあと六〇海里ほど。高度を上げ、六〇〇〇メートルを確保している。もはや攻撃あるのみだが、そのとき、はるか前方上空に敵戦闘機の大群が出現した。

まさに想像を絶するほどの数だ。掩護の零戦隊もすでに気づいており、彼らは間髪を入れずに突撃を開始する。が、零戦は五四機だけ、敵機はその六倍はいる。

〝だめだ……、このままでは全機やられる！〟

とっさにそう判断した江草は、ただちに編隊を解き、中隊ごとに分散して、それぞれ個別に進撃するよう命じた。

この江草の命令を受けて、合同攻撃隊は九機ごと約二五個の中隊に散開し、蜘蛛の子を散らしたように様々な高度、様々な針路で進撃した。

この一瞬の判断が功を奏した。

七〇機近くのヘルキャットは零戦の反撃に遭って応戦せざるを得ず、残る二五〇機以上のヘルキャットも一瞬面食らって、どの部隊を追い掛けてよいのかしばらく躊躇《ちゅうちょ》した。

しかし攻撃隊は、まだ米艦隊を視認できるような距離に接近していない。いかに敵艦隊へ近づくか、そのやり方は各中隊長の判断に委ねられた。

分散飛行は一旦功を奏したが、まもなくヘルキャットも態勢を立て直し、個別に追い掛けて来る。

無論、爆撃機や雷撃機では、戦闘機の速度に敵うわけがなかった。

速度の遅い一式陸攻や呑龍の編隊は、見る見るうちにヘルキャットに追い付かれて、確実にその数を減らしてゆく。

江草の中隊も例外ではなかった。彼の直率する銀河九機は、高度三〇〇〇メートル付近へ降下しながら北東へと突っ込み、敵機の大群と逆走するようなかたちで一旦はヘルキャットを出し抜いたが、まもなく反転した八機のヘルキャットから、矢のような追撃を受けた。

だが、もうそのころには江草の中隊は、敵艦隊の一端を視認できる位置にまで迫っていた。

もう少しで敵を爆撃できるが、ヘルキャットは断然速く、とても逃げ切れそうにない。

〝いかん！　確実にやられる！〟

そう観念した江草は、とっさに中隊での突撃をあきらめ、非常手段を採った。

『編隊を解く、それぞれ単機突入せよ！』

その瞬間に最後尾の一機が喰われた。残る八機がやられるのも時間の問題だ。

しかしこの日は、かなり雲が多かった。

なんと江草機は、単機となった直後に雲のなかへ突っ込み、一か八かの賭けに出た。その前にきっちりと、敵艦隊の位置だけは確認している。

雲のなかは想像以上に気流が乱れて、バランスを保つだけでも精いっぱい。それでも江草機は、辛うじて二五〇ノットの速度を維持し、五分以上飛び続けた。

ようやく雲を突き抜けた。高度は二四〇〇メートル。すると運よく、はるか右前方に大型の敵空母一隻が見えた。だが、かなり距離はある。

銀河は五〇〇キロ爆弾を抱いているので、当然、降下爆撃を行うが、いつ敵戦闘機につかまるか分からないので、理論どおりの急降下爆撃法を実施するのは無理だ。高度四〇〇〇メートル付近まで上昇している暇がない。

しかも、敵空母は盛んに高角砲を撃ち上げて、上空に厚い弾幕を張っている。

現に、数機の銀河が上空への進入に成功したようだが、ことごとく撃ち落とされている。まったく恐ろしい対空砲火の威力だ。

そんなところにわざわざ飛び込む必要はない。

江草は、思い切って一気に高度を下げた。そしてその降下速度を利用し、グングンその敵空母へ肉迫していった。それも真正面からだ。

まもなく、敵空母も江草機の接近に気づいて、しゃにむに機銃を撃ち込んでくる。

だが、艦首方向に即時指向できる機銃は多くなかった。

完全に常識を破った爆撃法だった。

江草機は、すでに高度五〇〇メートルほどに降下していたが、さらに高度を下げて、まるで艦首方向から逆向きに着艦するかのような感じで、猛然と突っ込んでゆく。

江草に狙われたその空母は、第四空母戦隊に所属するエセックス型の「フランクリン」だった。

艦上に凍りつくような戦慄が走って、ついに誰かが叫んだ。

「危ない！　たっ、体当たりだ！」

しかし江草に、そんな無謀な考えはまったくなかった。彼は、敵空母の艦首を過ぎる直前に、一気に加速しながら上昇し、爆弾を投下した。

江草機の進行方向と敵空母の進行方向が正反対なので、互いの速度が相乗効果を生み、投下された爆弾はもの凄い勢いで、空母「フランクリン」の正面に激突した。

「ドッカァーン！」

けたたましい轟音《ごうおん》が響き、その爆弾は、艦首と飛行甲板の透き間に食い込んで炸裂した。破壊力の大きい五〇〇キロ爆弾である。

炸裂の瞬間に、飛行甲板の前部が缶詰めのふたを開けたように大きく迫り上がり、空母「フランクリン」は、この一発を喰らっただけで、瞬時に発艦不能に陥ってしまった。

しかも、艦前部で火災が発生したため、火の勢いを止める必要に迫られて、同艦は速度を落とさざるを得なかった。

爆撃を成功させた江草機は、空母「フランクリン」の艦上をかすめるようにして、グングン上昇してゆく。同機も無傷とはいかず、かなりの機銃弾を撃ち込まれていた。

機体には無数の弾痕が残っている。が、幸運にも当面の飛行に支障はなかった。

まもなく、高度五〇〇〇メートル付近に上昇した江草機は、戦場からの離脱を図りながらも、雲の切れ間からもう一度、周囲の状況を精査した。

敵艦隊は五群に分かれており、そのうちの四つの群に空母の姿があった。残るもう一群は戦艦部隊のようだ。ざっと見渡しただけでも、空母は一三隻ほどいる。

自分が攻撃した空母は間違いなく黒煙を上げており、その横の大型空母でも火災が発生しているようだが、ほかの敵空母はまったく被害を受けていないように思える。

どう見ても戦果は芳《かんば》しくなかった。

すでに時刻は午前十一時四十二分になろうとしている。そろそろ引き揚げなければならず、江草は南西に向け針路を執ったが、味方機の損害ははなはだしく、江草機に突き従って来るのは、わずか五〇機足らずであった。

実際に帰途に就いたのは、江草機を含めて銀河が一〇機、一式陸攻が八機、呑龍が三機、飛龍が一二機、そして零戦が一六機だった。

ところが、ヤップ島までたどり着くことができたのは四五機で、零戦三機と銀河一機が途中海上への不時着を余儀なくされていた。

ヤップ島の北東・約一五〇海里の地点で力尽きた機体は、まさに江草の操縦する銀河だった。

しかしながら、彼は最後まで任務を全うし、安全空域へ離脱した直後に、目にした敵艦隊の全容を味方に通報し、海上を漂流しながらも辛抱強く救助を待ったのである。

いっぽう米軍・第五八機動部隊は、最小限の被害で切り抜けたと言ってよかった。空母「フランクリン」は発艦不能となったが、まもなく火災を消し止めて着艦収容は可能であり、空母「バンカーヒル」は至近弾二発を受けて、同艦でも火災が発生したが、まもなくこれを消し止めて充分に戦闘力を保持していた。また、第二空母戦隊の空母「ヨークタウンⅡ」が、飛龍の放った魚雷一本を右舷に喰らったが、同艦も戦闘、航行にまったく支障はなかった。

米空母の被った損害は以上で、そのほかに一式陸攻一機が戦艦「インディアナ」の舷側に激突し、戦艦「アラバマ」に銀河が爆弾一発を命中させたが、いずれも大事には至らず、米軍は、ほかに空戦によって、わずか二〇機のヘルキャットを失ったに過ぎなかった。

10

ミッチャー提督は被害の少なさに満足し、いよいよ反撃のチャンスが巡って来た、と手ぐすね引いていた。

日本軍機動部隊との距離はさらに縮まって二〇〇海里ほどのはずだ。しかし、すぐに反撃できるわけではない。

被害を局限するため、すべての空母の艦上を一旦空にした。まず、急降下爆撃機や雷撃機を収容し、爆弾や魚雷を登載しなければならない。そしてさらに、ヘルキャットも全機収容する必要がある。

二波にわたって来襲した敵機を、立て続けに迎撃したので、ヘルキャットの銃弾やガソリンもさすがに底を尽き掛けている。

上空の全機を収容し、爆弾や魚雷、銃弾やガソリンなどを補充するには、少なくとも一時間は必要である。だが、さほど焦る必要はない。日本軍機動部隊はすべての航空機をハタいて、全力攻撃してきたと思われる。しかも敵来襲機のほとんどを、味方ヘルキャットが叩き落としたのである。

アドバンテージは明らかに自軍側にある。今度はこちらが一方的に攻撃する番だ。

ミッチャーはスプルーアンスに対して、

『第五八機動部隊は、全機収容後、敵艦隊へ向けて針路を執り、午後一時を期して反撃の第一波攻撃隊を発進させる！』

と通告したのである。

ところが、攻撃一辺倒のミッチャーの司令部とは違い、スプルーアンスの司令部では、様々な意見が飛び交っていた。

ある者は、攻撃して来たのは大型機だった、と言うが、別の者は、零戦がいたので艦上機だ、と言い返す。また別の者が、絶対に双発機だった、と言い張ると、さらに別の者が、双発機が急降下爆撃を行うはずがない、と反論する。

要するに来襲した敵機が、艦上機なのか、陸上機なのか、そのことでもめているわけだが、参謀長のディビスも、司令長官のスプルーアンスも、この論争には口出しをしなかった。

来襲した敵機には明らかに双発機も含まれていたが、それがすべてなのかどうか、という疑問も残るし、レーダーの示す方位は、明らかに敵機動部隊の方角を指していた。

だが、それが艦上機であろうとなかろうと、ヘルキャットで迎撃せざるを得なかったのだ。もはや米軍の為すべきことは決まっていた。全機を収容して爆弾や魚雷、はたまた銃弾やガソリンなどを補充しなければ、何も始まらないのである。

無論、艦載機を収容することに反対する者など、誰一人としていなかった。第一反対する理由が見当たらない。このまま放置すれば、上空の友軍機はすべてガソリン切れとなり、海上への不時着を余儀なくされる。

当然スプルーアンスも、一刻も早く全機を収容すべきだと考えていたが、やはり彼は、ほかの者とは一味違った。

――戦艦「インディアナ」に激突したのは、明らかにベティ（一式陸攻の米側コードネーム）だ。何か妙な胸騒ぎを感じる。敵機がさらに来襲する可能性も捨て切れない。

そう感じたスプルーアンスは、ディビス参謀長に一つ相談をもち掛けた。

「どうだろう。約半数の空母では、先にヘルキャットを収容すべきだと思うが……」

攻撃重視のミッチャーは、先に爆撃機や雷撃機を収容するつもりでいた。銃弾やガソリンの補充よりも、当然、爆弾や魚雷の積み込みのほうが、余計に時間が掛かるからである。

「はあ、長官がそうおっしゃるのであれば、ミッチャー提督にその旨を打診してみましょう」

ディビスは、スプルーアンスの意を汲んで、すぐにそう応じたのである。

スプルーアンスの意向を聞いたミッチャーは、もどかしさを抑えられず、思わずバークに向かって愚痴をこぼした。

「スプルーアンス長官の考えは、あまりにも消極的ではないか⁉」

バークが少し考えてから答えた。

「はい。無論、爆撃機や雷撃機を優先的に収容すべきです。ですが、よく考えてみますと、攻撃隊を出すにしても、必ず護衛戦闘機は付けなければなりません。だとすれば、半数の空母は先にヘルキャットを収容してよいか、と思われます」

「うーむ、なるほど、そう言われてみれば、確かに納得できなくもない」

ミッチャーも少し考えてからうなずいた。

これを受けて、バークがすかさず進言した。

「まあ、ここは一つ上級司令部の意向も勘案して、第一、第二空母戦隊は先に爆撃機などを収容し、第三、第四空母戦隊は先にヘルキャットを収容するということにしては、どうでしょうか？」

「うむ。まあ、それが妥当かも知れん。分かった。ではそうしよう」

ミッチャーもようやく納得したのである。

この決定を受けて、第五八機動部隊はさっそく全機の収容に取り掛かり、結局四〇分ほど掛けて、すべての艦載機を収容した。

すでに時刻は午後零時二十分となっている。しかし、収容するだけでは仕事は終わらない。先に着艦した艦載機から順番に、爆弾や魚雷、ガソリンなどの補充作業が行われている。

これらすべての作業が完了するのが、午後一時の見込みであった。

第一、第二空母戦隊では、まずアベンジャー雷撃機が着艦し、次にヘルダイバー急降下爆撃機が着艦して、最後にヘルキャット戦闘機が着艦した。

アベンジャーはすべて格納庫へ下ろされており、すでに三分の一ほどの機体に魚雷が装着されつつある。ヘルキャットは格納庫へ下ろす必要がない。銃弾やガソリンの補充は飛行甲板上でも行えるが、先に着艦したヘルダイバーが前方を塞いでおり、すぐには発艦できない。

いっぽう第三、第四空母戦隊では、まずヘルキャットが着艦し、続いてアベンジャー、そして最後にヘルダイバーが着艦した。

着艦したヘルキャットは、格納庫へ下ろされることなく、そのまま飛行甲板の前方へ移されて、銃弾やガソリンの補充を受けている。その間に、着艦したアベンジャーやヘルダイバーを順に格納庫へ下ろしてゆく。

最後に着艦したヘルダイバーの多くが、まだ飛行甲板の後方にあるが、すでに約半数のヘルキャットが補充作業を完了していた。

時刻は午後零時三十三分。

〝さあ、あと三〇分ほどで、ようやく攻撃隊が発艦できるぞ！〟

とミッチャーが気合を入れ直していた、その矢先のことであった。

またもや、通信参謀のオールマン中佐が艦橋に駆け込み、絶叫したのである。

「て、敵の第三波です。すでに我が隊の西南西・約五〇海里に接近しております！」

ミッチャーは思わず仰天した。だが、スプルーアンスの意向に沿って、ヘルキャットの出撃準備も進めていたので、七〇機程度の戦闘機なら迎撃に上げることができる。

「なにっ！　何機ぐらい来る⁉」

問題はまさに、来襲した敵機の数だった。

ミッチャーがそう聞いた途端、オールマンが苦虫をかみつぶしたような顔になり、口をパクつかせながら辛うじて報告した。

「ち、長官！　だっ、大編隊です。五〇〇機以上は来ます！」

一瞬にして「レキシントンⅡ」の艦橋内が凍りついた。さしものミッチャーも、完全にパニック状態に陥っている。

ミッチャー自身がそんな状態なので、誰も一言も言えない。だが、そのとき突然、凍りつくような沈黙を破って、隊内電話が鳴り響いた。

我に返ったバークが、慌てて受話器を取る。

するとその向こう側で、直々にスプルーアンスの怒鳴り声が響いた。

『なにをやっとる！　可能な全戦闘機をすぐに発艦させせろ！』

バークも、スプルーアンス大将のこんな怒鳴り声は、今まで聞いたことがなかった。彼は、まるで電気に打たれたように硬直し、ミッチャーへの確認もそっちのけで、

「全ヘルキャットを発進させせろ！」

と怒鳴っていたのである。

対空レーダーが敵機を探知してから、この命令を出すのに三分以上も掛かった。

まもなく、第三、第四空母戦隊のエセックス級空母「エセックス」「レキシントン

Ⅱ」「バンカーヒル」から、それぞれ一六機ずつのヘルキャットが舞い上がり、インディペンデンス級の軽空母「プリンストン」「ラングレイⅡ」「サンジャシント」からも、それぞれ八機ずつのヘルキャットが舞い上がった。

だが、これら七二機のヘルキャットを発艦させるのに、約一二分を費やした。無論、エセックス級の空母「フランクリン」は、飛行甲板が大破しているので発艦不能である。

空母「フランクリン」以外の一四隻の母艦では、さらに追加でヘルキャットを発進させようと、準備が急がれていた。が、実際に発艦させるには、まだ五分以上掛かりそうだった。

旗艦「インディアナポリス」の艦橋では、受話器を置いたままの状態で、スプルーアンスが呆然と立ち尽くしていた。

彼は、日本軍が止《とど》めの第三波として、数十機の攻撃隊を放って来る可能性はある、とみて用心を怠らなかった。だが、五〇〇機も来襲するとは、とても想像できなかったのである。

「なぜだ!?　今まで来た敵機はいったい何だったのだ。……日本軍には、そんなに多くの空母が完成しているのか!?」

スプルーアンスは思わず、自問自答するようにそうつぶやいていた。

彼がつぶやくのも無理はなかった。米軍機動部隊の上空には、延べ一〇〇〇機以上の日本軍機が来襲したのである。

11

山口の放った集中攻撃隊は、高度・約三〇〇メートルの低空飛行で進撃していた。

敵のレーダー探知を避けるためだが、この高度で飛行し続けると、燃費は必然的に悪くなる。長距離の進攻はこの低高度では無理だが、すでに集中攻撃隊が発進した時点で、敵艦隊との距離は約二四〇海里に縮まっていた。

攻撃隊は極めて順調に進撃している。

予定どおりに行けば、午後一時には敵艦隊の上空へ到達する。が、敵艦隊もこちらへ向けて針路を執っている可能性が高いので、いつ高度を上げるかが作戦成否の大きな鍵を握っていた。

先導役を仰せ付かった小早川機は、三機の彩雲を従えて、本隊より六〇〇メートルほど先行して飛んでいる。

その約二〇〇メートル後方に制空隊の疾風六〇機が続き、さらにそのあとに本隊の攻撃機群が続々と控えていた。

集中攻撃隊が敵機動部隊へ向け一五〇海里ほど進撃したころ、江草中佐の銀河が、まさに米空母「フランクリン」に五〇〇キロ爆弾を命中させて、戦場から離脱しつつあった。

江草機が米軍機動部隊の全容を打電したのが、午前十一時五十分のことである。

旗艦「大鳳」は確実にこの報告を受信し、山口はただちに、その内容を小早川機へ転送した。

小早川機がそれを受信したのが午前零時。やはり敵機動部隊はさらに接近している。

集中攻撃隊は、依然として高度三〇〇〇メートルを維持しているが、このままの高度であまり近づき過ぎると、艦爆隊は有効な爆撃を実施できない。

小早川は、敵艦隊の約五〇海里手前で高度を上げる、と決意した。

〝よーし、あと一九分。零時三十分を期して高度を確保するぞ！〟

そして小早川は、きっちり時刻を確認しながら、総隊長の関中佐に対して、

『敵艦隊は五群に分かれており、そのうちの四群に空母数隻ずつが含まれている』

と無線電話で通報した。

関機も「大鳳」からの通報を受信していたが、小早川は念には念を入れたのである。

小早川機が上昇に転じたのは、その直後のことであった。時刻はかっきり午後零時三十分。彼の予想にほとんど狂いはなく、上昇したのは敵艦隊の手前約四八海里の地点だった。

まもなく、小早川機を含む彩雲四機が、高度七〇〇〇メートルを確保すると、その約五〇〇メートル後下方に制空隊の疾風が位置し、そこからさらに約一〇〇〇メートル低い高度で、集中攻撃隊の本隊が飛行した。

しかし、まだ敵艦隊の姿は見えない。正午を回って太陽が南中高度に達し、さしもの曇り空もかなり切れ間が出てきた。それでもまだ雲は多いが、攻撃を決行するにはまずまずの条件である。

小早川機が上昇してから、すでに一二分ほど経過しようとしていた。が、そのときだった。前方の雲の切れ間から、まさに〝長細い箱〟のような姿がチラッと見え隠れした。

「よし、あそこだ！」

小早川はそう声を上げると、ただちに攻撃隊全機に通報した。

『十一時の方向に敵艦隊！　これより制空隊は先行されたし！』

この先は、戦闘機を含めた攻撃隊の奮戦に期待するしかない。きっちりと自分の任務を果たした小早川機は、さらに敵艦隊の全貌をつかむため、三機の彩雲を引き連れて、高度八〇〇〇メートルに上昇して行った。

ここからの主役は陸軍の疾風である。

小早川機から通報を受けた制空隊隊長の井森少佐は、自機を含む六〇機の疾風を率いて、間髪を入れずに突撃を開始した。

突入高度は六五〇〇メートル。すでに増槽を投下し、疾風の速度は時速六〇〇キロを超えている。敵艦隊の上空へ達するのに、わずか二分ほどしか掛からなかった。

井森は、高度五〇〇〇メートル付近に敵戦闘機の姿を認めたが、その数はこちらの半数程度。ヘルキャットの過半数はいまだ上昇し切っておらず、敵機は編隊を組めるような状態ではなかった。

『全機、突撃せよ！』

約一五〇〇メートルの高度差を活かして、六〇機の疾風が猛然と降下する。

ヘルキャットはとても反撃できるような態勢ではなかった。

最初の一撃を加えただけで、三四機いたヘルキャットのうちの一四機が撃墜されて、なんとか逃れたほかのヘルキャットも、態勢を立て直すだけで精いっぱいとなった。

発艦直後で上昇しつつあった三八機のヘルキャットも、一旦は疾風との戦闘をあきらめて空戦場から逃れる。だが、彼らの任務はあくまでも自軍艦隊の上空を守ることなので、そういつまでも退避してはおられない。

ようやく対等に戦えそうな高度を確保したヘルキャットが、順次舞い戻り、それぞれ敵味方三〇機ずつほどの編隊に分かれて、ちょうど第三空母戦隊と第四空母戦隊の上空で、二つの空中戦が繰り広げられた。

その状況を見て取り、総隊長の関中佐が間髪を入れずに命じる。

『全軍、突撃せよ！』

空戦の間隙《かんげき》を突いて、満を持して進撃して来た彗星一八〇機と天山二七〇機が、まさに怒涛のごとくとめどなく押し寄せる。

米空母一四隻の艦上から、さらに数機のヘルキャットが舞い上がったが、日本軍攻撃隊の多さに圧倒されて、すでに有効な迎撃を行う機会は完全に失われていた。

しかも、ほとんど全部のヘルキャットが、疾風との戦いに忙殺されており、攻撃隊を迎撃するどころの騒ぎではなかった。

まもなく関隊長の突撃命令を受け、彗星一八機ずつ、天山二七機ずつ、艦爆、艦攻、それぞれ一〇個ずつの編隊に分かれた計二〇個の攻撃集団が、思い思いの米空母に対して狙いを定める。

そして、各攻撃集団の指揮を任された、二〇名の飛行隊長が立て続けに、

『全機、突撃せよ！』

と渾身の突撃命令を発した。

狙われた米空母の各艦上に、おののくような戦慄が走る。艦全体がしゃかりきになって、対空砲火を撃ちまくって来る。

だが、万能に思えたＶＴ信管にも、実は一つだけ泣き所があった。

第三空母戦隊と第四空母戦隊の真上では、戦闘機同士の空中戦が続いている。つまり、ＶＴ信管付きの高角砲弾を撃ち上げようとしても、上空には、決して撃ち落としてはいけない味方のヘルキャットも含まれているのだ。

両空母戦隊では、敵機だけを的確に狙える、機銃を撃って応戦するしかなかった。

第三空母戦隊には、ミッチャー中将の座乗する空母「レキシントンⅡ」も含まれていた。

ミッチャーの見る限りでは、ヘルキャットは敵戦闘機と戦うのがやっとで、爆撃機や攻撃機の侵入を阻止するのには、ほとんど何の効果も発揮していなかった。

「こ、こんなことなら、ヘルキャットを発艦させるんじゃなかった……」

ミッチャーは呆然と天を仰ぎ、思わずそうつぶやいていた。

だが、すべては後の祭り。敵の爆撃機がおいそれと、空母「レキシントンⅡ」だけを見逃してくれるはずがなかった。

敵急降下爆撃機の数機は撃ち落とした。が、大半の爆撃機は砲火をかいくぐり、途切れることなく連続で急降下してくる。

敵ながら見事に統制された爆撃だった。

今や、ミッチャーは完全に観念していた。

「ズガァーン！　ドカァーン！　ドカァーン！　ズガァーン！　……ドカァーン！」

空母「レキシントンⅡ」は立て続けに、五発もの爆弾を喰らった。そのうちの三発が飛行甲板を突き抜け、格納庫内で炸裂した。

米軍艦載機の搭載していた魚雷や爆弾が誘爆を起こし、同艦は数次の大爆発を繰り返して、もはや断末魔に陥っている。

まったく消火作業どころではなかった。

差し迫った同艦の最期を予期し、急いでミッチャーが総員退去を命じる。

皆が先を争うように退艦を始めた、まさにその直後のことだった。

「ズッシーン！　……ズゥシィーン！」

日本軍雷撃機の放った魚雷二本が、空母「レキシントンⅡ」の右舷舷側に容赦なく突き刺さった。

これが完全に止めとなった。同艦は二本目の魚雷を喰らったその直後に、右舷中央部から真っ二つに裂けて、更なる誘導を起こしながら瞬時に轟沈していったのである。

12

第五八機動部隊は、まったくツキに見放されていた。すべての空母が格納庫内に危険物を満載していたのである。

沈没したのは空母「レキシントンⅡ」一隻だけに止まらなかった。

同じ第三空母戦隊のエセックス級ネームシップである空母「エセックス」は、まさに関中佐の直率する彗星一八機からの爆撃を受けた。

空戦の間隙を縫って、関の乗る彗星が先頭で突っ込む。まもなく、一発の機銃弾を喰らって機体が大きく揺さぶられたが、すでに出撃した時点で、関は決死の覚悟を胸に刻んでいる。

彼は一心不乱、血走った眼を照準器に押し付け、高度四〇〇メートル付近へ降下すると、まさに乾坤一擲《けんこんいってき》、必殺の爆弾を投じた。

「……ズッガァーン！」

その爆弾は、紛《まご》うことなく敵空母の前部甲板を直撃し、まさに発艦しようとしていたヘルキャットを吹き飛ばして、その後方にあった数機も巻き込み、たちまち火災が発生して、艦上の将兵から瞬時のうちに生気を奪い去った。

茫然《ぼうぜん》自失となった艦上の虚を突いて、空母「エセックス」に更なる彗星が襲い掛かる。

関隊長・直率の二番機と三番機は、惜しくも爆撃をしくじったが、残る一五機の投じた爆弾のうちの三発が命中し、同空母もまた、とめどなく誘爆を繰り返している。

空母「レキシントンⅡ」「エセックス」が雷撃を受けたのはその直後、ほとんど同じころだった。

八一機もの天山が第三空母戦隊に襲い掛かり、面舵を執った「レキシントンⅡ」は右舷に魚雷を受けて、取り舵でかわそうとした「エセックス」は、左舷に三本、右舷にも一本の魚雷を喰らった。

それだけではない。同戦隊のインディペンデンス級軽空母「プリンストン」と「ラングレイⅡ」も、それぞれ爆弾一発と魚雷二本、爆弾二発と魚雷二本ずつを喰らって、まもなく、空母「エセックス」とともに轟沈していった。

大・小四隻の空母を喪失した第三空母戦隊は、八一機の天山と五四機の彗星から、三〇分以上にも及ぶ猛攻撃を受けて、はかなくも全滅してしまったのである。

ところが、米軍の機動部隊が四群に分かれていることを承知し、全敵空母の爆破を目指す日本軍の攻撃隊は、第三空母戦隊だけに限定し、攻撃を加えたわけではなかった。

時を同じくして、彗星五四機と天山八一機が第四空母戦隊に襲い掛かり、さらに、第二空母戦隊にも彗星五四機と天山八一機が襲い掛かっていた。

第四空母戦隊の上空では、いまだ戦闘機同士の戦いが続いている。

そこへ、小林道雄少佐の率いる彗星五四機が突入し、エセックス級の二空母「バンカーヒル」「フランクリン」と、インディペンデンス級の軽空母「サンジャシント」に対し、一八機ずつの編隊に分かれて急降下を開始した。

すでに空母「フランクリン」は江草機からの爆撃を受けて飛行甲板が大破している。小林少佐は、同艦の攻撃に山口大尉以下の一八機を向かわせて、自身の直率する一八機には、無傷の大型空母「バンカーヒル」を攻撃するよう命じた。

三隻の空母は対空砲火を撃ち上げて、必死に応戦してくるが、やみくもに高角砲を撃つことはできない。空母「バンカーヒル」も辛うじて機銃の猛射で応じるのが精いっぱいだった。

小林の彗星は高度四〇〇〇メートルで接敵し、米空母の動きを確認しつつ、風上側から一気に急降下に入った。と見る間に彼は、どんどん降下角度を深めてゆく。

空母「バンカーヒル」の機銃員が、とっさに小林機のダイブに気づいて狙いを定め、死に物狂いで応戦してくる。が、その猛烈な降下速度に射撃のほうが追い付かない。

小林は機体に受ける風力を計算しながら、さらにこまめに角度を調整する。そして、高度五〇〇メートルを過ぎても急降下し続け、〝最高の態勢になった！〟と思ったその瞬間に、機首を引き起こしながら渾身の爆弾を投下した。

「……ズッガァーン！」

まさにその爆弾は、飛行甲板のど真ん中に命中した。空母「バンカーヒル」の甲板が完全に突き破られて格納庫内で炸裂し、けたたましい爆発音が鳴り響く。

そこには一〇〇〇ポンド爆弾を装着したばかりのヘルダイバー数機が在り、それらが瞬時に吹き飛ばされて、次々と誘爆を起こす。格納庫内は瞬く間に火の海と化し、まったく手の施しようのない惨状となった。

小林機の投じたたった一発の爆弾だけで、「バンカーヒル」は瞬時に、空母としての機能を喪失していた。

空母「バンカーヒル」のみならず、第四空母戦隊の空母三隻は、ほとんど同時に爆撃を受けて、すでにそれぞれ三発以上の爆弾を喰らっていた。が、彼らの惨劇はさらに続いた。

低空に舞い降りた八一機の天山が、被爆直後で混乱状態にある「バンカーヒル」「フランクリン」「サンジャシント」に対し、容赦なく襲い掛かる。

すでに断末魔となっていた「バンカーヒル」は、魚雷をかわすどころの騒ぎではなかった。

敵雷撃機の接近に気づいた艦長が、

「面舵いっぱい。いっ、急げ！」

と凄まじい形相で命じたが、その命令自体が遅きに失していた。

空母「バンカーヒル」は、右舷に五本もの魚雷を喰らった。同艦だけではない。空母「フランクリン」も左舷に四本の魚雷を喰らい、軽空母「サンジャシント」も右舷に三本の魚雷を喰らっていた。

もはや、これら三隻の空母を救う手立てはなかった。近辺に米軍の基地がないので、曳航《えいこう》することもできない。空母「フランクリン」は味方駆逐艦の魚雷で処分され、空母「バンカーヒル」と「サンジャシント」は、介錯を待つまでもなく轟沈し、第四空母戦隊もまた全滅したのである。

日本軍・集中攻撃隊の猛攻は、第二空母戦隊にも注がれていた。これらすべての攻撃は、ほぼ同時進行で行われているのだ。

上空の小早川機が縦横無尽に駆け回り、米艦隊の全貌をつかんで、攻撃集団の各隊長に敵空母の所在を伝えている。

雷撃隊総隊長の村田重治中佐は、突撃前に小早川機から、北西にも敵空母部隊の一群在り、と通報を受けていた。それがまさに第二空母戦隊だった。

村田もまた、彗星五四機と天山八一機を率いており、小早川機から報告のあったその敵空母群へ向けて、適確に編隊を誘導していた。

しかし、目指す敵空母四隻を視認してからは、それぞれの飛行隊長に攻撃を任せる。

ただし、彗星一八機と天山二七機の組み合わせは事前に決められており、それぞれの組み合わせがどの敵空母を攻撃するのかは、攻撃の直前に無線で申し合わせた。

村田の直率する天山二七機は、垂井《たるい》少佐の指揮する彗星一八機と連携することになっている。彼は左前方を航行する大型空母に狙いを定めた。

エセックス級の空母「ヨークタウンⅡ」である。

空母の上空はまさにがら空きだったが、垂井機を含む彗星一八機が上空に進入すると、敵空母は強力な弾幕を張って応戦してきた。

たちまち四機の彗星が撃破される。まさにこれがVT信管の威力。それでも怯《ひる》まず垂井は突撃を命じる。しかし、先頭の垂井機は無残に撃墜されて、さらに二機の彗星も撃ち落とされた。

結局、攻撃できたのは一一機だったが、強烈な砲火に進入を妨げられて、直撃弾一発と至近弾二発を与えたに過ぎなかった。

しかしながら、空母「ヨークタウンⅡ」も他の空母と同様に艦載機を満載しており、一発の直撃弾を喰らっただけで相当な被害をもたらし、艦上では火災が発生していた。

同艦は火災を沈静化させるために、極端な高速航行ができない。

村田がこの好機を逃すはずがなかった。彼の直率する雷撃隊は、帝国海軍随一の精鋭である。

左前方を航行している敵空母は、もう一隻の大型空母との衝突を避けるため、〝取り舵で回避する〟と村田は予想した。

彼は、まず誘い水で、その空母の左舷から三機の天山を突入させて魚雷を放った。

すると、空母「ヨークタウンⅡ」艦長のハドソン大佐は、村田の予想どおりに取り舵を命じた。

まもなく舵が利いて、同艦の艦首が左舷に大きく回頭し始める。

村田はそれを見計らって、彼が手塩に掛け育ててきた横山中尉以下の天山三機を、さらにその空母の左舷へ向けて突入させる。

横山はこの任務の重さを痛感していた。

〝隊長の期待に応えるぞ！〟

彼はその一心だけで、グングンと敵空母の舳先へ向けて肉迫してゆく。高度わずか一〇メートル。距離一〇〇〇メートルを切っても、横山は一心不乱に敵空母に迫り続ける。

まさに村田の教えどおり、捨て身の雷撃法だ！

敵空母との距離が八〇〇メートルを切る。

ついに横山機が魚雷を投下した。が、その直後に先頭で突っ込んだ横山の天山は、敵空母艦上からの集中砲火にさらされて、火を噴きながら瞬時に海面へ激突した。

それを見た村田が、

「よっ、……よこやま！」

と堪らず叫び声を上げる。

しかし、彼らの放った渾身の魚雷三本は、村田の期待にたがわず、敵空母の舷側へ向け猛烈な勢いで疾走していた。

このまま左への回頭を続けると、今、左舷側から放たれた魚雷を喰うのは必定だ。ハドソンの対応も遅くはなかった。彼は凄まじい形相で、間髪を入れず今度は面舵を命じる。

左舷をかすめるようにして、まさに「ヨークタウンⅡ」は間一髪でこの魚雷三本をかわした！

ところが、すでにそのときには村田機を含む二一機の天山が、敵空母の右舷側へ大きく回り込んで進入を開始していた。

村田は、敵空母の艦首が微妙に動いた瞬間を見逃さない。彼は涙を隠さず大声で、

「横山、よくやった！　偉いぞ！」

と叫びながら、敵空母に激突しそうなほどの至近距離から、まさに必殺必中の魚雷をねじ込んだ。だが、全機ではない。自機を含めてすでに肉迫していた一二機だけに魚雷の投下を命じた。それで充分だった。横山の見事な陽動のおかげで、村田は〝必ず何本か命中する！〟と確信できた。

空母「ヨークタウンⅡ」は左回頭からようやく右回頭に入りつつあった。が、その瞬間に、右舷から迫り来る魚雷一二本を認めたハドソンが、仰天しながら操舵手を押し退け、

「なにをやっとる！　取り舵だ！」

と怒鳴り散らして、自らしがみつくように、またもやめいっぱい舵輪を左へ回した。だが、すでに右へ回頭し始めていた「ヨークタウンⅡ」は、なかなか言うことを聞いてくれない。

スルスルと魚雷が近づく。ハドソンの操艦はまったく間に合わなかった。彼が舵を切った約一〇秒後に、空母「ヨークタウンⅡ」は右舷に連続で、三本の魚雷を喰

らった。

「ズゥシィーン！　……ズッシィーン！　ズゥシィーン！」

ところが、村田雷撃隊の恐ろしさは、ハドソンの想像力をはるかに超えていた。三本の魚雷を喰らった空母「ヨークタウンⅡ」は、当然ながら急激に行き足が衰えて、速度が一時、一二ノットまでに低下した。

しかも、右舷側に大きく傾斜し始めたので、同艦の舵は思うように利かない。そこへ、満を持して進入して来た残る九機の天山が、さらに肉迫して一挙に魚雷を投下した。

もはや、空母「ヨークタウンⅡ」に回避する力はなかった。

「…ズゥシィーン！　ズシィーン……」

ハドソンがうッとうめいた瞬間に、同艦はさらに四本の魚雷を喰らって、瞬く間に右舷へ傾斜しながら轟沈していったのである。

第二空母戦隊ではさらに、インディペンデンス級軽空母の「キャボット」が魚雷二本を喰らって撃沈し、同じく軽空母の「ベローウッド」も爆弾一発と魚雷一本を喰らって沈没していた。

唯一、エセックス級の空母「イントレピッド」だけが戦闘力を保持し続けていたが、同艦も二本の魚雷を喰らって、速度は二四ノットに低下していたのである。

13

いっぽう、北東に若干離れて行動していた第一空母戦隊には、彗星一八機と天山二七機が襲い掛かり攻撃を加えたが、爆弾は一発も命中せず、エセックス級の空母「ホーネットII」と「ワスプII」に魚雷一本ずつを命中させただけで、同戦隊の空母は四隻とも戦闘力を保持していた。

三〇分にも及ぶ攻撃がようやく終わり、日本軍の艦載機がすべて上空から去ったとき、第五八機動部隊で戦闘力を保持しているのは、大型空母三隻と軽空母二隻のみとなっていた。

つまりわずか三〇分のあいだに、米軍の空母戦力は約三分の一に激減してしまったわけである。

敵機が空母に攻撃を集中したため、幸か不幸か重巡である「インディアナポリス」は、敵に見向きもされず、まったく被害を受けていなかった。

スプルーアンス大将は、ミッチャー提督の座乗する「レキシントンII」が沈没すると、必然的に機動部隊の戦術指揮も執ることになった。が、もはやいかんともし難く、ただ呆然《ぼうぜん》と味方空母の被害報告を受けるのみであった。

無論やるべきことは山ほどある。沈没艦の乗員や搭乗員は可能な限り救助しなければならないし、今後の方針も早急に示さなければならない。

しかし、一〇隻もの空母が沈没しているので、救助作業にはかなりの時間を要すると思われた。二時間、いや、二時間半ぐらいは掛かるかも知れない。

日本軍の機動部隊はその間も接近し、更なる攻撃を加えて来る可能性がある。

現在の時刻は午後一時十六分。日没後の薄明まで計算に入れると、暗くなるまでまだ五時間近くの時間があるのだ。

やろうと思えば敵は、あともう一回攻撃することができる。

スプルーアンスとしては、救助活動を行うための時間をどうしても稼がなければならなかった。彼らを見捨てて戦場から退避することなど到底できなかった。

スプルーアンスがにわかに確認した。

「最初に来襲した敵の戦闘機群は、確かにヤップ島方面へ退避したのだな!?」

「はい。空母へは帰投していないはずです。探知したレーダーの方位がそうですし、ヘルキャット隊の隊長もそう申しております!」

ディビスが即座にそう答えた。

この答えを聞いて、スプルーアンスがおもむろに命じた。

「敵は戦闘機も全部ハタいて攻撃して来た可能性が高い。今すぐ反撃すれば、敵機動部隊にも相当なダメージを与え得るはずだ。……残る空母五隻で反撃し、なんとしても時間を稼ぐ。だが、今回は我々の完敗だ！　フォレイジャー作戦（マリアナ諸島攻略作戦）はただちに中止する！」

この瞬間に日本軍は、マリアナ諸島の死守に成功したのである。

スプルーアンスの司令部は、反撃の第一波となる攻撃隊の出撃準備を急いだ。幸いにも生き残った空母五隻の艦上では、すでに艦載機に対する爆弾や魚雷の装着作業が完了しつつあった。

スプルーアンスは、第二空母戦隊で唯一生き残った空母「イントレピッド」を第一空母戦隊へ編入するよう指示し、加えてターナー中将の攻略部隊などをすべて撤退させるよう命じた。

そのうえで彼は、

「機動部隊所属の巡洋艦や駆逐艦は、速やかに救助活動を行い、作業が終わり次第、順次戦場より離脱せよ。第一空母戦隊がしんがりを務め、盾となって敵の追撃を食い止める！」

と命じ、旗艦「インディアナポリス」とリー中将の戦艦部隊を第一空母戦隊の近くへ移動させ、引き続き航空戦の陣頭指揮を執ったのである。

午後一時四十分。今や第五八機動部隊の全兵力となった空母五隻の艦上で、ようやく攻撃隊の発進準備が整い、スプルーアンスはただちに、一八四機の艦載機に出撃を命じた。

第五八機動部隊／第一波攻撃隊　合計一八四機
大型空母「ワスプⅡ」　計四八機
（戦闘機八、爆撃機二四、雷撃機一六）
大型空母「ホーネットⅡ」　計四八機
（戦闘機八、爆撃機二四、雷撃機一六）
大型空母「イントレピッド」　計四八機
（戦闘機八、爆撃機二四、雷撃機一六）
小型空母「モントレイ」　計二〇機
（戦闘機八、爆撃機なし、雷撃機一二）

小型空母「カウペンス」　計二〇機
（戦闘機八、爆撃機なし、雷撃機一二）

ヘルキャット戦闘機四〇機、ヘルダイバー急降下爆撃機七二機、アベンジャー雷撃機七二機で編制された反撃の第一波攻撃隊は、二〇分ほどで各空母から発艦し、午後二時には日本軍機動部隊へ向けての進撃を開始した。

14

スプルーアンスは見事に、日本軍機動部隊の現状を看破していた。
日本軍の機動部隊が第一波として出撃させた疾風は、その大半がファラロップ島へ帰投し、一部がグアム島へ不時着したので、母艦で収容したものは一機もなかった。
また、ヤップ島発進の攻撃隊に随伴した空母「飛鷹」「隼鷹」の零戦五四機も、大半がヘルキャットに撃ち落とされ、生き残ったものはすべてヤップ基地へ帰投し、母艦には戻っていない。

さらに、最後の集中攻撃隊に随伴出撃した六〇機の疾風も、無論、空母には着艦できないので、全機が彩雲二機に誘導されて、ファラロップ島へ向け帰投中であった。

つまり、スプルーアンスが反撃を決意した、午後一時二十分の時点で、日本軍の空母一二隻の艦上には、〝まったく一機の戦闘機も存在しなかった〟のである。

スプルーアンスが放った反撃の第一波攻撃隊一八四機には、雷撃機と急降下爆撃機が各々七二機ずつ含まれている。日本側には機動部隊を守る戦闘機が一機も存在しないので、これら一四四機からの攻撃を防げるわけがなかった。

旗艦「大鳳」の艦上では、伊藤参謀長がすでにこのことを司令長官の山口に進言済みだった。

「我々の上空を守る戦闘機が〝ほとんど〟なくなります！」

伊藤がこう進言したのが、空母「飛鷹」「隼鷹」から五四機の零戦を出す直前のことだった。

したがって、彼が進言した時点では、まだ六〇機の疾風が手元に残っていた。ところが山口は、残るこれらの疾風も、すべて集中攻撃隊とともに出撃させたのである。

直掩可能な戦闘機が〝ほとんど〟どころか、〝すべて〟なくなったので、伊藤としては気が気ではなかった。

伊藤の心配がようやく収まったのは、午後一時二十八分のことだった。

味方機動部隊の上空に二八八機もの零戦が現れて、一二隻の空母に次々と着艦し始めたのである。これらはヤップ島から来た零戦だった。

前日、小早川が小沢へ手渡した伝達書の最後に、山口の要望が書き添えられていた。

――ころあいを見計らって、零戦を救援に差し向けていただきたい。

だが、いつの時点に何機の零戦を救援に向かわせるかは、まさに小沢の判断に委ねられていた。

小沢はこう考えた。

――米軍艦載機の足は短い。まず敵機動部隊が午前中に攻撃隊を出すのは無理だろう。山口君が攻撃隊をすべて発進させたのを確認し、味方空母の艦上が完全に〝空〟になったあとで、手持ちの零戦をすべて救援に差し向けてやろう！

江草機が米軍機動部隊の全容を打電したのが午前十一時五十分。山口中将の旗艦

「大鳳」が、この報告を進撃中の小早川機へ転送したことを知り、小沢は、集中攻撃隊がすでに味方機動部隊から発進していることを確信した。

そして午後零時、小沢は手持ちの零戦二八八機をすべて機動部隊の救援に差し向けたのである。


ヤップ島発進の零戦二八八機は、午後一時二十八分ごろから順次、友軍機動部隊の上空へ到達し、雲龍型、飛龍型、蒼龍型、飛鷹型の中型空母七隻に、それぞれ一八機ずつ収容され、翔鶴型の二隻には二七機ずつ、さらに「大鳳」「赤城」「信濃」の大型機動空母に、それぞれ三六機ずつ収容された。

午後一時五十分。すべての空母で零戦の収容作業が完了すると、伊藤が山口に不満を漏らした。

「長官もひとが悪いですな。零戦の救援が来るなら来ると、一言言って下さればよいのに……」

「いや、済まんな。無論、君に隠すつもりなどなかったが、私も実際に、何時ごろ何機の零戦が応援に来るのか、小沢さん任せだったから……」

伊藤も山口にこう言われると、それ以上しつこく問い詰めるのも野暮だと観念した。

逆に山口は上機嫌だった。彼はヤップ島に約二八〇機の零戦が在ることを知っていたが、小沢長官が時機を逸することなく、期待以上の数の零戦を差し向けてくれたのである。

それから三〇分ほどすると、集中攻撃隊も相次いで、機動部隊の上空に帰投して来た。

だが、彗星は四二機を喪失し、天山は三八機を喪失して、彗星が一三八機に、天山が二三二機に数を減らしていた。

これら三七〇機を収容するには、当然、各母艦の飛行甲板を開けなければならない。先に収容された零戦はすべて格納庫へ下ろされ、そこでガソリンの補充を行っている。

彗星や天山は、午後二時二十五分ごろから各母艦に収容され始めたが、すぐにガソリンを補充し、爆弾や魚雷も再装備しなければならない。

山口はすでに第二撃の実施を決意していた。

ところが、午後二時五十六分、旗艦「大鳳」に最後の天山が着艦したその直後に、戦艦「武蔵」の対空見張り用レーダーが、六〇海里ほど前方の上空に接近しつつある敵機群を捉えたのである。

「敵機はあと三〇分ほどで、我が上空に到達すると思われます！」

伊藤がただちに、山口にそう報告した。

空母一二隻の艦上はてんてこ舞いだった。

米軍攻撃隊が来襲したからには、一刻も早く零戦を上げなければならない。だが、その多くがいまだ格納庫内に在り、どの空母の艦上でも、今ようやく数機の零戦が、飛行甲板に上げられようとしているところだった。

しかし、山口の決断はすばやかった。

「各母艦から零戦を六機ずつ上げる。が、機動空母四隻は、すべての零戦を迎撃に上げよ！」

まさにこれが機動空母の強みだった。周知のとおり機動空母は、上部格納庫と下部飛行甲板が直結しており、一々零戦を〝上に〟上げずとも、可動甲板さえ下ろせば、すぐにそこから（格納庫から）発艦できるのだ。

この命令を受けて、全通一段式の通常空母八隻からそれぞれ零戦六機ずつ計四八機が発艦し、さらに機動空母「蒼龍」から零戦一八機。そして、機動空母「大鳳」「赤城」「信濃」から、それぞれ三六機ずつの零戦が発艦した。

つまり日本軍機動部隊は、午後三時十五分までに合計一七四機の零戦を、迎撃に上げることができたのである。

15

午後三時二十分。空母から飛び立った一七四機の零戦は、友軍機動部隊の約二〇海里手前の上空で、米軍攻撃隊を迎撃した。

空母「信濃」から飛び立った岩本機も、そのうちの一機として迎撃戦に参加していた。

岩本少尉は、緒戦は機動部隊所属の零戦隊の一員として空母「瑞鶴」に乗り、真珠湾攻撃や珊瑚海海戦に参加していた。が、ミッドウェイ作戦が失敗したあとに異動を命ぜられて、ラバウル基地へ転属させられた。そのラバウル航空隊もトラック大空襲後に事実上解散となり、岩本機は引き揚げを命ぜられて、小沢・第一航空艦隊の指揮下に編入されていたのである。

母艦搭乗員は飛行機乗りのまさに花形である。岩本も久しぶりに「瑞鶴」の姿を目にし、空母から出撃することに喜びを感じていたが、彼にはそれ以上に、ラバウル航空隊の一員として過酷な消耗戦をくぐり抜けて来た、自負のほうが強かった。撃墜した敵機はすでに一〇〇機（未確認のものも含む）を超えており、もちろん新型のヘルキャットとも干戈《かんか》を交えたことがある。

根本的に艦隊航空戦と基地航空戦では戦い方が違うのだ。特にラバウルでは、むやみに空戦を挑むのではなく、極力戦力の消耗を避けながら戦わなければならなかった。必要に迫られて自然としたたかな戦法が身につく。

今回の出撃もそうだった。岩本は、同じようにラバウルで戦ってきた春田大尉とも示し合わせて、春田中隊の九機と岩本自身の率いる零戦九機で、すぐには突撃せず、しばらく空戦の成り行きを見守っていた。が、ただ漫然と眺めていたわけではない。

他の零戦一五六機が突撃してゆく間に、春田と岩本の零戦一八機は、敵機編隊の後上方・約六〇〇〇メートルに占位した。

米軍攻撃隊には、四〇機の戦闘機が随伴して上空をカバーしていたが、岩本らの行動が、ヘルキャットのパイロットに心理的な圧迫を与えて、結果的に味方の戦闘を有利に導いた。

ヘルキャットの性能を持ってすれば、上方に占位した零戦から逃れることなど簡単だったが、そんなことをすれば、爆撃機や雷撃機の上空はガラ空きとなる。

岩本らは後上方から盛んに揺さぶりを掛けた。

四〇機のヘルキャットは、絶えず後方を気にしなければならず、攻撃隊に突撃して来る別の零戦に対しては、辛うじて威嚇《いかく》射撃を加えるのが精いっぱいだった。

だが、威嚇射撃を受けたぐらいで、零戦は攻撃を止めてくれない。米軍の爆撃機や雷撃機は、多数の零戦から波状攻撃を受けて、確実にその数を減らしていった。

――このままではどうしようもない。

と感じたのであろう。まもなく一六機のヘルキャットが上昇し、岩本らの零戦一八機に向かって戦いを挑んできた。

ところが、岩本も春田も、これをまともには相手にしない。充分に敵機を引き付けてから、高度の優位を速度に変えて、敵一六機を主戦場とはまったく関係のない東方へおびき出した。

これで爆撃機や雷撃機を守るヘルキャットは、わずか二四機となってしまった。いくらヘルキャットが優秀であるとはいえ、一五〇機以上の零戦を迎え撃ちながら、まともに護衛の任務が果たせるわけがなかった。

数機の零戦はヘルキャットの逆襲に遭って撃ち落とされたが、米軍機の被害はその比ではなく、次々に零戦にやられてその数を減らしてゆく。

それでも二機のヘルダイバーが、日本軍機動部隊の上空に達し、機動空母「信濃」に対して爆撃を敢行したが、有効な攻撃とはなり得ず、わずかに至近弾一発を与えて、「信濃」は、右舷舷側に若干の亀裂を生じたに過ぎなかった。

いっぽう、一六機のヘルキャットを引き付けた岩本らの零戦一八機は、戦いを徹底的に避けて散々ヘルキャットを翻弄し、敵の主隊から充分に引き離しておいて、それから適当な雲を見付けて全機で飛び込んだ。

完全にだまされたヘルキャットは為すすべなく、友軍攻撃隊のほうへ戻るしかない。が、岩本は彼らの行動を完全に読み切っていた。

はるか西の上空では、ほかの零戦と米軍攻撃隊がドンパチやっている。岩本ら一八機は、高度を稼ぎながら雲を巧みに利用し、そちらのほうへ急ぐ。すると先ほどのヘルキャット一六機がすでに舞い戻っており、今まさに、味方零戦隊に向けて突撃しようとしていた。

味方の危機である。

が、一六機の敵は、後方から迫る岩本らの存在にまったく気づいていない。しかも、こちらは充分な高度を確保している。岩本が、粘りに粘ってようやくつかんだ、この好機を逃すはずがなかった。

彼が一斉に突撃を命じる。もちろん春田大尉の九機もこれに続いた。

「ズッダダダ！　……ズッダダダダ！」

まさにヘルキャットのお株を奪うような、見事な一撃離脱戦法だった。

岩本機からの一撃を喰らい、先頭のヘルキャットは尾部を分解させて、真っ逆さまに落ちていく。岩本はそのまま機首を引き上げていったが、続く彼の二番機と三番機も、狙ったヘルキャットを一撃のもとに撃墜した。

春田中隊も負けていない。降下しながら九機が連続で襲い掛かり、四機のヘルキャットを立て続けに粉砕していた。

残るヘルキャットは九機。彼らは、上空に零戦がいることをはじめて知り、慌てて下方の味方のなかへ逃げ込んでゆく。

岩本は、反撃体勢を執る敵機がいないのを見定めてから、一番手近のヘルキャットを狙って再攻撃を加え、これも簡単に血祭りにあげて、そのまま前方の雲中へ突っ込んだ。

列機も皆、岩本機に続く。

岩本は絶対に無理をしない。特にヘルキャットに対して高度の優位を失ったときは、徹底して戦いを避けた。それに米軍攻撃隊の損害は著しく、すでに彼らは、味方艦隊に対する攻撃を断念し、東方へと退避しつつあった。

消極的に映るかも知れないが、断じてそんなことはない。岩本らは、ころあいを見計らって雲から顔を出し、逃げ遅れたアベンジャーなど数機を見付けて執拗に攻撃を加え、さらにアベンジャー三機とヘルダイバー一機を撃墜したのである。

戦いがすべて終わったとき、春田、岩本の中隊は一機の零戦も失っていなかった。まさにこれこそがラバウル航空隊の戦い方だった。

16

スプルーアンスの放った米軍攻撃隊は、日本軍機動部隊に対して、ほとんど有効な打撃を加えられなかった。

しかしこの反撃が、まったくの無駄となったわけでもない。日本軍機動部隊は迎撃戦闘機を上げる必要に迫られた。空母一二隻の艦上では、零戦の発艦作業に時間を取られて、第二撃として送り出す攻撃隊の出撃準備が遅れた。

本日の日没は午後五時二十分。薄明を計算に入れても、すでに残り時間は二時間半を切っている。

米軍攻撃隊の戦果は皆無に等しかったが、時間を稼ぐという意味において、スプルーアンスは目的の〝約半分〟を達成していた。

約半分と控えめに評価したのは、山口が第二撃を断念しなかったからである。

だが、攻撃隊の収容は確実に日没後となり、出撃させる搭乗員は熟練でなければならない。しかも、発着艦や準備の時間を短縮する必要があるので、精鋭を選んで出撃させるしかなかった。

午後三時三十八分。山口は、彗星五四機と天山八一機に出撃を命じたのである。

第二次攻撃隊（第三波攻撃隊）　総計一五一機
（零戦一一四、彗星五四、天山八一、彩雲三）
第一航空戦隊　山口長官直率　合計八一機
機動空母「大鳳」　計二一機
（零戦なし、彗星一二、天山九、彩雲一）
正式空母「翔鶴」　計三〇機
（零戦二一、彗星なし、天山九）

正式空母「瑞鶴」　　　計三〇機
（零戦二一、彗星なし、天山九）
第三航空戦隊　城島司令官　合計六四機
機動空母「赤城」　　　計二二機
（艦戦なし、彗星一二、天山九、彩雲一）
正式空母「天城」　　　計二一機
（零戦一二、艦爆なし、天山九）
正式空母「葛城」　　　計二一機
（零戦一二、艦爆なし、天山九）
第四航空戦隊　有馬司令官　合計五四機
正式空母「雲龍」　　　計二一機
（零戦一二、艦爆なし、天山九）
正式空母「飛龍」　　　計一八機
（零戦一二、艦爆六、天山なし）
機動空母「蒼龍」　　　計一五機
（艦戦なし、彗星六、天山九）

第二航空戦隊　角田長官直率　合計五二機
　機動空母「信濃」　　　　　　　計二八機
（零戦なし、彗星一八、天山九、彩雲一）
　正式空母「飛鷹」　　　　　　　計一二機
（零戦一二、彗星なし、天山なし）
　正式空母「隼鷹」　　　　　　　計一二機
（零戦一二、彗星なし、天山なし）

計二五二機にも及ぶ攻撃隊である。が、零戦は午後三時三十分から発艦を始めており、その多くがすでに、上空に舞い上がっていた。

零戦一一四機のうちの大半は、一旦は米軍攻撃隊を迎撃する任務を帯びて発艦した。が、先に迎撃に向かった一七四機の零戦が、後発隊の手を煩《わずら》わせることなく、米軍攻撃隊の戦意をくじいて敗走させたので、山口は一一四機の零戦を攻撃隊の掩護に遣わすことができた。

このとき日・米機動部隊同士の距離は、さらに縮まって一七〇海里を切ろうとしていた。

それでも山口は、暗くなってからの着艦を極力避ける必要があると考えて、

「第一機動艦隊は三〇ノットで敵へ肉迫する！」

と気合充分に命じたのである。

山口中将麾下の空母九隻が、白波を蹴って突進を開始する。もちろん護衛の巡洋艦や駆逐艦もこれに付き従う。

この光景を見て、〝負けてはならじ〟とばかりに第二機動艦隊の角田中将も突撃を命じる。が、飛鷹型空母の最大速度は二五・五ノット。無論、第一機動艦隊の突進に付いてゆくことはできないが、角田の燃えたぎる闘志は、漫然と眺めることを許さなかったのである。

17

午後四時二分。戦艦「アイオワ」の対空見張り用レーダーが、約一〇〇海里手前で日本軍攻撃隊の接近を捉えた。

本日、四度目の敵機来襲である。スプルーアンスはこれを予測していた。彼の放った攻撃隊は、日本軍の空母一隻に損害を与えたと報告してきたが、その程度の被

害で、敵機動部隊が追撃を断念するとは思えなかった。

スプルーアンスは攻撃よりも守備を重視した。このとき彼の手元には、沈没した空母から移動してきたものも合わせて、使用に耐え得るヘルキャットが一一六機残されていた。

スプルーアンスはすぐそれらに発進を命じた。さらに彼は、攻撃隊に随伴し撃墜を免れた二四機のヘルキャットにも、着艦する前に敵攻撃隊を迎撃するよう命じた。

帰投中のヘルキャットでこの命令に応じることができたのが二〇機。残る四機は損害が著しく、ただちに収容する必要があった。

迎撃可能なヘルキャットは合計一三六機となり、彼らは味方機動部隊の約四〇海里手前で、日本軍の攻撃隊を待ち構えたのである。

いっぽう日本軍の第二次攻撃隊は、再び関衛中佐に率いられて出撃していた。関は、最初の攻撃で愛機が被弾して、修理の必要があり、別の彗星に乗り換えて出撃していた。

攻撃隊は高度五〇〇〇メートル、速度一八〇ノットで進撃している。時間に限りがあるので、低空飛行よりも迅速な接敵を心掛けた。

攻撃隊の約七〇〇〇メートル上空では、一一四機の零戦が護衛の任に就いており、さらにその前上方・高度六五〇〇メートルで、三機の彩雲が前路哨戒の任務を帯びて飛行していた。

敵戦闘機に迎撃されるのは必至である。

午後四時二十二分。予想どおり彩雲の一機が、前方・約一万六〇〇〇メートルの上空に敵戦闘機の大群を発見した。

敵機の高度はおよそ七〇〇〇メートル。彩雲からの通報を受けて、零戦八一機が向首反抗で上昇し戦いを挑む。だが、敵機の数が多かった。

上昇した制空隊の零戦が、約半数のヘルキャットを空戦に巻き込むが、残る六四機のヘルキャットがこれをかわし、高度を活かして攻撃隊に一撃を加えてきた。

「バッ、バリバリバリ！　バリバリバリ！」

直掩に残されていた三三機の零戦が、そうはさせじとばかりに、ヘルキャットに威嚇《いかく》射撃を加えて対抗する。が、敵の一撃を完全に食い止めることはできなかった。

隊列の後ろのほうにいた零戦四機、彗星一〇機、天山一六機が、瞬く間に撃ち落とされる。

やはりレーダーに誘導されて、迎撃戦を行うヘルキャットは強かった。

直掩隊の零戦は二九機に減ったが、それでも彼らは、なんとか敵機を空戦に巻き込もうと、果敢に突撃し戦いを挑む。

二四機のヘルキャットが、零戦の誘いに乗り、応戦して来た。が、残る四〇機のヘルキャットはなおも執拗に攻撃隊に襲い掛かる。

なかなか振り切ることができない。攻撃隊は密集隊形を執って必死に応戦するが、ヘルキャットから数次の波状攻撃を受けて、そのたびに十数機の列機を失ってゆく。

わずか一二分ほどのあいだに、ヘルキャットから立て続けに四回も波状攻撃を喰らい、攻撃隊は五八機の列機を失って、その数は彗星二〇機、天山三一機の計五一機に激減していた。

しかし、もうそのころには、攻撃隊は敵機動部隊の上空へ到達しようとしていた。

大型が三隻、小型も二隻いる。五隻の敵空母を視認した関は、間髪を入れずに全軍突撃を命じた。

――単縦陣で一本棒に連なると、敵戦闘機に喰い付かれる恐れがある。

そう判断した関は、鶴翼の陣で全機が横になって突撃する戦法に打って出た。

敵機が意表を突いて横長に並んだので、ヘルキャットも一瞬、どれを攻撃すべきか迷った。

関は、編隊をさらに一〇機ずつに分けて、二隻の大型空母に狙いを定める。

低空に舞い下りた雷撃隊も、すでに攻撃態勢に入っているようだ。

関の直率する彗星一〇機が、右の大型空母に対し一気に急降下する。続けてもう一方の彗星一〇機も左の大型空母へ向け急降下を開始した。

敵は、空母やその随伴艦が一丸となり、猛烈な対空砲火を撃ち上げて来る。これほど凄まじい弾幕は関もはじめてだった。

すでに覚悟はできている。が、高度二五〇〇メートル付近に降下したときだった。関の彗星が、ついに炸裂した弾丸から直撃を喰らった。

VT信管付きの砲弾が至近で炸裂し、その弾片が容赦なく関機を突き刺す。凄まじい衝撃が走り、激しく機体が揺さぶられた。

彗星が燃えている。今まさに、自分の乗る彗星が左翼付け根から火を噴いている。

「これまでか……」

と思わず関がつぶやく。しかし、その顔にはなぜか笑みがあった。

思い残すことは何もない。

「……ゆくぞ！」

と関が再び声を発する。

もはや生還は望めない。同乗の坂田一飛曹も、隊長の発した宣言を瞬時に悟り、決死の覚悟を腹に据えた。

火を吐きながら、関機が背面飛行となって猛然と突っ込んでゆく。

思いどおりに制御が利かない。軸線が逸れて大型のヤツに〝突入〟するのは無理だ。が、関はその先に、小型のヤツがいるのを見逃さなかった。

彼は迷わず〝ヤツに魂を捧げる！〟と決めた。操縦桿をねじ伏せるようにして同機が突っ込む。

関機に狙われたのは、インディペンデンス級の軽空母「モントレイ」だった。

ほとんどの敵機が「ホーネットⅡ」と「イントレピッド」に向けて急降下したはずだが、火を吐きながらにわかに突っ込み来る一機を認め、空母「モントレイ」の艦上は度肝を抜かれた。

機銃員が急ぎ銃口を向け、同機を叩き落とそうとしゃかりきになる。が、なんとその敵機は、まさにその銃火へ向け突っ込んで来るので、機銃員は完全に恐れを為して身をかがめた。

その瞬間だった。

「ズッガァーン！」

けたたましい炸裂音が響いて、その敵機が爆弾を抱いたまま右舷へ突っ込み、空母「モントレイ」は瞬時に半身不随となった。

艦上は恐ろしいほどの猛火に包まれて、大混乱に陥っている。

すでに低空に舞い下り、大型空母への接敵を開始していた村田中佐も、この光景を目の当たりにし、身が震えるような衝撃を受けた。

〝ううっ、我が艦爆の捨て身の攻撃だ！〟

そう思った途端、村田はなぜか、

〝この軽空母に止めを刺さなければならない！〟

と直感した。

彼は、敵大型空母に対する攻撃を第二分隊以下に任せて、急遽針路を執り直し、自機を含めたわずか三機で、その軽空母へ向け迫ってゆく。

敵空母は錯乱状態にある。対空砲火による反撃もまばらだ。

村田の直率する天山三機は、あっと言う間に敵空母の右舷へ迫り、激突しそうなほどの距離に肉迫するや、渾身の魚雷を投下した。

「……撃てっ！」

村田の怒鳴り声が響いて、三本の魚雷が一気に放たれる。

一旦、沈み込んだ魚雷が水中で安定し、スルスルと音もなく、空母「モントレイ」

の舷側へ向かって突進してゆく。

村田機は、魚雷を投下した直後に敵の機銃弾数発を喰らったが、致命傷とはならずグングン上昇していった。チラッと振り返ると、列機の二機も無事に続いている。

そのときだった。

「……ズッシィーン！　ズゥシィーン！」

天を突き刺すような水柱が連続で昇り、村田は二本の命中を確信した。

その米空母は吸い込まれるようにして、海中へ引きずり込まれてゆく。

――間違いなく轟沈だ！　捨て身で突入した艦爆搭乗員に、精いっぱいの供養ができた……。

上昇し切って村田が状況を再確認すると、すでに味方の攻撃は完全に終わろうとしていた。

軽空母一隻を轟沈し、大型空母二隻にも大損害を与えたと思われる。

実際、エセックス級の空母「ホーネットⅡ」が爆弾一発と魚雷一本を喰らって中破し、同じくエセックス級の空母「イントレピッド」も、爆弾一発と魚雷二本を喰らって大破していた。

戦果を確認した村田は、まもなく敵艦隊上空から離脱し集合地点へと向かった。

零戦も敵戦闘機を振り切り、空戦場から離脱して集まって来る。

しかし、友軍機の数は驚くほど少なかった。

零戦は約半数を失って六〇機足らずとなり、彗星にいたってはわずか一〇機、天山も村田機を入れて二四機に激減していた。

村田は目を凝らしてよく見た。だが、何度見直しても、彗星一〇機のなかに、総隊長である関機の姿が見えないのだ。

その瞬間に村田はハッとした。

〝ああ……、敵空母に突っ込んだのは関の彗星に違いない！　あいつが同期の俺を呼んで、止めを刺させたんだ！〟

そう思った途端に、村田の目に、ボロボロと涙が溢れてきた。

最初の出撃で腹心の部下である横山を亡くし、そして今また、無二の親友である関を喪った。村田は自分だけが取り残されたような気がして、一瞬、もう一度引き返して敵空母に突っ込んでやろうか、とさえ思った。

だが、関も横山もそんなことを望むはずがなかった。それに関がいない以上は、次席指揮官である自分が責任を持って、味方全機を無事に帰投させなければならない。

村田はこみ上げる虚しさをぐっと抑えつつ、味方機動部隊へ向け、針路を執ったのである。

18

すでに太陽は没しようとしていた。戦いの喧騒《けんそう》も夕暮れに包まれて、太平洋はいつもの静けさを取り戻しつつある。

村田機は時速一八〇ノットを維持し、淡々と飛行していた。九一機となった列機も皆、村田の天山に続いている。

山口中将が高速での接近を命じたので、第一機動艦隊と米軍機動部隊の距離は、さらに縮まり約一二〇海里になろうとしていた。

戦場離脱後、攻撃隊は五〇分と経たずして第一機動艦隊の上空に達し、再び味方空母九隻を視認することができた。

村田もさすがにホッと胸をなでおろす。が、無事に着艦するまで油断はできない。九一機がそれぞれ一〇機前後に分かれて各母艦へ帰投し、全機が着艦を終えるのに約一二分を要した。

村田は列機の着艦をすべて見届けたうえで、最後に空母「大鳳」の後方から進入した。が、もうそのころには周囲は完全に暗くなっており、艦長が山口中将の許可を得て、旗艦「大鳳」の飛行甲板を探照灯で照らすよう命じた。

村田にとって夜間着艦などお手のもの。同機はいとも簡単に着艦し、村田はただちに艦橋へ赴き、山口中将に戦果を報告したのである。

山口は終始無言でその報告を聞いていたが、すべて聞き終えてから最後に、

「……掛け替えのない人物を亡くした。関の魂に報いるためにも、我々残された者は、帝国軍人の名に恥じぬ戦いをせねばならん」

と沈痛な表情を浮かべ、そうつぶやいた。

村田も涙を押し殺し、山口の覚悟を聞いて黙ってうなずいたのである。

いっぽう、米第五艦隊司令長官・スプルーアンス大将は、さらに軽空母一隻を失い、ショックの色を隠し切れなかった。だが、いつまでも悲嘆に暮れているわけにはいかない。

残った空母四隻を迅速に撤退させなければ、翌日も、再び攻撃される恐れがある。

幸い、もっとも損害の激しかった空母「イントレピッド」は、攻撃を受けた二時間後には、速度二二ノットで航行できるまでに復旧していた。

「我が機動部隊は必ず再起する。東へ向けて全力で退避せよ！」

最後にスプルーアンスがそう命じると、第五八機動部隊は暗夜にまぎれて、ついにマリアナ海域から撤退していったのである。

コスミック文庫

最強《さいきょう》！ 機《き》動《どう》空《くう》母《ぼ》艦《かん》隊《たい》

2023年6月25日　初版発行

【著 者】
原《はら》　俊雄《としお》

【発行者】
相澤　晃

【発 行】
株式会社コスミック出版
〒154-0002 東京都世田谷区下馬 6-15-4
代表　TEL.03(5432)7081
営業　TEL.03(5432)7084
　　　FAX.03(5432)7088
編集　TEL.03(5432)7086
　　　FAX.03(5432)7090

【ホームページ】
http://www.cosmicpub.com/

【振替口座】
00110-8-611382

【印刷／製本】
中央精版印刷株式会社

乱丁・落丁本は、小社へ直接お送り下さい。郵送料小社負担にてお取り替え致します。定価はカバーに表示してあります。

ISBN978-4-7747-6483-2 C0193

COSMIC
戦記文庫

長編戦記シミュレーション・ノベル

空母艦載機、840機！
海軍を空軍化せよ!!

新生・帝国海空軍

【上】世界初！ 航空電撃戦
【下】米西海岸爆撃

原 俊雄 著

上巻 定価●本体980円＋税
下巻 定価●本体1,020円＋税

絶賛発売中！

お問い合わせはコスミック出版販売部へ！
TEL 03(5432)7084
http://www.cosmicpub.com/